Stefan Jäger
Der Silberkessel

Historischer Roman aus der Zeit der Völkerwanderung

Piper München Zürich

FSC

Dieses Taschenbuch wurde auf FSC-zertifiziertem Papier gedruckt.
FSC (Forest Stewardship Council) ist eine nichtstaatliche, gemeinnützige
Organisation, die sich für eine ökologische und sozialverantwortliche
Nutzung der Wälder unserer Erde einsetzt (vgl. Logo auf der Umschlagrückseite).

Originalausgabe
Dezember 2006
© 2006 Piper Verlag GmbH, München
Umschlag/Bildredaktion: Büro Hamburg
Heike Dehning, Charlotte Wippermann,
Alke Bücking, Daniel Barthmann
Umschlagabbildungen: Talbot Hughes/The Maas
Gallery, London/Bridgeman Giraudon (oben) und
British Museum, London/Bridgeman Giraudon (unten)
Papier: Munken Print von Arctic Paper Munkedals AB, Schweden
Satz: EDV-Fotosatz Huber/Verlagsservice G. Pfeifer, Germering
Druck und Bindung: Clausen & Bosse, Leck
Printed in Germany
ISBN-13: 978-3-492-24842-6
ISBN-10: 3-492-24842-X

www.piper.de

Germanien insgesamt ist von den Galliern, von den Rätern und Pannoniern durch Rhein und Donau, von den Sarmaten und Dakern durch wechselseitiges Misstrauen oder Gebirgszüge geschieden. Die weiteren Grenzen schließt das Weltmeer ein, breite Landvorsprünge und Inseln von unermesslicher Ausdehnung umfassend: Erst unlängst wurden einige Völkerschaften und Könige bekannt, zu denen der Krieg den Zugang eröffnet hat.

Beginn der Germania
des römischen Historikers Tacitus
(1. Jahrhundert n. Chr.)

Prolog

*Um das 630ste Jahr
seit Gründung der Stadt Rom
(etwa 124 v. Chr.)*

KIMBERLAND
Heutiges Himmerland in Jütland, Dänemark

Zwei Kinder wanderten durch die frühe Nacht.

Die Nacht wurde von den Menschen in diesem Teil der Welt Nott genannt. *Nott kommt, Nott geht aber auch!*, pflegten sie zu sagen. Sie mochten die Nacht nicht: *Seltsame Wesen*, flüsterten sie ihren Kindern zu, wenn sie in den Langhäusern beim unruhigen Schein von öltränkten Lampen zusammensaßen, *gehen in der Dunkelheit um. Gefährliche Wesen.* Und sie erzählten den Mädchen und Jungen uralte Geschichten von Göttern und Menschen, von Riesen und Zwergen, von Freundschaft und Zwist. Sanken Notts Schleier dann langsam auf die Erde und besiegten nach kurzem Kampf den Tag, *Dagr*, dann zogen sich die Bewohner dieses Landstrichs in ihre lang gezogenen Behausungen zurück und warteten hinter Mauern aus lehmverstrichenem Flechtwerk auf den neuen Morgen, während ein grauer Wolf den hellen Mond über den Nachthimmel jagte, um seine scharfen Zähne in das weiße Fleisch zu schlagen.

Zwei Kinder gingen in der Dunkelheit um, unbeeindruckt von allen Geschichten, unbesorgt um alle Geisterwesen. Das Mädchen war jünger, kleiner und lebhafter, blieb neben einem Langhaus stehen und lugte durch einen schmalen Spalt im Flechtwerk. Der etwas größere Junge wartete aufgeregt daneben.

»Na, was machen sie? Sag schon!«

Die Antwort des Mädchens war ein Zischen. »Würfeln!«

»Pfh ...« Der Junge atmete hörbar aus. »Was für eine Überraschung!«

Seine Spielgefährtin drehte den Kopf. »Ich frag mich, ob das denen nicht langweilig wird.«

»Da verstehste nichts von! Lass mich mal gucken, Svava. Wer gewinnt'n?« Der Junge schob das Mädchen beiseite und presste die Stirn gegen den Lehm; das zweite Auge kniff er zu.

»Vibilio!«, sagte das Mädchen und trat einen Schritt zurück.

Der Junge fuhr heftig zurück. »Pscht! Biste verrückt, Mensch? Warum sagst'n das so laut?«, wisperte er aufgeregt. »Schrei doch gleich heraus, dass wir da sind.« Er tippte sich kurz an den Kopf.

»Aber es bringt doch Unglück, wenn man den Namen seines Liebsten nur leise sagt!« Svava war ebenfalls wieder in den eiligen, flüsternden Ton gefallen.

»Wer hat'n dir den Bockmist erzählt? So ein Jötenkram! Das haste von der dummen Gerswid, was?« Der Junge lugte von Neuem durch das Loch. »Au!« Wieder sprang er rückwärts, eine Hand aufs Auge gepresst. »Verdammt!«

»Verschwindet, Kinder!« Der Befehl klang dumpf und kam von jenseits der Wand. Begleitet wurde er vom Lachen anderer Stimmen. »Macht, dass ihr nach Hause kommt, sonst lassen wir den Riesen von der Leine!«

Die beiden Kinder wandten sich um und rannten davon, nicht aus Angst vor irgendwelchen unfassbaren Riesen – *Dummes Geschwätz, Fabelgeschichten! Riesen gibt 's doch gar nicht ... Oder?* –, sondern vor den durchaus fassbaren Männern. In der nächsten dunklen Ecke, zwischen einem Langhaus und der Umfriedung des Weilers, hielten sie inne. Beide atmeten heftig, der Junge hielt sich wieder eine Hand vors Auge und rieb es heftig. »Mist! Der hat mir'n Finger ins Auge gestochen, dieser hinterhältige ...«

»Lass mich nachsehen, Gaisarik!« Svava nahm seine Hand und musterte sein Gesicht. Vertrauen sprach aus dieser Geste, und er hielt still. »Is aber nichts zu sehen.«

»Tut aber weh!« Wieder rieb er das Auge. Dann fiel ihm etwas ein. »Und warum ausgerechnet Vibilio?«

Jetzt wurde das Mädchen rot. Rot und trotzig. »Warum denn nicht?«

»Der is doch mindestens zehn Winter älter als du.«

Svava stemmte die Hände in die Seite und sah Gaisarik herausfordernd an. »Na und?«

»Fände ich ja gar nicht schlecht ... Also, wenn der Pap fragen würde, ob du ... Ich würde jedenfalls Ja sagen.«

»Ehrlich?« Zweifelnd musterte das Mädchen ihren Bruder. »Ja.« Dann lachte Gaisarik hell auf. »Hauptsache, du bringst den alten Volugeso nicht an. Das wär ja ...« Er überlegte – wie hatte der Vater das einmal genannt? »Greisenschändung.« Svava kicherte, und nach einer Pause sagte sie: »Wer weiß, wann Pap zurückkommt.«

»Nun ja. Für Bragge isses jedenfalls am schlimmsten.«

Die Geschwister schwiegen. Keines der beiden Kinder hätte zugegeben, dass es den Vater nicht weniger vermisste als der jüngste Bruder.

»Komm, lass uns heimgehen. Mam wird warten.«

Bereitwillig folgte Gaisarik seiner Schwester.

Im Langhaus wurde das Würfelspiel fortgesetzt. Die Störung durch die Kinder hatten die Spieler längst vergessen.

»Bei den Nornen!« Ein Flehen lag in den Worten des Jünglings, mit denen er die Schicksalsgöttinnen anrief, während er die Würfel in den Lederbecher schob. Seine Hände klammerten sich darum, und er fühlte die Spannung mit der Höhe des Einsatzes noch weiter steigen. Selbst ohne die vielen Hörner Bier wäre er in einen Rausch gefallen. Die schnelle Bewegung des Schüttelns – »... komm schon, komm ...«, *komm, komm* –, verbarg das Zittern der Hände.

Seit Beginn der Runde, seit einer Ewigkeit, hatte der Jüngling nur darauf gewartet, gehofft und gegiert, abermals an die Reihe zu kommen, zu spielen und endlich *seinen* Wurf zu machen. Ungeduldig hatte er die umständlichen Würfe der Mitspieler beobachtet, mühsam beherrscht ihren endlosen Witzen und Bemerkungen gelauscht, selbst scheinheilig und übertrieben gelacht und Sprüche gemacht und die absichtlichen Verzögerungen der anderen im Stillen verflucht. Jetzt war seine Zeit gekommen, jetzt ... Verlöre er aber das Spiel, wäre seines Vaters Rind ... *Nein, nur nicht nachdenken.* Nichts jedoch war schneller als seine Gedanken, die gleich wieder über den Augenblick hinauseilten und ihm eine düstere Zukunft ausmalten, verflucht von seinem Vater, verstoßen von seiner Familie.

Das Gesicht eine grinsende Grimasse, führte der Jüngling den Becher vor den Unterleib, schüttelte dort weiter, hielt ihn über den Amboss, immer noch schüttelnd, und knallte ihn dann wuchtig auf die raue Oberfläche des Steinblockes. Dort ließ er ihn verkehrt herum stehen, atmete tief durch und trat einen Schritt zurück. *O Gott, lass mich nicht verlieren! Mehr als vierzehn, bitte. Wodan, großer Gott des Spieles, ich opfere dir einen Eimer Bier ...*

»Mann, peif auf die Nornenweiber und ihr Geplapper! Die helfen dir jetzt nicht mehr. Heb endlich den Becher, Kleiner!« Derbe Hände, verrußt und fleckig, mit alten und neuen Brandblasen übersät – es war der Schmied, der ihn da anraunzte, breitschultrig und untersetzt, mit fettglänzenden Strähnen über funkelnden Augen.

»He, Vibilio, was ist los?« Auch das Lächeln des anderen Mitspielers war ohne Nachsicht. »Seht, dem Kleinen steht die Pisse in der Hose.«

Erwartungsvoll starrten sieben Augenpaare auf den Würfelbecher. Den meisten Männern standen Schweißperlen auf der Stirn, obwohl in der Feuerstelle nur noch matte Glutbrocken glommen. Niemand dachte daran, Holz nachzulegen. Einige Fackeln spendeten Helligkeit, und die Zugluft, die durch die Ritzen des Langhauses pfiff, wurde von den angetrunkenen Männern nicht wahrgenommen.

»Erst noch ein Horn, Eisenkopp.« Der junge Werfer strich sich die langen Haare aus der Stirn. In den blonden Locken hatten sich Ascheteilchen verfangen, die nun leicht zur Erde schwebten. In Vibilios glasigem Blick lag Schicksalsergebenheit. Bei Wodan, seine Würfel waren gefallen.

Murrend füllte der Schmied ein Stierhorn mit dunkler Flüssigkeit aus einem fast leeren Holzzuber. Dem Werfer drückte er das helle Horn in die Hand, während er den Eimer achtlos zur Seite warf. Der Zuber krachte gegen einen Haufen von Gussformen, rollte klappernd über den Boden, drehte sich noch einmal und blieb in einer dunklen Ecke der Hütte liegen. Ein dünner Bierfaden floss heraus und wurde vom Boden aufgesogen.

Vibilio trank genüsslich, aber aufreizend langsam. »Ah! In Wodans Halle kann's kaum besser schmecken ...« Noch immer zitterte ihm die Hand leicht, und auch die Stimme klang nicht sehr fest.

Des Schmiedes Hand klammerte sich drohend um ein Stemmeisen. »Wenn ich dir dies über deinen blonden Schädel ziehe, dann bist du schnell genug in Asgards Hallen, um dich selbst davon zu überzeugen, ob's nicht doch hier besser war, Kleiner. Erzähl uns keine Sagen, sondern heb endlich den Becher!«

Der Jüngling zuckte zusammen, während die anderen lachten und sich vieldeutig anblickten. »Ob der alte Aasfresser das gelten ließe, um für den Kleinen 'ne Idise* zu schicken?« Einer schnüffelte gespielt. »Riecht mir mehr nach Strohtod als nach Kampf«, spottete er. »Nein – kein Einlass! Aber einen Gruß an Hel und alle ihre Strohtoten in Niflheim** kann er gern von uns bestellen.«

Hohlköpfe! Hornochsen! Mit einer jähen Bewegung beugte sich Vibilio über den Amboss. Vierzehn war bis zu diesem Zeitpunkt das Hoch gewesen. Fünfzehn Augen waren viel, aber vierzehn Augen oder weniger wären die

---

* Idisen sind Walküren, göttliche Jungfrauen, die die im Kampf Gefallenen nach Asgard holen, in Wodans Walhall.
** Hel ist die Göttin der Unterwelt Niflheim, der nebligen Erdentiefe, in der jene ihr Dasein fristen, die nicht im Kampf gefallen sind.

Hölle. Er schickte noch einmal ein stilles Gebet zu den Göttern und lupfte den Becher so vorsichtig, dass nur er allein sehen konnte, wie der Wurf ausgefallen war.

»Und?«

»Hoch damit!«

»Jaaa!« Vibilio ballte eine Hand. »Fünfzehn – den Nornen sei Dank! Dein Rind gehört mir!«

»Zeig her!« forderte der Schmied ihn wütend auf. Dann griff er selbst nach dem Becher, auf dem noch Vibilios Hand lag, und riss ihn hoch.

Auf dem Amboss lagen drei weiße Würfel, kleine glänzende Steine. Dass sie aus Albengebein bestünden, hatte vorhin einer gemeint. Und wenn schon! Die Würfel waren zwar feiner und regelmäßiger gearbeitet als alle anderen, mit denen sie zu spielen gewohnt waren, aber für die Männer zählten nur die eingepunzten Wertigkeiten. Woher sie kamen, wer sie geformt hatte, wie sie hierher gekommen waren ... »Wen«, hatte der Schmied gefragt, »wen, beim Gehänge Donars, schert das?«

»Hammer und Donnerschlag!«, entfuhr es dem Schmied nach einem langen, erst prüfenden, dann blöden Stieren auf die Würfel. Er zwinkerte. Fünfzehn. »Verdammt!« Er verzog das Gesicht. »So viel Glück gibt's doch gar nicht. Götter, meine Alte wird mich ins Moor werfen ...«

»Könnte sein.« Vibilios Miene zeigte eine Mischung aus verhohlener Schadenfreude und ängstlicher Bedachtsamkeit.

Ein kaum unterdrücktes Lachen zeigte, dass andere weniger Angst vor dem Schmied hatten. »Nun komm schon, Eisenkopp! Sei froh, dass du das Vieh los bist. Nach dem Winter besteht es doch eh nur noch aus Haut und ...«

»Ah, Nidhard, halt's Maul! Dein Gefasel hat mir noch gefehlt. Es war mein letztes Rind. – Los, noch einmal! Vibilio!« Der Schmied starrte den entgeisterten Jüngling an. »Du musst mir ...« Er machte eine Pause, nahm den Kopf zurück und rülpste laut. »Ah! Du musst mir Gelegenheit geben, das Rind zurückzugewinnen.«

Vibilio fasste sich und wedelte bedächtig mit der Hand vor der Nase. »Weh! Du kriegst den Hals wieder nicht voll, wie? Lass mich nachdenken. Was willst du denn dagegensetzen?« Seine Stimme klang nun, da die Niederlage des Schmiedes nicht in dessen berüchtigten Zorn umgeschlagen war, geradezu vorlaut. Übermütig füllte er sich mit einer Bronzekelle ein neues Horn aus einem zweiten Holzzuber.

»Wie wär's mit deiner Alten? Dann kann sie dir keinen Ärger mehr machen!«, rief einer der Männer dazwischen. Bis auf den Schmied lachten alle.

Vibilio wehrte entsetzt ab. »Bei den Göttern … Dann eher den Eisenkopp selbst. Den kann ich vielleicht noch an die Haruden verschachern.« Er nippte grinsend am Horn.

Der Schmied drehte sich unter leichtem Schwanken, umrundete mühsam einen Lehmofen, der ihm bis zur Hüfte reichte, und stieg torkelnd über einen Haufen von Grasklumpen, die mit Erz versetzt waren. Von einem breiten Holzpfosten holte er ein Wehrgehänge herab, das zwischen Schmiedezangen und Eisenketten hing.

»Mein Schwert, Junge. Jawohl, noch hab ich einiges, bevor ich mich selbst setzen muss!« Er legte das Stück auf den Amboss, füllte sich aus dem Zuber, ohne die Schöpfkelle zu benutzen, ebenfalls ein Rinderhorn mit Gerstenbier und trank es bis zur Neige aus.

In der Hütte war es still geworden. »Dich hat der Wahn gepackt«, murmelte Nidhard. »Du solltest aufhören zu saufen, Isegrimm, sonst wird der Ärger mit deiner Alten bis hinauf nach Asgard wachsen. Und du landest wirklich noch im Moor!«

»Was geht es dich an?«, raunzte der Schmied den Sprecher an. »Du kannst mir mal in Niflheim begegnen, Schwarzalbenhirn. Ich hab zwei Eimer angesetzt, und die werden heute Abend getrunken. Soll ich das Zeug den Scheißschweinen hinschütten?«

Rasch trank Vibilio sein Horn aus. Da es in einer Spitze auslief, konnte es nicht abgesetzt werden. Ein Faden Bier lief ihm vom Mundwinkel über das Kinn. Er wischte mit dem Ärmel darüber und griff hastig nach dem Schwert. Jemand fachte das Feuer an.

»Reinstes Eisen«, sagte der Schmied stolz. »Es heißt Mjölnir, wie der Hammer von Donar, und es trennt jeden Kopf vom Rumpf.«

»Gebrauch du deinen Kopf, solange er noch auf dem Rumpf sitzt!« Wieder war es Nidhard, der den Schmied von einer Fortsetzung des Spieles abzubringen versuchte. »Häng es wieder an die Wand, und hau dich aufs Ohr. Zum Schaumpissen wird die Menge reichen, die du gesoffen hast ...«

Komm, lass ihn doch!, wollte Vibilio schon rufen, aber der Schmied kam ihm zuvor. »Was geht dich das an?« Er atmete schwer. Dann, an Vibilio gewandt und mühsam beherrscht: »Vor hundert Jahren wurde das Schwert in dieser Hütte für die Harudenzüge geschmiedet. Für so viel Eisen bekamst du damals 'ne ganze verdammte Rinderherde, Junge. Und den Hirten mit seiner ganzen verdammten Familie und dem ganzen verdammten Dorf dazu, in dem er wohnte. Jeder Erstgeborene –« er rülpste erneut und ließ gleich darauf einen pfeifenden Wind fahren – »in meiner Sippe trug es seitdem, und es hat noch keinen Kampf verloren, das kannst du mir glauben, Junge. Also, was sagst du? Spielen wir?«

Ehrfürchtig zog Vibilio das Schwert aus der Scheide und betrachtete die Einlegearbeiten auf der armlangen Klinge, die tiefe, schattige Blutrinne und den spiralförmig umwundenen Silbergriff. Die Holzscheide, die zu dem zweischneidigen Hiebschwert gehörte, war mit silbernen oder versilberten Zierblechen beschlagen, die im Licht der auflebenden Flammen funkelten, und sie endete in einem knöchernen Ortband.

»Gut.« Vibilio war bemüht, gelassen zu klingen, obschon er vor Freude gern geschrien hätte. Mit einem Eisenschwert wie diesem, das längst einen Namen trug und sogar für sein Heil bekannt war, wuchsen die Möglichkeiten, seinem Träger ebenfalls einen gerühmten Namen einzubringen, hoch wie die Weltesche. Vibilio nickte noch einmal, mit trockenem Mund und weichen Knien. *Mjölnir*, dachte er schwindelnd, *ein altes Schwert aus dem ewigen Krieg gegen die*

Haruden im Norden ... Er musste die Waffe einfach haben, um das Heil, das darauf ruhte, für sich zu gewinnen. Für sich, seine Familie, seine Sippe. Für die Zukunft. Würde aber das Schwert sich von ihm führen lassen? Seine Gedanken eilten ihm voraus und sahen die Tage, die kommen sollten, rosig und hell, ruhmreich und heldenhaft. »Ja, lass uns spielen, Isegrimm. Du hast den ersten Wurf.« Vibilio wollte das Schwert wieder in die Scheide schieben, traf aber erst beim zweiten Versuch.

»Wenn du überall so schlecht hineinkommst, kannst du lange auf ein Weib warten.«

Mit verbissener Miene griff der Schmied zum Würfelbecher. »Also, das Schwert gegen das Rind, die vier Ziegen und den Bock!«

Vibilio stieg vom beißenden Spott des Älteren die Röte ins Gesicht. Er musste nicht lange nachdenken. Was waren schon wenige Stück Vieh gegen dieses Schwert? »Abgemacht!«

Zwei Wanderer schritten durch die gleiche Nacht. Während die Männer in ihr Spiel vertieft waren und nichts anderes wahrnahmen, während die beiden Kinder Körnerbrei löffelten und Sauermilch tranken, während der blasse Mond aus ängstlich-vollem Gesicht vorsichtig hinter leuchtenden Wolkenbänken hervorstierte und nach dem geifernden Wolf Ausschau hielt, der ihm heulend auf der Fährte war, näherten sich durch den lichten Birkenwald zwei Männer der Umzäunung des kimbrischen Weilers. Das runde Dutzend Langhäuser dahinter schmiegte sich fast furchtsam an den Waldsaum. Zu dieser Stunde von Notts Herrschaft erwarteten die Kimbern nur wenig Gutes aus der Dunkelheit; die endlose Nachttiefe war ein Quell alles Bösen, so unberechenbar wie jene Geschöpfe, die in der Nachtlandschaft umgingen.

Der ältere der beiden Wanderer war schon grauhaarig und dennoch rüstig. Der andere war etliche Jahre jünger und trug lange Haare, blond und offen, die ihm in die Stirn hingen und sein vollbärtiges Gesicht bis hinunter auf die

Schultern strähnig und fettig umrahmten. Die Schläfen des Älteren waren von Haaren frei, über der Stirnmitte waren sie zurückgestrichen und im Nacken zu einem dichten Zopf geflochten.

Beide Männer trugen die übliche Kleidung dieses Landes: wollene Mäntel, an der Schulter von bronzenen Spangen zusammengehalten, darunter hüftlange Hemden mit Gürteln, die Schwertgehänge und kleine Lederbeutel hielten, Hosen, die gerade bis über die Knie reichten, Stoffstreifen um die Waden und Bundschuhe aus Leder. Die Männer waren verdreckt und unrasiert; ihre Ausrüstung starrte vor Schmutz. Die Waffen sahen noch am gepflegtesten aus: das breite Hiebschwert aus Eisen, an der Hüfte des hoch gewachsenen Jüngeren baumelnd, und die mannshohen Eschenspeere mit dem eisernen Blatt, die Framen, die ihnen über den Schultern lagen. Am Speer des einen hing ein rundes Bündel mit Habseligkeiten – vielleicht Nahrung oder Ersatzkleidung. Der dunkelfarbene große Sack, der dem Jüngeren von seinem Framen über die Schulter hing, war dagegen flacher. Eine Ausbuchtung zeichnete sich fast wie ein Buckel unter dem Leinen ab. Mit jedem Schritt klapperte es leise.

Die beiden wanderten auf alten Pfaden, die sich durch das nicht sonderlich dichte, aber sumpfige Waldgebiet schlängelten, wichen tiefgängigen Stellen aus oder überquerten diese auf darüber gelegten Baumstämmen, die vielleicht seit Ewigkeiten ihre Aufgabe als Behelfsbrücken erfüllten. Über noch breitere Sumpflöcher führten Stege, Gebilde aus miteinander verstrickten Holzbohlen und straff gespannten Seilen, halbfeste Bohlenwege über haltlosem Boden. Die Spur zwischen den Abschnitten aus Bohlen war ausgetreten und kaum zu verfehlen.

»Der Weg ist in einem guten Zustand.« Die Stimme des Älteren klang bedrückt.

Schweigen antwortete ihm. Die Gedanken des Jüngeren fanden nur langsam zurück an diesen Ort, woher sie auch immer kommen mochten. »Ja.«

»Das heißt, dass sie ihn oft genutzt haben. Und du weißt auch, was das bedeutet?«

»Dass wir uns nicht querfeldein durch das Unterholz schlagen müssen.« Weiße Zähne leuchteten aus einem verfilzten Bart.

Der Alte blieb stehen. »Nein, es heißt, dass sie ...«

»Segestes, ich weiß, was es heißen könnte. *Vielleicht* mussten sie viele Opfer bringen. *Vielleicht* war der Sommer schlecht. *Vielleicht* wandeln Riesen in der Nacht ... Dieser Weg kennt mehr als ein Ziel.«

Irrlichter tanzten über den Sumpflöchern, und dumpfer Modergeruch lag darüber. Segestes folgte seinem Gefährten nach einem Blick zum Himmel. »Was meinst du? Wahrscheinlich spielen sie noch.« Der Mond verbreitete ein spärliches Licht über den Kronen der Birken. In den sumpfigen Niederungen wallten Nebelschwaden und verschluckten den Grund der Senken. Dort lagen die Reiche der Unterirdischen, jener Schwarzalben und Waldgeister, denen die Riesen wohlgesonnen waren.

Der vorangehende Jüngere schaute ebenfalls zu den hellen Wolkenbänken auf, die den Standort des Mondes verrieten. »Wer? Nidhard wahrscheinlich und Isegrimm, der Eisenschädel. Ha, keine allzu gewagte Vermutung. Aber so spät ist es ja noch nicht, das lässt mich hoffen.« Er seufzte. »Ein Horn Bier ... Doch, ich hoffe, sie spielen nicht nur, sondern saufen auch.«

»Glaubst du, sie werden uns überhaupt zuhören, Hludico?«

Die Antwort war ein kurzes, belustigtes Schnauben. »Nein.« Hludicos Lachen klang gedämpft. »Nicht, wenn die Hörner kreisen.« Er hob die Schultern, während sie weitergingen. »Aber einer muss damit anfangen. Nach allem, was wir bis jetzt gesehen und gehört haben ... Andererseits, wer hört nicht gern Geschichten von dicken Weibern und Berichte aus sonnigen Ländern? Doch, sie werden uns zuhören. Gern wüsste ich aber, ob sie uns auch glauben.«

»Wenn nicht, öffnest du deinen Sack ...«

»Die Verlockungen des Reichtums ...« Hludico blieb stehen und wandte sich zu seinem Hintermann um. »Ja, ich öffne ihn, aber nicht zu weit. Diese andere Sache sollte ich erst mit Volugeso besprechen – und mit Albruna, wenn sie so lange am Leben bleibt.« Er strich sich nachdenklich durch den Bart und klaubte eine Klette heraus. »Waschen wäre auch nicht schlecht.«

»Es wäre hilfreich«, sagte Segestes und lächelte dann. »Albruna, meine ich, nicht das Waschen. – Aber es gibt Möglichkeiten, das wissen wir jetzt. Möglichkeiten und viel Raum. Wir haben das doch in den letzten Monden oft genug besprochen und erlebt, dass es gelingen kann. Es gibt immer einen Weg.«

Segestes stieß Hludico an, und der setzte sich wieder in Bewegung. »Für uns beide, ja. Für tausend Kämpfer vielleicht auch noch. Mit dem ganzen Stamm dürfte es allerdings nicht so einfach werden ... Und die Kelten sind stark. Uneins, aber stark. Und hinter ihnen kommen die Schwarzhaarigen. Uh, wenn ich daran denke, was wir von denen gesehen haben ...«

Nach einer Weile lichtete sich der Wald, und unweit des kimbrischen Weilers stiegen die Wanderer durch einen Durchlass in einer Hecke und betraten kultiviertes Land.

»Endlich«, sagte Hludico. Er schniefte. Über Segestes' Gesicht lief ein Leuchten, eine Träne rollte ihm über die Wange. »Ja, endlich. Dreizehn ewig lange Monde.« Ein Hund schlug an, andere stimmten ein, und kurz darauf kam den beiden Wanderern eine schlanke Gestalt mit einer Fackel entgegen, um nach dem Rechten zu sehen. Davor lief ein langhaariger Torfhund.

Als der Mann die beiden Schatten sah, befahl er den Hund zu sich und rief dann die Fremden an. »Freki, bleib hier! Freki! – Wer kommt da?«

Segestes blieb stehen und kniff die Augen zusammen. »Ketil, scheint mir«, murmelte er. Dann lauter: »Wenn es nicht so dunkel wäre, könntest du sehen, wer wir sind, Ketil. Geh wieder hinein und lass alle wissen, dass Hludico und Segestes zurück sind!«

Der Wächter zögerte kurz, offenbar ebenso überrascht wie ungläubig. Dann verschwand er im Weiler, und man hörte ihn rufen. Der Hund näherte sich. Sein Knurren ging in ein Winseln über, nachdem er an den Männern geschnuppert hatte. Noch ehe die Wanderer das Tor erreicht hatten, eilten die Bewohner auf sie zu, allen voran die Würfelspieler und Vibilio.

»Wahrhaftig!« Vibilio lachte laut, als er nahe genug war, um die Gesichter zu erkennen. »Mein großer Bruder ist zurück!« Er umarmte den strahlenden Hludico. »Ich kann's nicht glauben ...« Laute Rufe gingen hin und her. Als dann Frauen und Kinder aus dem Weiler gelaufen kamen, schwoll der Begrüßungslärm noch einmal an.

Überschwänglich begrüßte Segestes seine Frau Svava und seine drei Kinder Gaisarik, Svanhild und Bragir, die sich begeistert und neugierig um ihn scharten. Hludico wurde von seiner Familie willkommen geheißen: seinem Bruder, einer jungen Schwester und den stolzen Eltern. Als eine sommersprossige junge Frau hinzutrat, ließ Hludico seine Sippe stehen und fiel ihr in die geöffneten Arme. Hludicos Mutter zog ein säuerliches Gesicht und bekam dafür von ihrem Mann – von allen anderen unbemerkt – einen Stoß in die Seite.

»Das war's.« Vibilio gluckste. »Gehen wir hinein und warten wir, bis Wisigarda mit ihm fertig ist. – He, Garda, sieh dich vor! Er stinkt wie ein Rind und sieht aus wie ein Wildschwein.«

Später bat Segestes den Dorfältesten Volugeso, alle Männer in der Mitte des Weilers zusammenzurufen. Auf dem Dorfplatz wurde ein Feuer entfacht, und ein großer Holzstoß sorgte dafür, dass es nicht erlosch. Volugeso ließ einen Zuber mit frischem Met bringen, einem vergorenem Gemisch aus Beeren, Honig und Getreide. Dreißig in Felle und Mäntel gehüllte Kimbern saßen schließlich auf flachen Steinen und Holzblöcken um das Feuer herum. Den Framen aus Eschenholz, das Zeichen ihrer Freiheit, hatte jeder neben sich. Mancher hatte zudem einen großen runden Holzschild dabei.

An der linken Seite des notdürftig gereinigten Hludico saß Wisigarda, wie alle Männer mit einem Trinkhorn in der

Hand. Wisigarda war rothaarig und von heller Hautfarbe. Sie war nicht älter als Hludico, aber um ihre Augen hatten sich bereits kleine Falten eingegraben. Neben Hludico, der sich sehr aufrecht hielt, wirkte sie klein, fast zierlich. Um die Schultern hatte sie ein buntes Seidentuch geschlungen, ein Geschenk des Heimkehrers. Außer Wisigarda war keine weitere Frau anwesend. An Hludicos rechter Seite saß gebeugt dessen Vater, daneben Vibilio. Anstelle eines Framens hielt er das Schwert Mjölnir auf den Knien. Stolz sprach aus jedem seiner Blicke.

Volugeso erhob sich, und um das prasselnde Feuer erstarb alles Raunen. »Es ist gut, euch wieder hier zu wissen, Segestes und Hludico. Seid willkommen in der Heimat. Ich vermute, wenn Neugier Geräusche erzeugen könnte, müsste ich schreien wie der Donnerer*, um überhaupt verstanden zu werden. Bitte, erlöst uns endlich von schweigendem Lärm. Auf welchen Wegen seid ihr gewandert?«

»Wege, die nach Süden führten, zu den Kelten im Herkynischen Wald – und dann noch weiter.« Nach diesen Worten nahm Segestes einen tiefen Schluck aus seinem Horn.

Die lärmende Stille schien noch anzuwachsen. Schon der Herkynische Wald war weit, die Stämme, die seine Lichtungen bewohnten, galten als geheimnisumwittert. Jenseits seines fernen Saumes begannen die Legenden.

»Um Donars willen, was habt ihr dort zu suchen gehabt, Segest?« Nidhard, der Würfelspieler, verdrehte die Augen. »Ein übler Streich war euer heimlicher Aufbruch. Eure Leute schwiegen wie Grabhügel, und Volugeso wollte uns weismachen, dass wir Geduld haben sollten. Selbst Vibilio ließ nichts verlauten, selbst dann, wenn er voll war wie Mimirs Brunnen**. Was vorgekommen ist. Heute zum Beispiel! Nun denn, Segest, alter Freund, berichte uns von deinen Abenteuern!«

---

* Hier ist Donar – nordisch Thor – gemeint, der starke und ehrliche Gewittergott, zu dem die Bauern die tiefste Verbundenheit empfanden.
** Mimir ist, je nach Mythos, entweder eine Gottheit der Asen oder ein Wasserriese. Sein abgetrenntes Haupt hütet den Quell der Weisheit unter der Weltesche Yggdrasil.

Segestes nickte Volugeso und dem peinlich berührten Vibilio zu. Der grummelte einige unverständliche Flüche sowie das deutlich vernehmbare Wort »Übertreibungen« vor sich hin. Holzscheite knackten, und Funken stoben in den Nachthimmel. Die Männer um das Feuer beäugten die Wanderer mit einer Mischung aus unverhohlener Neugierde und verstecktem Neid. Ungeduld schwebte wie eine dichte Wolke über dem Platz und vermischte sich mit dem Rauch.

Schließlich stand Segestes auf und sprach. »Ich hätte nicht erwartet, dass unser kleines Geheimnis so lange ein Geheimnis bleiben würde. Aber gut. Dann will ich es euch allen lüften: Wir, Hludico und ich, sind nicht für uns allein gegangen. Wir sind auch für euch gegangen, ebenso für den Gau und sogar für den ganzen Stamm. Volugeso und einige andere kannten den Grund, aber sie sollten schweigen, um keine unerfüllbaren Hoffnungen zu wecken. Dass es so lange dauern würde, das haben wir allerdings nicht erwartet, und glaubt mir« – er schaute zuerst Nidhard, dann Wisigarda an –, »unsere Geduld wurde nicht weniger auf die Probe gestellt als die eure.«

»Ein Sommer und ein Winter, Segest. Das dürfte eine lange Erzählung werden.«

Hludico erhob sich nun ebenfalls. »Eine Erzählung für lange, dunkle Winterabende, Nidhard. Hier und heute müssen wir über anderes sprechen: über die Gründe für unseren Aufbruch und seine möglichen Folgen.« Er holte tief Luft, während Segestes sich wieder setzte. Hludicos Stimme war tief und trug weit. »Es mag manchen unter euch nicht gefallen, aber es ist an der Zeit, gewisse Dinge in Bewegung zu bringen, Zeit, um mit dem Alten zu brechen. Unten an der Küste klagen die Seekimbern über ständige Stürme, die Ackermänner hier im Hinterland jammern Sommer für Sommer über immer schlechtere Ernten. – Ah, was erzähl ich euch da – ihr wisst es doch selbst! Schaut euch an, schaut eure Frauen und Kinder an! Der letzte Sommer kann nicht besser gewesen sein als jene Sommer, die Segest und ich mit euch erlebt haben.«

»Wärst du in diesem Sommer hier gewesen, dann hättest du einen neuen Begriff von dem schönen Wort ›schlecht‹ gewonnen. Nass wie Mimirs Wasserader.« Ein Nicken und Murmeln folgte den Worten Volugesos.

Hludico schnaubte. Er hatte im Grunde nichts anderes erwartet. »Aber die Vorzeichen für Veränderungen sind günstig! Das Los ist schon lange geworfen, und drüben im Eulengau, da hat Albruna im Blut große Veränderungen gesehen. Die Nornen würden einen neuen Faden in der Geschichte unseres Stammes weben, sagt sie. Die heiligen Rosse seien unruhig, sie würden mit den Hufen scharren, erhöben die Stimme und hielten Zwiesprache mit den Göttlichen.«

Unbestimmbares Murmeln, ein Knurren. »Haben wir gehört. Der Herkynische Wald. Was ist damit?«, rief Nidhard.

»Die Götter mögen wissen, wem Ernteheil und Viehheil zuteil werden – wir kennen beides schon längst nicht mehr. Das Korn steht dünn, viele Ähren tragen überhaupt keine Frucht. Das Vieh nimmt an Zahl ab, manche Weiden sind völlig verwaist. Das Wild flieht immer tiefer in die Wälder. Seit ... Segestes? Seit drei Tagen, so glaube ich, haben wir kein Rotwild mehr gesehen. Neugeborene werden ausgesetzt, und Alte gehen freiwillig in den Tod. Und wenn wir im Nachsommer unsere Vorräte sichten, wissen wir schon, dass sie kaum bis zum Julfest* reichen werden. Manchmal erzählen uns Händler Geschichten über den Süden, über Länder, auf denen der Segen der Götter in ungeheurem Maße ruhen muss: milde Winter, fast endlose Sommer.« Wieder holte Hludico tief Luft. »Diese Geschichten sind alle wahr! Dagr, der Tag, ist selbst im Winter länger als Nott, und weite Ebenen findet ihr da, lichte Wälder voller Eichen und Buchen, fruchtbare Felder, Städte ganz aus Stein, die bis in den Himmel reichen. Und süßen Wein und weiches Fleisch gibt es dort unten so viel wie in Wodans Halle. Die Südländer haben Bäuche wie Bergelmir**, und sie hauen

---

* Ungefähr Weihnachten.
** Ein Riese, der nach der Sintflut zum Stammvater aller späteren Riesengeschlechter wurde.

sich die Wänste mit köstlichen Speisen voll. Jeden Tag wird Brot gebacken. Und die Frauen, Freunde, die Frauen ...« Er grinste Wisigarda fröhlich an, die nur den Mund verzog, den Blick aber nicht von seinem Gesicht wandte.

Ein Raunen erhob sich. »Wie sehen die aus? Haben die wirklich ganz schwarze Haare?«

»Was? Überall?«

»Hu, hört sich ja fast nach Schwarzalben an.«

»Ja, alle schwarz! Ohne Ausnahme, am ganzen Kör ...«

Wisigarda versetzte Hludico einen Faustschlag gegen das Bein. »Sieh dich vor, mein Geliebter. Ich mag nicht wissen, was du weißt.« Gelächter nahm ihren Worten die drohende Schärfe. Vibilio war der lauteste Lacher. Doch Wisigarda fuhr ungerührt fort: »Heb dir deine Geschichten für die langen Winterabende auf, wie du versprochen hast. Wenn wir Frauen in der Spinnhütte sitzen und über unsere dummen Männer klagen.«

Hludico rieb sich gespielt das Bein, dann richtete er sich wieder auf. »Und die Männer tragen alle Eisenschwerter.«

»Jeder? So viel Eisen gibt es in ganz Midgard nicht ...«

»Das sind doch Märchen!«

»Segestes und ich sind diesen Märchen nachgegangen und haben erlebt, dass es *keine* Märchen sind. Echte Eisenschwerter, sage ich. Eisen, so viel, wie keine tausend Männer wegtragen können. Reines Eisen – kein Jötendreck wie hier bei uns. Alles, was man braucht, kann man kaufen, nicht tauschen. Bezahlt wird mit Münzen aus Bronze oder Silber. Weizenfelder, die bis zum Himmelsrand reichen, keine versandeten oder vermoderten Böden, die nur Emmer oder Einkorn tragen. Die Ähren tragen acht, zehn oder gar zwölf Körner. Süße Früchte, Rinder, groß und fett wie Ure. Kinder« – Hludico hob die Hand und wies dorthin, wo die Rückseite der nun dichten Wolkenbänke beschienen wurde –, »so rund wie der Mond. Alles, was ihr euch erträumen könnt, und noch viel mehr.« Er legte eine bedeutungsvolle Pause ein. Die Blicke der Männer reichten von Unglauben bis Begehrlichkeit. »Ich war in Glanzheim, und ich war an der Donnerfurt, ich war im Weiler In den Birken, und ich war im Stegerland. Ich habe mich im Jötengau umgesehen, im Gau der Wölfe, und ich war in den Vier Eisernen Gauen des Westlandes. Unten am Meer, in Seeburg und Stegerland, wissen sie längst, dass bald etwas geschehen muss. Nur hier in den Wäldern will keiner die Wahrheit sehen, und dabei ist sie doch so klar wie das Wasser im Brunnen Hergelmir[*].« Hludicos Blick streifte die Runde. »Die Tage des Zauderns sind vorüber, die Tage der Alten vergehen. Ein neues Zeitalter bricht an, und die Tage der Jungen kommen: Wenn wir überleben wollen, müssen wir in den Süden ziehen. Alle, der ganze Stamm. Hier haben wir nichts – dort können wir alles haben.«

Als Hludico sich nun niederließ, sprangen viele andere auf, riefen, fragten und schrien durcheinander. Vibilio reckte sein neues Schwert mitsamt der Holzscheide. Segestes blieb sitzen; er spürte Sehnsucht nach seinen jungen Tagen in sich aufsteigen, nach der Zeit, als sie die nördliche Welt verheert hatten. Die Tage schienen kürzer geworden und die Schatten länger.

Eine geraume Weile verging, bis die anderen sich wieder beruhigt hatten und Hludico weitersprach. Abermals stand er auf, und wieder lauschten die Kimbern den Worten dessen, der von Auszug und Landnahme sprach. Segestes dachte an uralte Legenden, die von viel Krieg und wenig Frieden erzählten. Viele Männer in der Runde lächelten, aber die Frauen würden stöhnen.

Der Schmied, mit glasigem Blick und kaum in der Lage, Hludicos Worten zu folgen, rülpste laut, aber weder nahm einer Anstoß daran, noch lachte jemand.

»Damit das allen klar ist, ihr Männer: Wir reden hier von keiner Heerfahrt und von keinem heiligen Frühling unserer Jungmannen. Auch von keinem Beutezug gegen andere Stämme, nach dessen Beendigung wir zurückkommen und uns wieder hinter den Pflug stellen. Nein, wir werden alle gehen, und wir werden unsere Familien mitnehmen, und wir werden uns eine neue Heimat erobern.«

---

[*] Ein Brunnen in der Unterwelt Niflheim.

Es herrschte Windstille. Die wenigen Geräusche, die aus dem Wald herüberklangen, stammten meist von Grillen, bisweilen unterbrochen vom Triumphgeschrei eines nachtjagenden Waldkauzes, der vielleicht ein Kleintier in den Fängen hielt, das er in seine Baumhöhle schleppte. Noch einmal kam Bewegung in die Runde. Bald erhoben sich alle von den Steinen und Holzblöcken. Später konnte keiner mehr sagen, wo es seinen Anfang genommen hatte, am Ende hatten aber fast alle ihre Framen erhoben und schlugen die Schäfte gegen die hölzernen Rundschilde, die sie mitgebracht hatten. Dumpf hallte das Geräusch von Holz auf Holz durch die kleine Ansiedlung, unregelmäßig und leise fing es sich zuerst in den Baumwipfeln, gleichmäßiger und lauter drang es dann aus dem Weiler in den Wald hinein.

Im Feuerschein gleißten die eisernen Speerspitzen der Kimbern.

Frauen und Kinder traten aus den Langhäusern, Freigelassene, die keine Stimme in der Versammlung hatten, unfreie Knechte und Mägde, und näherten sich neugierig dem Feuer, und die Männer ließen es geschehen.

Hludico ließ die Anerkennung und Zustimmung der Speere über sich ergehen, genussvoll und lächelnd, während Segestes sich jede Regung verbiss. Das schwache Licht konnte jedoch die Befriedigung, die sich auf seinem bartlosen Gesicht abzeichnete, schlecht verbergen. Er sah, wie die Blicke der Männer an Hludicos Lippen hingen, ahnte, wie viel Stärke noch in ihm steckte, und bedauerte nur seine eigene Schwäche. Hludico besaß etwas, das ihm, Segestes, stets gefehlt hatte, das ihm nicht gegeben war, damit er unter den Angesehenen des Stammes mehr als nur ein Geringer war: Heil.

Wenn es wahrhaftig Männer gab, die zur Führerschaft befähigt waren – und die gab es, wie jeder wusste –, dann war Hludico einer von ihnen. *Mannheil hat er, um andere Männer zu führen, Kraft, um sie zu beherrschen, Mut, um ihnen voranzugehen.* Segestes erinnerte sich seines Vaters Clondico, eines Herzogs der Kimbern, der in den Kriegen gegen die Warnen eine große Rolle gespielt hatte. Er erinnerte sich der Geschichten über seinen Großvater, Segestes den Grauen, der den Kimbern allein mit seiner Gefolgschaft, den Kriegern des Sturmwindes, den Felsengau erobert hatte. Er erinnerte sich der Geschichten anderer großer Ahnen, die immer wieder Taten vollbracht hatten, welche im Gedächtnis des Stammes überdauert hatten. Und inbrünstig hoffte Segestes, dass seine Söhne, Gaisarik und Bragir, mehr Stärke besitzen würden, als er selbst zu zeigen imstande war.

»Wir waren dreizehn Monde lang im Süden. Wir haben Dutzende von Wegen erkundet und unzählige Gespräche geführt. Glaubt uns, es wird gelingen!« Segestes' Worte gingen im Lärm unter.

»Und wenn es nicht gelingt ...«, murmelte Wisigarda, die als eine der wenigen den letzten Satz mitbekommen hatte. Sie war ebenfalls aufgestanden und sah einmal Hludico, einmal Segestes an. »Wenn wir erst im Süden sind, dann gibt es kein Zurück mehr, nicht wahr? Das ist ...« Sie schüttelte sich. »Es macht mir Angst.«

»Ja, mir auch.« Dann erhob Segestes die Stimme und breitete die Arme aus. »Und damit es gelingt, haben Hludico und ich mehr getan als nur geredet, seit wir zurückgekommen sind.« Es wurde wieder ruhig. Mehr als hundert Menschen standen nun um das Feuer herum und hörten seine Worte. »In der Wurt Seehort haben wir mit Herzog Cimberio gesprochen. In Seehort weiß man seit langem, dass etwas geschehen muss, weil das Meer immer wieder das Land überschwemmt. Cimberio hat bereits den Thingfrieden ausgerufen. Er hat Boten in alle Kimberngaue und sogar in die Gaue der Haruden geschickt, um sie zu bewegen, sich um den nächsten vollen Mond zum Thing am Wodansberg zu versammeln. Wer könnte« – Segestes schrie nun beinahe – »den gemeinsamen Scharen von Kimbern und Haruden widerstehen? Und genug Land gibt es dort im Süden, einen Platz für jeden einzelnen Gau.«

Volugeso, seiner Rolle als Ältester gedenkend, schien nicht bereit, sich ohne weiteres überzeugen zu lassen. »Und was ist mit den Kelten?«

»Ja, richtig, es gibt Kelten da unten, sogar eine große Zahl dieser Druidenknechte. Ohne Opfer wird es nicht abgehen ... Aber wartet! Ich zeige euch, was man im Süden finden kann, wenn man nur den Mut hat, danach zu suchen.«

Segestes nestelte am Verschluss des Beutels zu seinen Füßen und holte einen glänzenden Gegenstand heraus. Dann noch einen und einen weiteren, immer mehr, bis ein kleiner Haufen Edelmetall zu seinen Füßen lag. Staunen ergriff die Kimbern, und sie drängten sich um ihn. Halsringe, Fibeln, Ohrringe, Fingerringe, Armspangen, Sonnenscheiben, Gürtelbleche, Messer, alles aus Gold oder Silber. Voller Achtung und Begehrlichkeit betrachteten die Nordmänner die wertvollen Stücke und ließen sie von Hand zu Hand wandern. Die Frauen griffen nach den Schmuckstücken, legten sie an und bewunderten sich damit.

»Keltisch«, meinte ein Kimber, nachdem er eine goldene Fibel hin und her gedreht und die feinen Verzierungen in Augenschein genommen hatte.

»Ja, Ermin«, stimmte Segestes zu, »es ist keltisch. Das Stück gehörte ... He, Hludico! Stammt es von dem Tulinger von der Insel im Fluss? Ja, ein Tulinger hat es uns ... ah, gegeben.«

»Gegeben?«, wollte Vibilio nun ganz genau wissen. Um seinen Mund zuckte es.

»Um sein Leben zu retten«, erklärte Hludico.

»Nun, hat es ihn gerettet?«

Segestes hob die Hände. »Das weiß Urd[*] allein. Wir haben ihm das Leben gelassen, aber dafür fast alles andere genommen.«

Lachen. »Ein Glückskind! Hludico, Bruder, du wirst weich.«

»Das wird kein großes Gelage bei Wodan gewesen sein.« Noch mehr Gelächter, vor allem unter den Jüngeren. Einige verzogen nur das Gesicht. Hludico selbst schüttelte missbilligend den Kopf *(Wir brauchen jeden Freund, den wir finden können)*, schwieg aber.

---

[*] Urd, Verdandi und Skuld sind die Nornen, die Schicksalsgöttinnen, die das Gute und Böse bestimmen. Vermutlich steht Urd für das Vergangene, Verdandi für das Seiende und Skuld für das Werdende.

Wisigarda vermochte ebenso wenig zu lachen. *Was den Männern Vergnügen bereitet*, dachte sie, *bereitet fremden Frauen großes Leid.*

Ein alter Mann, Teutomatus, Zweiter im Weiler nach Volugeso, erhob sich. Ein Greis, erfahren, abgehärmt, nahezu zahnlos, beinahe selbstlos, weil vieles ihn nicht länger beschäftigen musste, und ohne große Erwartungen nach all den leidvollen Erfahrungen aus über sechzig kalten Wintern – mehr schlecht als recht in der Gewohnheit lebend und denkend. Er ließ einige Beutestücke durch die faltigen, fleckigen Hände gleiten und befingerte einen Ledergürtel mit Goldbeschlägen. Dann griff er nach einer Silberscheibe, die das herausgearbeitete, düstere Antlitz einer keltischen Gottheit zeigte, drehte auch diese so lange hin und her, bis schließlich auch der Letzte – außer dem Schmied, der wieder knatternd einen Wind aus den Gedärmen entließ – merkte, dass Teutomatus sprechen wollte.

»Ein schönes Stück ...«

Der Greis reckte sich in die Höhe.

»Aber ein schönes Stück für keltische Götter, nicht für die unseren.« Er warf die Scheibe und den Gürtel vor sich auf den Boden. »Feuer sah ich des Reichen Reichtümer verzehren – und der Tod stand vor der Tür. So lauten unsere Überlieferungen. Und ich sage, es kann nichts Rechtes daran sein, unseren Göttern fremdländische Dinge als Opfer darzubringen. Und es kann noch weniger recht sein, davon zu reden, die Orte zu verlassen, an denen wir so lange gelebt haben – ihr, eure Väter, eure Großväter und auch deren Väter und Großväter. Meine Augen mögen schlecht sein, gewiss, aber ich bin noch nicht blind. Ich erkenne auch die Zeichen der Zeit. Aber deshalb gleich alles zurücklassen, den Jötengau verlassen und in die Fremde ziehen ... Segestes? Hludico?« Der Alte legte eine eindrucksvolle Pause ein und veränderte dann seine Tonlage. »Eigen Haus, auch eng, geht vor – daheim, da bist du Herr!« Teutomatus fuhr nach einer weiteren Pause fort und erzählte noch viel, und er sprach in der langsamen Art alter Menschen, und mancher in der Runde wollte vor Ungeduld aufspringen, wenn der Alte wieder eine alte Spruchweisheit zitierte, wenn er umständlich an die ewigen Zeiten erinnerte, seit denen die Vorfahren auf diesem Boden gelebt hatten, wenn er an die Haine gemahnte, in denen sie den Göttern einst opferten. »Heilige Haine, ja. Hier liegen die Gräber unserer Väter, und hier liegen die Stätten unserer Things. Das Ungestüm von euch Jungen, ja, das war schon immer der Segen, und das war auch der Fluch des Stammes. Und die Gier nach Schätzen und Beute, die du mit diesen Stücken angefacht hast, Segestes.« Er nickte. »Aber Überfluss währt einen Augenblick – dann flieht er, der falsche Freund. Das Pfund der Alten sind Weisheit und Bedachtsamkeit. Und mit dieser Weisheit und Bedachtsamkeit beschwöre ich euch, nicht zu vergessen, dass sich unsere Heimat hier am Meer befindet. Ja,« – er nickte mehrmals –, »ich weiß, es gab in der Vergangenheit schlechte Tage. Doch dann folgten wieder gute Zeiten, da das Korn reich auf den Feldern stand und das Vieh in solcher Zahl gedieh, dass Milch, Käse und Fleisch für alle reichten. Wie oft habe ich schon am Kindbett gestanden, wie oft am offenen Grabhügel ... Immer ist es weitergegangen.« Teutomatus wies mit der Hand auf die Heimkehrer, ohne sie anzublicken. »Lasst die beiden mit ihren Sippen und ihren Anhängern fortziehen. Der Süden« – er legte erneut eine Pause ein – »ist das Reich Surts, des Feuerriesen, vergesst das nicht. Ihr, die ihr hier lebt, lange schon, immer schon, ihr solltet bleiben und das Andenken eurer Väter ehren, die niemals auf fremder Scholle fronen wollten, sondern sich mit diesem Boden verbunden fühlten. Ja, lasst uns Nerthus opfern, der Mutter Erde, dann wird sie uns ihre Gaben wieder schenken. Gaben, die ihr anderswo einfacher und ohne Mühe zu finden hofft, ohne saure Tage und harte Arbeit. Sein Schicksal wisse keiner voraus – dann bleibt der Sinn ihm sorgenfrei. Und was habt ihr denn schon außer Geschichten? Was kann Skuld uns heute sagen? Lasst uns diese Beutestücke ins Moor werfen, auf der Stelle! Ja, ich sehe Unglück, das von dem ganzen Tand ausgeht, das er anzieht wie Asgard die verfluchten Riesen. Werft das Zeug fort, vergrabt es oder zerstört es. Gebt alles dem Moor, ja, dem Moor. Das ist der einzige Weg, um seinem Einfluss zu entgehen. Und die Götter werden es uns danken. Dies ist keltisch, alles keltisch, nicht kimbrisch, es bringt uns nur Unheil.« Teutomatus holte tief Luft, einmal, zweimal, dreimal. *Seid ihr den Geschichten denn nicht schon verfallen?*, fragte er stumm und beobachtete die Blicke der Männer. Die meisten würden den Verlockungen folgen.

Das anhaltende Schweigen sprach deutliche Worte. Mit gesenktem Kopf verließ Teutomatus die Runde. Mitleid folgte ihm, aber keine Missbilligung.

Hludico trat in die Mitte des großen Kreises und hob die Hand, frohlockend und hoffnungsvoll. Er ließ den Blick noch einmal durch das Rund schweifen und schien jeden einzelnen Mann des Weilers zu mustern. Einige hielten den Atem an. Irgendwo schrie ein Waldkauz.

»Das Thing entscheidet. Aber ich sage heute schon: Jetzt ist die Zeit für Veränderungen! Jetzt! Kommt mit uns und lebt – oder bleibt hier und hungert.«

Ein lauter Jubel erhob sich nach diesen Worten. Unter den jüngeren Männern fielen sich etliche in die Arme. Viele liefen zu Hludico, der die ersehnten Worte gesprochen hatte, Worte, die Beute bringen würden, Reichtum, Ehre und Krieg, und sie umringten und beglückwünschten ihn und ließen ihn hochleben. Kinder umsprangen johlend den Haufen, Svanhild, Gaisarik und Bragir waren darunter.

Segestes schaute nachdenklich zu. Er hegte keinen Zweifel an der Entscheidung, die das Thing fällen würde, aber dunkle Tage der Reue mochten kommen. Er trat zu Wisigarda, die sich erhoben hatte und die ausgelassenen Männer still beobachtete, legte ihr einen Arm um die Schulter. »Ich fürchte, Frau, es wird noch ein wenig dauern, bis du ihn für dich hast.«

Sie antwortete mit einem traurigen Lächeln. »Glaubst du denn wirklich, ich werde ihn noch einmal ganz für mich allein haben?« Dann erst wandte sie den Kopf zu Segestes. »Für ihn ist es alles, was er sich immer erträumte, nicht wahr?«

Der Ältere wich ihrem Blick aus und sah zu Vibilio hinüber, der in der Nähe stand, mehrere Jünglinge um sich versammelt hatte und ihnen stolz das Schwert in der Scheide zeigte.

»Habe ich nicht Recht?«

»Ruhm, Kampf, Reichtum, Ehre, vielleicht ... Er hat viel von dir gesprochen.« Vibilio hatte nun das Schwert halb aus der Scheide gezogen. Segestes sah, dass seine Hände zitterten.

Wisigarda unterbrach ihn. »Schmerz, Leid, Krankheit, Tod, Heimweh ... Bei euch hört sich das alles so einfach an. Wenn ich nur daran denke, mondelang auf einem Wagen zu hausen ...«

»Nein, meine kleine Garda!« Segestes schnaubte und sah sie an. »Wir glauben zu wissen, was uns erwartet.« Seine Stimme klang so gepresst, dass Wisigarda fröstelte. »Es wird Wodan sein, der uns führt, nicht Donar. Aber irgendeiner musste den Becher endlich nehmen und einen neuen Wurf wagen.«

»Ja, ich weiß. Und ich hoffe, dass ihr Recht habt. Du ahnst nicht, wie schwer der Winter war.« Sie streckte die Hand aus und wies auf die Feiernden. »Aber wenn ihr eine Ahnung davon habt, was alles auf uns zukommt, dann solltet ihr es besser für euch behalten, Segest. Unsere Leute werden es früh genug erfahren.«

Segestes nickte. Er bückte sich, öffnete Hludicos bislang unberührtes Bündel und zog eine halbkugelige große Schale von dunkler Farbe daraus hervor, die in der Mitte die Tiefe von gut einer Handlänge aufwies. Darin sammelte er die Gegenstände, die herumgereicht worden waren. Dann bat er Wisigarda, den Sack aufzuhalten, und leerte vorsichtig mit beiden Händen den Inhalt der runden Schale in das Leinenbehältnis. Es klirrte und klapperte, als die Schmuckstücke auf etwas Hartes fielen, das noch auf dem Boden des Sackes ruhte.

Die Odermündung einige Zeit nach den vorangegangenen Ereignissen

»Was meinst du, Herzog, wie schnell werden wir vorankommen?« Starker Wind trieb Sand und Wassertropfen vor sich her. Südwärts ziehende Wolkenbänke verschluckten das Sonnenlicht des Spätsommermorgens. *Südwärts!* Viele schauten den Wolken nach.

Möwenschreie erhoben sich über allem, und Lummen und zahllose andere Seevögel wiegten sich in den Böen.

Hludico ließ den Blick über die gewaltige Wagenansammlung gleiten, die auf das Zeichen zum Aufbruch wartete. Das struppige Pferd, neben dem er stand, schien zu klein, um den massigen Körper des Kimbers tragen zu können. Einige Ratsmitglieder waren um ihn: Segestes, Herzog Cimberio und andere Edelinge, schließlich Vibilio, der jüngere Bruder mit dem Eisenschwert Mjölnir an der Seite.

»Zu langsam, ganz sicher zu langsam.« Cimberio zog eine Grimasse und wandte den Kopf. »Vergesst alles, was ihr auf euren Beutezügen erlebt habt. Selbst wenn wir so mühelos vorankommen, wie wir es uns wünschen, dann ist das vermutlich immer noch nicht schnell genug, um vor dem Winter einen guten Platz zu finden. Dabei sollten wir eher damit rechnen, dass sich uns alles in den Weg stellen wird, das uns nur einfällt. Und darüber hinaus auch noch das, woran keiner von uns bisher gedacht hat.«

Der Herzog, der ebenfalls neben seinem Pferd stand, war ein stattlicher Mann und Gebieter über eine ansehnliche Schar von Gefolgsleuten. Nicht so mächtig wie die Herzöge Teutorik oder Baiarik, die vom Auszug nichts hatten wissen wollen, nicht so angesehen wie manche Edelinge aus den Grenzgauen im Norden Kimberlands, die ihre Familien von den Göttern ableiten konnten. Unter den Wandernden aber war er ein Großer, ein Umstand, auf den Hludico fest baute. Er blies die Backen auf und ließ die Luft wieder entweichen. »Wie schnell also?«

»Lass mich überlegen ... Nun, bis zu den Rugiern ...« Cimberio blickte nachdenklich zum Himmel hinauf. »Zu

Fuß in knapp drei Tagen. Mit den vielen Wagen? Zwanzig. Mindestens.«

»Das ist verdammt langsam. Ob wir wirklich die richtige Entscheidung getroffen haben, Segestes?«

Segestes nickte entschieden. »O doch, Hludico, das haben wir. Und das Thing hat genau aus diesem Grund zugestimmt.«

Das Thing, die große Zusammenkunft! Kimbern und Haruden waren tatsächlich zusammengekommen. Drei Tage hatten sie gebraucht, um eine Entscheidung zu fällen. Für Hludico drei endlose Tage zwischen Hoffnung und Enttäuschung. Die Entscheidung war nicht so einstimmig ausgefallen, wie er gehofft hatte. Von großen Zweifeln war sie getragen und von vielen Zeichen begleitet. Eine Erscheinung aber war am meisten umstritten, und daran schieden sich Geister und Menschen. Die dunklen Mächte hatten ihre – beliebig zu deutende – Meinung offenbart, das Chaos hatte eine Vorwarnung abgegeben, einen hässlichen Vorgeschmack auf das Weltenende und den möglicherweise neuen Anfang: Jormungandr, die gewaltige Midgardschlange im Meer, dort auf die Endzeit und den letzten großen Krieg zwischen Gut und Böse wartend, hatte sich in ihrem Zorn als Sturm über das Land der Kimbern gewälzt und die Küstengaue mit ihrer unbändigen Kraft heimgesucht – und doch war die Schlange nur ein Teil jener Macht, die die Herrscher der Grenzwelten im letzten Kampf gegen das Götterreich Asgard ins Feld führen würden.

›Bleibt hier‹, hieß der große Sturm für viele, die zögerten, ›sonst wird es euch schlecht ergehen.‹

›Aber die Endzeit ist noch nicht gekommen‹, sagten andere und dass dies ein Zeichen von Wodan sei: Warum sonst hätte der weise Gott der Winde solches zulassen sollen, wenn er seine Kinder nicht endlich zum Aufbruch bewegen wollte? Und hatte er nicht ein noch deutlicheres Zeichen auf den verwüsteten Stränden von Glanzheim zurückgelassen, ein Zeichen, das von Hludico, ausgerechnet von Hludico, dem von Glück und Göttern gleichermaßen Begünstigten, gefunden wurde?

Der Liebling der Götter lächelte, wann immer er daran dachte. Dieses Zeichen würde den Kimbern hilfreich sein auf ihrem Weg, das Zeichen als solches und sein wirklicher Wert. Nur die wenigsten – gerade einmal der Rat und einige andere – wussten, worum es sich bei alldem wirklich handelte.

»Und dann?«, wollte Vibilio wissen und legte die Hand auf den Griff seines Schwertes, wie er sich das schnell angewöhnt hatte. Hludico lächelte, darüber und über die Neugierde seines Bruders.

»Nach den Rugiern? Vielleicht die Greutungen. Ich weiß nicht, wo sie zur Zeit siedeln. Die Späher haben sie nicht gefunden. Ich hoffe, weiter ostwärts, bei den Ulmerugiern vielleicht ...«

»Die soll Hel holen, die gotischen Schlappschwänze. Vielleicht sind sie ja wieder übers Meer, zurück auf ihre Inseln ...« Ein bärtiger Kimber aus der Runde spuckte auf den Boden.

»Dann ... der Herkynische Wald. Und danach die Boier.«

Cimberio nahm das Stichwort von Segestes auf und blickte ihn fragend an. »Sind wir genug für einen solchen Gegner? Ohne die Nordgaue und Baiarik ...«

Segestes hob die Schultern. »Sehr starker Stamm! Ich weiß es nicht, Cimberio.« Er ließ die Schultern wieder fallen, und die anderen Reiter spitzten die Ohren. »Alles, was wir über die Boier wissen, haben wir von den Rugiern. Und die haben eine mächtige Achtung vor ihnen.« Mit der Hand wischte er alle Sorgen beiseite. »Aber darüber können wir uns im nächsten Sommer Gedanken machen. Vorher werden wir ihre Sitze in keinem Fall erreichen. Wenn überhaupt.«

»Mindestens zwei.« Aber kaum einer hatte Hludicos Gemurmel gehört.

Aistulf, ein Herzog der Haruden, drängte sein Pferd nach vorn. »Rugier, Goten, der Herkynische Wald mit allen seinen Bestien und Drachen. Boier. Und dann?« Er blickte auf die Kimbern hinab. »Wie weit noch, Segestes? Und wer kommt nach den Boiern?«

»Um die Rugier müssen wir uns nicht sorgen, die lassen uns durch. Wir stellen Geiseln, sie weisen uns Wege. Die Greutungen packen wir, keine Frage, wenn sie nicht sowieso die mickrigen Schwänze einziehen. Und nach den Boiern? Andere Kelten. Aber vorher ... Vielleicht treffen wir noch auf die Sueben, die sich zwischen den Strömen wie die Seuche in alle Richtungen ausbreiten. Hermunduren wahrscheinlich. Und Lemovier. Und dann, später, wenn wir jemals so weit kommen, dann treffen wir auf die Römer.«

Schweigen breitete sich aus, als dieser Name fiel, der auch im Norden der Welt immer wieder vernommen wurde und von großer Macht kündete. Nur das Abbild eines Schattens, aber eines dunklen Schattens, der groß schien und stark, erzeugt von Gerüchten, Geschichten und Unwissenheit.

Hludico bewegten andere Überlegungen. Er dachte an den Bund, den die Herzöge der Kimbern und der Haruden während des Things geschlossen hatten. Die Waffe, die Vibilio erwürfelt hatte, hatte ihm selbst diesen Gedanken eingegeben: Über dem alten Schwert Mjölnir, einst geschmiedet, um die Haruden in einem langen Krieg in den weiten Wäldern und dunklen Mooren der Halbinsel zu bekämpfen, hatten die kimbrischen und harudischen Edelinge am Wodansberg, wo die Weltesche aufragte und die Quelle der Erkenntnis sprudelte, den alten Streit begraben. Sogar ein Versprechen hatten sie einander gegeben: gemeinsam zu kämpfen, bis eine neue Heimat gefunden war.

Oder bis zum Untergang ... Doch das war Nornengeschick, kein guter Gedanke in diesen Tagen. *Die Kelten*, dachte Hludico, *sind bestimmt zu schlagen, und ob wir weit genug nach Süden ziehen, um auf das Römervolk zu stoßen, das an diesem Inneren Meer lebt – das wird sich erst noch zeigen.* Er musste an die Monde denken, als er mit Segestes unterwegs gewesen war. Damals waren sie auf die Römer gestoßen, aber noch bevor sie die Soldaten Roms leibhaftig sahen, hatten sie von ihnen gehört, immer wieder, immer häufiger ... *Jetzt werden sie von uns hören. Noch bevor sie uns sehen, werden sie von uns hören und werden uns spüren. Wenn wir erst einmal den alten Handelsweg erreicht haben ... Und unsere Brüder in der Heimat werden Sorge tragen, dass auch die Menschen des Westens nach Norden schauen.* Denn viele waren in der Heimat geblieben, viele Edelinge mit ihren Gefolgsleuten, wissend, dass ein solches Unternehmen jede Rangordnung umdrehen würde und sie, die Mächtigen, nur verlieren konnten.

Hludico musterte den Haruden. Aistulf war ein Mann, mit dem auf der Wanderung zu rechnen war, machtvoll, klug, hart. Ihn mussten sie gewinnen, damit es zwischen den Stämmen keinen Streit gab.

»Was hat sie eigentlich gesagt?« Vibilio deutete auf eine alte Frau, die unten am Meeresstrand kniete. »Ihr habt doch mit ihr geredet, Hludico. Gefällt sie ihr« – er verstellte seine Stimme –, »*die Gabe Wodans?*« Er lachte.

Alle blickten zum Ende der Landzunge, wo die grauhaarige, barfüßige Albruna, die oberste Priesterin des Stammes, noch einmal das Wohlwollen der Götter erflehte. Eben erhob sie sich schwerfällig und ließ sich von einem Jüngling zu einem verhüllten Wagen geleiten. Das Gefährt trug das eherne Abbild der Götter und eine Vielzahl geweihter Gerätschaften. Ein großer silberner Kessel gehörte seit kurzem dazu, allgemein bekannt als die ›Gabe Wodans‹, den Hludico nach dem großen Sturm vorgeblich an den Stränden vor Glanzheim gefunden hatte. Schneeweiße Pferde zogen den Wagen Albrunas. Das waren in der Menschenwelt Midgard die Geschöpfe, die von allen am heiligsten waren und deren Wiehern große Geheimnisse barg.

»Sie wird sehen, was sie sehen muss.« Cimberio presste die Lippen aufeinander. »Und alle werden glauben, was sie sieht, wie immer.«

»Also hat sie das Zeichen als das gedeutet, was es eigentlich nicht war?«

»Willst du etwa den Sturm in Frage stellen, Schwertträger? Nein, der war eindeutig. Aber seine Gabe ... Wer will sagen, was es war oder nicht war? Volugeso sagt, es war Schicksal, und meint, unser kleines Spiel gereicht uns nicht zum Heil, alle sollten davon wissen. Euer Teutomatus hat gejammert und den Kopf geschüttelt und irgendwelche

Weisheiten vor sich hingemurmelt. Ihm geht es nur um die alten Geschichten. Wenn er den Kessel in die Hände bekäme ... Wäre schade drum. Dein großer Bruder sieht nur das Ziel, nicht den Weg. Ich finde, es wäre nicht nötig gewesen, aber vielleicht hat es in gewissen Köpfen noch Zweifel ausgeräumt. Und Albruna ... Sie hält unseren Einfall für ziemlich klug. Dass nur alle glauben – das ist ihre ganze Sorge. Wenn ein Geschenk Wodans der Weg ist, um den Glauben anzufachen, nun, dann ... Nachdem wir ihr noch einen Anteil dessen versprochen hatten, was dein Bruder wirklich fand – da wurde sie wie Wachs in unseren Händen.«

Schweigen folgte den Worten des Herzogs, und die Männer starrten zu den zahllosen Wagen hinüber, die alles Land zu bedecken schienen. Hausrat, Nahrungsmittel, Schläuche mit Wasser und Beutel mit kostbarem Salz, Decken, Felle, Saatgut, Werkzeuge, Kleidung, Waffen, Futter für die Tiere, Eisenerz, Feuerstein, Hühnerkäfige, Wachs und Tauschwaren bargen sie, und irgendwo dazwischen, wenn der Platz es zuließ, hockte noch eine Hand voll kleinerer Kinder und, selten, ein grauhaariger Alter mit Wehmut im Blick. Der größte Teil der Alten und Siechen und alle Kranken waren in Kimberland geblieben – um die Heimat nicht verlassen zu müssen, um den Jüngeren nicht zur Last zu fallen, um die Vorräte zu schonen.

Außer den Alten waren es meist die erstgeborenen Söhne, die mit ihren Familien geblieben waren, Ackermänner, Bauern, Seemänner und Gefolgsleute jener Edelinge, die nicht auszogen. Die Nachgeborenen, zweite, dritte, vierte Söhne, Männer, Heranwachsende und Knaben, deren Erbteil gering bis unbedeutend sein würde, die hungrig und unternehmungslustig waren, Abenteuerseelen, Unruhestifter, Seeräubernaturen und Faulpelze folgten erwartungsfroh Hludico und dem Rat.

Wie auch immer die Heimsassen, die Daheimgebliebenen, zu dem Unternehmen standen, neidvoll, ablehnend oder teilnahmslos: Sie hatten Eide geschworen, hatten gelobt, in jedem Sommer für das Heil der Wanderkimbern an den geweihten Orten und zu den Zeiten der heiligen Feste Opfer zu bringen und ihr Wohlergehen den Göttern ans Herz zu legen.

Noch mehr hatten die bleibenden Edelinge gelobt: Baiarik und Teutorik würden mit ihren Gefolgschaften zehn Sommer lang nach Süden reiten und dafür Sorge tragen, dass bestimmte Pfade im Süden Kimberlands, die nach vielen Wegmeilen in einer Stadt im Süden Galliens endeten, für gewisse wertvolle Waren gesperrt wurden. Das war der Preis, den sie entrichteten, damit Cimberio und Hludico darauf verzichteten, in den Gauen der beiden Herzöge Männer und ihre Familien zu werben.

»Ich hatte gehofft, dass uns noch mehr folgen würden«, murmelte Hludico.

»Wenn wir Erfolg haben, dann kommen sie uns nach.« Cimberio machte eine wegwerfende Handbewegung. »Du wirst sehen. Ha! Selbst Volugeso wird uns eines Tages nachfolgen. Vielleicht sogar der alte Teutomatus. Baiarik juckt es in den Fingern, das war offenkundig, aber gegen seine Sippe kann er nicht sprechen. Der alte Nörrik würde ihn übers Knie legen.« Er gluckste. »Aber irgendwann ...«

»Das denke ich auch.« Segestes nickte. »Die Wandilier sind sicher, dass im nächsten oder übernächsten Jahr ihr halber Stamm ausziehen wird. Kommt auf den Winter an ...«

Hludico gab sich damit nicht zufrieden. »Die Wandilier sind mir von Herzen gleichgültig, Segest. Aber worauf warten unsere Leute denn noch? Kann es ein noch deutlicheres Zeichen geben? Wie man das so verdrehen kann, das will mir nicht in den Kopf: Bleibt hier, oder es wird euch schlecht ergehen!« Er schüttelte das Haupt. »Teutorik gehört die Zunge herausgerissen. Aus den Eisernen Gauen ist fast keiner gekommen. Teutoriks Männer waren ständig unterwegs, um die Leute zu beschwatzen. Um unsere Abmachung hat er sich einen verdammten Dreck gekümmert.«

»Vielleicht muss Jormungandr noch einmal das Maul aufreißen, damit es auch die letzten Strohköpfe endlich verstehen.«

»Was gab es an *dem* Sturm nicht zu begreifen?«

Wieder war es Vibilio, der das nachfolgende Schweigen unterbrach. »Wie stark sind wir eigentlich? Gibt es schon Zahlen, Herzog?«

Cimberio gab geduldig Auskunft. Hludico wusste, dass die Großmut eher ihm selbst als seinem Bruder galt. Noch vermochte der Herzog ihn nicht einzuschätzen, weder seine Absichten noch sein Heil. »Kaum zu überschauen, erst wenn wir unterwegs sind. Einige sind vielleicht noch auf dem Weg – aber wir können nicht ewig warten. Sie werden unserer Spur schon folgen. Aber irgendetwas über fünftausend Wagen, schätze ich. Vielleicht achttausend Krieger von uns, zweitausend von den Haruden. Ungefähr. Dazu Wandalier und Eudusen.« Nach einer kurzen Pause: »Schade um die Schiffe.«

»Und wenn wir noch einige Tage stromaufwärts gefahren wären?«

Allmählich zeigte Cimberio doch Anzeichen von Gereiztheit, er schaute den Frager fast schon verzweifelt an. Und ächzte. »Zu wenig Schiffe. Und dann die Strömung. Es hätte zu lange gedauert, bis alle wieder beisammen wären. Wären wir früher aufgebrochen, ja, dann vielleicht, aber jetzt ...«

Unten, auf dem hellen Sand der lang gestreckten Nehrung, lagen die ausgeschlachteten Leiber Hunderter von Schiffen verschiedenster Größe. Nun, kurz vor dem Aufbruch, bestanden sie fast nur noch aus Querrippen. Auf dem gesamten Gestade lagen die dunklen, hochbordigen und segellosen Schiffe wie die Leiber von riesigen aufgedunsenen Schnecken, die durch den Regen an den Strand gespült worden waren. Drohend reckten sich Drachenköpfe in den Himmel, wanden sich Schlangenleiber und ragten Wolfsrachen auf.

Viele Boote waren nur roh gezimmert und verpicht, lediglich zu dem Zweck, einmal genutzt zu werden, dann zu zerfallen und zu vermodern, sofern sie nicht zurück nach Kimberland gerudert wurden.

Die Seekimbern, geringer an Zahl unter den Ausziehenden, aber nicht weniger hoffnungsvoll, warfen Blicke der Sehnsucht auf die Boote und fragten sich bang, ob vielleicht irgendwo ein anderes Meer auf sie wartete. Unter den

Ackermännern, den Bauern aus den küstenfernen Gauen, herrschte eine andere Stimmung. Die Erleichterung über das Ende der Seereise und den festen Boden war ihnen anzusehen. Viele hatten längst das Land jenseits der weiten Bucht geprüft, das Wetter der letzten Tage beobachtet und – Donar preisend – beides für gut befunden.

Wieder andere lächelten verächtlich über beide Gruppen, musterten mit Misstrauen und bösen Blicken die Haruden und pflegten ihre eigenen Hoffnungen, diese innere, erwartungsvolle Unruhe. Das waren jene, die man nie ohne Waffen und immer in kleinen Gruppen sah und die zu Wodan beteten.

Nach und nach waren die Kimbern und Haruden angelangt, mit einzelnen Booten, in kleinen Geschwadern und manchmal auch in Flotten von einem Dutzend oder mehr Schiffen. Die Wassergeister hatten aber ihr Opfer erhalten, manches Drachenboot kam nie an. Am Strand jenseits der Bucht waren die Boote dann entladen, die zerlegten Wagen wieder zusammengebaut worden. Die zitternden Ochsen wurden vorgespannt und schreiend den Strand hinaufgetrieben, und man lagerte sich, wo noch ein Platz zu finden war, bis nach vielen Tagen endlich alle versammelt waren. Die Kinder vertrieben sich die Zeit damit, Sandsiedlungen zu bauen und Schalentiere auszugraben.

Wer bis zu diesem Tag nicht angelangt war, wandelte vielleicht in einer anderen Welt. Manches Boot mochte nur auf einer der vielen Untiefen festsitzen, die vor der Küste lagen. Vielleicht würde seine Besatzung nachfolgen, vielleicht nicht.

Späher ritten seit Tagen durch das Land, um die Gaue ansässiger Stämme ausfindig zu machen, doch die Landschaft um die weite Mündung des Stromes, der sein süßes Wasser in der flachen Bucht mit dem Salz der See vermengte, erwies sich als kaum besiedelt. Am Vortag waren dann die Reiter des Rates von Lager zu Lager geritten und hatten den Aufbruch für diesen Morgen angekündigt. Die Wagen und Karren, die sich daraufhin an der Küste des Haffs sammelten, bildeten ein unübersehbares Gewirr.

Auf der Anhöhe nördlich der Bucht rauchten noch dünn die Reste des großen Signalfeuers. Dreißig Tage und Nächte lang hatte es den Wanderkimbern den Weg gewiesen. Von zehn, zwanzig oder dreißig Rudern getrieben, waren die Drachen dem Küstenverlauf Kimberlands nach Süden gefolgt, später nach Osten, vorüber an den zahlreichen großen und kleinen Inseln des Nordmeeres. Wandilische und eudusische Drachen aus dem hohen Norden Kimberlands und von den volkreichen Inseln stießen in friedlicher Absicht zu den vielen Flotten, als diese das Gewirr der großen Eilande zur Linken hatten, aber manche Boote wurden auch von feindlichen Drachen der Goten und Ambronen aufgebracht und versenkt.

Die Boote der Ausziehenden fuhren nur, wenn Dagr wachte. Des Nachts aber, wenn es möglich war und die meist schroffe Küste in weichere Linien überging, wurden die Drachen am Strand vertäut. Das weithin sichtbare Feuer zeigte den Ausziehenden schließlich den letzten Landungsplatz: die weite, aber flache Mündung des gewaltigen Stromes im Osten, verborgen hinter großen Inseln, zwischen denen schmale, süßwasserreiche Mündungsarme flossen. Auch auf einer dieser Inseln hatte ein mächtiges Feuer gebrannt. Viele Schiffe hatten den Weg zweimal gemacht, manche sogar dreimal. Nun, am Ende des Anfangs, war aller beweglicher Besitz der Sippen an Ort und Stelle: Den Aufbruch verzögern hätte geheißen, Zeit zu vergeuden und die Götter verärgern.

Cimberio nickte, auch um endlich Vibilios Fragen beenden. »Gehen wir es an.«

Hludico lief ein Schauder über den Rücken.

Auf einen Wink des Herzogs hin hob ein Kimber ein zweifach gebogenes Horn an die Lippen. Ein langgezogener dumpfer Ton erhob sich über dem Land.

Das Signal wurde aufgenommen und weitergetragen. Peitschen knallten, Ochsen brüllten, und schließlich zuckte der Kopf des gigantischen Wurmes, der auf den weiten Dünen lag, und bewegte sich langsam vorwärts. Mit erheblicher Verspätung folgte ihm der vielfach gewundene, verknäulte Leib, wand sich, zog sich auseinander, wurde unter

Schreien, Drohungen und Flüchen von Berittenen geordnet und in endlose, schiefe Reihen gewiesen.

Erst nach einer geraumen Weile setzten sich unter den Augen der Gruppe um Hludico und Cimberio, die ihren Standort zweimal verändert hatte, auch die letzten Wagen in Bewegung.

Die Ochsenkarren waren zwischen fünf und sechs, höchstens aber acht Schritte lang, zwei- oder vierrädrig und für gewöhnlich mit einer hölzernen Umbordung umgeben. Lederplanen aus Rindshäuten waren darüber auf ein hölzernes Gestell gespannt und boten Schutz vor Sonne oder Regen sowie neugierigen Blicken.

In den Windböen, die übers Meer jagten, knatterten die Planen; Menschen und Tiere schrien – der Lärm war unbeschreiblich.

Hludico zog sein Schaffell enger um die Schultern. Noch war es Sol auf ihrem Weg zum Zenit nicht gelungen, diesem Morgen seine Kühle zu nehmen.

»Endlich.« Die schiere Größe des Unternehmens öffnete Vibilio abermals den Mund. Cimberio kniff nur die Lippen zusammen. »Das erinnert mich an den Zug gegen die Warnen. Damals war ich zum ersten Mal unterwegs – weißt du noch, Hludico?«

Hludicos Lächeln war dünn. »Dein heiliger Frühling ... Ich entsinne mich schwach an das Fest danach. Musstest du dir nicht einige Dinge noch einmal durch den Kopf gehen lassen?«

Vibilio war weit davon entfernt, die Worte seines Bruders als Spott aufzufassen. Er lachte. »O ja! Bier und Met und irgend so ein vergorenes Traubengesöff von diesem dunklen Händler aus dem Süden. Der Wein war zu viel für mich. Hab mich gefühlt, als hätte mich Jormungandr verschlungen und wieder ausgekotzt.«

»So sahst du auch aus, Kleiner.«

Nichts konnte Vibilio an diesem Tag den Frohsinn verderben. Wieder legte er die Hand auf den Schwertknauf und wies mit der anderen, die den Zügel hielt, zur Spitze des Zuges. »Reiten wir nach vorn, großer Bruder?«

Die Vorhut des großen Trecks wurde von wehrfähigen Berittenen gebildet, denen bereits am Vortag Kundschafter vorausgezogen waren. Andere Trupps zu Pferd sicherten das anfällige Ende des Zuges, weitere Bewaffnete deckten zu Fuß seine weit auseinander gezogenen Flanken. Jünglinge und Knechte trieben das Vieh – Rinder, Schafe, Schweine und einige Pferde – neben oder zwischen den Wagen. Überall sprangen Hunde umher, trotteten den Wagen nach oder hielten die brüllenden Herden beieinander. Die wenigen alten Frauen und Männer, die kleineren Kinder und die Kranken hatten Platz auf den Karren gefunden. Wer gesund war oder nicht als schwächlich gelten wollte, der lief.

Hludico beantwortete die Frage seines Bruders mit einem Nicken, saß auf und setzte sein Pferd in Bewegung. Trotz der vielen sich jetzt schon abzeichnenden Schwierigkeiten spürte er nun endlich, zum ersten Mal seit vielen Tagen, eine überschwängliche Freude in sich aufsteigen. Die ganze Welt stand den Kimbern und ihren Bundesgenossen offen, und wenn Hludico an den Ruhm dachte, der in dieser Welt zu erwerben war, dann schwindelte ihm, und er betete dieses Midgard, die Welt der Menschen, an und wollte es niemals verlassen müssen. Er war jung, heute noch Führer seiner wenigen Gefolgsleute, morgen vielleicht schon Herzog. Und warum nicht gar eines Tages, wenn die Götter mit ihm waren, Heerkönig eines ganzen Stammes?

Wie Asen waren sie, die die Menschenwelt heimsuchen wollten. Wie die Götter, wie Wodan, Loki und Hönir würden sie unter den Südländern wandeln: unverwundbar, unsterblich.

Hludico lachte laut auf und drückte seinem Pferd die Fersen in die Flanken.

Die große Wanderung der Kimbern hatte begonnen.

1. Kapitel

*641stes Jahr seit Gründung der Stadt Rom
im Konsulat von Gnäus Papirius Carbo
und Gaius Metellus Caprarius
(113 v. Chr.)*

MASSALIA IN DER RÖMISCHEN PROVINZ
GALLIA NARBONENSIS IM MOND MAIUS
Heutiges Marseille

Für einen Augenblick hielt Helios inne, und die Welt hielt den Atem an, den sie zuvor eingesogen hatte. Dann begann die schnelle Talfahrt des Sonnengottes: Er ließ den täglichen Morgen hinter seinem goldenen Wagen und fuhr, noch immer strahlend, noch immer schön, der Nacht entgegen.

Das Ochsenpaar vor Timaios' Wagen holperte unter der Mittagssonne weitaus langsamer dahin als das pferdebespannte Gefährt des gewaltigen Sonnenreiters. Durch eine oleanderbewachsene Hügellandschaft, aus der hellgraue grün gesprenkelte Felsen sich hundert Schritte hoch und höher erhoben, näherte er sich Massalia auf der gepflasterten Straße. Die Trasse war ebenerdig und ohne Einfassung, nicht erhöht wie die Römerstraße, die Timaios vor kurzem verlassen hatte. Nun führte sie auf die ersten, vorgeschobenen Befestigungsanlagen der Stadt zu.

In weitem Abstand umschloss ein Kranz von Bergen die Hafenstadt, die an den Gestaden des Inneren Meeres lag, im äußersten Südosten Galliens. Schon lange hatte Timaios die

Tempel der Artemis, der Athene und des Apollon in ihrem blau-roten Marmorgewand vor Augen gehabt, die den Burghügel Massalias krönten. Eines der drei Gebäude schien in ein Gerüst gehüllt; vielleicht erhielten die Säulen und Mauern einen neuen Anstrich. Doch nun erkannte Timaios die wuchtigen Türme der Stadtmauer, die in regelmäßigen Abständen die Ausfallpforten schützten. Bald wurde auch die Krone des Mauerwerkes selbst sichtbar: Mehr als fünfmal überragte sie die Höhe eines Mannes und war seit genauso viel hundert Jahren ein mächtiger Schutzwall gegen die an Zahl reichen Feinde der Massalioten.

Schon seit einigen Dekaden, seit Rom seinen Herrschaftsanspruch auch in dem Land zwischen Pyrenäen und Seealpen mit Waffengewalt vertrat – wachsend und gedeihend, nannten das die einen, wuchernd und schwärend die anderen –, dehnte sich die Stadt über ihre alten Grenzen hinaus aus, langsam, doch geschützt. Vor ihren Mauern und in der näheren Umgebung lag eine kleine Anzahl neuer Dörfer und Gehöfte. An den Ausfallstraßen, die Massalia an die alte Trasse von Oberitalien nach Iberien anbanden – die jetzt als Römerstraße ordentlich Via Domitia hieß –, fanden sich Gasthäuser, Bäder, Stallungen und Gräber.

Timaios schätzte die Römer gering, sah aber ihren Einfluss und staunte immer wieder über ihre grenzenlose Macht. Bevor von den Seealpen Liguriens der Gleichschritt marschierender Legionen widerhallte, hatte man selten Häuser außerhalb der Stadt gefunden. In Hellas mochte das angehen. Massalia dagegen, die alte hellenische Kolonie, lag inmitten des Barbarenlandes und war Zeit ihres Bestehens niemals eine Einheit von Stadt und Hinterland gewesen. Massalia hatte sich seit ihrer Gründung mit keltischen Scharen und ligurischen Horden, etruskischen Heeren und karthagischen Flotten auseinandersetzen müssen. Massalia hatte aus endlosen Fehden, Plünderungen und Belagerungen seine Lehren gezogen.

In der Luft schmeckte und genoss Timaios Meersalz, der Wind war maßvoll und seine frühsommerliche Wärme angenehm. Die beiden Ochsen zogen unter ihrem Holzjoch schwer an dem zweiachsigen Gefährt. Die sonst willenlosen Tiere schienen das nahe Ende aller Strapazen zu spüren und schritten zwar langsam, aber stetig dahin, ohne angetrieben werden zu müssen. Auf diesem Stück folgte die Straße der zerklüfteten Küstenlinie des Inneren Meeres.

Timaios kannte das Gemüt seiner Ochsen zur Genüge, musste sich aber dennoch beherrschen, um die Tiere nicht zu größerer Eile anzutreiben ...

»Los, ihr faules Hornvieh, sputet euch!«

... was beim Charakter der kastrierten Tiere ein sinnloses Unterfangen gewesen wäre. Dabei barst Timaios vor Mitteilungsdrang und Wiedersehensfreude. Was hatte er in den letzten Monden nicht alles gesehen und gehört, was hatte er nicht alles zu berichten? Erstaunliches, Bemerkenswertes, Furchtbares: gallische Druiden, die im Geäst riesiger Eichen Misteln schnitten, britannische Bauern, die die Sonne erfolgreich mit seltsamen Tänzen lockten, belgische Zwillinge, die im Winter ausgesetzt und erfroren waren.

Er erzwang andere Erinnerungen, seine Augen wanderten hin und her, suchten nach Bekanntem und forschten nach Vergessenem. Timaios erkannte den Weg zur Grotte, unten am Strand, den er mit Meletos und anderen Freunden so oft gegangen war, um Piraten und Römer zu spielen. *Und immer*, erinnerte er sich, *bin ich darauf versessen gewesen, ein Pirat zu sein. Wie gern die anderen Römer waren! Ich nie.*

Und hier – war das nicht die Grube, aus der sie damals die ligurischen Bauern mit Erdbrocken beworfen hatten? Dort – die Felsen, hinter denen sie sich verborgen hatten? Und da drüben – *ja, da ist die Ecke, an der mir der kretische Söldner von der Stadtwache eine Tracht Prügel verabreichte.* Wie lange war das her? Fünfzehn Jahre erst oder doch siebzehn schon?

Andere Erinnerungen wallten aus geringeren Tiefen empor, aus späteren Zeiten, aus näheren Tagen, Erinnerungen an ältere Mädchen und jüngere Frauen, mit denen er vor der Stadt oder am Strand entlanggeschlendert war. *Ob diese oder jene, die ich verehrt und geliebt habe, noch in der*

Stadt weilt? Rhea vielleicht, die Sanfte? Schön wäre das. Vorwärts, ihr Ochsen, rennt so schnell wie der brunftige Zeus, als er Europa entführte!

Vor dem Nordtor der Stadt, das seit einiger Zeit Römertor hieß, standen Karren gallischer oder ligurischer Bauern, beladen mit Erzeugnissen für den vor Hunger immerzu schreienden massaliotischen Markt. Dicke Leinensäcke türmten sich da und eisenbeschlagene Holzfässer. *Sicher nur schimmlige Getreidereste vom Winter. Macht Platz, ich habe bessere Waren!* Soldaten in ledernen Brustpanzern über ihrem blauem Chiton, mit ehernen Beinschienen und runden Schilden durchsuchten den Inhalt der Lastkarren gründlich nach Waffen: Nach wie vor war es Ortsfremden untersagt, in der Stadt Waffen zu tragen.

Ein Offizier der Stadtwache, dessen Rang ein weißer Helmbusch deutlich machte, stauchte gerade einige Bauern zusammen. Ein radebrechender Schwall aus hellenisch-gallisch-ligurischen Flüchen und Schimpfworten ging auf die Eingeschüchterten nieder. Vermutlich waren es Ligurer, denn die Männer und Jungen auf ihren Wagen sahen auf traurige Weise heruntergekommener aus als die Kelten Galliens. *Kleiner*, so fand Timaios, *und nicht so stattlich wie die gallischen Hühnerzüchter*. Irgendwie trostloser und gottergebener, als es die Gallier für gewöhnlich waren oder sein wollten. Zweifellos hätten diese erst einmal zurückgebrüllt.

Ihm selbst, der er entweder zu hellenisch oder zu harmlos wirkte, wurde von dem Offizier bedeutet, seinen Wagen schleunigst weiterzubewegen. Timaios, eigentlich in der Erwartung, seine Waren mit drei Hundertsteln des geschätzten Marktwertes verzollen zu müssen, freute sich und vermutete, dass diese einseitige Form des Gedankenaustausches zwischen den Soldaten und den Bauern zu den bescheidenen und ritualisierten Freuden des gleichförmigen Alltags der Stadtwache gehörte.

Ohne anzuhalten, rumpelte das Ochsengespann zwischen zwei mächtigen Eisenportalen hindurch, und Timaios lenkte den Wagen zur Agora, die in der Mitte der Halbinsel zwischen Burg und Odeion[*] lag und den ältesten Teil Massalias darstellte. Das Stadtgebiet bildete ein unregelmäßiges Dreieck. Seine Südseite schmiegte sich an das Hafenbecken; von der Westkante zur Nordspitze verfolgte die Stadtmauer die ungerade Meeresseite der Halbinsel. Auf der nordöstlichen Seite lag die große Mauer, über tausend Schritte lang und zehn Schritte hoch, und zeigte ins Landesinnere.

Auf seinem Weg zur Altstadt kam Timaios an dem langgezogenen Stadion vorbei. Angehörige der Stadtwache übten sich auf dem Rasen im Ringkampf. Daneben warfen alte Männer mit gezielten Würfen Bronzekugeln nach dem hölzernen Schweinchen im Sand.

Der Heimkehrer staunte über die vielen neuen Bauten im Umfeld der Arena: Einst war sie ein weites Stück Land zwischen sanften grünen Hügeln gewesen. Inzwischen war die Stadt näher an ihre Schutzmauer herangerückt, und es gab weniger unbebaute Flächen als früher. Überall waren Lastkräne, Gruben und Gerüste zu sehen. Im langen Schatten der römischen Legionen war das Wachstum in den Nordwesten der Welt gekommen – sofern man Rom als ihren Mittelpunkt betrachtete, woran im Allgemeinen nur Nichtrömer zweifelten.

Durch die verschmutzten Pflastergassen mit all ihren Läden und Ständen kam Timaios' Ochsengespann nur langsam voran.

Das schöne Wetter trieb die Menschen aus den Häusern, und es zeigte sich wieder einmal, welch ein Schmelztiegel unterschiedlichster Bevölkerungsgruppen Massalia war. Angehörige nahezu aller Völker der Ökumene drängten sich auf den Straßen, auf denen die massaliotischen Bürger beinahe eine Minderheit bildeten. In der unergründlichen Tiefe des schäumenden Tiegels schwammen Menschen aus hundert Völkern und tausend Stämmen: Gallische Bauern, hellenische Händler, keltische Druiden, aquitanische Krieger, korsische Matrosen, sardische Gaukler, belgische Barden, ligurische Tagelöhner, iberische Gesandte, skythische

---

* lat. odeum; das Theater.

Glücksritter, ägyptische Wahrsager, balearische Wunderheiler, kretische Sklavenhändler, kilikische Piraten, italische Kaufleute, illyrische Söldner und asiatische Diplomaten bewegten sich durcheinander, umeinander, miteinander.

Dazwischen wimmelten Sklaven jedweder Hautfarbe, Volkszugehörigkeit und Sprache. Als Lastenschlepper, Sänftenträger, Maultiertreiber, Platzmacher, Saubermänner, Wasserträger, Märchenerzähler, Lehrer, Schreiber, städtische Arbeiter und Einkäufer fristeten sie zu Tausenden ihr Dasein, gesäumt, geschoben, gestoßen von jenen Eingesessenen oder Fremden, die zwar frei, aber nicht besser gestellt waren: Vagabunden, Streuner, Bettler – berufsmäßige und solche, die bloß bittere Not zwang –, Beutelschneider, Hetären und billigere Weiber aus demselben Gewerbe, Banden von Kindern und Jugendlichen.

Tiere rundeten das Straßenbild ab, hier und da eine Katze, dann Gänse, Hunde, Schweine, Ziegen, Schafe, Pferde, einmal ein eingepferchter Bär und viele, viele beladene Esel und Maultiere.

Noch langsamer passierte Timaios die bunten Marktstände auf der weiten Agora, die von den öffentlichen Bauten und Wandelhallen gesäumt war, und auf der zahlreiche bunte Statuen standen. Sein Blick wurde von einer spärlich bekleideten Aphrodite angezogen, solange er den Kopf drehen und ihre schöne Brust sehen konnte. Auf diese Rundungen hatte er als überschwänglicher Jüngling heimlich die Hände gelegt.

Dann genoss er das ewig gleiche Gebrüll der maulstarken Marktschreier und starrköpfigen Straßenhändler, sog die unveränderte Atmosphäre ein und wurde sich noch einmal bewusst, wie angenehm es war, nach Hause zu kommen. Ein wenig war es auch schmerzvoll: Wie begierig war er, nach all den tristen Monden durch die sicheren Straßen der Stadt zu streifen, an jedem Laden, vor jedem auf dem Boden ausgebreiteten Warenangebot stehen zu bleiben, einfach an eine Garküche zu treten, einen Bratspieß zu verlangen und ihn zu verschlingen, ohne erst lang kochen zu müssen, oder an einem Stand einen Becher frische Milch zu trinken. Wie süchtig war er danach, wieder Menschen – Mädchen vor allem – um sich herum zu sehen, hübsche Mädchen, die nicht in Säcke gekleidet waren, und ihnen zuzulächeln.

Die üblichen Gedanken kamen ihm: *Warum nur, Hermes, ziehe ich in Deinem Namen in der Welt umher?*

Von der Agora nahm Timaios die breite, abwärts führende Straße zum besten Hafen im Süden Galliens und darüber hinaus, zum Lakydon, an dem die großen Handelshäuser und Reedereien ihren Sitz hatten. Und je näher er dem langgezogenen Hafenbecken kam, desto stärker wurde der Gestank nach Unrat, Fischresten, Fäkalien und stehendem Wasser, der sich mit dem Gerüchen von einem Dutzend von Bratensorten und Hunderten von verschiedenen Waren mischte, die dort Tag und Nacht von Winden, Kränen und Trägern ein- oder ausgeschifft wurden.

Auf der mit Möwenkot weiß beladenen Hafenpromenade herrschte ähnliches Gedränge wie auf der Agora. Aber es waren hier vor allem Wagen und Karren jedweder Art und Größe, die für die endlosen Stockungen sorgten. Frisch ausgeschiffte Holzstöße begleiteten Timaios' Weg über eine weite Strecke. Angenehmer Harzduft vermischte sich mit all den übrigen Gerüchen.

Timaios wurde genötigt anzuhalten, als eine lange Reihe von Sklaven mit Säcken – *Getreide? Weizen?* – den Weg kreuzte, von feisten, selbstzufriedenen Büttel der Stadt beaufsichtigt und angetrieben. Das gab ihm die Muße, sich genüsslich umzuschauen, ehe er weiterfuhr.

Schließlich bog Timaios, inzwischen vom Bock gestiegen, mit seinem Wagen nach rechts ab und verließ die Hafenpromenade. Ein Stück weiter lenkte er das Ochsengespann durch einen Torbogen auf einen engen Hof, dessen weiß getünchte Seitenwände hinter unzähligen Kisten, Fässern, Ballen und Haufen kaum zu erkennen waren. Er ließ den Strick fahren, den er in der Hand hielt, und trat durch das offene Tor eines Warenlagers.

Ein weißhaariger Mann in einem bodenlangen Gewand mühte sich damit ab, eine Holzkiste auf eine zweite zu heben. Er wankte unter der Last und ächzte, bis er sie wieder zu Boden sinken ließ. Den Rücken hielt er noch immer dem Tor zugewandt.

»Ein alter Mann sollte nicht versuchen, beladene Kisten zu heben, die schon leer seine schwindenden Kräfte übersteigen.« Timaios grinste breit. »Nun, Kembriones, sind dir deine schlecht bezahlten Leute weggelaufen?«

Der Alte fuhr im ersten Schreck zusammen, richtete sich auf und drehte sich um. Als er Timaios erkannte, lief ein Zucken über sein Gesicht. »Der kleine, freche Timaios ist zurück, Hermes sei gepriesen und beizeiten belohnt. Herzlich willkommen, Sohn meines Freundes!«

Kembriones breitete die Arme aus und zog den Angekommenen an seinen staubigen Kittel. Ungerührt ließ Timaios das Ritual über sich ergehen und wischte sich danach mit den Händen über den Chiton. Dann hob er die Hände, roch daran und rümpfte die Nase.

»Keine üblen Dünste, keine Angst!« Kembriones wies auf die Kisten. »Nur die Wohlgerüche des Ostens: Weihrauch aus Petra und dem Land Punt, Gewürze aus Alexandria, Drogen aus Antiocheia, Parfüm aus Damaskos, Hanf aus Byzantion, Purpur aus Ephesos ...«

»Das Geschäft geht demnach gut?« Timaios blickte vieldeutig umher.

»Gut?« Kembriones hob die weißbuschigen Augenbrauen. »Welch ein Geschäftsmann wäre ich, wenn ich das zugäbe? Begehrst du zu wissen, wie gut alles geht? Nein? Ich sage es dir trotzdem, denn die Wahrheit soll nicht aus Mangel an Neugierde sterben: In Ägypten hat der Ptolemäer einmal mehr die Ausfuhrzölle angehoben. Am Euxinischen Meer* sperren armenische Räuberbanden bereits diese neue Seidenstraße; jedes zweite Schiff aus Rhodos, Kreta oder Phönizien wird von den kilikischen Korsaren aufgebracht, was die Frachtpreise ins Unermessliche treibt. Im Norden sind irgendwelche Barbaren in Bewegung und stören den Bernsteinhandel und den Handel mit Pelzen – bei

---

* Das Schwarze Meer.

uns geht es glimpflich ab, denn ein wenig Bernstein wird immer noch geliefert. Aber in Aquileia, da kommt gar keiner mehr an. Die östliche Bernsteinstraße scheint seit Jahren wie verschüttet zu sein. Nun, es gibt Schlimmeres, denke ich.« Er lächelte verhalten. Aquileia lag am Adriatischen Meer[*] und war, was den Handel mit Bernstein, Sklaven und anderen Gütern betraf, die römische Konkurrentin Massalias. »Aber aus Africa sind seit den Winterstürmen kaum noch Sklaven- und Getreidetransporte gekommen, weil Jugurtha und Adherbal durch ihre Geplänkel die beiden Numidien zu wenig mehr als einer Sandwüste gemacht haben. Elfenbein ist selbst für den Zwischenhandel so gut wie unerschwinglich geworden. Die iberischen Silberminen fördern gewissen Gerüchten zufolge fast nur noch Blei – und es herrscht noch immer keine Ruhe im Land. Und schließlich, zu allem Überfluss, sitzt die römische Wölfin in ihrem Nest und leckt sich immer noch die Wunden, die ihr die Gracchen vor zehn Jahren geschlagen haben. Kaum ein Krieg, kein größerer Feldzug, nicht einmal die kleinste Revolution, die die Preise ansteigen lässt. Nur zeitraubende Unruhen und Waren raubende Piraten.«

Kembriones, der seine Rede mit vielen Gesten begleitet hatte, breitete die Arme aus und lachte Timaios an. »Und da kommst du und fragst mich, ob das Geschäft gut geht!«

»Vergib mir, Kembriones, ich sehe alles ein und bin fast so weit, dir meine Waren zu schenken.«

Kembriones zwinkerte. »Die du sicher wieder viel zu teuer gekauft hast …«

»Mein schlechtes Gewissen drückt mich eben noch mehr als mein breit gesessener Hintern.«

Der Alte winkte ab. »Dein Gewissen hast du doch schon vor Jahren mit meinem Sohn versoffen. Doch nun erzähle mir, wo du diesmal warst und was du mitgebracht hast! Seit du vor dem Winter Hannibal mit den Fellen aus dem Norden geschickt hast, habe ich nichts mehr von dir gehört. Du weißt schon, dass ich mich dann sorge, oder?«

---

[*] Entspricht dem heutigen Adriatischen Meer, das ein Teil des sogenannten Oberen Meeres war.

Timaios deutete eine Verbeugung an. »Ich ahne es, ja, und es ehrt mich, wenngleich es mich nicht freut ... Zuletzt waren wir in Albion. Und mitgebracht? Gute Wolle, einige Zinnbarren und etwas Eisenerz, ganz rein. Nun, willst du kaufen?«

Die Sklaven, junge, kräftige Kaledonier aus dem hohen Norden Albions, das von den Römern Britannien genannt wurde, erwähnte Timaios nicht. Sein karthagischer Gehilfe Hannibal würde den Haufen, eskortiert von einer angeheuerten Schar Gallier, von Narbo aus nach Puteoli in Italien einschiffen. Dort würde sie ein Gewährsmann von Spurius Caepio, dem römischen Geschäftspartner von Timaios, in Empfang nehmen und sie über die Via Appia nach Rom schaffen. Die Stadt am Tiber würde die Sklaven verschlingen wie jeden Tag noch tausend andere. Und von diesen stammten viele aus dem volkreichen Gallien selbst, das römische und massaliotische Kaufleute mit Wein überschwemmten, um willenlose Menschen aus dieser mörderischen Flut zu ziehen. Wenn Rom die Männer und Frauen jemals wieder ausspie, dann nur, um sie auf ein Landgut oder in eine Mine zu schicken.

Kembriones hatte über diesen Kreislauf und über Sklaven im Allgemeinen seine eigenen, sehr fremden, sehr neuen Ansichten, darüber und wie man die Unglücklichen behandeln sollte, mehr noch, wie man sie erst gar nicht der Notwendigkeit irgendeiner Behandlung aussetzte. Und von Menschenhändlern hielt er gemeinhin wenig.

Timaios dachte eher an den Gewinn, an anderes selten, und Sklaven erbrachten für seine Verhältnisse ein gutes Geld. Für einen Kaledonier, der nur selten den Weg über Grenzscharmützel mit den keltischen Stämmen der Inseln Albions an das Innere Meer fand, fiel die Spanne jenes Gewinnes eben höher aus als für einen Iberer oder Karthager. Die bekam man in diesen Tagen geradezu nachgeworfen, auch wenn die Kämpfe um das iberische Numantia und der letzte Punische Krieg bereits einige Jahre zurücklagen. Die ungeheure Masse an Menschen hatte die Preise nachhaltig verdorben, zumal auf einen versklavten Gefangenen gleich mehrere in Gefangenschaft geborene Sklaven kamen. Und nicht alle starben so schnell wie jene, die in den Minen schufteten.

Dass die Sklaven sich weniger schnell vermehrten, hatte sich Timaios schon mehr als einmal gewünscht, und er hoffte diesmal auf eine gute Verzinsung seiner britannischen Einkäufe: eineinhalbtausend römische Sesterzen pro Kaledonier – und vielleicht sogar mehr. *Die Caepio dann beim Verkauf in Rom noch einmal draufschlagen wird.* Vierundzwanzig Kaledonier sollten, abzüglich all seiner beträchtlichen Kosten, dennoch genügen, ihn eine Weile ruhig schlafen zu lassen.

»Hm.« Kembriones zog ein nachdenkliches Gesicht, als Timaios ihm seine Waren aufzählte. Eine Hand hatte er am Kinn. »Die Inselwolle ist immer noch besser als die gallische, die haben ein sehr gutes Gras dort oben. Nach allem, was man über das Wetter hört, allerdings kaum ein Wunder. Aber albisches Eisenerz ist im Preis gesunken, seit die Römer die Via Domitia bauten. Die Wege von Oberitalien nach Iberien sind nun einigermaßen sicher, und in Narbo wird Eisenerz aus den alten karthagischen Minen in Südiberien in großen Mengen umgeschlagen … Nun schau nicht so, Timaios! Natürlich nehme ich dir deine Sachen zu einem guten Preis ab, das weißt du – eigentlich zu einem viel zu guten.«

Timaios verzog das Gesicht. Er teilte die Einschätzung von Kembriones, was die Güte seiner Preise anging, überhaupt nicht.

»Meine Leute werden abladen, wiegen und sich um deine Ochsen kümmern. Und wir werden den alten Casca auf einen Krug Wein besuchen! Außerdem gehe ich davon aus, dass dein Magen einen guten Bissen vertragen kann.«

Timaios nickte; er wusste, dass der alte Freund seines Vaters ihn zumindest nicht übers Ohr hauen und dass er alle seine Waren kaufen würde. Schon allein aus dem Grund, um sie mit den Schulden zu verrechnen, die er bei Kembriones noch hatte. Ob sie sich, was den Preis anging, allerdings auf das Beiwort ›gut‹ in herzlichem Einvernehmen einigen würden, war fraglich. Timaios hoffte indes, dass neben dem Abtrag eines Schuldenteiles noch genug für neue Waren bliebe, um nicht sofort einen weiteren Kredit aufnehmen zu müssen. Frische Ochsen brauchte er außerdem. Er unterdrückte ein Seufzen. War es denn ein Wunder, dass er mit Sklaven handelte, so unergiebig, wie der Landhandel war? Dass er die schweren Zinn- und Eisenbarren überhaupt eingekauft hatte, reute ihn schon, seit er wieder das Festland betreten hatte, während die Sklaven immerhin selbst laufen konnten, zumindest wenn man sie mit dem üblichen Nachdruck behandelte und sie nicht von den Ochsen gezogen werden mussten.

Kembriones rief nach seinen Leuten. Zwei kurz geschorene, kräftige Lohnarbeiter aus der Stadt eilten herbei und machten sich nach einem kurzen Wortwechsel daran, den Wagen zu entladen. Die beiden anderen verließen den Hof und schlenderten zum Hafenbecken.

Timaios gehörte zur Zunft der umherziehenden Kleinhändler. *Ein Krämer, ein Aasgeier*, das gab er selbst zu, meinte aber auch: *Je mehr Geier, desto weniger Gestank*. Zumal er den Handel mit Sklaven eben nicht verschmähte. Anrüchig im eigentlichen Sinne war dieses Geschäft nicht, doch selten erfreute es sich offener Wertschätzung außerhalb Roms. Überhaupt, so kam es Timaios manchmal vor, waberte über dem ganzen Wesen des Handelns der Odem des Missliebigen – solange jedenfalls der Händler nicht die allerorten hoch geschätzte Rolle des reichen und mächtigen Kaufherrn ausübte. *Nur Geld schafft Gleichheit*. Gedanken dieser Art wurden stets von einem neiderfüllten Seufzen begleitet.

Unter den Hellenen standen viele der überaus blühenden römischen Sklavenwirtschaft ablehnend gegenüber, nicht zuletzt natürlich deshalb, weil Hellenen in großer Zahl zu den Opfern des von den Römern in langen, kriegreichen Jahren aufgebauten Menschenhandels gehörten.

Timaios kannte keine Bedenken dieser Art, seine Moral war so wenig hellenisch wie sein Äußeres, denn er war weder übermäßig sonnengebräunt noch südländisch klein.

Für einen Hellenen – und nur für einen solchen – war er groß und für massaliotische Verhältnisse eine nicht ganz alltägliche, aber auch nicht sonderlich auffallende Erscheinung. Sein Aussehen verdankte er zu unbekannten Teilen einer hellhäutigen, groß gewachsenen Keltin, die sich vor einigen Generationen in seinen Stammbaum eingeschlichen, angeblich einen äußerlich vollkommen unhellenischen Sohn zur Welt gebracht hatte und dann wieder in den Weiten Galliens verschwunden war.

Welcher Ahn diesem Keltensturm erlegen war, wusste Timaios nicht und vermutlich war sein Name längst aus den Annalen der Familie gemerzt worden. Doch fürchtete er – über einige offensichtliche Merkmale hinaus –, auch der Erbe der einen oder anderen für einen Massalioten untypischen Vorliebe zu sein, die in seiner Familie von Zeit zu Zeit durchzuschlagen schien. Zumindest seine kurz gehaltenen Haare und die Augen hatten aber die in Massalia übliche dunkle Farbe. Einen Bart trug Timaios, wie es seit den Tagen des Großen Alexandros noch immer üblich war, allerdings nicht.

Hannibal neigte nicht ohne Vergnügen und Häme dazu, seinen Brotherrn als ›vorzugsweise ängstlich‹ zu bezeichnen. Timaios bezeichnete sein Wesen hingegen als ›vorsichtig‹, und seine ruhige Art dünkte ihm selbst wenig massaliotisch. Die Wahrheit lag zwischen beider Meinungen und war abhängig vom jeweiligen Fall, vom möglichen Gewinn und vom genossenen Wein.

Timaios' Geldmangel war im Grunde ein selten ausgesetzter Zustand von Dauer, vor allem darum, weil er die Angewohnheit hatte zu spielen. Spielte er, verlor er alle Vorsicht, und dann verlor er auch allzu oft das Spiel. Die Aussicht auf ein Ende des dauernden Tiefstandes in seinem Beutel war für Timaios also immer nur vorübergehend, auch weil er weder ein geschickter noch einfallsreicher Händler war und sich viel eher von schlechten Launen als von guten Gelegenheiten treiben ließ.

Kembriones, sesshaft und beherrscht, war mit seinen sechzig Sommern zweieinhalb mal so alt an Jahren wie

Timaios, betrieb ein großes, gutgehendes Handelshaus und war – seinem Geld entsprechend und seiner Tätigkeit daher ungeachtet – hochangesehen. Zudem saß er im Rat der Stadt Massalia. Mit sechshundert anderen Ratsherren, Timuchos geheißen, deren Familien für ausreichend alt und hinreichend würdig befunden worden waren, würde er auch bei seinem Lebensende dort noch sitzen und – ganz im Gegensatz zur Ratsmehrheit – tief bedauern, dass Massalia schon seit einhundert Jahren ein Bundesgenosse Roms war.

Nach etwa einem Stadion* Weges lenkten die beiden ihre Schritte quer über die belebte Promenade und erstiegen zwei Stufen, die auf den überdachten Vorplatz einer Hafenschenke führten. Der schattige Platz erlaubte einen Blick über das bunte Treiben im und am Hafen. Viele Tische und Bänke waren besetzt. Nach den weinschwangeren, weithin hörbaren Reden zu urteilen, war ein guter Teil der Männer, die die Bänke besetzt hielten, nicht erst seit kurzem hier: Matrosen, Tagelöhner und Gesindel, arbeitslos oder arbeitsscheu.

In einer Ecke wurde im Augenblick ein kleiner Tisch frei, und die beiden Massalioten ließen sich daran nieder. Casca, der dicke Schankwirt, eilte herbei, begrüßte Kembriones respektvoll und Timaios herablassend, aber immerhin mit Namen, räumte einige Reste vom Tisch und erkundigte sich nach den Wünschen seiner Gäste. Kembriones bestellte für beide einen leichten Wein von den Hängen der Umgebung, eine dicke Fischsuppe, frische Brotfladen, gebratene Fische, am Morgen in den seichten Lagunen nahe der Stadt ausgegraben und nun am Nachmittag von Casca in einem triefendem Sud aus Olivenöl und Kräutern serviert, und zum Nachtisch zuerst Käse, dann zarte Feigen – *syrische*, nahm Timaios an, *oder oberägyptische* – und rote Trauben.

Der Wirt verschwand, um gleich darauf mit einem Teller wiederzukehren, auf dem eingekerbte, noch warme und

---

* Stadion: ein Längenmaß von ca. 180 Metern.

duftende Maronen lagen. Das Aufbrechen der braunen Edelkastanien wurde nun das beständigste Geräusch, während Kembriones und Timaios Belangloses redeten. Beide verfolgten das lebhafte Geschehen im, am und über dem möwenumschwärmten Lakydon, Timaios mit dem aufmerksamen, aber auch müden Blick eines Heimkehrers, Kembriones eher beiläufig.

Nach kurzer Zeit brachte Casca das Gewünschte, und Timaios machte sich hungrig darüber her. Sein älterer Freund aß dahingegen eher genügsam.

»Junge, du hast wohl vor, eine Brechkur zu machen. Du frisst wie ein Römer!«

Zwischen zwei Bissen grinste Timaios, rülpste leise, sagte aber nichts. Endlich, nach dem Käse und vor dem Obst, hatte auch er genug, goss sich Wein nach, füllte seinen Becher mit wenig Wasser aus einem ehernen Krug auf und lehnte sich zurück. Noch einmal stieß er hohl auf und seufzte genüsslich.

»Nichts gegen die Inseln, aber mit unserer Stadt kann sich nichts messen. Das Wetter, das Essen, die Aussicht, der Wein, die Frauen ...«

»... die Gefahr in den Straßen, der Dreck, die Huren und Strichjungen, die dich an jeder Ecke anmachen, der Gestank und der Lärm der Unteren, die anrüchigen Lügen und die verlogenen Gerüchte der Mittleren, die ausgefeilten Ränke der Oberen. Und was die Frauen angeht, bin ich sicher, von denen gibt es auch gerade auf der Insel und im übrigen Gallien ein paar, die dein, nun ... manchmal seltsames Wohlgefallen erregen konnten.« Kembriones lächelte, und in demselben spöttischen Tonfall fuhr er fort: »Außerdem halte ich jede Wette, dass das Vergnügen bei deinen vielen, ah, Geschäftsreisen, wie du es nennst, nicht zu kurz kommt. Wenn ich auch der Meinung bin, dass das Ausmaß deiner Geschäfte diesen Namen kaum verdient. Das Vergnügen hingegen will ich, was den Verdienst seiner Bezeichnung angeht, nicht beurteilen.«

Der Wirt brachte Zahnstocher und erkundigte sich nach weiteren Wünschen. Kembriones dankte und verneinte.

Einem bettelnden Jungen mit großen braunen Augen warf er ein Kupferstück hin, ehe Casca ihn verscheuchen konnte.

Während er sich süße Trauben in den Mund schob, erzählte Timaios stolz, ausführlich und mit einem durchaus nicht gespielten Gefühl des Bedauerns von einer rothaarigen und anschmiegsamen Keltin, der verwitweten Tochter eines Schafzüchters aus Cantii, die ihm nach einer langen Durststrecke zu trinken gab. Wasser, Wein und anderes.

Dass Timaios gern übertrieb wie alle Massalioten, wussten beide. Kembriones war nicht anzumerken, ob er das Erzählte für bare Münze nahm; er lächelte, mehr oder weniger pflichtschuldig beeindruckt, und machte eine anzügliche Bemerkung über großbrüstige, fruchtbare Barbarinnen und kleinwüchsige, fruchtbringende Sklavenhändler, die zur Vermehrung der Ware selbst gern Hand anlegten.

Timaios, in Erinnerung an eine vor zwei Jahren gekaufte und dann geschwängerte gallische Keltin, die ihn viele Gedanken kostete, ehe er sie unter Wert weiterverkaufte, murmelte, nun mehr verlegen als überzeugend, etwas von »üblicherweise rein geschäftlichen Absichten, die wenig Zeit lassen« und »den Vorzügen der schönen Helleninnen vor den Weibern Galliens.«

Tatsächlich aber stand er, was sein persönliches Empfinden anging, dem missachteten schwarzen Schaf in seinem Stammbaum näher als dem rassetreuen Rest der Ahnen: Viel lieber starrte er einer hübschen, kräftigen Barbarin nach als einer allzu zierlichen Südländerin.

Plötzlich hatte Timaios es eilig, ein anderes Thema anzuschneiden.

»Es dürfte übrigens bald schwierig werden, die Inselkelten weiter in unserer Währung zu bezahlen. Kaufleute in Rutupiae[*] meinten, wenn man Roms weiteres Wuchern voraussetzte... Hm, und wer will sie daran hindern?« Er schnaubte. »... also, sie meinten, es käme bald dahin, dass in Albion außer Gold oder Silber nur noch Denare angenommen werden. Zumindest in den Hafenstädten, die dem

---

[*] Ein längst untergegangener Hafen am Ärmelkanal.

Festland gegenüber liegen. In Ictis bezahlen die Zinnaufkäufer aus Ägypten nur noch mit schweren Goldmünzen« – Kembriones legte die Stirn in Falten – »deren Goldgehalt so groß sein dürfte, wie das inzestuöse Blut der fettleibigen Ptolemäer* sauber ist! Und kein Archmides wird diesmal kommen und den Schwindel auffliegen lassen. Aber das habe ich schon länger befürchtet. Ihr Götter, welche Zeiten, in denen unsere Obole nicht mehr Wert hat, als lediglich Charon zufrieden zu stellen! Es ändert sich ein wenig zu viel, finde ich, und zu schnell.«

»Und warte nur, bis selbst Charon allein noch gegen harte Denare übersetzt.« Timaios lachte verhalten. Eine in den Mund der Verstorbenen gelegte Bronzeobole war der Lohn für den griesgrämigen Fährmann Charon, der die Toten über den Unterweltfluss Archeron geleitete. »Dann münzen wir eben nur noch silberne Obolen für den Außenhandel.«

Kembriones schnaubte und spuckte Traubenkerne in die Hand. »Unsinn! Der Stadtsäckel bekäme noch mehr Löcher, als er jetzt schon hat. Nein, überleg doch mal: Die Preise würden ins Unermessliche steigen. Eine solche Vereinfachung des Münzfußes erlaubt der Tempelschatz in keinem Fall, nicht im Moment und wahrscheinlich nicht einmal in wirklich guten Zeiten. Unser Außenhandelsergebnis ist nicht schlecht, natürlich wegen all der großen Handelshäuser, die das gallische Hinterland und Italien bedienen. Aber« – er hob einen Zeigefinger – »vergiss die vielen Kleinen nicht.«

»Wie könnte ich?« Timaios verzog den Mund. »Als ob ich meine Gestalt wandeln könnte wie Zeus.«

»Und was tätest du in dieser Gestalt? Die Kaufleute aus der Umgebung können sich eine solche Beschränkung jedenfalls niemals leisten. Sie würden zugrunde gehen, und wer weiß, was das alles nach sich zieht. Jeden Tag kommen neue Tagelöhner in die Stadt. Bald haben wir Verhältnisse wie in

---

* Die Ptolemäer sind das makedonisch-griechische Herrschergeschlecht Ägyptens, Nachfahren von Ptolemaios I., einem der Feldherren von Alexander / Alexandros dem Großen.

Rom. Könntest du etwa bei deinen Geschäften ohne Scheidemünzen auskommen? Du handelst doch nicht gerade mit Luxusgütern – was du übrigens tun solltest, wenn du mich fragst –, du kaufst auf gut Glück. Was dir gefällt oder in den Sinn kommt, das erwirbst du.«

Timaios nickte, nachdenklich und beschämt.

»Siehst du! Du kannst nicht alles in Gold oder Silber bezahlen. Und die guten Münzen sind außerdem knapp. Es wird zu wenig geprägt und zu viel gehortet. Lass es also fallen. Zukünftig muss wohl einfach in Denaren und Sesterzen gerechnet werden. Immerhin fallen dann die unzähligen Münzfüße weg. Für uns ist das doch ein Vorteil.«

»Aber die Geldwechsler werden fluchen.«

Kembriones zuckte mit den Schultern. Beide verfielen in Schweigen, kauten Trauben und starrten zum Wasser hinüber. Timaios spürte eine angenehme Müdigkeit.

Im nahezu rechteckigen Becken des Lakydon selbst herrschte ein reger Betrieb. Dutzende von Seglern aus der ganzen Ökumene und für jeden erdenkbaren Zweck lagen an der Mole. Nur noch wenige der zahlreichen Anlegeplätze vor den Speichern und Lagerhäusern waren frei. Dagegen wirkte das Arsenal für die Kriegsschiffe – gegenüber, an der anderen Seite des Naturbeckens – völlig verwaist. Die Tore der Kammern für die Galeeren waren geschlossen. Eine einzige abgetakelte Triere dümpelte friedlich auf dem Wasser und geriet bei jeder Bugwelle eines Kauffahrers in Bewegung.

Timaios wusste, dass nur die wenigsten Kammern überhaupt noch Kriegsschiffe bargen. Der Schutz der Seewege in diesem Teil des Inneren Meeres war seit der Einrichtung der Provinz Narbonensis Sache der römischen Flotte. Von Narbo aus, dem Hauptort der Provinz, versuchten Roms Admiräle dieser Aufgabe nachzukommen. Bei dem Versuch war es geblieben: Unmassen von Piraten – Ligurer vor allem, einstmals die Herren des umliegenden Landes – breiteten sich im Tyrrhenischen Meer* aus und betrieben ihre Geschäfte nahezu ungehindert und von Jahr zu Jahr mit

---

* Das Etruskische Meer vor der Westküste Italiens, auch Unteres Meer genannt.

größerer Dreistigkeit. Die einstige Stärke und Pracht der massaliotischen Flotte waren nur mehr ein Mythos.

»Soll ich deine Waren mit deinen Schulden verrechnen?«, wollte Kembriones wissen. »Gut! Ich denke, es dürfte etwas übrig bleiben. Das sehen wir morgen. Wenn du möchtest, kann ich dich auch in Denaren ausbezahlen. Zur Zeit steht die Drachme zum Denar wie vierundzwanzig zu fünfundzwanzig. Ziemlich fest.«

»Die attische Drachme?«, fragte Timaios und unterdrückte ein Gähnen. »Mh, ich weiß eigentlich noch nicht, wohin ich mich als Nächstes wende. Ich zöge eine unbefristete Anweisung für deine Hausbank vor ... Welchen Gott lässt du für dich arbeiten? Apollon oder Artemis? Apollon? Fein.«

»Mit welchen Waren hast du überhaupt in Albion gehandelt?«

»Einige Ballen Stoff, drei Fässchen Gewürze, Lederarbeiten und eine Hand voll Glaswaren aus Lugdunum hatte ich dabei. Nichts Besonderes.« Timaios trank einen Schluck Wein. Kembriones tat es ihm gleich. »Römisches Tafelgeschirr ist im Augenblick sehr gefragt auf den Inseln; so etwas scheint dort noch ziemlich selten zu sein. Ich denke, da ist einiges zu holen, selbst wenn man die saftigen Ausfuhrzölle berücksichtigen muss.«

»Danke für den Hinweis – ich werde meinen Agenten in Rom darauf hinweisen.« Kembriones drehte den Becher in den Händen und lächelte. »Und was die Abgaben betrifft ... Es gibt Mittel und Wege, weißt du, gerade in Rom. Es heißt, in Rom sei so viel africanisches Gold in Umlauf, dass jeder Senator sich eine goldene Latrine bauen könnte. Und würde er sie benutzen, schisse er nur edles Geschmeide. Midas lässt grüßen!«

»Das ist wohl eher ein Gruß von Jugurtha[*], oder etwa nicht?« Kembriones nickte. Timaios hob seinen Becher. »Den mag ich.«

»Ein Strolch ist das, nichts weiter.«

---

[*] Der König von Numidien in Nordafrika, ein Usurpator auf dem Thron.

»Aber du meinst doch selbst, sein Gold habe die hochgelobte römische Tugend schon so weit untergraben, dass du das Gebäude zum Einsturz bringen könntest.«

»Wir gern ich das täte! Die Götter wissen es.« Kembriones hob die Hände kurz zum Himmel und seufzte. »Wie sie das Gold Jugurthas fressen! Sie reißen es ihm aus den Händen, und er tätschelt ihnen dabei noch sanft die faltigen Hintern.« Timaios grinste. »Wenn diese großen, so tugendvollen Herren ihre eigenen Regeln erstellen, warum sollten die Kleinen noch glauben, die Regeln taugten noch etwas? Jeder will leben.« Kembriones rümpfte die Nase. »Wo steckt Hannibal eigentlich? Ist er auch hier?«

»Nein. Er tätigt für mich einige Geschäfte in Narbo.«

»Sklaven? Du weißt, wie ich darüber denke, mein Sohn. Seit den Aufständen in Sizilien und auf Delos ist es doch offensichtlich ...«

Timaios blickte vieldeutig um sich, gewillt, den Alten auf ein anderes Thema zu lenken, mochte es nun unhöflich sein oder nicht. In diesem Augenblick lag ihm nichts ferner, als sich mit Kembriones auf eine weitere von vielen öden Debatten über Sklaven einzulassen. »Jetzt lass uns über etwas anderes reden. Erzähl mir lieber, was es hier an Neuigkeiten gibt. Ich hatte den Eindruck, die Gallier und Ligurer sind fast zu friedlich. Vor zwei Jahren wollten sie doch die« – er verfiel in ein gekünsteltes Latein – »*Provincia Gallia Narbonensis* noch nicht so richtig hinnehmen.«

»Timaios, du solltest ...« Kembriones biss sich auf die Unterlippe, dann griff er nach seinem Becher. »Nein, die Stämme aus jener Umgebung sind geradezu verrückt nach unseren Sitten, unseren Gesetzen, unserer Kunst, unseren Überlieferungen, nach Medizin, Philosophie – was du willst.«

»Alle Stämme?« Timaios hatte bereits daran gedacht, für seine nächste Reise nach Gallien massaliotische Handwerksgegenstände einzukaufen, und Kembriones' Worte bestätigten ihn nur in seiner Absicht. Ihm schwebten hauptsächlich schöne Korallen vor, die auf den Stoichadeninseln vor der Stadt gefischt wurden, und kleine Steinstatuetten der Göttinnen Artemis und Kybele, in den Werkstätten Massalias als Dutzendware hergestellt, um in Gallien verkauft zu werden. Solche Gegenstände liebten die Kelten des Landes. Über weitere Waren hatte er sich noch keine Gedanken gemacht; die Tagespreise und Nachrichten würden Rat bringen.

»Nun ja, mehr die Gallier als die Ligurer. Aber nicht nur hier und den Rhodanos hinauf. Sogar Helvetier kommen hierher, Sequaner, Aquitaner. Unglaublich! Alle preisen massaliotische Rechtsprechung und Lebensart und wollen unsere Sprache erlernen. Keine Übergriffe, keine Proteste vor dem Rat, noch nicht einmal irgendwelche Räuberbanden machen die Gegend unsicher. Aber leider ist das wohl kaum allein unser Verdienst. Der bloße Name Rom wirkt wahre Wunder; der schale Ruch der Ewigkeit, weißt du.« Für einen Moment schloss Kembriones die Augen. »Durch den Straßenbau der letzten Jahre sind allerdings auch noch viele Legionäre hier. Und die Arverner und Allobroger halten sich zurück. Was ich ihnen nicht verdenken kann.«

Timaios nickte. Er kannte die Geschichte zur Genüge.

Als Rom vor einigen Jahren den allerersten Schrecken angesichts der Gesetze der Gracchen[*] überwunden hatte, setzte es seine Legionen in Marsch. Der Senat hatte aus dem Land zwischen den Pyrenäen und den Seealpen die Provinz Narbonensis mit dem Hauptort Narbo gemacht, um die Wege zu den iberischen Erzgruben der Pyrenäenhalbinsel sicherer zu gestalten. Anlass war ein Hilfeersuchen des massaliotischen Rates an die römischen Bundesgenossen gewesen – ganz nach Vertrag, der Massalia alle außenpolitischen Handlungsfreiheiten verwehrte –, um aufbegehrende Arverner-Stämme in die Schranken zu weisen. Diese und andere Gallier, nämlich Allobroger, Salluvier, Vocontier, waren von den römischen Feldherren Fulvius Flaccus und Sextius Calvinus besiegt und unterworfen worden. Ein ähnlicher Freundschaftsdienst Roms, ebenfalls herausgefordert durch

---

[*] Die Gesetze von Tiberius und Gaius Gracchus, Volkstribunen und Angehörige der römischen Oberschicht, die für eine in langen Jahren des Krieges ausgeblutete italische Bauernschaft eine Land- und Siedlungsreform beschlossen, lösten in Rom ein politisches Chaos aus, das mit Unruhen und dem gewaltsamen Tod der beiden Brüder ein vorläufiges Ende fand.

die Klagen Massalias, hatte bereits dreißig Jahre zuvor mit der Zurechtweisung zweier unruhiger ligurischer Stämme durch römische Truppen geendet. Die Ligurer drückten diese Episode anders aus: Um den Seehandel zu schützen, erschien es Massalia von Vorteil, zwei ligurische Stämme vernichten zu lassen und ihr Land zu vereinnahmen.

Solcher Art war, was dem Rat Massalias auch bei der zweiten Klage vorgeschwebt hatte. Als aber das Schicksal zum zweiten Mal winkte, hatte den Römern nichts ferner gelegen, als sich in ihm zu ergeben. Der Senat kümmerte sich nicht im Geringsten um die Rechnungen der massaliotischen Timuchos und schuf sich mit der Provinz Narbonensis eine eigene Grundfeste im südlichen Gallien. Damit und mit dem Bau der Via Domitia war die Unabhängigkeit Massalias in dieser Region nur noch eine Sache auf dem Pergament. Neben dem Hellenischen und dem Keltischen war Latein zur vorherrschenden Sprache in Südgallien geworden. Keinem der Römer hier war es in den Sinn gekommen, dass Keltisch, die Landessprache Galliens, etwas Lernenswertes wäre, da doch die vielen Gallier genauso gut auch Latein lernen konnten. Ligurisch war nach jahrelangen Feldzügen und zwei großen Triumphen in Rom fast ausgestorben.

»Noch tun die Römer unserem Handel hier gut, aber auf lange Sicht wage ich keine Vorhersage.« Kembriones starrte nachdenklich in seinen Becher. »Eines Tages fällt ihnen vielleicht ein, dass wir noch einige Vorrechte genießen, deren Wert wir gar nicht verteidigen können. Die Tempel laufen vielleicht nicht über, aber die Stadt ist in den letzten Jahren reicher geworden: Eines Tages wird der Ruf nach Tributen laut werden. Und Bundesgenosse oder nicht, so schnell wird er dann nicht mehr verstummen, wenn im Saturntempel in Rom der Goldpegel des Staatsschatzes erst einmal fällt.«

»Wenn ich allein an den Schatz der Attaliden[*] denke, dürfte das aber so bald nicht der Fall sein ...«

---

[*] Attalos III., der letzte König Pergamons, setzte Rom im Jahr 133 v. Chr. als Erben ein. Aus seinem Reich wurde vier Jahre später die römische Provinz Asia.

»Wohl kaum«, murmelte Kembriones mit einer Spur von Resignation in der Stimme. »Und wir dürfen ihnen noch ihre Straße instand halten.«

»Während sich die Weißkutten im Gold wälzen. Aber ohne die römischen Straßen wäre mein Hintern wahrscheinlich inzwischen zweimal so breit, wie er das nach dieser Fahrt ohnehin ist.«

»Darum gehst du wohl auch so breitbeinig. Und ich dachte schon, du seist zum Lustknaben für Hannibal geworden.«

Timaios kam nicht umhin zu lachen. »Ausgerechnet Hannibal! Aber in Gallien wünsche ich mir in einigen Gegenden einmal solche Straßen. Auf den Wegen kommst du dir tatsächlich vor wie ein breitärschiger Eunuch. Es wäre allerdings schön, wenn sie die Via Domitia eines Tages noch pflastern würden.«

»Damit Rom seine Truppen noch schneller hierher bringen kann?«, fragte Kembriones.

Timaios hatte den Sarkasmus in der Stimme des Freundes nicht überhört. »Was sollten die uns schon tun?«

»Wenn es darum geht, Narbo einen Handelsvorteil zu verschaffen, würde der Senat auch nicht davor zurückschrecken, uns gegenüber mit den Waffen zu klirren. Römische Veteranen haben im Norden vor einigen Jahren ein weiteres neues Kastell gegründet, Aquae Sextiae nennen sie es, wegen der warmen Quellen und wegen Sextius Calvinus, der die Salluvier dort besiegt hat. Kennst du es schon? Nahezu unmittelbar unter der alten Salluvierfestung. Vielleicht bist du daran vorbeigekommen – ungefähr zwanzig Meilen von hier.«

Timaios schüttelte kurz den Kopf. »Sie pflanzen ihre Kolonien, wo es ihnen gerade passt.« Aber er war kein Träumer, was Rom anging. Mit den Punischen Kriegen war Rom ganz unbestritten die allererste Macht der Ökumene geworden. Hannibal, sein Gehilfe, konnte ein Lied davon singen, aber auch Timaios kannte die Geschichte der Kriege und ihre Folgen gut: Dreiunddreißig Jahre zuvor, nach jahrzehntelangen Hetzreden im römischen Senat, war das alte Karthago in einem sinnlosen, grausamen dritten Krieg erobert, zerstört und geschliffen worden. Der tiefe Sturz der einst so gewaltigen Stadt, die schon lange kein Gegner mehr für die einzige Großmacht des Inneren Meeres war, wurde in Massalia nicht ohne Wohlwollen betrachtet – seit Jahrhunderten hatten die Städte im wirtschaftlichen Streit miteinander gelegen. »Du meinst doch die Festung auf dem Hochplateau, oder? Den alten Hauptort der Salluvier? Nein, das Kastell kenne ich nicht, ich bin den Rhodanos heruntergekommen. Aber lieber als die Salluvier sind die Römer mir da auch nicht. Ist es denn groß?«

Kembriones trank einen Schluck, ehe er antwortete. »Nicht groß, nicht klein. Einige Hundertschaften Soldaten zur Bewachung der Straße. Für den Anfang.« Er lachte. »In den Quellen können sie ihre zarten Glieder baden, die beim Schänden der Gallierinnen so gelitten haben. Aber den Status einer Kolonie haben sie dem Kaff immerhin noch nicht gegeben – vielleicht sogar aus Rücksicht uns gegenüber. Es fällt mir aber schwer, das zu glauben.« Timaios brummte nur. »Ich weiß ja, du magst die Römer genauso wenig wie ich. Aber wer will es dem Rat verdenken, wenn er unter diesen Bedingungen gute Beziehungen zu unseren neuen Nachbarn hält? Ein sicheres und nahrhaftes Plätzchen an der Zitze der Wölfin, sozusagen.«

»Da wüsste ich Schmackhafteres ...«

»Zwanzig oder dreißig Jahre wird es noch gut gehen, vielleicht sogar länger. Was danach kommt, wird furchtbar, aber ich werde es nicht mehr erleben, den Göttern sei Dank.«

Timaios nickte nachdenklich und nippte an seinem Becher. »Du hast den Rat erwähnt. Wer ist denn der Magistrat in diesem Jahr?«

»Hieronymos! Du müsstest ihn kennen. Schwerreicher Sklavenhändler und Bankier, etwa mein Alter, ein Redner von elegischen Ausmaßen, aber trotzdem ganz vernünftig. Man kann durchaus mit ihm reden, was die Stadt betrifft. Er hat sein Geschäft oben am Horn.«

Timaios krauste die Stirn. »Also wieder einmal das Jahr eines Protiaden ... Er ist doch Protiad*, oder?«

---

* Die Protiaden führen ihre Abstammung auf Protos zurück, den sagenhaften Gründer Massalias.

»Ja, genau, der ist es. Nachweislich ein Nachkomme von Protos und Euthymenes, in deren Glanz er sich manchmal suhlt wie in einem Schweinetrog.«

»Warum nur zählt Pytheas[*] nicht zu meinen Ahnen?«, klagte Timaios gespielt.

»Ah, hör auf, falsche Tränen zu vergießen! Wenn du nur wolltest, dann wäre es ein Leichtes für dich, hier etwas zu erreichen. Bleib in Massalia, werde endlich erwachsen! Such dir eine Frau! Soll ich mich einmal umhören? Du bist hier geboren, dein Vater war Ratsmitglied. Man erinnert sich seiner noch; irgendwann könntest du sogar im Rat sitzen. Ich gebe dir gern einen größeren Kredit, wenn du ein eigenes Geschäft aufbauen möchtest. Du könntest auch wieder für mich arbeiten. Ja, warum eigentlich nicht? Ich sage es ungern, aber es wird noch einige Zeit dauern – wenn überhaupt –, bis Meletos alles begriffen hat, und du könntest ihm später nützlich sein. Falls er nicht bis dahin an irgendeiner Krankheit gestorben ist, die er sich von einer Hure eingefangen hat.«

Meletos – einziger Sohn von Kembriones, Erbe und Sorgenkind seines Vaters und ein guter Freund von Timaios, mit dem zusammen er einst die Schenken der Stadt gründlich kennen gelernt hatte. ›Ein Nichtsnutz! Leider‹, wie Kembriones oft sagte. Einer, der sich in den Bordellen der Stadt leichter zurechtfinde als in seines Vaters Geschäften.

»Wo ist er? Ist er hier?«

»Nein, Meletos ist in Geschäften nach Nikaia. Morgen oder übermorgen kommt er zurück. Hoffentlich. Aber ich würde dir, sagen wir ... vier Drachmen bezahlen.« Kembriones kniff die Augen zusammen. »Für den Anfang. Später mehr und irgendwann eine Umsatzbeteiligung, vielleicht in sieben oder acht Jahren. Nun?«

Timaios war nicht daran gelegen, dieses Thema weiter zu vertiefen. Er redete ungern über seine Zukunft, die ihm so

---

[*] Der Massaliote Pytheas gilt als der Entdecker des europäischen Nordens, der Reisen bis nach Norwegen, vielleicht sogar Island durchgeführt hat und von dem sagenhaften Thule berichtete. Er schrieb von Bernstein, von den Gezeiten und als erster Mensch von mutmaßlich germanischen Stämmen.

unergründlich schien wie die Mysterien von Eleusis. Die Götter würden wissen, welches Los ihm zugedacht war. Er war noch jung und träumte von Großem.

Als Timaios schwieg, fuhr Kembriones fort: »Du lebst doch von der Hand in den Mund, mein Junge. Und wenn du nicht hin und wieder mit einigen Luxusgütern handeln würdest und hier noch ein Lager unterhalten müsstest ...«

Kembriones ließ unausgesprochen, was Timaios nur zu gut wusste: Er musste dem Alten dankbar sein, dass dieser alle seine Waren unbesehen abnahm. »Ja, vielleicht irgendwann einmal, danke für das Angebot. Wirklich – ich denke darüber nach ... Und du? Hast du immer noch keine Bestrebungen, die über eine Ratsmitgliedschaft hinausgehen? Kann denn nicht bald das Jahr des Kembriones in den Annalen von Massalia verzeichnet werden?«

»Mmh!« Timaios hörte in diesem Brummen mehr Missmut als Bereitschaft. »Letztes Jahr sollte ich schon in den Ausschuss der Fünfzehn gewählt werden – nur auf Drängen vom alten Lysander habe ich dann zugestimmt. Aber ... Nie wieder, das schwöre ich dir bei allen Göttern, von mir aus selbst bei den römischen. Die ständige Kriecherei vor den Gesandten Roms hat meine Knie, mein Vertrauen in die Fünfzehn und mein Selbstwertgefühl völlig vernichtet. Zum Glück nur vorübergehend, vom Vertrauen einmal abgesehen. Im Rat bleibe ich, und wenn es nur darum ist, dass kein Speichellecker meinen Platz einnimmt. Aber nie wieder in den Ausschuss! Selbst wenn nur noch Nachfahren der Gründungsväter gewählt werden dürften und sie deshalb im Leben keine Fünfzehn mehr zusammenbekämen – ohne mich!« Sichtlich angewidert rümpfte der Alte die Nase.

Die Fünfzehn bildeten eine Ratsgruppe, die die tagespolitischen Geschäfte der Stadt erledigte. Kembriones erzählte nun, auf den Märkten würden die derzeitigen Urteile über die Fünfzehn von ›korrupter Aristokratenbande‹ bis ›römische Lustknaben‹ lauten, was jedoch bereits eine Verbesserung, beinahe eine Rückkehr zum üblichen Tagesgeschäft sei. Im letzten Jahr seien die Mitglieder des Ausschusses – in seltsamem Widerspruch und nachdem sowohl die Abgaben für Wasser als auch für Abfall binnen kürzester Zeit erhöht worden waren – in den Schenken noch recht einmütig als ›hirn- und schwanzlose Tattergreise‹ bezeichnet worden, ›die wie billige Strichjungen nur dann einen hochkriegen, wenn sie dafür bezahlt werden oder unter Drogen stehen.‹

»Vergiss die Ratsgeschäfte. Allein beim Gedanken daran wird mir ganz übel, aber das kann ich Casca nicht antun.«

»Du wirst doch die Beherrschung nicht in einer billigen Hafenschenke verlieren«, grinste Timaios, »und auf die öffentlichen Sitten, ah, spucken. Du solltest Kyniker werden …«

»… und Casca stieße mich mit seinem Wanst von der Terrasse und ließe mich nie wieder herauf. Nein, keine Angst! Den Triumph gönne ich außerdem den Spitzeln des Rates nicht. Lass uns bloß über etwas anderes reden. Mir fällt da gerade ein, dass es Neuigkeiten aus Rom gibt, die mir mein Agent vor einigen Tagen geschickt hat. Vielleicht gibt es demnächst doch noch einen Krieg. Nichts Großes, hoffe ich nur … Du weißt doch bestimmt, dass seit einiger Zeit – ich glaube, seit zwei Jahren – die Taurisker, diese Kelten, die nördlich oder östlich der Alpen im Land Noricum leben, Bundesgenossen von Rom sind. Bundesgenossen oder Föderierte, ich weiß es nicht genau.«

»Ich habe davon gehört. Im offiziellen Sprachgebrauch sind es vorerst wohl nur« – Timaios verstellte wieder seine Stimme – »Freunde des römischen Volkes.« Er schnaubte voller Verachtung. »*Amici*, wie sie es in ihrem lateinischen Gefasel nennen. Aber was heißt das schon bei den Römern? *Amica* kommt der Wirklichkeit wohl näher: Freundin – Hetären der Weißkutten, die für den Senat die Beine breit machen müssen, wann immer es die alten Männern danach gelüstet.«

»Deine unfeinen Worte treffen in beeindruckender Weise die Stimmung der nicht römerfreundlichen Kreise in der Stadt und beweisen nur, wie nahe liegend manche Vergleiche scheinen. Wie auch immer. Es scheint ihnen gerade danach zu sein, alt oder nicht alt. Nach der einseitig angenehmen Sache mit den breiten Beinen, meine ich. Jedenfalls haben die Taurisker durch eine Gesandtschaft die alten Männer um Waffenhilfe gebeten. Ein Volk wandernder Barbaren, wahrscheinlich ebenfalls Kelten, nähere sich ihrem Land von Osten oder Norden. Die Barbaren sind groß wie Riesen und stark wie Herakles, mit langen blonden Haaren, heißt es. Ihre Familien führen sie auf hölzernen Karren mit sich, ihre Krieger, die nach Hunderttausenden zählen, machen alles nieder, was sich ihnen in den Weg stellt, schänden jede Frau, die ihnen in die Hände fällt, fressen kleine Kinder ... Das Übliche also. In Rom lacht man über die Angst der Kelten vor den Kelten – du weißt ja, wie überheblich die Römer sind. Man reißt die alten Witze: Brennus mag ein Waisenknabe gegen sie gewesen sein, aber die römischen Gänse haben heute eine breitere Brust. Einer der beiden Konsuln dieses Jahres, ein Papirii Carbo, meine ich, wurde vom Senat mit einem Heer in den Norden geschickt, weil der Senat in seinem allertiefsten Mitgefühl unmöglich zulassen kann, dass die verängstigten Verbündeten diese drohende Gefahr allein durchstehen. Dieser Carbo soll Rom an den Kalenden des Aprilis mit zwei Legionen verlassen haben.«

»Zwei Legionen, das heißt zwei Legionen Römer und noch einmal so viele Bundesgenossen? Oder ein konsularisches Heer von zwei Legionen im Ganzen?«

Kembriones trank einen Schluck Wein und legte die Stirn in Falten. »Nein, ich glaube zwei und die Bundesgenossen. Wusstest du übrigens, dass im Noricum kürzlich Gold gefunden worden ist? Nein? Nun, ich schätze, die Römer wissen es. Und das norische Eisen soll ja auch so gut sein wie kein anderes.« Dann lächelte er. »Mein Agent erzählt, auf den Straßen Roms sei eine gewisse Unruhe zu spüren, nicht wegen der Nachrichten aus dem Norden, sondern wegen der allgemeinen Lage.«

»Vielleicht erleben wir es ja noch.«

»Was? Den Untergang Roms?«

»Zum Beispiel.«

»Das wäre herrlich. Aber vielleicht geschieht es von allein. Noch immer sollen ganze Scharen von Zuwanderern nach Rom ziehen, weiß Gott woher. Und der Senat muss immer mehr kostenloses Getreide bereitstellen. Die Senatoren jammern, die Priester beten, die Volkstribunen wiegeln die Massen auf – es ist immer das Gleiche. Ekelhaft. Und überall Anzeichen von Unruhe: Africa, Makedonien, nach wie vor Iberien, wieder der Orient, wie immer die Piraten und jetzt auch noch Rauchwolken im Norden. Mein Mann in Rom schrieb, dass alle Welt nun irgendwelche Zeichen gesehen haben will und der Ruf nach den Chaldäern*, die sie vor zwanzig Jahren aus der Stadt gejagt haben, schon wieder laut wird.«

Timaios hatte den Worten des väterlichen Freundes aufmerksam gelauscht. Er schätzte das Nachrichtennetz von Kembriones beinahe so hoch ein wie Gold. »Mh, wenn es ihnen schlecht geht, dann graben selbst die Römer ihre eingemotteten Götter wieder aus. Aber im Ernst – das hört sich gar nicht schlecht an, vielleicht gibt es bei den Barbaren doch etwas zu holen.« Und mehr zu sich selbst: »Im Schatten der Legionen fällt fast immer etwas ab.«

Innerlich frohlockte er. Blonde Kelten waren auf den römischen Sklavenmärkten mehr als beliebt. Und blonde Keltinnen erst recht! Caepio, sein Abnehmer in Rom, müsste bluten, wenn es Timaios nur gelänge, einige Exemplare zu erstehen. Er jagte dem Gedanken nach und spürte, wie er sich in ihm festsetzte und ihn nicht mehr losließ.

»Dass mir Hermes den Mund versiegle! Timaios, lass die Finger von der Sache.« Kembriones wirkte auf einmal sehr viel ernster als zuvor. »Im Schatten der Legionen kann es auch verdammt ungemütlich werden. Du weißt selbst, dass wir hier alles etwas anders als die Römer sehen. Wir kennen die Kelten gut genug, während die Römer immer noch den uralten Legenden über Brennus und den Keltensturm nachhängen. Und das geschah vor zweihundert Jahren. Mit Barbaren ist nicht zu spaßen, und wegen ein paar silberner Armreife, verrosteter Waffen und eherner Götzenbilder würde ich mein Leben nicht aufs Spiel setzen.«

---

* Astrologen und Wahrsager, die ursprünglich aus Babylon stammten.

»Eine solche Reise in den Norden der Alpen wäre auch einem Pytheas würdig«, sagte Timaios und trank einen großen Schluck. Längst war ihm der Wein zu Kopf gestiegen.

»Verschone mich mit deiner seltsamen Sicht der Welt. Wäre nur dein Vater noch da! Der lebte keineswegs in einem Kosmos, in dem Helden den Ton angaben.«

Auf diese Worte konnte Timaios nur mit den Schultern zucken. Seine Eltern waren schon seit zehn Jahren nicht mehr am Leben, die Erinnerung an sie war mittlerweile verblasst. Auf einer Geschäftsreise nach Rom waren beide der Malaria zum Opfer gefallen, deren todbringende Arme jeden Sommer aus den nahen Sümpfen über die Stadtmauer langten und zahlreiche Opfer fanden. Ihr Geschäft und Timaios' Erbe, ein vor allem auf hochwertige Schafwolle aus Ligurien ausgerichtetes Handelshaus, war dann von seinem einzigen Verwandten verwaltet worden: dem Bruder von Timaios' Mutter.

Zu dem Zeitpunkt, als Timaios – damals mit seinen Eltern in Rom weilend, von Krankheit aber verschont geblieben – selbst hätte daran denken können, sich um das Geschäft zu kümmern, gab es ein solches nicht mehr. Und auch keinen Verwandten, der es heruntergewirtschaftet und sich selbst davongemacht hatte. Immerhin war in den Jahren zuvor genug geblieben, um Timaios eine angemessene Ausbildung zukommen zu lassen. Für die Grundlage eines eigenen Geschäftes allerdings gab es keine Mittel mehr.

Kembriones nahm den Sohn seines Freundes in sein eigenes Geschäft auf, aber mit zunehmendem Alter war die Unrast in Timaios übermächtig geworden. Er selbst schob dies auf den kleinen Spritzer keltischen Blutes in seinen Adern. Eine Abneigung gegen Kembriones' hohe Anforderungen kam hinzu, der zwar seinem Sohn, nicht aber seinen Arbeitern gegenüber nachsichtig war. Und schon gar nicht Timaios gegenüber, der eines Tages das Gefühl gewonnen hatte, seine Schuld an den Alten bereits vielfach abgeleistet zu haben. Und schließlich, und das gab letzten Endes den Ausschlag, störten ihn die unangenehme Arbeit (eine Schiffsladung Amphoren zu löschen und zu verstauen war alles andere als ein Vergnügen), die noch viel unangenehmere Arbeitszeit (Kembriones sah es am liebsten, wenn vom Aufgang der Sonne bis zu ihrem Untergang gearbeitet wurde) und die bei weitem am wenigsten angenehme Entlohnung (zumindest Timaios kam mit zweieinhalb Drachmen am Tag nicht angemessen über die Runden). Nicht angemessen nach seinen persönlichen Maßstäben.

Und nun stellte ihm der Alte eine Umsatzbeteiligung in sieben oder acht Jahren in Aussicht. Vielleicht. Nachdem er sich krumm geschuftet hatte. Timaios dankte innerlich und zog die Barbaren und die ungewissen Aussichten vor, die sie ihm boten.

»Der Krieg ist der Vater aller Dinge, Kembriones, und besonders der von uns Geschäftsleuten. Das solltest du doch selbst am besten wissen. Ich denke, ich werde ihn demnächst einmal besuchen, unseren Vater.« Der gallische Handel liefe ihm nicht davon. Diese Barbarengeschichte versprach eine Gelegenheit zu bieten, den Erlös für die Kaledonier noch einmal zu mehren.

»Du hast deinen Herakleitos nicht richtig gelesen, Junge. Ich hätte besser aufpassen sollen, damit du alles lernst. Nicht nur die jedem Tagelöhner bekannten Zitate, mit denen man so eindrucksvoll um sich werfen kann. ›Die einen macht er zu Sklaven, die anderen zu Freien.‹ Das sagt er nämlich außerdem.«

Tatsache war: Timaios hatte Herakleitos nur zu kleinen Teilen gelesen – und die Götter mochten ihn davor bewahren, dass er den Rest nachholen musste. Ein paar Weisheiten genügten ihm völlig. »Ja, zu Sklaven und zu Freien, Kembriones.« In gespielter Übertreibung rieb er sich die Hände. »Eben.«

Kembriones schüttelte nur den Kopf.

2. Kapitel

Die Voralpen

Svanhild, die ein rotes Tuch um die Schultern gelegt hatte, las die frischen Buchenblätter, die zu Boden segelten, in den Korb. Hätte sie die Blätter nicht mit den Schweinen teilen müssen, wären es längst genug gewesen. Doch die kleine Herde dachte nicht daran, sich von dem Baum zu entfernen, von dem es frische Blätter und Äste regnete. Die Schnauzen im Boden, wühlten sich die Tiere grunzend durch das Erdreich.

Die schwarzfarbenen Schweine stammten aus einer keltischen Siedlung, die die Kimbern vor kurzem niedergebrannt hatten, und sie gehörten nicht allein der Familie von Segestes, sondern waren Eigentum der ganzen Sippe. Segestes und sein Bruder Segimer hatten diesen Überfall angeführt und den besten Teil der Beute für sich beansprucht.

Das rote Tuch stammte aus derselben Siedlung. Svanhild trug es gern und schob Überlegungen, wer es vor ihr getragen haben mochte, weit von sich. Gaisarik hatte schon angesetzt, ihr von dem Überfall zu erzählen, aber sie hatte ihm deutlich zu verstehen gegeben, dass sie nichts darüber wissen wollte.

»He, Svava, lass noch welche für die Schweine übrig!«, rief eine sich überschlagende Stimme von oben. »Ich habe keine Lust mehr.«

»Jaja. Komm herunter, Bragir, es langt schon.« Svanhild

blickte am langen, glatten Stamm des Baumes nach oben. Sie fürchtete um ihren jüngeren Bruder. Aber sie hatte ihm nicht ausreden können, auf den von einem Blitzschlag gespaltenen Baum zu klettern. Bragir hatte ans Ende eines langen Seiles einen Stein gebunden und es so oft nach oben geworfen, bis es weit genug über die Gabelung gefallen war, damit das Gewicht es auf der anderen Seite wieder nach unten zog. Mithilfe des Seiles war er dann nach oben geklettert. Bei den umstehenden Baumriesen mit ihren glatten Stämmen wäre ihm das kaum gelungen.

»Ich halte das Seil.«

Bragir kam nach unten, indem Svanhild das Seil langsam nachließ, das sie um einen zweiten Stamm geschlungen hatte. Wäre Bragir bereits ausgewachsen gewesen, hätte sie das kaum geschafft. Doch die harten Wanderjahre zeigten ihre Wirkung – die Schultern des Jungen waren noch schmal.

In vier Fuß Höhe ließ Bragir das Seil fahren und fiel auf die Füße. Svanhild stürzte auf den weichen Waldboden. »He, dich sollen die Jöten holen!«, rief sie, sprang auf und wollte den Bruder nun ihrerseits zu Boden werfen. Die Schweine rannten bei diesem Aufruhr ein paar Schritte davon, ehe sie die Schnauzen wieder senkten und weiterhin Blätter, Äste und angefaulte Kiefernzapfen fraßen.

Bragir wehrte die Schwester mit Erfolg ab und lachte. »Die sollen nur kommen!«

»Du wärst so schnell wieder auf dem Baum wie ein Eichhörnchen, wenn der Greif ...« Mit einer schnellen Handbewegung versuchte Svanhild ihrem Bruder die Lederkappe vom Kopf zu schlagen, aber auch das misslang, da er sich wegbückte. Seufzend musste Svanhild feststellen, dass die Zeit ihrer körperlichen Überlegenheit wohl vorüber war.

Der Junge kicherte, ging aber nicht weiter auf ihre Worte ein. »Schade, dass es noch keine Bucheckern gibt. Pap sagt, das macht den Schinken unserer Schweine noch leckerer.«

»Wenn du schon träumst, dann besser von Eicheln. Davon wird er erst richtig würzig«, verbesserte Svanhild den Bruder.

»Wirklich?«

»Ja. In einigen Monden wirst du es sehen. Wenn von den Schweinen noch etwas übrig ist. Lass uns zurückkehren – ich helfe dir mit den Schweinen. Sind eigentlich noch alle da?«

Bragir hob einen Finger und zählte: »Eins, zwei, drei, vier, fünf, sechs, sieben, acht. Keines fehlt.«

»Dann vorwärts.«

Unter den Bäumen war die Luft kühl. Buchen mischten sich hier mit Kiefern und Tannen.

Mit einem langen Buchenstab, von dem er die Rinde entfernt hatte, drosch Bragir auf die Tiere ein. Svanhild mahnte ihn zur Zurückhaltung.

»Warum muss immer *ich* mich mit den Viechern abmühen?« Bragir rannte nach rechts und trieb eines der Schweine zurück, das stehen geblieben war, um im Waldboden zu wühlen.

»Damit deine trägen Glieder in Bewegung bleiben.«

»Und du glaubst, das macht mir Freude?«

»Nein, das glaube ich nicht. Aber soll ich dich bemitleiden?« Sie blieb stehen. »Und was ist mit mir? Macht es mir etwa Freude, Tag für Tag Essen für euch zu sammeln und zuzubereiten? Und mir dann anzuhören, dass es euch nicht schmeckt oder dass es nicht genug ist?«

»Ich will kämpfen«, murrte Bragir, ohne auf die Worte seiner Schwester einzugehen. Er schlug mit einem Ast durch die Luft. »Und ich will ein Eisenschwert wie Vibilio.«

Svanhild deutete auf eines der Schweine, das hinter den anderen zurückgeblieben war. »Kämpf erst einmal mit den Schweinen.«

Der Bruder fluchte, trabte zurück und trieb das widerborstige Tier zu den anderen. »Pap hätte ruhig diesen Kelten behalten sollen, den wir hatten«, sagte er dann.

»Er hält eben nichts von Leibeigenschaft. Und ich auch nicht. Stell dir vor, du gehörst nicht mehr dir selbst, sondern einem anderen, der dir ständig sagt, was du tun sollst. Ich bin froh, dass Pap ihn freigegeben hat.«

Bragir antwortete nicht. Missmutig ging er hinter den schwarzen, behaarten Tieren her und gab ihnen gelegentlich einen Tritt oder schlug mit dem Ast nach ihnen. Seine

Schwester blieb manchmal stehen und bückte sich nach den jungen Blättern herabgefallener Äste.

»Was willst du eigentlich mit den Blättern?«

»Essen.«

»Buchenblätter? Bist du sicher? Vergiss nicht – du hast mich schon einmal fast umgebracht.«

Svanhild zog eine Grimasse. »Wie könnte ich, Bruderherz.« Als Bragir noch ein Säugling war, hatte seine achtjährige Schwester ihn fallen gelassen. Der Kleine, noch keine drei Monde alt, hatte sich den Unterkiefer gebrochen, und seine Mutter hatte ihn nicht mehr stillen können. Hludicos Mutter hatte damals gesagt: ›Lass ihn sterben, den kriegst du nicht mehr groß.‹ Aber Bragirs Mutter Svava hatte den Kleinen geduldig mit Kuhmilch und einem Tuchzipfel großgezogen. Obwohl Bragir keinen bleibenden Schaden davongetragen hatte – zog man nicht in Betracht, dass sein Kiefer knackte, wenn er den Mund zu weit öffnete –, ärgerte er seine Schwester gern mit dieser Geschichte, seitdem ihr Vater sie ihm erzählt hatte.

»Du solltest Thorgis besser nicht so oft auf den Arm nehmen.«

Svanhild seufzte. »Mach keine Witze darüber, es ist sowieso schon nicht viel an ihm dran. Thora hat nicht genug Milch. Ich werde Pap vorschlagen, beim nächsten längeren Halt noch eins von den Schweinen zu schlachten.«

»Von mir aus kann er gleich alle schlachten!«, rief Bragir. »Er muss sie ja nicht treiben.«

Sie gingen eine Weile nebeneinander her. »Wenn die Blätter frisch ausgetrieben sind, schmecken sie auf einem Fladen eigentlich ganz gut«, sagte Svanhild.

»Du meinst wohl, der öde Gerstenfladen schmeckt besser, wenn er belegt ist.«

Svanhild musste lachen. »Das meine ich wohl.« Es kam selten vor, dass sie gutes, schmackhaftes Brot aßen.

Sie gelangten an den Waldrand. Dort begegneten sie einer Gruppe von Männern, die Holz schlug und die Stämme wegschleppte. Zwei Frauen waren damit beschäftigt, lange Späne von dem Buchenholz zu schneiden. Die Geschwister traten mit der Schweineherde aus dem Schatten der Bäume und kamen auf eine weite Wiese, auf der zahlreiche Wagen standen. Alles Gras war ausgerissen oder weggefressen, der Boden war von Furchen durchzogen, und das Erdreich schaute hervor. Weit hinten ragten Berge auf.

Eine Reitergruppe passierte eben den Waldsaum.

»Schau nur, Svava!«

»Das ist Gaisarik.«

»Und Vibilio.« Bragir lief dem Trupp entgegen. »Wohin reitet ihr?«, wollte er von seinem Bruder wissen und schaute dann zu Vibilio hinüber. Die Reiter zügelten ihre Tiere.

Gaisarik, weniger blond als der um zehn Jahre jüngere Bruder, hatte seine langen Haare zu einem dicken Zopf geflochten. An seinem Gürtel hing ein schlichter Eisenhelm. Er zeigte mit der Hand die Richtung an. »In die Berge. Dort oben soll eine große Festung der Taurisker liegen. Kelten.«

Vibilio mischte sich ein, die Hand auf seinem Schwert, wie immer. Svanhild fragte sich manchmal, ob er auch so schlief. Vor sich hatte Vibilio einen Helm, der aus dem Kopf eines Widders gearbeitet war. »Und die Römer sollen dort sein.«

»Römer?« Bragir machte große Augen. »Die will ich sehen. Kann ich mitkommen? Bitte, Gaisarik.«

»Einverstanden. Steig auf.«

»Wirklich?« Bragirs Augen leuchteten. »Schafft Rimfax das?«

Gaisarik klopfte auf den Hals seines Pferdes.

»Sicher schafft er das. Und die Schweine nehmen wir auch mit«, sagte Gaisarik. »Das wird die Römer erschrecken.«

Bragir erntete ein verständnisvolles Lächeln von Vibilio, während einige der Berittenen lachten.

Der Junge fluchte und kehrte zurück zu seinen Tieren, die sich keinen Schritt entfernt hatten, sondern dort weiter wühlten, wo sie gerade standen.

Svanhild schaute Gaisarik an. »Reitet Radiger nicht mit euch? Er hat mir doch gestern stolz erzählt, dass er heute keine Zeit für mich hat.« Sie hob abwehrend die Hand. »Nicht dass ich seiner Zeit bedürfte.«

»Er darf für die nächsten Tage die Vorhut führen. Kleines Geschenk an Cimberio. Für morgen Abend habe ich ihn übrigens zum Essen eingeladen.«

Svanhild stöhnte innerlich. »Musste das sein?«

Gaisarik hatte seiner Schwester die Unlust angesehen. Er wurde ernst. »Ja, das musste sein. Vater freut sich, wenn er kommt. Ich glaube, er hat immer noch das Gefühl, in seiner Schuld zu stehen.«

»Jötenkram. Wenn überhaupt, dann müsste ich das Gefühl haben. Und ich hab es nicht. Überhaupt nicht.«

»Ich weiß«, sagte Gaisarik. Er zeigte auf den Korb. »Wenn du ihm morgen ein paar von den Blättern vorsetzt, wird er sowieso nicht wiederkommen.«

»Passt auf euch auf!«, rief Svanhild.

Gaisarik nickte.

»Wir passen auf. Und deinen Bruder nehme ich ganz besonders in meine Obhut.«

Ein Lächeln huschte über Svanhilds Gesicht. »Ich glaube, ihr habt alle mehr davon, wenn mein Bruder auf dich aufpasst, Vibilio.«

Der Schwertträger öffnete den Mund und suchte nach einer Entgegnung. Als er ganz offensichtlich die passenden Worte nicht fand, presste er die Lippen aufeinander und zog geräuschvoll die Nase hoch. Dann hob er die Beine, schlug seinem Pferd die Fersen in die Seite und trabte erhobenen Hauptes davon. Wieder lachten einige der Krieger, aber keiner folgte ihm. Einer rief, und zwar so laut, dass auch Vibilio es hören musste: »Willst du nicht lieber anstelle von Vibilio mitkommen, Svanhild? Dann kann meine Mutter sicher sein, dass ich auch wirklich zurückkomme.«

Gaisarik verhielt noch. »Muss das immer sein, Svava?«

»Bei dem schon.«

»Er mag dich.«

Svanhild biss sich auf die Unterlippe. »Wer tut das nicht?« Ihre Stimme klang spöttisch. Einige der anderen Männer nickten schmunzelnd. »Und du magst ihn nur, weil er der Bruder deines Gefolgsherrn ist.«

»Ich mag ihn, weil er ist, wie er ist.«

»Und eben darum mag ich ihn nicht.«

Alle lachten bei diesen Worten, auch Gaisarik konnte sich ein Schmunzeln nicht verkneifen. Dennoch schüttelte er den Kopf. »Er ist vielleicht manchmal etwas vorlaut, aber eine Frau sollte mit einem Mann nicht so ...«

»Manchmal?« Svanhild legte die Stirn in Falten. »Er redet ständig, als habe er aus Mimirs Brunnen getrunken. Ach was – als sei er als Kind hineingefallen. Sag, sollt ihr mit den Kelten verhandeln?«

»Nein, eigentlich nicht. Nur erst einmal schauen, wo sie sind.«

Hoch oben schwebte ein Adler auf die Berge zu. Einer der Männer streckte die Hand aus. »Schaut!«

»Wodans heiliges Tier fliegt zum Wohnsitz der Götter!«, schrie Gaisarik. »Folgen wir ihm. Vibilio wird sicherlich schon ungeduldig.« Er betrachtete noch einmal seine Schwester und sang spöttelnd: »Herz und Seele war ihm das süße Mädchen, gleichwohl erwarb er sie nicht. Und Bragir«, rief er dann, »rede nicht so viel mit den Schweinen, sonst wird ihr Fleisch schlecht bei deiner Stimme.«

Der Kimber winkte seinen Geschwistern zu, der Trupp setzte sich wieder in Bewegung und folgte Vibilio, der schon einen beträchtlichen Vorsprung gewonnen und sich dabei nicht einmal umgedreht hatte.

Svanhild seufzte – über ihren Bruder, den Schwertträger und anderes.

Noreia im Noricum im Mond Quintilis
Heutiges Neumarkt in den steirischen Alpen

Dunkle Wolkenhaufen schwebten über den norischen Alpen und verhüllten die steinernen Köpfe der Bergriesen. Noreia, die Festungsstadt der Taurisker, lag im trüben Morgenlicht. Regen hing in der Luft, Regen und vielleicht sogar ein Sturm.

Zwei römische Legionen waren in dichten Reihen auf dem weiten, sanft abfallenden Feld vor dem stark befestigten

Oppidum der Kelten angetreten. Zusammen mit ihnen bildeten zwei Legionen von Bundesgenossen ein regelmäßiges Viereck: Latiner, Sabiner, Umbrier. Das Feldzeichen jeder Centurie stand im ersten Glied. Die zu jeder Legion gehörende kleine Reiterschwadron war abgesessen, neben ihren Pferden angetreten und nahm den Raum einer Centurie ein. Daran schlossen sich Heerespioniere und einige Manipel leichtbewaffneter Plänkler an. Vor dem großen Karree standen die befehlshabenden Offiziere, acht oder neun Militärtribunen, die sich in der Führung der Legionen ergänzten; dazu mehrere Präfekten als Befehlshaber der Hilfstruppen und Bundesgenossen, die Befehlshaber der Pioniere sowie eine Hand voll Centurionen unterschiedlichen Ranges.

Auf und vor den Steinwällen der nahen, auf einem Bergrücken liegenden Stadt drängten sich erwartungsvoll die Kelten: Männer, Frauen und Kinder.

Nach einer Zeit des unruhigen Wartens näherte sich aus dem Feldlager die gedrungene Gestalt des Oberbefehlshabers im roten Kriegsmantel der Formation.

Gnäus Papirius Carbo, der amtierende Konsul dieses Jahres, wurde von seinen Amtsdienern begleitet, einem Dutzend Liktoren, die ihm mit den Rutenbündeln voranschritten. In Carbos weiterem Gefolge gingen zwei Schreiber, der Legionspräfekt, dem die Versorgung und Verwaltung des Heeres oblag, der Quästor, der als Zahlmeister fungierte, mehrere Senatoren als Beobachter, einige Edle der Taurisker und natürlich Gnäus Terentius Pius, der Lieblingstribun des Konsuls. Allein diese Bevorzugung wäre für die meisten Soldaten schon hinreichend gewesen, ihn nicht zu mögen und ihm das denkbar Unheiligste an den Hals zu wünschen. Darüber hinaus galt er als überheblich und eingebildet und war zudem jemand, der den kriegserfahrenen Centurionen erzählen wollte, wie sie ihre Männer zu behandeln hätten. Und das stellte schließlich auch die Wohlmeinendsten im Heer auf eine harte Probe. Hinter seinem Rücken fluchten und lachten die Centurionen über diesen Theoretiker des Krieges; vor Pius allerdings nickten sie notgedrungen. Seinen Weisungen folgten sie selten oder sie legten sie aus.

Dass er nicht ernst genommen wurde, spürte Pius, und er hasste den Stand der Centurionen darum aus tiefstem Herzen.

Für die Hauptleute war Pius nur einer der zahlreichen, unerfahrenen Tribunen, ein Senatorensöhnchen, das seine mehrjährige Militärzeit abreißen wollte, um für eine Karriere als Magistrat in Rom die Voraussetzung zu schaffen.

Dass Gnäus Papirius Carbo für seine neu ausgehobenen Legionen Offiziere benötigte, war nicht nur für Terentius Pius ein willkommener Anlass gewesen, um auf einem Feldzug Ruhm und Reichtum zu sammeln.

Der Truppe waren Ruhm und Reichtum ihrer Vorgesetzten indessen vollkommen gleichgültig. Mangels einer ungefährlichen Möglichkeit, ihre deutliche Abneigung in anderer Form zu zeigen, begnügten sich die Soldaten damit, dem Möchtegern-Strategen in der unausgesetzt brodelnden Gerüchteküche der Truppe den ersten Rang einzuräumen. Bei den einfachen Legionären hieß Pius nur der ›Nobelbock‹, in Anlehnung an die Sturmböcke, die bei der Belagerung fester Plätze eingesetzt wurden, um eine Bresche in einen Wall zu schlagen. Und als Wall galt in diesem Fall das verlängerte Rückgrat des zur Nobilität zählenden Konsuls. Von Soldaten ohne Feinsinn und Gespür für Rhetorik wurde Pius hin und wieder schlichtweg als Arschkriecher bezeichnet.

Aus den Reihen der wartenden Tribunen und Unteroffiziere löste sich ein Optio.

»Aaaachtung! Steht still!«

Zwanzigtausend Soldaten gingen in Habachtstellung, das Summen, das vorher über den Reihen lag, war im Nu verflogen. Aus einem vier gebogene Fuß langen Horn tönte der ausholende, helle Ton, der den Befehlshaber ankündigte.

Im Hintergrund, dort wo das Gelände wieder anstieg und die Zivilisten standen, hörten die letzten Reihen der Soldaten den von Gelächter begleiteten Ausruf, der junge Hornist solle besser seine Luft sparen und sich mit seinem Talent doch lieber des Konsuls annehmen. Dessen Vorliebe für

Knaben war eines der beliebtesten und hartnäckigsten Gerüchte, seit sich das Heer auf dem Marsch befand, und angeblich wählte er seine Burschen nur nach der Zartheit ihres Gliederbaus.

Der Appell hatte die amüsierten Zivilisten aus dem Lagerdorf herbeigelockt: Gaukler, Händler, Possenreißer, Freudenmädchen, Quacksalber, Wunderheiler, Glücksritter, Spieler, Veteranen, Sklaven, Freigelassene und, neben weiterem Gesindel, das sich immer im Schatten der Legionen und Heereslager herumtrieb, auch die Händler von Sklaven, die Aasgeier der Ökumene, die jeder Krieg in großer Zahl fand und die ihrerseits jeden Krieg fanden.

Hier stand auch Timaios und ließ den Blick über das Heer schweifen, über die glanzlosen Speere, die sauberen Rüstungen, die kraftvollen Männer und ihre gesunden Gliedmaßen. In einigen Tagen würde das alles anders aussehen. Die Barbaren näherten sich, so gingen die Gerüchte, und nichts konnte sie aufhalten.

Der Konsul war inzwischen vor dem Viereck angelangt. Er bestieg ein kleines Holzpodest, nickte zum Optio hinüber und wandte sich an die Soldaten.

»Rührt euch!«

Die Soldaten entspannten sich. Nur jene, die zum ersten Mal Opfer der Aushebung geworden waren, die jungen und armen Soldaten, die den Leichtbewaffneten zugeteilt worden waren und den Treueeid noch in guter Erinnerung hatten, behielten ihre geistige Habachtstellung bei. Ein anderer Teil der Legionäre hoffte schlicht, der Konsul möge es kurz machen. Und ein weiterer Teil schließlich, vor allem die Veteranen aus der einen Legion von Roms kleinem, stehendem Heer, wanderte mit den eigenen Gedanken, je nach den Worten des Konsuls: zu den Barbaren, zu einem Anteil an der Beute, der zwar kaum berechenbar, aber in jedem Fall sehr hoch war, oder zu jenen Mädchen, die nicht nur die Moral der Soldaten zu festigen wussten – und davon gab es in und um ein Legionslager mehr als genug, denn jeder Feldzug erzeugte moralischen Nachhol- oder Vorschubbedarf. Die Gedanken der Männer wanderten aber auch in die Heimat. Jene unter den Ausgehobenen, die nicht aus Rom stammten, blickten gelegentlich zum Himmel und fragten sich, wie das Wetter in Italien sein mochte, in den fruchtbaren Ebenen des Nordens und den trockenen Landschaften des Südens, in diesen Tagen, da die Zeit der Ernte nahte. Timaios war oft genug unterwegs gewesen, um die Gedanken der Bauernsoldaten zu erahnen: Wer würde, da die Männer im Felde standen, die Ernte einbringen? Wer würde die Gerste schneiden und das Stroh bündeln? Wer sollte die Oliven von den Ölbäumen schlagen und einsammeln? Wer mochte die Weinbeeren pflücken und pressen?

»Legionäre!« Die laute Stimme des Konsuls war geübt und drang noch bis zu den Zivilisten. Timaios hatte keinerlei Schwierigkeiten mit der lateinischen Sprache, er war ihrer beinahe fließend mächtig. Es war die beträchtliche Entfernung zum Redner, die ihm alle Aufmerksamkeit abverlangte. »Wieder einmal haben Barbarenhorden es gewagt, sich den Grenzen des Reiches zu nähern und unsere Bundesgenossen zu bedrohen.«

Eine gewagte Auslegung der Wirklichkeit, fand nicht nur Timaios. Unter den Zivilisten wurde gemurmelt. Im Grunde war über die Absichten der Barbaren so wenig bekannt, dass man nicht einmal eine Drohung aus ihrer bloßen Anwesenheit ableiten konnte.

»Die Nöte unserer Bundesgenossen sind die Nöte Roms...«

»Uh, da wird mir aber warm ums Herz«, meinte einer der Zivilisten und löste damit ein trockenes Gelächter aus.

»Ich komme aus Umbrien und hab da auch ein paar Nöte!«, rief ein anderer. »Vielleicht könnte der Konsul...« Ein Teil der Rede des Konsuls ging für Timaios' Ohren unter.

»... dass Barbaren römische Kultur und römische Sitten verletzen.« Carbo legte eine Pause ein und musterte die Legionen, seine Legionen. Von Stolz schien er erfüllt, und stolz war er. »Das werden wir nicht dulden, Legionäre! Vereint mit den Kriegern unserer Bundesgenossen« – seine Hand wies auf die Mauern des Oppidums –, »werden wir diesen Kelten entgegentreten und sie aufhalten.«

In den Reihen der nichtkämpfenden Zuschauer wurde nicht mit neuen höhnischen Zurufen gespart.
»Ja, und zwar auf den Bauch – und ihnen die griechische Kampfesweise zeigen!«
»Da treffen dann Giganten aufeinander.«
»Und der Konsul kann persönlich seinen Teil beitragen.«
Gelächter. Einerseits galt die Kampfkraft der Kelten unter den meisten Lagerdörflern als gering, andererseits galten alle Kelten als Anhänger der Männerliebe, den Griechen darin nicht unähnlich. Timaios teilte vorbehaltlos die allgemeinen Meinungen.

Carbo war weit davon entfernt, sich aus dem Konzept bringen zu lassen; wahrscheinlich stand er auch zu weit entfernt, um den Spott überhaupt wahrzunehmen. Aber ein Unteroffizier löste sich aus seinem Umfeld und näherte sich der Gruppe um Timaios.

Carbo drosch währenddessen weiter Phrasen. »Und wer sind denn diese Wilden? Zehn- oder zwanzigtausend undisziplinierte Kelten oder Skythen oder Keltoskythen, die dem taktischen Können unserer Legionen nicht das Geringste entgegenzusetzen haben. Vielleicht von großem Wuchs, aber von kleinem Hirn. Kehren sie nicht um, werden wir sie in die Berge zerstreuen, als hätte es sie niemals gegeben.«

Ein leises Raunen schien durch die Reihen zu streichen, wie der Wind durch ein Weizenfeld.

Wenn es des Konsuls Absicht war, die Ängste der Truppe, die in Form unzähliger Gerüchte alle Einheiten heimsuchten, mit seiner Rede zu zerstreuen, dann war ihm genau das nicht gelungen. Selbst Timaios wusste längst um die vielen Bedenken in der Truppe: Bedenken, die aus der Erinnerung herrührten, aus der Erinnerung an uralte Erzählungen von Keltenstürmen und Barbarenhorden.

In Rom mochte man noch gelacht haben, hier aber, nur einen oder zwei Tagesmärsche von den Barbaren entfernt, schien die Lage ganz anders zu sein, weitaus bedrohlicher und unheilverkündender. Die Gerüchte entsprachen offenbar viel eher der Wirklichkeit, als es die Offiziere zugeben wollten. Selbst unter den länger gedienten Soldaten herrschte eine gewisse Sorge, die sich nicht allein auf die Verteilung der Beute beschränkte.

Standesgenossen von Timaios, reisende Kaufleute und Pfadgänger, die aus dem Norden und dem Osten hier angelangt waren, hatten ihren Teil zu den Gerüchten und Ängsten beigetragen. Hoch gewachsen wie Herkules oder Herakles waren die Barbaren, kolportierten sie. Ihre Augen leuchteten wie die der Medusa, und in den Kampf zogen sie vollständig nackt und wild brüllend. Sibyllen, Seherinnen, die mit Dämonen paktierten, führten ihren Zug an, der weit über eine Million Menschen stark sei und in grausamen Ritualen jeden gefangenen Feind finsteren Göttern opfere. Den Kelten ähnelten sie nur entfernt, und mit den Skythen hätten sie überhaupt nichts gemein. So wurde gemunkelt, auch in der Truppe.

Der Konsul schickte hingegen abermals Worte der Zuversicht über das Feld. »Die Barbaren Hispaniens und die Stämme der Alpen haben wir geschlagen. Die wilden Völker Asiens hören auf die Stimme Roms wie auch die Makedonen und Griechen des ägäischen Meeres. Illyrien lehrten eure Großväter Respekt, Africa brachten sie unter die Botmäßigkeit des Reiches. Eure Väter besiegten die Gallier, und die Kelten in der Poebene erstarren seit siebzig Jahren in Angst und Ehrfurcht, wenn sie den Namen Rom auch nur hören. Gesandtschaften aus Pontus und Ägypten, aus Kappadokien und Armenien buhlen um die Gunst des Senats. Römische Tugend wird in der gesamten Ökumene gepriesen, römisches Recht herrscht rund um das Innere Meer, unsere Götter beherrschen den Olymp.«

»Nun ja«, murmelte Timaios zweifelnd. Aber so nüchtern wie dorische Säulen waren die römischen Götter und genauso langweilig, fand er. Und der Osten der Ökumene, römisches Recht hin oder her, war nichts als ein Trümmerhaufen. Vierzig Jahre hatte Rom dafür gebraucht, vom Ende des zweiten Gemetzels gegen die Punier bis zur Schlacht gegen Griechenland, und noch immer war kaum ein Stein auf dem anderen.

Abermals ließ Carbo seine Worte auf die Menge einwirken. Und tatsächlich, für Timaios schien plötzlich ein neu erwachtes Gefühl der Zuversicht die Reihen zu streifen, ein leichter Luftzug wie zuvor, aber wärmer diesmal, angenehmer.

Carbo setzte zu weiteren Worten an. Laut trug seine Stimme über die Köpfe der Soldaten bis zum Ende des Feldes. »Und nun bedrohen Barbaren erneut den Frieden Roms, und die Tore des Janustempels stehen offen. Wenn ihr, Legionäre, nach der siegreichen Schlacht hindurchmarschiert seid, werden sie geschlossen werden ...«

»Das werden sie nie schaffen, den Tempel dichtzumachen!*« Timaios blickte in die Runde, erntete zustimmendes Grunzen und Murmeln und fühlte sich wichtig.

»Gut für uns und alle anderen Maultiertreiber!«, rief jemand. Mehr als einer stand neben Timaios, der mit der Sklaverei sein Brot verdiente. Sie alle lebten in der Hoffnung, nach der von Carbo angekündigten ›siegreichen Schlacht‹ dessen Soldaten ihre Beute abkaufen zu können.

Timaios nickte. »Gut für Rom, bei dem Verbrauch.«

»Euch, Legionäre und Bundesgenossen«, rief der Konsul, »gebührt heute die Ehre, den Marsch der Barbaren an den Grenzen unseres Reiches aufzuhalten ...«

»Die Ehre müsste ich nicht haben«, brummte einer neben Timaios. »Sieben Fuß sollen sie hoch sein.«

»Mit dem Schwert in der Hand werdet ihr Rom, Italien und die ganze zivilisierte Welt vor der Krankheit aus dem Norden bewahren. Ruhm gilt es an die römischen Standarten zu heften und Ehre zu erlangen. Erweist euch als würdig, in den Annalen unserer Stadt Erwähnung zu finden.«

Timaios war ebenfalls sicher, dass der Großteil der ›tapferen Soldaten‹ – nur Bauern und Bürger, nichts anderes – sehr gerne darauf verzichtet hätte, diesen Ruhm und diese Ehre zu gewinnen. Beute ja, aber Ruhm und Ehre, dafür

---

* Janus oder Ianus: Die geschlossenen Tore des Janustempels in Rom waren ein Symbol für Frieden im Römischen Reich. Bis zu den Tagen des Augustus war es eine seltene Ausnahme, dass die Tore geschlossen waren. Janus ist der Gott der Torbögen und lieh als Gott des Beginns dem Januar seinen Namen.

konnten sich allenfalls die Offiziere etwas kaufen. Die einfachen Legionäre würden sich, in Erinnerung an vielfach wiederholte Erzählungen von vergangenen Kriegen, Schlachten und Belagerungen, mit weniger bescheiden müssen: Magnesia in Lydien, Pydna in Makedonien, die Kleinstaaten in Hellas und im Osten, Korinth (o unermesslich reiches Korinth! Perle von Hellas, Traum jeden Soldatenlebens), Karthago, das Attalidenreich in Kleinasien, Numantia in Iberien. Die Soldaten träumten vielleicht von dem einen oder anderen Kriegsgefangenen, von einem Brocken Silber, von einem Bernsteinamulett und dachten an das dafür eingehandelte bare Geld, das sie ihren Frauen auf den Tisch legen konnten, um ein Schwein zu kaufen oder Saatgut.

Zwei Monde lang hatte das Heer die Alpenpässe zu den italischen Ebenen gehalten, hatte trockenen Staub geschluckt und heiße Sonne verzehrt, alles in Erwartung eines Angriffes, der nie stattfand, während die Barbaren ins Noricum einzogen. In diesen Monden war auch Timaios von Massalia kommend zur Truppe gestoßen. Und schließlich waren die Legionen auf Befehl des ehrgeizigen Carbo – es ging das Gerücht, er habe sich nicht beim Senat rückversichert und Mahnungen der ihn begleitenden Senatoren einfach beiseite gewischt – aufgebrochen, um der entgangenen Schlacht nachzulaufen.

Hier, unter den Mauern der Keltenstadt Noreia, waren die Legionen dem vermeintlichen Feind endlich so nahe wie nie zuvor. Wie eine Sturmflut wälzte sich der Tross der Barbaren über die Ausläufer der Voralpen heran und nahm, gewollt oder ungewollt, seinen Weg zum Hauptort der Taurisker, dessen Wälle schon seit Tagen eilig verstärkt wurden. Die himmelhohen, baumlosen Alpenkämme, die in Sichtweite aufragten, schienen eine gewaltige Anziehung auf die fremden Stämme auszuüben.

Carbo wusste sehr gut, dass er allein verantwortlich wäre, käme es zur Schlacht.

›Die Konsuln mögen zusehen, dass der Staat keinen Schaden nehme.‹ Es waren würdevolle Worte, noch sehr neu, noch nicht oft gebraucht, mit denen der Senat Roms ihn ausgeschickt hatte. Mit hehren Worten, aber eben auch mit den Legionen: Eine konsularische Legion kam aus den Reihen des stehenden Heeres, eine weitere war neu aufgestellt worden. Dazu gesellten sich Bundesgenossen in gleicher Stärke. Und er, Gnäus Papirius Carbo, Konsul und Feldherr, hatte das Heer ausgehoben und war gegangen. Aber sie, die Väter der Stadt und des Erdkreises, hatten ihn nicht ausgeschickt, die Schlacht um jeden Preis zu suchen und anzunehmen. In ihrer Vorsicht hatten sich die Optimaten durchgesetzt, die Vertreter der alten Dynastien, der großen Familien, die sich für die tugendhaften Erben eines Älteren Cato hielten, die zur Besonnenheit mahnten und nur einen eng ausgelegten Defensivauftrag erteilt hatten, die Taurisker eigentlich noch nicht einmal berührend ... Und streng formal betrachtet waren die norischen Kelten keine richtigen Bundesgenossen, nur Freunde mit einem zweifelhaften Status von Unabhängigkeit. Italien war zu schützen, allein Italien, indem die Alpenpässe, die nach Aquileia führten, verteidigt wurden. Was im Noricum geschah, hatte Angelegenheit der Taurisker zu sein.

So lauteten Carbos Weisungen, und so hatte man es auch im Lagerdorf geflüstert, Weisungen, an denen festzuhalten der Konsul aber – nach zwei qualvollen Monden des Wartens – nicht weiter beabsichtigt hatte.

Von seiner Abstammung her und in seiner Gesinnung neigte der Konsul dieses Jahres den Popularen zu, der Volkspartei, und niemanden nahm es wunder, dass er anderer Meinung war als die alten Geschlechter. Wie Hund und Katz seien Populare und Optimaten im Senat Roms, hatte man Timaios erzählt: Sie stritten sich den ganzen Tag, aber ging es ans Fressen, steckten sie meist die Köpfe zusammen.

Carbo, hungernd nach jenem Ruhm und jener Ehre, mit denen er seine Soldaten eben noch gelockt hatte, wollte mehr, als den Barbaren nur aus der Ferne zuzusehen. Zwei römische Legionen und dazu noch einmal so viele Bundesgenossen, das war ein Heer, wie es Rom in den vergangenen Jahrzehnten selten hatte mustern müssen, eine Gelegenheit, die er sich einfach nicht entgehen lassen konnte. Und Krankenstand und Ausfallrate waren so erstaunlich niedrig, dass Fortuna ihm einfach hold sein musste: Kaum zehn auf hundert Männer waren ausgefallen, es gab wenige Krankheiten, keine Seuchen, eine geringe Zahl an Verletzungen, selten Disziplinarmaßnahmen, ausreichend genehmigten Nachschub durch den Senat, der bisher pünktlich eintraf ... Der Konsul brauchte den Erfolg, und er brauchte ihn jetzt, und kam er nicht zu ihm, dann musste er zusehen, wo er zu finden war.

Papirius Carbo hob zu weiteren Worten an, als in den Reihen der Soldaten Unruhe aufkam und sich viele Köpfe nach dem weiten Ausgang einer nahen Senke zwischen zwei steilen Hängen wendeten. Eine Handvoll Berittener war dort aufgetaucht. Die Reiter trieben ihre Tiere zuerst auf Noreia zu, verließen dann aber diese Linie und nahmen ihren Weg zum römischen Stab. Es waren keltische Kundschafter, Späher der Taurisker, die kurz darauf vor Carbo und ihren Fürsten anhielten, von den Pferden sprangen und gestenreich auf die Gruppe einredeten. Bis zu den Zivilisten drangen die Worte nicht herüber. Bereits nach wenigen Augenblicken kam Bewegung in das Offizierskorps. Tribunen eilten zu ihren Manipeln, Centurionen riefen ihre Hundertschaften zur Ordnung, die Taurisker eilten nach Noreia, und auf die Kommandos der Hornisten – jetzt gaben nicht mehr die runden Hörner, sondern die langgestreckten Tuben den Ton an – und Fähnleinträger schwenkten die Glieder des Rechtecks schließlich, staffelten sich neu und machten Front gegen die steilen Hänge.

Der Raum reichte aus, um den Legionen für eine nebeneinander liegende Anordnung Platz zu bieten. Im mittleren Abschnitt der Schlachtreihe standen die beiden römischen Legionen, flankiert von den beiden Truppenkörpern der italischen Bundesgenossen. Wie üblich sollten drei Treffen[*] der zu erwartenden Gefahr die Stirn bieten. Im letzten Treffen standen die bereits mehrfach ausgehobenen Veteranen, die

---

[*] Eine Legion wurde von insgesamt 30 Manipeln gebildet, verteilt auf die drei Linien zu 10 Manipeln mit je zwei Centurien. Vorn standen die Hastati, die jüngsten Krieger, in der Mitte die Principes und hinten, im letzten Treffen und quasi als Reserve, die Triarii, die erfahrenen Veteranen.

alten Hasen aus den Feldzügen im Orient, in Iberien und Südgallien; noch hinter diesen hielt auf einer kleinen Erhebung der Konsul mit seinem Stab. Auf den Flügeln war die römische Reiterei in Stellung gegangen; aus den Toren der Stadt Noreias ergoss sich nun ein Strom weiterer Berittener.

Unter den Menschen um Timaios war Unruhe aufgekommen – plötzlich stand die Gruppe auf der rechten Flanke des Heeres. Die meisten nahmen dies zum Anlass, den Standort eilig hinter die Front zu verlagern. Vielleicht zwei Dutzend Männer, unter ihnen Timaios, blieben, wo sie waren.

»Bei den wohlgestalten Lenden des Zeus! Sollten die Barbaren bereits so nahe sein?« Timaios erkannte die Stimme hinter sich. Er wandte sich um und entdeckte, dass er Recht hatte: Da stand Kapaneus aus Brundisium[*]. Das Geschäft des dicklichen, schnurrbärtigen Messapiers bestand in der Aufgabe, auf diesem wie auf anderen Feldzügen dafür zu sorgen, dass die Moral der Legionäre nicht unter eine unergiebige Grenze sank. Allerdings besorgte er diese Arbeit nicht selbst, sondern seine Hand voll Freudenmädchen. Timaios war nie zu Ohren gekommen, dass Kapaneus auch selbst Hand anlegte. Als Abkömmling eines einst von Hellenen kolonisierten Landes, in dem die Römer noch nicht lange als Freunde betrachtet wurden, brachte er diesen ererbte Gefühle von Abneigung entgegen, die denen von Timaios ähnelten. Das hinderte ihn aber nicht daran, den Landesfeind durch die Arbeit seiner ›Töchter der Venus‹, wie er die Mädchen gern nannte, zu beglücken, mit denen er durch Italien oder Südgallien zog. In Gallien pries Kapaneus seine Mädchen allerdings als ›Töchter der Aphrodite‹ an. Timaios hingegen waren schon andere Namen für die Mädchen zu Ohren gekommen. ›Löcher der Venus‹ klang darunter noch harmlos.

Durch verschiedene Begegnungen in Gallien war der Messapier Timaios eher flüchtig bekannt. Das eine oder andere der Mädchen hatte er hingegen bereits näher kennen

---

[*] Das heutige Brindisi an der Adria, eine Landschaft, die in der Frühzeit von den Messapiern besiedelt war, ehe sie um 244 v. Chr. latinisiert wurde.

gelernt. Er hob die Schultern, als er entgegnete: »Ich fürchte, Kapaneus, die Taurisker haben eine Herde Bergziegen oder einen Schneehasen aufgescheucht. Aber vielleicht haben wir auch Glück, und es sind nur die Barbaren. In jedem Fall haben wir von hier eine hervorragende Aussicht auf das Spektakel. Möge es also beginnen.«

»Wenn es denn nur kein allzu blutiges Spektakel wird, o edler Massaliote.« Timaios blickte Kapaneus fragend an und hielt den Kopf schief. Im Grunde war ihm die schmeichelnde Art des Zuhälters aus Brundisium zuwider, doch zierte er sich in aller Regel, diesem seine wahre Gefühle zu zeigen, nicht zuletzt wegen der Dienste seiner Mädchen.

»Eine Schlacht, Händler des Schönen und Nützlichen, ist nicht allein gut für dein gewichtiges Geschäft, sondern auch für das meine. Nach einem Kampf, einen Sieg vorausgesetzt – und wer wollte daran zweifeln –, und weiterhin vorausgesetzt, dass die Zahl der im Kampfe gewonnenen Sklavinnen nicht die Zahl der Soldaten erreicht, und zum dritten vorausgesetzt, der Sieg wäre nicht zu schwer errungen, wünschen viele der Soldaten sich nur auszureden oder einfach in den Armen einer schönen Venustochter zu liegen. Gegen angemessene Bezahlung natürlich. Das schont meine edlen Mädchen!« Timaios hätte gern gewusst, ob Kembriones wirklich an das Edle seiner Mädchen und den Sinn seiner Worte glaubte.

»Dann möge es sich also für uns beide lohnen, hier zu sein.« Timaios ärgerte sich sogleich, dass er so geschwollen redete wie der andere.

»Das möge es, wohlmeinender Hellene. Und möge das Spektakel eines sein, dass des Mars' Gefallen ebenso erregt, wie es das Verlangen der Venus befriedigt.«

Da hoffe ich nur, dachte Timaios, *dass es lohnend ist*. Das tagelange untätige Warten im Schatten des Heereslagers hatte für ihn missliche Folgen nach sich gezogen. Seine Schulden bei einigen Römern, mit denen er sich bei Würfelspiel und Wein die Zeit vertrieben hatte, waren im Laufe von mehreren tristen Tagen nämlich erheblich gestiegen. Nur mit dem Hinweis auf ausstehende Gelder aus Rom war es Timaios gelungen, zwei besonders hartnäckige Gläubiger vorübergehend zu beruhigen. Nun brauchte er dringend Geld, und darum musste es dringend zur Schlacht kommen. Den Erlös, den Kembriones ihm ausgezahlt hatte, hatte er noch in Massalia fast vollständig in Ware umgesetzt, Gegenstände, die von Soldaten geschätzt wurden: Amulette, kleine Skulpturen aus Stein, Ton oder Bronze, Wasch- und Rasierzeug, Schaber, Parfüm- und Ölfläschchen, Nähzeug, Beutel, Messer und anderes. Bisher hatte er aber nur einen geringen Teil davon verkauft, vor allem Amulette. Nach einer Schlacht wäre das sicher anders. Und dann vielleicht noch ein paar Sklaven erwerben ... Oder besser Sklavinnen, die leichter zu beaufsichtigen waren ...

Nach einer kurzen Pause, in der sich nichts weiter ereignete, als dass die Reiter der Taurisker sich den Römern anschlossen, ergriff Kapaneus erneut das Wort. »Sag, hochgeschätzter, ah – Timaios ist der Name, nicht wahr? Sag, wie ist in diesen Tagen die Lage in der Narbonensis? Ich gedachte, nach befruchtender Vollendung dieser Angelegenheit hier die Provinz zu besuchen.«

Timaios hörte die Bezeichnung ›Provinz‹ für seine Heimat ungern und war kurz angebunden. »Ganz gut«, brummte er und ließ kein Auge von den Legionen. Alles lag ihm ferner, als sich auf ein längeres Gespräch einzulassen.

»Ist es denn also ruhig? Ich hörte von Unruhen durch gallische Stämme.«

»Nein, alles ruhig.« Er drehte den Kopf zu Kapaneus. »Außerdem – ihr seid doch fast heilig, dachte ich.«

»Ja, gewiss, du hast wieder einmal Recht, o kluger Händler. Aber diese dauernden äußeren Unruhen ohne offenen Kampf erzeugen immer auch innere Anspannungen. So etwas entlädt sich manchmal in einer, ah, gewissen Grobheit der Kunden, du verstehst. Da könnte eine Venustochter Schaden nehmen. Wenn es aber in der Provinz ruhig ist, dann werden auch die Besucher meiner Mädchen ausgeglichener sein. Ja, ich denke, wenn das hier vorüber ist, werden wir wieder einmal das südliche Gallien beglücken. Massalia vielleicht oder Narbo.«

Timaios rümpfte kaum merklich die Nase. Ein wenig war er aber auch belustigt über die Sorge des Hellenen, kannte er doch Kapaneus als geizigen Knauser, der seine Mädchen mit den hundert Augen von Argos bewachte und selbst den Verwandlungskünstler Zeus noch zur Zahlung verpflichtet hätte. Ob als Schwan, Stier, Wolke oder wie auch immer getarnt, von Kapaneus wäre der lüsterne Göttervater erkannt worden. Und hätte die schöne Europa zu seinen Venustöchtern gezählt, dann hätte Kapaneus auch Zeus ohne Umschweife und Hemmungen wegen geleisteter Dienste ohne Entrichtung eines Entgeltes verklagt.

Allmählich wich die Spannung in der verkleinerten Gruppe um Timaios, und Witze machten die Runde. Doch dann tauchten abermals Berittene in der Senke auf, und alle verstummten. Jene ritten aber langsamer als die ersten und verhielten ganz, als sie die waffenstarrende Phalanx der Römer erblickten. Um Einzelheiten zu erkennen, waren sie zu fern, doch es handelte sich ganz gewiss um Barbaren. Nach einer kurzen Weile lösten sich mehrere Reiter aus dem kleinen Trupp und strebten in verschiedene Richtungen. Einer machte kehrt und verschwand zwischen den Anhöhen, zwei ritten nach rechts und suchten eine Höhe zu erreichen, von der aus sie Feld und Stadt besser zu überblicken vermochten, während sich vier andere im langsamen Trott den Legionen näherten. Der Rest, vielleicht zwanzig oder dreißig Männer, saß ab und verharrte scheinbar reglos an Ort und Stelle.

»Meine Güte«, murmelte einer aus der Gruppe um Timaios, »das sind ja fast dreißig Mann! Reichen denn da vier Legionen überhaupt?«

Timaios lächelte flüchtig.

Als die Gesandten, die sie offensichtlich waren, auf zwei Stadien herangekommen waren, erkannte Timaios Einzelheiten. Die Tiere der Abordnung waren klein und struppig, ihre Reiter erschienen dadurch nur umso größer. Die Männer waren meist in einfarbige Umhänge und lange Hosen gekleidet, ein Umstand, der die Römer nicht weniger geneigt machen würde, sie Barbaren zu nennen. Drei von ihnen hielten Speere von Körperlänge in einer, große Rundschilde in der anderen Hand. Blonde oder rotblonde Haare schienen über die Mäntel zu fallen; ob sie Bärte trugen, vermochte Timaios nicht zu erkennen. Auf den Köpfen der Reiter saßen Helme von unförmiger Gestalt.

Vom Standpunkt des Timaios aus boten diese Krieger einen wenig anheimelnden Anblick. Alles in allem machten sie auf ihn den Eindruck von Kelten. Ein aufgeregtes Murmeln erhob sich unter den Umstehenden. Angesichts der Furchtlosigkeit der vierköpfigen Abordnung mit zwanzigtausend Pilen vor Augen meinte Kapaneus mit mahnend erhobenem Finger, Rom solle besser seine Strategie überdenken. Und überhaupt – er müsse nach seinen Mädchen sehen, die sich sicherlich ängstigten. Nach diesen Worten trollte er sich schamlos eilig in Richtung der keltischen Festung. Timaios blies hörbar Luft zwischen den Lippen hervor und erntete ein verständnisvolles Grunzen des Mannes neben ihm.

Schließlich verhielt die Abordnung der Barbaren und wartete auf ein Entgegenkommen. Wieder dauerte es eine kleine Weile, dann schickte ihnen der Konsul seinen bevorzugten Tribun, einen Centurio mit einer Zehntschaft Legionäre und zwei Taurisker entgegen. Die Fremden stiegen von ihren nicht eben stattlichen Pferden, und Timaios staunte: Der Tribun Terentius Pius musste zu den Barbaren weit aufblicken.

Schnell wurde den Zuschauern klar, dass die Botschafter zweier Welten sich kaum verständigen konnten. Fruchtlosem Deuten und unersprießlichen Zeichenspielen folgte sichtlich ratloses Schweigen. Terentius Pius sandte daraufhin einen der Taurisker um Rat zu seinem Konsul. Für Timaios schien Carbo einen roten Kopf zu bekommen, stauchte einige umstehende Tribunen zusammen und schickte den Mann gleich weiter zur Stadt. Ein Centurio näherte sich im Laufschritt den Zivilisten.

Der Römer baute sich vor der Gruppe auf, stemmte die Hände in die Seite und holte ein paarmal Luft. »Der Konsul will wissen, ob unter euch Krämern einer ist, der die Sprache von denen da versteht. Anhören muss es sich wie im letzten gallischen Loch, aber verstehen kann man es trotzdem nicht. Kommen wohl von weiter aus dem Osten.«

Nach nur kurzem Zögern und leichtem Erschauern trat Timaios, ein wenig besorgt, ein wenig stolz und reichlich erstaunt über seinen eigenen Mut, einen Schritt vor und erklärte, er beherrsche die Grundzüge einer Sprache, die rechts des Rhenus gesprochen werde.

Gemeinsam eilten die beiden hangaufwärts, der Centurio sicheren Schrittes, Timaios in aufwallender Angst, vor vierzigtausend Augen fehlzutreten. Als sie beim Konsul ankamen, meldete der Soldat zufrieden Auftragserledigung.

Gnäus Papirius Carbo war ein Mitvierziger, der Timaios ohne den rotbuschigen Helm gerade bis zur Nase gereicht hätte. Unter dem Helmrand lugten graue Strähnen hervor. Der Eindruck des Gesichtes wurde durch die Wangenschoner vielleicht verfälscht, wirkte auf Timaios aber weder abweisend noch unfreundlich. So sah einer der mächtigsten Männer dieser Welt aus. Der Papirier musterte den Massalioten genau und sprach ihn dann voller Selbstverständnis und ohne jeden Gruß in lateinischer Sprache an. »Du scheinst mir noch reichlich jung für einen Kaufmann zu sein. Bist du überhaupt einer? Und wie ist dein Name?«

Beklemmung stieg in Timaios auf – oder war es ... Ehrfurcht? Seine eigenen Worte klangen ihm fremd. Er schien fern seiner selbst. »Timaios aus Massalia, Konsul.« Unter all den Bewaffneten fühlte er sich sehr fehl an diesem Platz und sehr klein.

»Aus Massilia, so.« Carbo gebrauchte die latinisierte Form des Namens. »Dein Latein ist gut. Römischer Bürger?«

»Nein, Konsul. Ich bin Massaliote.« Beinahe hätte er sich gewünscht, mit Ja antworten zu können.

»Mas*s*iliote.« Carbo betonte die zweite Silbe. »Nun, immerhin ein Bundesgenosse.« Der Konsul wies mit der siegelberingten Hand auf die wartenden Fremden. »Du glaubst, du kannst diese seltsamen Hosenträger verstehen, Timaios aus Massalia?«

Vorsichtiges Schulterzucken unter höflichem Lächeln.
»Vielleicht, Konsul. Ich weiß nicht. Ich habe einmal eine Sprache gelernt, die angeblich im Herkynischen Wald gesprochen wird. Und im Norden davon soll sie ...«
»Das Wo und Wie kümmert mich nicht, Massiliote. Ich bin kein Krämer, der mit Barbaren handeln will, ich habe ein Heer zu führen. Ich will nur, dass du mit den Sendlingen der Barbaren redest, so du sie überhaupt zu verstehen imstande bist. Terentius Pius, der meine Absichten kennt, wird das Gespräch leiten. Begib dich bitte zu ihm. Rom dankt für deine Hilfe.«
Der junge Kaufmann nickte dem Konsul ergeben zu, wandte sich um und wurde vom Centurio zu den Unterhändlern geführt. Je näher er den Barbaren kam, desto unbehaglicher fühlte er sich, umso mehr, als noch immer alle Augen auf ihm ruhten. Terentius Pius begrüßte ihn knapp, fragte nach seinem Namen und forderte ihn auf, das Wort an die Barbaren zu richten.

Aus der Nähe empfand Timaios das ungeschlachte Aussehen der Krieger als noch Furcht einflößender. Fast kamen ihm die vier noch größer vor als die beiden Taurisker, die in der Gruppe von Pius standen und alle Römer knapp überragten. Jetzt entdeckte er auch, dass die Fremden unter den verdreckten, abgenutzten Umhängen hemdartige Kittel mit halblangem Arm trugen, dazu verzierte Gürtel und niedrige Schaftstiefel. Groß und erwartungsvoll standen sie vor ihm, mit Staub bedeckt und von einer Wolke aus Schweiß und anderen Gerüchen umgeben.
Timaios' Blicke wurden von blauen und graublauen Augen aufgefangen. Zwei der Männer trugen Zöpfe, zwei das lange Haar offen unter den Helmen. Es waren die Kopfbedeckungen, die das bedrohliche Bild verstärkten, denn zumindest zwei waren aus Tierköpfen gefertigt. Ein aufgebrochener Widderkopf schien ihn jeden Augenblick auf die langen gerundeten Hörner nehmen zu wollen, und der Oberkiefer eines langzahnigen Wolfes machte Anstalten, das ganze römische Heer zu verschlingen.

Allein der bärtige Mann mit dem Widderhelm und den blonden Locken trug keine Stoßlanze. Eine Hand ruhte auf dem Griff eines Schwertes, das in einer reich verzierten Holzscheide geborgen war. Mit Ausnahme eines einzigen ehernen Halsringes sah Timaios kein Schmuckstück. Die Männer sahen so einfach aus, wie Barbaren eben auszusehen hatten. Gerade das, ihre verdreckte Schlichtheit, machte sie in Timaios' Augen aber bedrohlich. Neben der leichten Furcht, die er empfand, war er aber auch beeindruckt: Zwanzig oder dreißig von diesen heraklischen Männern in Rom oder Capua an eine Gladiatorenschule verkauft, ohne Spurius Caepio als Zwischenhändler, und er könnte sein eigenes Geschäft in Massalia eröffnen. Ein bisschen herausfüttern müsste man sie natürlich und ihnen die fadenscheinige Kleidung wegnehmen, aber dann ...

Der Militärtribun und Nobelbock Gnäus Terentius Pius war, obwohl in voller Rüstung, eine weitaus weniger beeindruckende Gestalt. Zwei schmale Purpurstreifen umspielten am Halsausschnitt seiner Tunika den oberen Rand des Kettenpanzers, den er unter dem Mantel trug. Diese amtlichen Streifen hatten den Tribunen in der Truppe den Namen ›die Roten‹ eingetragen. Pius mochte Mitte zwanzig sein, wirkte mit Helm und Wangenschutz aber älter.

Die ersten Worte kamen Timaios nur zögernd über die Lippen. Mehr als zwei Jahre lag es zurück, dass er diese fremden Laute gehört und gesprochen hatte. Und das viele Latein, das er zuletzt hatte sprechen müssen, machte ihm die Sache nicht leichter. »Ich begrüßen im Namen von Herzog Papirius Carbo. Verstehen mich?«

Die Fremden schauten sich an, und Timaios war bereits geneigt zu glauben, sie verstünden ihn nicht, als der mit dem Widderhelm den Gruß in einer Sprache erwiderte, die sich hässlich und holprig, aber immerhin sehr ähnlich jener anhörte, die Timaios gebraucht hatte.

Timaios jubelte innerlich. Er verstand die Barbaren.

»Wir verstehen dich und entbieten die Grüße unseres Rates. Wir sind Kimbern. Mein Name ist Vibilio. Ihr seid Römer, nicht wahr?«

Den Mann verstehen zu können war für Timaios eine ihn stolz machende Bestätigung vergangener Mühen. Die Worte klangen beinahe genauso wie jene, die er einmal gelernt hatte. Manche hörten sich fremd an, abgeschliffen oder leicht verändert, doch ihren Sinn konnte er gut verstehen. Es schien ihm zwar, als verschlucke der Widderhelm ganze Buchstaben, als rede er kehlig, zischend und hart, aber es war verständlich. Timaios wollte zu einer Entgegnung ansetzen, als Pius ihn schon unterbrach.

»Du verstehst das Kauderwelsch, Hellene? Gut! Frag sie, wer sie sind, was sie wollen, wie groß ihre Zahl ist und ob sie nicht wissen, dass sie sich auf römischen Hoheitsgebiet befinden. Es herrscht Gastfreundschaft zwischen Römern und Tauriskern, und jeder, der sich gewaltsam zwischen unsere Völker drängt, wird wie zwischen Mühlsteinen zermalmt werden. Mach ihnen das ausdrücklich klar, und weise sie in aller Schärfe auf die Stärke der Legionen hin. Die Taurisker stehen unter dem Schutz Roms!«

Unwillig kam Timaios der Aufforderung nach, versuchte aber die harschen Worte des Tribuns in ein freundlicheres Gewand zu kleiden. Er wusste aus seinen Erfahrungen in Gallien, dass die Barbarenvölker jenseits aller Zivilisation die Sitte hoch achteten. Gesandte waren allen Stämmen heilig und durften mit Recht eine angemessene Behandlung erwarten. Holpernd und langsam übersetzte er, indem er die einfachen Worte wählte, an die er sich zu erinnern vermochte.

»Ich reden für der ... Führer von Rom, der drüben stehen ... steht. Ich müssen bitten um langsam sprecht, damit ich Worte verstehe. Mein Name ist Timaios ... und ich ein Handelsmann von einer Stadt, Massalia heißt und liegt im Süden Galliens, an Land von Inneren Meer. Du Recht hast, diese als Römer hier du nennen. Jene Stadt bewohnt Taurisker, ah, Keltoi, Kelten, denen alles Land ist. Die Taurisker sind Freunde Rom, von Rom, das hier im Regnum Noricum seine Willen ver... hat. Der ...« Er zögerte kurz und gebrauchte dann die lateinische Rangbezeichnung für den Römer, weil es ihm entschieden zuwider war, Pius als einen Herzog oder einen ähnlich hochrangigen Adligen zu bezeichnen. »... Tribun Terentius Pius, hier neben mir, will wissen, was euch führen nach hier.«

Die Barbaren hatten angestrengt zugehört. Der Mann neben dem Widderhelm, ein bartloser Speerträger mit einem einfachen Eisenhelm, hatte sogar mehrmals gelächelt, was ihn gleich weniger wild erscheinen ließ. Es war jedoch abermals der Widderhelm, dessen Namen Timaios bereits wieder vergessen oder nicht richtig verstanden hatte, der antwortete. »Nur die Not zwingt uns, auf diesen Pfaden zu ziehen. Wir sind auf der Suche nach neuem Ackerland, seit die Götter von unserer Heimat, die weit im Norden am großen Meer liegt, ihren Segen genommen haben. Viele von unserem Stamm sind auf dem Marsch und folgen uns nach. Aber wir wussten nichts davon, dass die Römer, von denen wir bereits gehört haben, Freunde der Kelten sind.«

Timaios, in der Hoffnung, alles richtig verstanden zu haben, übersetzte dem Tribun. Dieser zeigte sich erfreut. »Die haben also schon vom Ruhm unserer Waffen gehört? Das macht die Sache natürlich einfacher. Frag sie, was sie nun zu tun gedenken. Hier ist kein Platz für Barbaren! Sag ihnen, Rom besteht darauf, dass sie das Noricum wieder verlassen.«

Der Widderhelm hörte sich die übersetzte Forderung scheinbar gleichmütig an und beriet sich dann mit seinen Gefährten. Er war also wohl nicht berechtigt, allein eine Entscheidung zu treffen. Das Gespräch der Kimbern war ruhig; jeder durfte etwas sagen. Am Ende nickten alle, und der Widderhelm antwortete.

»Sie werden sich dem Wunsch Roms beugen. Ihnen steht der Sinn nach Frieden, nicht nach Krieg. Aber sie kennen das Land und seine Verhältnisse nicht und bitten den Tribun, ihnen zu sagen, wie weit die Provinz reicht.« Timaios glaubte seiner eigenen Übersetzung nicht recht zu trauen, dass diese furchtbar anzusehenden Männer, die fast jeden Römer um eine Handbreit überragten, aus deren Oberarmen man fast das Bein eines schmächtigen Legionärs machen konnte, so ohne weiteres vor dem Namen Rom die Köpfe einzogen.

Über das Gesicht des Tribuns zog ein Leuchten. Dass der Barbar dieses Land als Provinz bezeichnet hatte, welches es genau genommen – noch – nicht war, schmeichelte zusätzlich seinem römischen Stolz, obwohl das nur eine Auslegung von Timaios war. Dann dachte Pius kurz nach, bedeutete Timaios, weitere Erkundigungen über die Kimbern einzuholen, und eilte zu seinem Konsul. Ein Seitenblick belehrte den Massalioten, dass er dort eindringlich auf Papirius Carbo und die anderen Militärtribunen einredete. Timaios wandte sich wieder an seinen Gesprächspartner. Und mit dem Reden fielen ihm immer wieder neue Worte ein, die er einmal gelernt hatte.

»Wie lange ihr schon unterwegs, Fürst von – was? Cimboi? Kimbern? Ah. Und wo eure Heimat in Norden sein? Ist. Ich kenne Stamm ... einen Stamm, mit Namen, der Teutonen ist und lebten an Ozean. Aber von Kimbern ich habe nie hören. Und sagen Namen noch einmal, bitte.« Die Teutonen waren für Timaios ein beinahe schon mythischer Stamm, den der Massaliote Pytheas einst im Norden fand, als er die unbekannte Welt bis zu dem sagenhaften Thule erforschte. Timaios hatte einst in einem Tempel Massalias die zweihundert Jahre alte Schrift seines ruhmreichen Landsmannes ›Über den Ozean‹ gelesen, die neben dem noch älteren Periplus über die Küstengewässer aus den ersten Tagen Massalias ruhte. Beide Schriften hatten in ihm zum ersten Mal den Traum von den fernen Ländern und fremden Völkern erweckt, die sie beschrieben. Timaios las damals, wie Pytheas Albion umrundete, wie er das sagenhafte Ultima Thule entdeckte und das Nordmeer, und schließlich las er über Bernstein, zum ersten Mal in seinem Leben. Noch immer, nach zweihundert Jahren, wurde die geheime Schrift des Pytheas von Rat und Priesterschaft wie ein Schatz gehütet, gleichwohl Karthago seit mehr als vierzig Jahren kein Konkurrent mehr und die Durchfahrt durch die Säulen des Herakles endlich frei war.

Der Widderhelm kratzte sich am bärtigen Kinn und nickte. »Vibilio ist mein Name. Vi-bi-li-o. Die Teutonen sind einer unserer Nachbarstämme. Sie haben ihren Sitz im

Süden unserer Heimat. Wenn du der Küste, die Gallien im Norden abschließt, weiter nach Nordosten folgst, dann kommst du nach einigen Tagen an die Mündung eines großen Stromes, der sein Wasser in das Meer ergießt, gegenüber der großen Insel.«

Jetzt nickte Timaios. »Die Insel Albion ist, Britannien für die Romlinge, ah, Römer, und du meinen den Rhenus.«

Vibilio konnte mit dem Namen nichts anfangen, aber der Kimber mit dem Eisenhelm mischte sich ein. »Er hat Recht, so hat mein Vater den Strom genannt. Von dort dann nochmals zehn oder zwölf Tagesreisen die Küste hinauf kommt ein zweiter Strom, den die Händler aus dem Süden Albis nennen. Im Norden und Westen dieses Mündungsgebietes siedeln die Teutonen, bis an den Fuß einer Halbinsel, die sich weit nach Norden erstreckt. Das ist die Heimat der Kimbern und anderer Stämme.« Nach dieser Ausführung stellte sich der andere vor. »Ich bin Gaisarik aus der Gefolgschaft von Hludico, der Sohn von Segestes.« Als Timaios den Kopf schüttelte, wiederholte er die Namen noch einmal.

Vibilio ergriff nun wieder das Wort. »Vor zehn Wintern haben wir unser Land verlassen.« Der Blick des Kimbers bekam etwas Hartes. Nachdenklich blickten seine Augen an Timaios vorbei und strichen über die hohen Mauern Noreias. »Seitdem sind wir auf der Suche nach einer neuen Heimat.«

Timaios schluckte. »Seit zehn Wintern ziehen ihr in den … von Norden her? Müssen schwer sein, den Stamm mit versorgen all, was braucht man. Wie viele sein?«

»Zu viele«, meinte Vibilio ausweichend, »viel zu viele. Und viele sind an den Entbehrungen gestorben. Hunger und Krankheit haben in den vergangenen Wintern reiche Ernte gehalten. Wir wandern im Sommer und machen im Winter Lager. Einige Winter haben wir östlich von hier gesiedelt, im Land der Skordisker, zwischen den Bergen und einem großen Strom, der erst nach Osten, dann nach Süden fließt.«

»Istros sein vielleicht. Danuvius nennen die Römer. Ja, ich kenne Strom. Den Strom.« Gaisarik nickte beifällig zu den Worten von Timaios.

Dann stockte das Gespräch, und Timaios betrachtete zuerst die Männer vor ihm, dann verlegen die Berge in der Ferne. Terentius Pius kehrte endlich zurück. Ein älterer Militärtribun begleitete ihn, der nur einen breiten Purpurstreifen trug, der ihn als erprobten Offizier senatorischen Ranges auswies. Auf Timaios machte er einen ungleich gelasseneren und beherrschteren Eindruck als der jüngere Pius. Timaios lauschte gespannt den Worten, die er übersetzen sollte.

»Unser Feldherr und Konsul Gnäus Papirius Carbo macht den Kimbern folgenden Vorschlag: Er stellt Führer, die euch einen gangbaren Weg aus den Bergen weisen werden. Die Provinzgrenze verläuft nördlich der Voralpen. Die Führer werden euch dort verlassen und nach Noreia zurückkehren. Bedingung ist, dass ihr auf jede Kampfhandlung verzichtet, die gegen uns oder unsere Bundesgenossen gerichtet ist. Ihr habt ohne größere Verzögerungen die Alpen zu verlassen! Das ist eine Forderung, keine Bitte. Eine Umkehr von euch wird von uns nicht geduldet werden und führt unweigerlich zum Krieg. Die Waffen werden bei einem erneuten Betreten des Noricum sprechen; ein Nachgeben kann der Beginn freundschaftlicher Beziehungen zwischen unseren Völkern sein. Senat und Volk von Rom verzeihen, dass ihr in Unkenntnis der wahren Lage römisches Hoheitsgebiet verletzt habt. Die Wünsche Roms begleiten euch. Wir hoffen, dass es dem Stamm gelingt, ausreichend Land zu finden. Eure Führer werden Kelten aus Noreia sein. Da ihr nicht keltisch sprecht, wird der Händler Timaios auf Bitten des Konsuls mit euch ziehen, um zu übersetzen.«

Timaios übersetzte satzweise und sinngemäß, so gut es ihm möglich war, und je mehr er redete, desto besser gelang es ihm. Beim letzten Satz zog er erstaunt die Augenbrauen hoch, denn es schien für den Tribun eine Selbstverständlichkeit zu sein, dass der Massaliote sich dieser sogenannten Bitte nicht widersetzen würde. Und was hätten wohl die Taurisker gesagt, hätten sie erfahren, dass die Römer ihr Land wie selbstverständlich als Provinz bezeichneten?

Er zögerte nur kurz. Ihm war es durchaus nicht unrecht, einige Tage mit den Kimbern zu ziehen. Keine Schlacht bedeutete keine Gefangenen, und keine Gefangenen bedeutete auch keine Sklaven. Wenn die Wanderer aber aus den Ländern der Teutonen kamen, dann mochten sie schöne Felle mit sich führen oder Bernstein, das Gold des Nordens, das in Rom zu phantastischen Preisen gehandelt wurde. Das mögliche Geschäft machte ihn wankend. Zudem konnte er Nachrichten einhandeln, die für einen Mann seiner Zunft genauso kostbar sein konnten wie Edelsteine oder wertvolle Metalle. Und nicht zuletzt mochte die Gunst des Konsuls bei seiner Rückkehr noch Früchte zu tragen. Er beschloss, dem Schicksal nicht ins Handwerk zu pfuschen, setzte auf die Heiligkeit seiner Person als Gesandter und gab alle Worte sinngemäß wieder.

Die Kimbern gaben sich gleichmütig. Keiner verzog eine Miene, als die Bedingungen gestellt wurden, die im Grunde einer Beleidigung gleichkamen. Dann aber steckten sie die Köpfe zusammen und berieten sich leise. Vor allem der Widderhelm redete drängend auf die anderen ein, hauptsächlich auf diesen Gaisarik. Zweimal ging der verhandelnde Tribun noch zwischen dem Konsul und den tauriskischen Fürsten einerseits und der Abordnung andererseits hin und her, um Feinheiten auszumachen und den weiteren Weg festzulegen sowie die Landesgrenze und Handelsmöglichkeiten zu erwägen, denn offensichtlich hatten die Kimbern großen Bedarf an Nahrungsmitteln. Der Konsul selbst ließ sich nicht herab, mit den Barbaren persönlich zu verhandeln. Zufriedengestellt begehrte der Widderhelm schließlich zu wissen, wann die Führer kämen, deren Abstellung er noch einmal ausdrücklich begrüßte.

Wieder übersetzte Timaios die Worte des Römers. »Die Konsul lassen in Noreia nach Männer suchen, was er schicken dann. Ich bitte um Geduld etwas euch.«

Dann verabschiedeten sich der Tribun und sein Amtskollege Terentius Pius von den Kimbern, und mit dem Rest der römischen Abordnung zogen sie sich zurück. Nachdenklich blickten die Kimbern den Männern nach. Timaios, der geblieben war, musterte ihre Gesichter und sah, dass Gaisariks Augen funkelten.

Er murmelte etwas vor sich hin, was Timaios nicht verstand, aber nicht als Segensspruch auslegte. An Timaios gewandt wurde er wieder deutlicher. »Übrigens haben wir beim Tross genügend Männer, die die Keltensprache verstehen – Kelten selbst und sogar Kimbern, die die Sprache können. Eigentlich war nicht vorgesehen, dass wir an diesem Tag verhandeln.« Bei diesen Worten sah er Vibilio belustigt an, der den Blick gleichmütig erwiderte. »Viele Sippen der keltischen Boier, der Skordisker und andere ziehen mit uns. Trotzdem bist du willkommen, Timaios, wenn du uns begleiten willst. Du bist kein Römer, kennst sie aber vielleicht gut genug, um im Rat Fragen zu beantworten, die unsere Führer vielleicht stellen werden.« Vibilio pflichtete den Worten des Jüngeren eilig bei und lud Timaios noch einmal nachdrücklich ein.

Timaios schwieg, während er nach passenden Worten suchte, um sich zu bedanken und zu entfernen, und Vibilio, der das Zögern vielleicht als Vorbehalt auslegte, schien sich zu weiteren Erklärungen genötigt.

»Ich vermute, die Herzöge und besonders mein Bruder Hludico, der ein Großer im Rat ist, werden der Abmachung zustimmen. Ich handle ganz in seinem Sinne.« Gaisarik schaute bei diesen Worten ein wenig missmutig drein. »Wir haben zu oft kämpfen müssen, als dass Wodan im Augenblick nach weiteren Opfern verlangen würde. Vielleicht schaffen wir es, die keltischen Festungen im Nordwesten zu brechen und uns dort eine neue Heimat zu erkämpfen. Aber heute kannst du ohne Sorge mit uns reiten. Wir laden dich ein. Du bist unser Gast, und dir wird kein Leid geschehen, das nicht vom ganzen Stamm verurteilt würde.«

Was hätte ich davon, wenn mein Kopf längst die Türschwelle eines Barbarenhauses zieren würde?, dachte Timaios. Aber seine Zweifel wurden noch einmal geringer, entweder durch die freundlichen Worte oder durch die großen Erwartungen. »Ich danke. Erlauben mir, dass ich meine ... Tiere fertig machen und den Wagen holen. Die Führer kommen bald.«

Selbstzufrieden schritt Timaios zum römischen Heerlager. Die Kimbern ritten zurück zu den ihren und lagerten sich dort im Gras. Als Hornrufe ertönten, lösten sich die Schlachtreihen auf. Mehrere Manipel blieben in Alarmbereitschaft, während die Masse des Heeres in guter Ordnung in die beiden Lager für die Legion und die Bundesgenossen einrückte, die von einem Graben, einem Wall aus Erde und mannshohen Palisaden umgeben waren. Timaios' Wagen stand im Lagerdorf nahe der Palisaden, im Kreis mit mehreren anderen. Ein kleines Zelt war daneben aufgeschlagen, in dem er zusammen mit seinem Gehilfen Hannibal schlief.

Hannibal lag lang ausgestreckt auf einer Bastmatte im Zelt. Eine römische Heerschau gehörte nicht zu den Ereignissen, die ihn aus der Ruhe bringen konnten. Er setzte sich auf, als sein Herr den Kopf ins Zelt steckte und abschätzig brummte. »Was liegt an, Lanista? Geschäfte?« Seine Stimme klang hell, indes nicht übermäßig neugierig.

»Geschäfte vielleicht. Geschäftsbeziehungen hoffentlich. Beende deine Huldigung an die Göttin der Faulheit später und komm heraus.« Hannibal kroch aus dem Zelt und reckte sich. Er war schlank, aber muskulös, kleiner als Timaios und von dunklerer Hautfarbe. Seine schwarzen Haare trug er allerdings länger als dieser. Man konnte Hannibal schwerlich auf die vierzig Jahre schätzen, die er bald erreichen müsste – Timaios wusste nicht einmal genau zu sagen, wann das sein würde –, denn er wies noch immer die weichen Gesichtszüge seiner Jugendzeit auf. Es waren die leblosen Augen, die vermuten ließen, dass Hannibal in seinem Leben mehr Leid gesehen als Freude erfahren hatte.

»Hör zu: Ich ziehe für einige Tage als Übersetzer mit den Barbaren, allein, und du wartest hier auf meine Rückkehr. Carbo will ihnen Führer stellen ...«

Hannibal rieb sich die Augen. »Mit welchen Barbaren?«

Timaios klärte den Punier mit wenigen Sätzen auf. Der Stolz auf seine Rolle war ihm anzumerken, aber Hannibal pfiff darauf. »Du ganz allein unter den Barbaren? Du beliebst zu scherzen, Lanista. Wer soll denn auf dich aufpassen, wenn ich hier bleibe?«

»Ich denke, dazu bin ich selbst in der Lage.« Timaios war so beleidigt, wie er sich anhörte, denn Hannibals Besorgnis hatte ihm eine Spur zu echt geklungen. Obwohl dieser nicht ganz Unrecht damit hatte. Er drehte seinem Gehilfen den Rücken zu und machte sich auf der Ladefläche des Wagens zu schaffen. »Mh, wir haben noch massenhaft Tand auf dem Wagen, Glasperlen und Tonfiguren. Wenn noch Zeit bliebe, würde ich weitere Armreife und Gürtelschnallen besorgen, aber es wird auch so reichen.«

»Ganz, wie du meinst, Lanista.« Timaios wusste, auch ohne ihn zu sehen, dass Hannibals Miene bei diesen Worten so unbewegt wie gewöhnlich blieb.

»Spar dir deinen Hohn. Eine derartige Uneigennützigkeit hätte ich Carbo übrigens nicht zugetraut.«

»Trau den Worten eines Römers höchstens, bis er in ganzen Sätzen zu sprechen beginnt. Eine verdammte Heuchlerbande, das sind sie!« Hannibal, der an die Öffnung der Plane getreten war und Timaios beobachtete, zuckte mit den Schultern und warf einen gelangweilten Blick auf die entfernten Kimbern. Dann machte er eine entmutigende Ergänzung: »Diesen Barbaren würde ich aber auch nicht trauen.«

Timaios überhörte den letzten Satz. »Höre ich da, die Weißkutten betreffend, wieder eine unterschwellige Rachsucht in deiner Stimme? Und erinnere ich mich da nicht eines alten Sprichwortes, das von Ehre und Rechtschaffenheit eines Karthagers wenig Rühmliches zu berichten weiß?«

Der Karthager spuckte aus, sein Blick war jetzt finster geworden, während Timaios lachte. »Ein römisches Sprichwort!«, knurrte Hannibal. »Wirst schon sehen, die Römer sind irgendwann auch euer Untergang, Lanista. Wie sie der unsere gewesen sind.«

»Diese deine prophetische Gabe zu bestreiten fällt mir schwer.« Timaios sprang vom Wagen und legte einige Gegenstände in das Zelt: einen Wasserschlauch, einen Sack mit Waren, ein Bündel mit Kleidung. Dann holte er zwei Decken, einen halb vollen Weinschlauch und einen Brotbeutel daraus hervor und warf diese ihrerseits auf den Wagen. »Du weißt sowieso, dass ich sie genauso wenig mag wie du. Und hör auf, mich dauernd mit Lanista zu betiteln. Bei dem lateinischen Gefasel werde ich noch ganz nass im Schurz. Ich hatte genug davon. Du weißt genau, dass es dich vor Strafe bewahrt hat.«

Während eines früheren Aufenthaltes in Rom war Hannibal von der Stadtwache wegen einer Rauferei verhaftet worden. Timaios, wie Hannibal nach einem Würfelspiel erheblich angetrunken und mithin bereit für jeden Unsinn, wenn sich nur ein Anlass ergäbe, hatte sich als Lanista ausgegeben, als Meister einer Gladiatorenschule in Capua. Hannibal sei sein bester Mann, hatte er dreist behauptet, unerreicht in der samnitischen* Kampfesweise mit mehr als dreißig Siegen in der Arena. Hier in Rom, so Timaios weiter, solle er nun einmal, als Freigelassener zum Aufseher aufgestiegen, alle jene Annehmlichkeiten genießen, die ihm seine Erfolge in Capua, dem elysischen** Gefilde für Liebhaber von Kämpfen jeder Art, eingetragen hatten. Die von Hannibals Narben – und der Donative Timaios' – beeindruckten Büttel hatten den Karthager daraufhin laufen lassen, nicht ohne ihnen augenzwinkernd die Namen der besten Lupanare Roms und ihrer begehrtesten Hetären zu nennen. Wenn sie darüber redeten, lachten die beiden heute noch. Die Namen der Lupanare hatte sich aber nur Timaios gemerkt.

»Natürlich, o großer Lanista, aber manchmal frage ich mich, ob mein Arbeiten in deinem Dienst nicht die größere Strafe ist.«

»Überflüssiger Teil eines Punischen Samenergusses!«, murmelte Timaios und dann lauter: »Wenn du meine Gegenwart sowieso als Strafe ansiehst, kann ich dir deinen Lohn auch ganz streichen. Also, pass auf: Du bleibst hier und wartest auf mich. Die Legionen werden nicht abziehen, bevor die Kimbern weit fort sind. Bis dahin bin ich zurück.

---

* Die samnitischen Gladiatoren waren Kämpfer, die in voller Rüstung mitsamt einem Helm mit Federbusch sowie Schild und Schwert die Arena betraten.
** Elysion, die Insel der Seligen im Westen der Welt, eine Art griechisches Paradies.

Wenn nicht, folgst du ihnen einfach; vielleicht gibt es doch noch irgendwo ein Scharmützel. Du hast jedenfalls alle Vollmachten, Freund. Halte dich an Kallisthenes aus Neapolis, er hat seinen Wagen irgendwo da hinten.«

»Was soll ich mit Vollmachten, wenn ich kein Geld habe, um einzukaufen?«

»Dann mach Schulden.«

Hannibal hob die Augenbrauen. »Ich? Genügt es nicht, wenn *du* die machst?«

Timaios überhörte den Vorwurf, der sich aus einer trüben Quelle voller Berechtigung speiste. »Wenn alles anders läuft als erwartet, sehen wir uns in Rom wieder.«

Hannibals Begeisterung über das in Aussicht gestellte Ziel war alles andere als groß. »In Rom? Beim faulenden Schwanz des Jupiter! Heißt das, wir besuchen den Olymp der Ahnungslosen?«

»Komm, was soll das? Caepio hat noch mein Geld. Wir werden nur kurz dort sein. Ich weiß, dass du für Rom nichts übrig hast, aber die Stadt beißt nicht.«

»Nein, sie verschlingt im Ganzen.«

Timaios grunzte. »Wir sind bestimmt unverdaulich. Und wenn uns ihr *anus* wieder entlassen hat und wir uns gesäubert haben, dann könnten wir uns eigentlich nach Africa einschiffen. Was hältst du davon?«

»Wie du meinst«, murmelte Hannibal und fügte nach einem Augenblick noch ein langgedehntes und durchaus vorwurfsvolles »Lanista« an.

»Hannibal, irgendwann werde ich dir noch einmal das Denken beibringen. Africa wäre nicht schlecht. Wenn wir es vor den Winterstürmen schaffen könnten. Nach allem, was ich hier im Lager gehört habe, dürfte es dort bald gegen Jugurtha zur Sache gehen. Und du könntest ein bisschen in den Trümmern deiner Stadt wühlen. Wer weiß, vielleicht findest du da auch dein Hirn wieder.« Hannibal hob gespielt die Hand, und Timaios duckte sich feixend, ehe er fortfuhr: »Ich glaube zwar nicht, dass die Sache mit den Kimbern länger als wenige Tage dauert, aber wenn wir uns doch nicht mehr sehen sollten und du eher in Rom bist als ich, dann lass dir vom Dicken eine Bleibe bezahlen. Caepio schuldet mir noch genug für die Kaledonier. Und hör dich um, was in Africa gerade gebraucht wird. Ich nehme den Wagen – von den Waren darauf kann ich den Barbaren gewiss einiges verkaufen. Den Gaul, das Zelt, ein paar Münzen und ausreichend Verpflegung lasse ich dir hier. Und du verschonst die Weißkutten, hörst du? Und sei vor allen Dingen freundlich zu Caepio! Ich muss los.«

»Ich werde versuchen, ihnen kein Haar zu krümmen. Vielleicht gelingt es mir sogar. Aber wenn du so weitermachst wie bisher, dann ist das Geld, das du noch von Caepio bekommst, nicht mehr viel wert, jedenfalls nicht für dich.« Hannibal kratzte sich an der Stirn. Dabei strich er die dichten schwarzen Haare beiseite, die erst knapp über den Augenbrauen endeten. Tiefe rote Narben wurden sichtbar.

Seufzend wandte sich Timaios ab, wohl wissend, dass Hannibals erste Äußerung nur eine hohle Phrase war, er mit der zweiten aber nicht gänzlich verkehrt lag. Der Karthager hasste alle Römer. Ausnahmslos und mit vollem Recht. Nach dem Fall seiner Heimatstadt Karthago war er als Fünf- oder Sechsjähriger – keiner wusste es genau – zu einem Schleuderpreis auf den römischen Sklavenmärkten angepriesen worden, zusammen mit fünfundfünfzigtausend Landsleuten, der Rest einer vormals blühenden Stadt von dreihunderttausend Einwohnern. Damals jammerten die Sklavenhändler wegen des übergroßen Angebotes über verdorbene Preise.

Ein reicher Grundbesitzer griechischer Abstammung aus Sizilien hatte Hannibal erworben und auf einer Plantage inmitten der Insel wie einen Erwachsenen schuften lassen. Mit vierzehn Jahren war dem früh Gereiften die Flucht gelungen, doch in dem Hafenstädtchen Selinus hatten ihn die Piraten, die ihn nach Africa überzusetzen versprachen, wieder an den Besitzer verkauft. Damophilos von Enna hatte großmütig darauf verzichtet, ihm das schändliche Brandmal eines Entflohenen auf die Stirn zu drücken – wie alle anderen Sklaven dieses Herrn trug er es bereits an einer anderen Stelle – und sich lediglich mit einer gründlichen

Auspeitschung begnügt. Um den Geist zu läutern und der Pflicht Genüge zu tun, wie er sagte, denn wie stünde er vor Freunden und in der Öffentlichkeit da, »wenn ich einen entflohenen Sklaven nicht bestrafte? Nicht wahr, Junge, das verstehst du doch?« Mehr tot als lebendig musste Hannibal dann in Ketten arbeiten, bei kärglichster Kost und üppigsten Bestrafungen. Zwei fürchterliche Jahre später war er wieder frei, focht unter dem Syrer Eunus im großen sizilischen Sklavenkrieg, geriet nach dessen Niederwerfung durch die Legionen abermals in römische Hände, wurde erneut ausgepeitscht, kam aber irgendwie um die Kreuzigung herum, die Kreuzigung, die Hannibals Ahnen einst die Römer lehrten und die diese zu ihrem ureigenen Mittel erkoren. An den Erben seines ehemaligen Herrn Damophilos ausgeliefert – der Herr selbst war als einer der Ersten in diesem Krieg getötet worden –, wurde Hannibal mit dem Mal auf der Stirn gezeichnet, seinem vormaligen Herrn gleich entmannt und mit etlichen Leidensgenossen nach Rom geschickt, um auf den dortigen Märkten, schamrot, wundkrank und der Verzweiflung mehr als nahe, abermals wie ein Stück Vieh verschachert zu werden.

Einem widerspenstigen, bereits entflohenen Sklaven hätten, wenn schon nicht das Kreuz, allenfalls noch die Steinbrüche winken dürfen. Das wäre gleichbedeutend mit einem ähnlich langsamen, qualvollen Tod gewesen, umso mehr in dem Zustand, in dem sich Hannibal befand. Aber die Schnitter hatten überraschend saubere Arbeit geleistet. Die Wunde verheilte gut, und der bemitleidenswerte Jüngling hatte das große Glück, von Timaios' Vater Timonides erstanden zu werden. Warum der erfolgreiche Kaufherr einen Sklaven erstanden hatte, der bestenfalls noch als Haremswächter oder Lustknabe nutzbringend schien – und auch dafür im Grunde bereits zu alt war –, das konnte Timonides nie richtig erklären. Aber er sagte oft, in jedem Sklaven stecke mehr, als man jemals wegschneiden und wegpeitschen könne.

Das war auch der einzige Satz, der Timaios' Erinnerung zufolge wirklich aus dem Mund seines Vaters stammte.

Zum ersten Mal in seinem Sklavenleben erfuhr Hannibal eine gute Behandlung. Mehr als zufrieden mit den Diensten des dankbaren jungen Mannes, hatte Timonides in seinem Testament verfügt, Hannibal sei beim Tode des Herrn freizulassen. Das war geschehen, und der damals noch jugendliche Timaios hatte den Karthager aus den Augen verloren.

Eines Tages war Hannibal dann wieder aufgetaucht, völlig abgezehrt und in Lumpen gekleidet, und hatte Timaios gebeten, ihm dienen zu dürfen. Seine Dankbarkeit übertrug Hannibal vom Vater auf den Sohn, und weder des Jünglings Sklavengeschäfte noch sein karger Lohn vermochten sie wesentlich zu erschüttern. Allein der Hass auf Rom war immer noch vorhanden und ohne Grenzen. Streit mit Römern, Legionären wie Zivilisten, wich Hannibal niemals aus, ganz gleich, wie seine Möglichkeiten auf dem Papyrus standen. Doch seine kräftigen Muskeln, gehärtet in den Jahren der Entbehrungen, halfen ihm oft, Sieger über die Bauernsoldaten zu bleiben. Und er war sehr geschickt mit der Sandale. Seine Muskeln halfen ihm darüber hinaus, trotz des Verlustes seiner Männlichkeit schlank zu bleiben. Allein die Stimme, der verschlossene Gesichtsausdruck, die feinen, fast weichen Gesichtszüge und sein zurückhaltendes Wesen Fremden gegenüber, all diese Merkmale ließen einen aufmerksamen Beobachter etwas von der Schande ahnen.

Timaios spannte mit Hannibals Hilfe zügig die beiden Ochsen an. Sie waren eben fertig, als die beiden Römer vorbeikamen. Es waren die Händler, die seit kurzem Timaios' Gläubiger waren. Sicher hatten sie ihn beobachtet und seine Absichten erraten, was er, der ihre Absichten seinerseits erriet, ihnen nicht übel nehmen konnte.

»Du verlässt uns, Freund Timaios?«, wollte das Sprachrohr der beiden wissen. Flavus Habitus – Timaios war sich nicht ganz sicher, was den Namen betraf – war ein arroganter stadtrömischer Heeresversorger mit den ausdruckslosen Zügen eines Menschen ohne jede Rücksicht. Für einen Römer war Habitus groß, wahrscheinlich sogar noch einen Fingerbreit größer als Timaios. Er war glatt rasiert, und die kurzen Haare waren ordentlich frisiert. Seine Kleidung war schlicht, aber makellos und so sauber, als käme sie eben aus einer Wäscherei. Timaios nahm angewidert einen schwachen Parfümgeruch war. Solche Menschen machten ihn ganz krank. Öffneten sie den Mund, kamen nichts als Halbwahrheiten heraus. Schwiegen sie, belogen sie ihre Umgebung durch ihr Aussehen.

Habitus' meistens schweigsamer, aber wesentlich brutalerer Teilhaber war ein Latiner aus Tusculum, Mamercus oder Manius Cotta oder so ähnlich, der sich einen ganzen Kosmos voller Überheblichkeit darauf einbildete, das römische Bürgerrecht zu besitzen. Cotta war nicht groß, aber so breit in den Schultern, dass er beinahe rechteckig wirkte. Sein durch Pockennarben entstelltes Gesicht verdeckte weitgehend ein schwarzer Vollbart unter der Nase eines Boxers; die Haare lagen flach über der Stirn, dafür hingen sie hinten lang und zerzaust in den Nacken. Ganz sichtbar legte er weitaus weniger Wert auf gute Kleidung; er stank, fand Timaios und hatte auch daran etwas auszusetzen, und des Latiners Manieren waren ungehobelt, wollte man sie höflich und milde umschreiben.

Timaios konnte beide nicht ausstehen und fragte sich, warum er mit ihnen – Hannibals üblicher Warnung zum Trotz – überhaupt gespielt hatte, und hoffte inbrünstig, Zeus möge sie bei allernächster Gelegenheit mit einem heftigen Blitz und als Folge davon zum allermindesten mit halbseitiger Lähmung und unmittelbarem Gedächtnisverlust bedenken. Im Lagerdorf nannte man die beiden Stimme und Faust, *vox et manus*. Es war unschwer zu erkennen, wem welche Bezeichnung zukam. In Cottas Äußerem stand alles geschrieben, was *manus* einem Lateiner bedeuten konnte: nackte Gewalt.

»Nicht für lange. Nur ein wenig den Übersetzer spielen, bis die Barbaren das Noricum verlassen haben.«

»Keine ganz ungefährliche Sache, oder?«, wollte Habitus, die Stimme, wissen.

Timaios drehte eine Handfläche nach oben. »Halb so wild, denke ich. Die Barbaren scheinen mir recht harmlos zu sein.«

»Trotzdem *könnte* dir etwas widerfahren, oder?«

»Könnte. Sicher, wer kann das wissen? Bin ich die Pythia?«

Der bisher stille Cotta mischte sich ein. »Wir wollen unser Geld! Und zwar, bevor du von hier verschwindest.«

Timaios wollte sich nicht so ohne weiteres für die Absicht der beiden gewinnen lassen, zumal er sich außerstande sah, der Forderung nachzukommen. Cotta flößte ihm Angst ein, und er war froh, den schweigenden, aber aufmerksamen Hannibal in der Nähe zu wissen. »Aber ich kehre doch bald zurück! Und wenn ich wiederkomme, dann sicher nicht ohne Ware, vielleicht sogar mit Bernstein ...«

»Für ein ›Vielleicht‹ können wir uns in Rom nichts kaufen. Ich traue dir nicht von der Rinde bis zum Baumstamm, Massiliote. Aber du hast erzählt, dass du noch Gelder in Rom guthast. Wie wäre es, wenn du uns einen Schuldschein ausschreibst?« Habitus hatte nun wieder das Wort ergriffen.

Timaios lehnte erst brüsk ab, gab aber sehr bald seufzend nach. Eine Wahl hatte er nicht, zumal er sich beeilen musste, um zu den Kimbern zu gelangen. »Also gut.« Er holte Schreibzeug und machte sich daran, das Verlangte auszustellen. Habitus pfiff, als er den eingetragenen Namen sah. »Spurius Caepio. Ein Freigelassener, meine ich, oder? Schöner Handel, Timaios. Wird mir ein Vergnügen sein, dem Fettwanst etwas Geld abzunehmen.«

»Ihr solltet die Gutschrift von Carbos Quaestor unterzeichnen lassen«, empfahl Timaios. »Hannibal kann bezeugen ...«

»Keine Sorge, du wirst dein Geld los! War uns ein Vergnügen, mit dir gespielt zu haben. Auf ein nächstes Mal!« Habitus hob im Hohn huldvoll die Hand – die Fingernägel waren sauber und ordentlich maniküert, bemerkte Timaios – und wandte sich um.

Ganz sicher nicht, dachte Timaios und blickte den beiden finster nach, die unter Hannibals Kopfschütteln abzogen. Zweitausend Sesterzen, alles für die Katz ...

Dem lästernden Karthager den kleinen Finger entgegenstreckend, bestieg Timaios sein Ochsengespann, knallte mit der Peitsche und lenkte es in Richtung der wartenden Kimbern. Unterwegs kreuzte Terentius Pius seinen Weg, gerade als ihm wieder Zweifel an der ganzen Geschichte kommen wollten, und hielt ihn an.

»Hör zu, Händler: Der Konsul ist zufrieden mit dir, aber er wünscht noch weitere Nachrichten über die Barbaren. Gib auf alles Acht, was für uns von Bedeutung sein könnte. Frag die Barbaren nach ihrem bisherigen Weg aus, zähl ihre Köpfe und schau dir ihre Waffen an. Der Konsul wird Fragen an dich haben, wenn du zurück bist. Halte besonders Ausschau nach Bernstein und nach allem, was noch in Frage kommt, um damit Handel zu treiben. Du weißt selbst am besten, was von Wert ist. Und nun eile – die Führer sind bereits eingetroffen, und die Kimbern scheinen ungeduldig zu werden.«

Der Römer entließ ihn mit einer großartigen Geste und ging nicht, sondern stolzierte geradezu davon. »Klugscheißer!«, murmelte Timaios und setzte seinen Weg fort. Pius war für ihn ein Spartaner: Er würde immer im Glied marschieren, versuchen, alles noch ein bisschen richtiger zu machen, und eilfertig allen Kommandos nachkommen. *Solche Menschen werden in Rom eines Tages Konsul.*

3. Kapitel

Nahe Noreia im Noricum im Mond Quintilis

Drei Taurisker waren die Führer durch das bergige Labyrinth der Alpen und Voralpen: muskulöse, dunkelblonde Männer in Kettenhemden mit runden Eisenhelmen, hohen Schilden, gestreiften oder karierten Hosen und hellfarbenen Mänteln. Sie trugen Arm- und Halsringe, einige Ohr- und mehrere Fingerringe – offensichtlich war an den Gerüchten, was die Goldfunde in den norischen Bergen betraf, etwas Wahres. Timaios fiel das alles besonders auf, weil die Kimbern so gut wie keinen Schmuck trugen, einige aber recht offensichtlich den der Taurisker beäugten. Nicht unbedingt durch ihre Größe, aber schon durch ihr Äußeres setzten sich jene von diesen drei Kelten ab. Und auch jene, die vorher zurückgeblieben waren, glichen in ihrem Äußeren den vier Sendlingen um Vibilio: groß, langhaarig und zumeist mehr oder weniger blond, aber verdreckt und ärmlich.

Alle trugen bemalte runde Holzschilde, teilweise mit einem ledernen Überzug und oft mit einem Buckel in der Mitte. Manche trugen ihren Schild auf dem Rücken. Bewaffnet waren alle; einige hatten Speere mit langen oder kurzen Eisenspitzen, einige dazu noch Schwerter oder Äxte, und zwei waren tatsächlich mit hölzernen Keulen bewaffnet, die mit Eisennägeln gespickt waren und gefährlicher als alles andere aussahen. Außer den Sendlingen war aber nur noch eine Hand voll Kämpfer behelmt. Hier gab es auch

Männer, die unter dem Mantel kein Obergewand trugen. Timaios sah Muskeln, übersah jedoch nicht, wie die Rippen sich unter der Haut spannten. Überernährt war gewiss keiner, und mit ihrer hellen Hautfarbe wirkten diese Männer nicht unbedingt vor Gesundheit strotzend.

Gaisarik winkte Timaios zu, der einige kurze Sätze zwischen den Tauriskern und den Kimbern übersetzte. Dann brach die Schar auch schon auf und zog in die Senke, durch die sie zuvor heraufgekommen war, bald vorüber an kleinen Wasserfällen und schroffen Felshängen. Ein schneller Bach floss fast grün auf dem Grund der Senke, die in eine Schlucht übergangen war. Die Kimbern ritten mit Vibilio an der Spitze, dann kamen die Taurisker, am Ende fuhr Timaios mit seinem Gespann, der die Geschwindigkeit bestimmte. Nach kurzer Zeit ließ sich Gaisarik zurückfallen und lenkte sein dunkelbraunes Pferd neben den Wagen.

»Bitte, Timaios, erzähl ein wenig von Rom. Man sollte die kennen, die sich ›Freunde‹ der Kimbern nennen.« Gaisarik hatte den Helm abgenommen und ihn am Gürtel befestigt. Timaios bewunderte die dichten blonden Haare, die dem Kimber als Zopf über den Rücken hingen.

»Wen nennen Freunde du? Es wären nicht gut, darauf etwas zu ... denken. Rom kennt keine Freunde, nur ... ah, *Foederati*, Bundesgenossen? Ja, gutes Wort? Und Unterworfene – was gleich ist. Kennst du das Innere Meer, das Römisch Meer besser heißen muss?«

»Das Südmeer unserer Legenden, ja. Ewige Sommer, fruchtbare Ebenen an seinen Gestaden, lichte Wälder ... weite Wälder, mit Wegen darin.«

»Ah!«, machte Timaios und nahm die Frage aus seinem Blick. »Danke.«

»Manchmal sind Kaufleute nach Kimberland gekommen, die Nachrichten und Geschichten aus dem Süden brachten. Und Wein und Tuch, das sie gegen Bernstein tauschen wollten.«

Timaios wurde hellhörig. Das war eine Sprache, die er verstand. »Bernstein? Über die Teutonen habe ich ...« Gelesen, wollte er sagen, aber er fand kein kimbrisches Wort dafür.« »... gehört, dass sie Bernstein von ein Volk der Inseln tauschen, welches ihn an sein Stränden findet.«

»Einem Inselvolk«, verbesserte Gaisarik. »Und an seinen Stränden.«

»... einem Inselvolk, das ihn an seinen Stränden findet.«

Gaisarik erzählte, Ähnliches treffe auf die Kimbern zu. »Wir sammeln ihn ein, fertigen Schmuck daraus oder tauschen ihn bei den Chauken oder Jüten, unseren Nachbarn, gegen Glaswaren, Wein oder Keramik, die sie selbst aus dem Süden bekommen haben.«

Sie redeten und redeten, der Barbar vom Rand und der Massaliote aus dem Mittelpunkt der Welt, und die Zeit verflog. Meist führte Timaios das Wort – dem das Reden zunehmend leichter fiel –, erzählte von Rom, von Hellas, von Massalia. Fast ehrfürchtig hörte ihm Gaisarik zu, stellte nur hin und wieder Fragen, vor allem nach der Ernährungslage, die Timaios das von seinen eigenen Vorstellungen so unterschiedliche Denken der Kimbern zeigten. Geduldig half Gaisarik dem Massalioten, die richtigen Worte für seine Ausführungen zu finden. Ehe dieser sich recht versah, war der sechste Teil eines Tages vergangen. Mit Sorgen trug er sich nicht mehr – zumindest diesen Kimber mochte er.

Die Landschaft hatte sich allmählich ein wenig verändert, die Schlucht lag weit zurück, die lang gezogenen, bewaldeten Höhen rechts und links des Weges schienen niedriger, das Tal dafür umso weiter geworden zu sein. Sonnenstrahlen brachen sich Bahn durch die aufreißende Wolkendecke. Schiefen Säulen aus Licht gleich senkten sie sich in der Ferne in den Boden. Der kleine Trupp bewegte sich über eine erblühte Wiese einen grünen, weißen und gelben Höhenrücken hinunter, als unten im Tal ein anschwellender Hornruf ertönte.

»Eine Lure!«, rief Vibilio. »Radiger mit der Vorhut.«

Unter den Bäumen in der Niederung tauchten Berittene auf, erst einige Dutzend, dann immer mehr, bis bald eine ganze Tausendschaft den Gesandten entgegentrabte.

Ihr Führer ritt auf den Widderhelm zu. Groß, ohne Helm, in einem dunklen Mantel. Die rotblonden Haare waren im Nacken zu einem Zopf zusammengebunden und fielen vorn in die Stirn. Fingerbreit über den Augenbrauen waren sie gerade abgeschnitten. An der Spitze seiner Lanze flatterte der Ruhm dieses Mannes, ein dickes Büschel Haare, nicht rotblond, sondern schwarz. Timaios sah, gedachte der eigenen schwarzen Haare und schwieg. Mit seinen bunten Zeichen und Schnitzereien zog der Rundschild seinen Blick an. Nicht ohne einen Anflug von Neid nahm Timaios wahr, dass dieser junge Bursche, wahrscheinlich nicht älter als er selbst und wohl ein wenig jünger als Gaisarik, so viele Krieger anführen durfte.

»Heil, Schwertträger!« Radiger redete schon, als sein Pferd noch gar nicht stand. Andere drängten sich mit ihren Tieren neben ihn. »Erzähl, habt ihr Römer gesehen?«

Vibilio erwiderte den Gruß und ließ einen Redeschwall los. Außer den Grüßen und den ersten Worten »Gesehen und mit ihnen verhandelt« verstand Timaios aber kaum ein Wort. Radiger zeigte sich allerdings mit der Übereinkunft sichtlich unzufrieden. Er bleckte die Zähne und machte auf den Massalioten den Eindruck, dass er weniger friedlichen Nachrichten den Vorzug gegeben hätte.

Die kimbrische Vorhut wendete ihre Pferde. Nach kurzer Rücksprache mit den Tauriskern, die hierhin und dorthin deuteten und einmal Timaios und seine Übersetzungskünste nutzten, zogen die beiden Gruppen gemeinsam dem Tross entgegen. Wieder hielt sich Gaisarik neben Timaios. Radiger, der junge Führer der Vorhut, ritt zeitweise mit den beiden und lauschte dem Gespräch, mischte sich aber nur selten ein. Eine Weile führte sie der Weg unter Koniferen entlang und an grauen Erlensträuchern vorüber, dann über einen klaren Gebirgsbach und wieder in einen Nadelwald mit einigen Buchenbeständen hinein. Dessen Ende kam unvermutet. Noch überraschender wäre allerdings das Bild gewesen, das sich Timaios' Augen nun darbot, wenn nicht ein Summen und Raunen sowie das Gebell von Hunden die Luft seit kurzem völlig erfüllt hätten.

Jenseits der letzten Baumreihe erhob sich sanft ein weiter grüner Hang. Zehn oder mehr Stadien entfernt teilte sich weit oben der Hang mit dem neuerlichen Beginn eines dichten Nadelwaldes: Rechts und links wuchsen nun zwei neue Hänge empor. An ihrer Nahtstelle gewann der Boden nur noch wenig an Höhe, die Bäume blieben zurück, als getrauten sie sich nicht näher heran. Aus der Naht quoll es nicht breit, aber sehr dicht hervor und ergoss sich dann weit und aufgelockert über den ganzen Hang: Behäbig wälzten sich die Barbarenhorden talwärts.

Timaios stand und sah und staunte. Er brauchte lange, ehe er einzelne Bilder erfassen konnte. Dann zerfiel das Gemenge, und er erblickte Hunderte von kleinen Viehherden, Tausende von Wagen und Zehntausende von Menschen. Die Gespanne rollten stets zu mehreren nebeneinander den Hang abwärts. Die Flanken waren weiträumig von Bewaffneten gesäumt, im Tross schritten zahllose Frauen und Kinder dahin. Zu Fuß waren fast alle, ausgemergelt viele, schmutzbedeckt jeder. Dichte Wolken von Staub, Lärm und Geruch hingen über der Szene und drangen in alle Richtungen.

Ein Schauder lief Timaios über den Rücken. Er schüttelte sich.

Die Männer der Vorhut saßen jetzt größtenteils von ihren Pferden ab und liefen den Hang hinauf. Offenbar traute man den Bremsen der Wagen nicht viel zu – sofern überhaupt welche vorhanden waren. Timaios sah viele deichsellose Zweigespanne, die nicht über Bremsvorrichtungen oder Drehgestelle verfügten – das Zuggeschirr war dann unmittelbar mit der Vorderachse des Wagens verbunden, sofern die Wagen nicht ohnehin nur über eine Achse verfügten. Die Männer gingen den Wanderern nun eilig zur Hand, die überall zu verhindern suchten, dass die Wagen den vorgespannten Ochsen in die Beine fuhren. Der Massaliote beobachtete, wie ein Ochse brüllend in die Knie ging und ein schweres Scheibenrad sein Geläuf überrollte, ehe der Wagen unter großem Geschrei zum Stehen kam.

Eine unglaubliche Anspannung hatte sich Timaios' bemächtigt. Er fand den Anblick dieser Kelten bei weitem beeindruckender als eine römische Legion auf dem Marsch. Doch war dieses Chaos mit jener Ordnung überhaupt zu vergleichen? Er atmete aus. »Ich nie gedacht, dass Stamm groß wie dieser. Das hier ... unglaublich.« Gaisarik lächelte höflich.

Dreitausend oder viertausend Ochsengespanne!, überschlug Timaios im Geist. *Ungefähr. Aber wie viele befanden sich noch oben im Wald oder jenseits der Berge? Ein Drittel? Die Hälfte? Oder noch mehr?* Timaios rechnete mit fünf bis sechs Personen auf jedem Wagen und schwelgte in Zahlen. *Vielleicht gut, dass die Legionen auf eine Schlacht verzichtet haben. Eine Schwemme von so vielen Barbaren – das hätte den Preis für Sklaven gewaltig gedrückt.*

Das also waren die schrecklichen Gerüchte aus dem Legionslager. Timaios spürte abermals einen Schauder den Rücken hinablaufen. Barbaren allerdings: zahlreich, stark, furchtbar. Doch die Barbaren hatten auch Familien – und gut, sie waren zwar groß, aber unterernährt.

Rufe erhoben sich, Peitschen knallten, Ochsen brüllten. Über dem Zug kreisten Scharen von Raben und Greifvögeln.

»Wenn du glaubst, dies sei unser ganzer Stamm, muss ich dich enttäuschen.« Gaisarik bereitete Timaios' Staunen offensichtlich Vergnügen. »Nicht einmal Wodan kennt die Zahl der Kimbern. Sehr viele sind in der Heimat geblieben. Andererseits sind auch viele, die du hier siehst, keine Kimbern. Etliche Haruden sind dabei, dazu Lugier und Silingen aus dem Großvolk der Wandilier, mehrere Sippen der Warnen, einige Jüten und Eudusen. Dazu Kelten: Lemovier, Boier, ein paar hundert Skordisker, Vindeliker und was weiß ich nicht noch alles. Die haben sich uns unterwegs angeschlossen. Die Halbinsel, auf der wir lebten, war ziemlich dicht besiedelt – zu dicht für alle. Es war nie einfach, aber irgendwie fanden immer alle ihr Auskommen, bis ... bis die Götter ihr Zeichen setzten. Vorher ging es in manchen Wintern besser und in den meisten schlechter. Aber nach einem wirklich schlechten Winter kam es häufig vor, dass ein Hof oder Weiler ausstarb.«

»Du meinen, die Menschen sind verhungern?« Ungläubig schaute Timaios ihn an und sah Bilder von milden Wintern im Süden Galliens vorüberziehen. Viele Jahre war es her, dass dort Menschen am Hunger gestorben waren.

»Verhungert, erfroren, Opfer von Wölfen, der Freitod. Es gibt viele Arten zu sterben.«

»Und wie ist Wanderung? Wie können ihr alles versorgen?«

»Ja, nicht ganz einfach.« (Timaios hielt das für eine sehr gelungene Untertreibung von Gaisarik.) »Es war ein schwerer Weg.«

Radiger, der sich noch immer neben ihnen hielt, mischte sich ein. »Und der ist jetzt ziemlich kahl gefressen.« Stolz und Häme schwangen in seiner Stimme. Timaios mochte diesen Radiger nicht, der so wirkte, als müsse er sich viel Mühe geben, um höflich zu sein. Aber für einen Barbaren war er wahrscheinlich ein gut aussehender Mann.

Gaisarik schaute nachdenklich zu Radiger hinüber. »Kahl gefressen, ja. Aber selbst Herden wissen, wann zur Heimkehr Zeit ist – und weichen vom Grase willig.«

Radiger schnaubte und sagte etwas wie: »Du und deine Sprüche.«

»Mancher Kelte wird uns im Winter verflucht haben.«

»Dann ist es eben schlecht gegangen für die Kelten.« Radiger blieb ungerührt.

»Wie kann es für uns denn besser gehen, wenn wir nicht einmal eine Ernte einholen können?«

»Aber das haben wir doch getan.« Radigers Stimme klang jetzt ehrlich belustigt. »Jedes Jahr. Aber ich gebe zu: Gesät haben wir nicht. Daran könnte ich mich gewöhnen!«

Gaisarik legte die Stirn in Falten. »Das bisschen hat nie lange gereicht, das weißt du selbst. Und jedes Jahr wird es schwieriger. Hier war alles schon geschnitten, lange bevor die Frucht reif war. Es wäre gut, wenn ihr euch endlich hinter Hludico stellen würdet, damit wir uns irgendwo niederlassen können.«

»Erst hinter Hludico und dann wieder hinter den Pflug?« Radiger winkte ab. »Ohne mich.«

»Wieder?« Gaisariks Stimme hob sich. Timaios freute sich im Stillen, dass der Jüngere hier eine symbolische Ohrfeige zu bekommen schien. »Wodan sieht mit seinem einen Auge mehr als du mit deinen zwein, du Narr! Du hast doch niemals in deinem Leben hinter einem Pflug gestanden und Donar gepriesen! Ihr habt nichts als Wodans Kriege im Kopf, du und die anderen Männer von Cimberio. Genau wie Magalos und die Boier. Denkt ihr nur einmal an den Stamm, an die Kinder, die Frauen, die Alten?«

Radiger, den Mund zusammengekniffen, schwieg, und Gaisarik fuhr fort, bald an den Kimber, bald an Timaios gewandt. »Es ist in jedem Jahr das Gleiche: Zurzeit haben wir noch Getreide, sogar Weizen, um Brot zu backen. Aber nicht mehr lange. Dann müssen wir Gerste nehmen, Leinsamen und andere Körner. Das bedeutet Gerstenbrei, kein gutes Brot mehr. Eine Zeit lang wird das reichen. Wenn wir es strecken, vielleicht bis zur Wintersonnenwende. Und dann? Der Saatweizen. Und das Vieh will auch fressen, Heu, Stroh, Gras oder Laub. Die Pferde sind anspruchsvoller, die wollen auch Korn. Heu und Stroh haben wir aber nicht und auch keinen Platz auf den Wagen dafür. Timaios, du weißt bestimmt, was ein Ochse alles fressen kann.«

Timaios wusste es nur zu gut und nickte. Je nach Jahreszeit und Ziel musste er manchmal mehr als die Hälfte seines knappen Laderaumes mit Futter für die Ochsen vollpacken.

»Im Sommer sind wir unterwegs, das heißt: keine Saat und keine Ernte. Die Bergwiesen hier liefern im Grunde sehr gutes Heu, aber um im großen Umfang zu schneiden und dann zu warten und es zu binden, haben wir keine Zeit. Die Kelten drängen von allen Seiten. Und mit den Römern hinter uns erst recht nicht. Schon in einem gutem Jahr gehen viele Tiere ein, und dann solch ein Unternehmen ...«

Der Kimber wies auf den Zug. Jetzt erst nahm Timaios auch Wagen wahr, vor die nur ein einziger Ochse gespannt war. Vereinzelt wurden kleinere Wagen sogar von Menschen gezogen. Einige davon waren mit Lederriemen an die Wagen gebunden. Er schluckte trocken. »Ja, ich verstehe.«

»Wenn wir das Vieh schlachten müssen, gibt es keine Milch mehr, und das Fleisch ist im Sommer nicht haltbar. Am schlimmsten ist aber die Tatsache, dass weniger Rinder auch weniger Zugvieh bedeuten, und das heißt, es geht noch langsamer voran – wenn überhaupt. Rasten wir aber einen

Sommer lang irgendwo, dann gibt es gleich weniger Mist für die Felder, wenn wir überhaupt Felder zum Bewirtschaften finden. Halten wir endlich mit dem Winter an, dann ist es zu spät für die Aussaat. Keine Aussaat heißt keine Ernte. Keine Ernte heißt keine Freunde, denn wir müssen uns holen, was wir brauchen. Keine Freunde heißt zumindest versteckte Angst, wahrscheinlich aber offene Feindschaft. Wir werden nicht stärker, die Kelten schon, je weiter wir uns nach Süden oder Westen bewegen. Feinde heißt Krieg. Krieg heißt, dass wir noch schwächer werden. Und jetzt kommen auch noch die Römer dazu.«

»Was macht das schon für einen Unterschied?«, wollte Radiger wissen. Es klang kühl. »Wir haben doch auch den Riegel durchbrochen, den die Boier vor uns gelegt haben, oder etwa nicht?«

»Wir konnten den Riegel durchbrechen, weil die Boier wollten, dass wir weiter nach Süden ziehen«, verbesserte Gaisarik. »Den Boiern ist es allemal lieber, uns im Süden zu wissen, zwischen den Keltenstämmen, als im Norden, mit den Boiern als einzigem Gegner. Und was heißt überhaupt durchbrochen? Einen Dreck haben wir – blutige Köpfe haben wir uns geholt und ihr Land noch dazu zu einem guten Teil umgehen müssen. Wenn alle Kelten zusammenhielten, dann wäre das unmöglich. Aber so uneins, wie sie sind ...«

Sie schwiegen und betrachteten die vorüberziehenden Gespanne. Oben spie der Wald immer neue Wagen aus.

Timaios dachte über das Gehörte nach. Schon das Kimberland schien ein hartes Land zu sein, und wie hart und kampferprobt mussten erst diese Wanderer sein, diese Nordmänner und Nordfrauen! Nordleute, Hyperboreer, die ›jenseits des Nordwindes Wohnenden‹ – war dies das glückselige Volk der Sage? Sonderlich glückselig hatten die Ausführungen Gaisariks eben nicht geklungen. Vielleicht, nur vielleicht war Carbo doch gut beraten gewesen, auf einen Kampf zu verzichten, denn Rom hatte die kostspielige und mitunter entmutigende Eigenart, zwar Kriege zu gewinnen, aber Schlachten zu verlieren, auch gegen die Kelten. *Aber vielleicht kann ich die Bekanntschaft des Konsuls noch nutzen, wenn ich zurückkomme und Nachrichten über die Kimbern überbringe. Pius ist ein leerer Sack, aber wenn ich noch einmal mit Carbo selbst sprechen könnte? Was Gaisarik eben erzählt hat, ist vielleicht von Nutzen für die Römer.* Das Wohlwollen eines Konsuls zu erringen, konnte nur lohnend sein. Ja, er würde Augen und Ohren offen halten.

Ein Pulk von Reitern näherte sich vom Hang.

Gaisarik beugte sich zu Timaios herüber und streckte verhalten die Hand aus. »Das ist Herzog Hludico, der mächtigste Gefolgschaftsführer unseres Stammes. Vibilio ist sein Bruder. Jetzt bin gespannt.«

Timaios blickte ihn fragend an.

»Dass du heute hier bist, ist die Schuld meiner Schwester, behaupte ich. Sie hat Vibilio so gereizt, dass er um seiner Ehre willen unbedingt etwas vorweisen wollte ...« Gaisarik lachte verhalten. »So ist sie. Schätze dich glücklich, dass du sie nicht kennst.«

Der voranreitende Herzog der Kimbern war ein großer Mann, selbst für kimbrische Verhältnisse. Timaios schätzte sein Alter auf vierzig Jahre. Das Gesicht sah trotz oder wegen des vollen Bartes sorgenvoll aus, umschattet nicht nur von Haaren. Aber die Gesten und Augen des Herzogs wirkten überaus lebhaft. Seine Haarfarbe erinnerte Timaios an reifen Weizen, die wandernden Augen an das unruhige Meer vor der massaliotischen Küste. Auf dem Rücken trug er einen Helm in Gestalt eines Tierkopfes, vielleicht einer Wildkatze, aber ansonsten keine Rüstung – wie fast keiner der Kimbern. Buckelschilde aus Holz schienen die meisten mit sich zu führen, die bei den Kelten üblichen Kettenhemden, Harnische oder Lederpanzer aber nur wenige. Und ärmlich sahen fast alle aus. Manche trugen Rundhelme, andere Lederkappen, aber die meisten der Männer und auch die Frauen hatten ihre unbedeckten Haare hochgesteckt oder zu Zöpfen geflochten.

Timaios kamen erstmals Zweifel, ob es hier viel einzuhandeln gäbe.

Hludico und die anderen Reiter ließen sich von Vibilio berichten, streiften Timaios und die Taurisker erst mit neugierigen, dann mit abschätzenden, am Ende mit zumindest nicht unfreundlichen Blicken. Timaios erntete ein kurzes freundliches Nicken des Herzogs. Der schnellen Unterhaltung konnte Timaios nicht folgen, die meisten schienen aber mit der Übereinkunft zumindest nicht unzufrieden zu sein. Einige Männer zeigten zwar mürrische bis abweisende Mienen, doch nur ein einziger redete ganz offen dagegen. Timaios konnte zu seiner Überraschung gut verstehen, was der Mann sagte, denn er sprach keltisch. Er behauptete, Vibilio habe kein Recht zu Verhandlungen gehabt, und forderte die anderen auf, sich nicht weiter um diese Abmachung zu kümmern, sondern gegen die Römer und ihre Bundesgenossen zu ziehen. Im Gegensatz zu allen anderen war er in ein Kettenhemd gewandet und hielt einen großen ovalen Metallschild in der Hand. Eine kurze, abweisende Antwort des Herzogs ließ ihn verstummen; Hludico schien des Keltischen mächtig zu sein.

Zornig wendete der Mann im Kettenhemd sein Pferd und trabte von dannen. Timaios beobachtete, dass ein jüngerer, schnauzbärtiger Reiter in einem ärmellosen Schaffell über dem Kittel ihm folgte.

»Magalos, ein Fürst der Boier, die mit uns ziehen«, klärte Gaisarik den Massalioten auf. »Großer Krieger, aber keiner, der die Geschicke eines Stammes friedlich lenken könnte. Die Römer sind ihm schon länger ein Dorn im Auge. Die Boier und die Römer sind wohl alte Bekannte, aber keine guten.«

Timaios wusste nur, dass boische Kelten auch die Poebene in Oberitalien besiedelten. Die Zeiten, da sie unruhig mit den Füßen scharrten und mit den Römern Kämpfe ausfochten, waren indes längst vergangen. Seit der Senat die Legionen nach Norden geschickt hatte, pflanzten die Boier Kohl und zogen Mohrrüben. Doch im Norden und Osten der Alpen sollten noch kriegerische Stämme dieses Volkes hausen.

Der Herzog wandte sich nun in fließendem Keltisch an die drei Taurisker und befragte sie ausführlich nach dem weiteren Weg. Geduldig beantworteten die Kelten alle Fragen. Timaios versuchte nicht, dem Gespräch zu folgen. Sein Wagen stand zu weit entfernt, und daher beobachtete er nur den Tross der Kimbern und ihrer Verbündeten. Am oberen Ende des Hanges gab es nun Lücken, vielleicht war das Ende des Zuges nahe. Die vorderen Wagen folgten dem Waldsaum, der hier in etwa nach Südwesten verlief. Neugierig starrten viele Kimbern herüber, und ganze Scharen von Kindern näherten sich den Stammesführern, den Tauriskern und Timaios, der sich wie in einer Arena fühlte. Er starrte zurück, so gut er konnte, und kam sich sehr allein vor.

»Es wird einen Orakelspruch geben.«

»Was?« Timaios starrte Gaisarik verständnislos an.

»Wir müssen schauen, ob die Götter die Änderung des Weges gutheißen. Albruna wird die Götter befragen.«

Rotes Blut färbt weiße Haut, ein dunkler Strom fließt auf zuckendem hellen Grund und bildet Muster. Schweiß vermengt sich mit Blut, Ausscheidungen, quellendem Gedärm und Unrat. Blut wandelt sich in Bilder, Bilder in Hoffnung, Hoffnung in Zeichen, Zeichen in Glauben und Glauben am Wegesende in Einbildung. Schwebend, frei sucht sie in jenen dem Tod nachfolgenden Strömen, die aus Wunden an Hals und Leib fließen, den Weg für die Lebenden, taucht ein in das ersterbende Gewoge. Der Strom verfärbt sich weiter unter ihren – allein unter ihren – Augen, nimmt eine erst bläuliche, dann fast durchsichtige Farbe an. Danach wird er mächtiger, breiter, eilt schneller dahin, nimmt sie mit sich fort, wirbelt sie herum, rast, tost, tobt und mündet endlich in einem hellen Meer, das sich dort schwarz verfärbt, wo er sich mit ihm vermengt, verkehrt seinen Lauf und fließt zurück, wird gräulich schwarz, dann wieder verwaschen weiß, schließlich blau, ein leuchtendes, kräftiges Blau. Stockt hier, stockt da, fließt weiter. Rote Rinnsale sondern sich ab bilden Wirbel fließen auf die Erde verfärben sich dort schwarz werden von ihr aufgesogen. Andere Rinnsale kommen aus anderen Richtungen. Eines ist dicker als die anderen. Sie vermischen sich mit dem breiten Strom verlieren ihre Farbe werden blau dann heller dann weiß verleihen dem Strom eine hellere Farbe ein helleres Blau in dem weiße Tropfen schwimmen. Nach unten erst dann nach rechts fließt der Strom und ergießt sich schließlich in einen anderen Ozean verfärbt sich weiß an dem säumenden Gestade und dann in dem ganzen Meer. Fast kein Schaum steht auf dem Blut und kaum Wasser es ist fast nur Blut. Ein gutes Zeichen.

Die Bilder werden klarer nehmen Schatten Konturen an den Göttern folgen die Menschen nach eingehüllt in ihren Schatten umnebelt den Verstand getrübt den Blick im Gefolge der Götter die den Weg immer nach Maßgabe der Herrschenden nehmen ein Mut machendes Richtung weisendes Schauspiel aber der Gläubigen verwirrte von Tränken berauschte Sinne gaukeln IHR einen Adler vor der mit lahmen Flügeln unter die stampfenden Hufe eines nordischen Ur geraten ist doch noch weiß sie mit diesem Bild nichtsanzufangenspätervielleichtspäterwirdsieeszudeutenimstande sein ...

Sie hat genug gesehen. Hludico wird zufrieden sein.

Die alte Priesterin warf durchatmend, tief durchatmend noch einen Blick auf das verrinnende Blut, das nur noch spärlich aus der großen Halswunde des Schimmels in den metallenen Kessel darunter floss und sein Bodenrund füllte. Das weiße Pferd war nicht sehr ansehnlich gewesen, aber Timaios spürte Mitleid mit dem Tier. Ihm war aber auch nicht entgangen, dass es auf einem seiner Vorderbeine gelahmt hatte.

Timaios stand zu fern, um den Kessel genauer sehen zu können. Er schien von stumpfer Farbe zu sein. Unten herum sah er dunkler und abgenutzter aus als in der oberen Hälfte. Bemerkenswerter indes erschien Timaios die Priesterin. Die betagte Frau schien die gleiche Aufgabe zu erfüllen wie die ebenfalls in weiß gewandeten Druiden der Gallier, und der Pythia, der Priesterin des delphischen Orakels, war sie vielleicht nicht unähnlich. Die Mächtigen würden deuten, was sie gesehen hatte.

Einige Dutzend Kimbern umstanden in geringem Abstand das Opfer. Gaisarik, Vibilio und Hludico waren unter ihnen. Und die drei Taurisker.

Die schlohweiße Priesterin nickte mehrfach, schien etwas vor sich hinzumurmeln und gab mit zitternder Hand einen

Wink. Hludico näherte sich ehrfurchtsvoll, hockte sich zu der Sitzenden und lauschte ihren Worten. Dann trat er zu seinem Pferd, das an einem Wagen angebunden war, löste das Seil, schwang sich auf den Rücken des Tieres und setzte es in Bewegung. Er nickte den Tauriskern zu, hob den Arm, winkte zu den Wagen des verhaltenden Trosses hinüber und lenkte sein Pferd westwärts, in einem flachen Winkel zum Waldsaum. Timaios spürte, dass von diesem Mann etwas Besonderes ausging; eine große Kraft schien sich in ihm zu sammeln, die sich auf seine Umgebung übertrug.

Hornrufe schallten durch den Wald und über die Hügel, Schreie erhoben sich, und Peitschen knallten. Das geopferte Pferd wurde so schnell zerlegt, dass bereits Hunde im Knochenhaufen wühlten, als Timaios es sich auf dem gepolsterten Bock seines Gespannes wieder bequem machte.

Vibilio und Hludico setzten sich mit den keltischen Führern an die Spitze des Zuges, und der Wagenwurm machte sich in einem weiten, flachen Bogen daran, seine Richtung zu ändern. Eine neue Vorhut wurde ausgesandt, um den Zug zu schützen und einen Lagerplatz zu finden. Der Tag neigte sich, und Timaios folgte den langen Schatten eines vorausfahrenden Wagens im vorderen Teil des Trecks. Drei kleine Kinder starrten ihn von der Pritsche aus an. Eines winkte, und er winkte zurück. Da winkten auch die anderen und lachten.

Gaisarik, der mit der Vorhut geritten war und ihm noch freundschaftlich zugewinkt hatte, sah Timaios an diesem Tag nicht wieder. Mit Radiger wechselte er ein paar kühle Worte, aber das war alles. Als es dann Abend wurde, kam er sich überflüssig und vergessen vor. Den Führern der Kimbern schienen die Taurisker zu genügen, und niemand hatte bislang versucht, mit ihm ins Gespräch zu kommen. Es hatte aber auch noch niemand versucht, ihm den Kopf vom Rumpf zu trennen, wie das bei manchen gallischen Stämmen üblich sein sollte, und Timaios befand, dass das bereits ein Erfolg war. Wohl hatten ihn viele neugierig gemustert, manche ihm sogar zugenickt, aber das war auch schon alles. Timaios hatte seinerseits hinreichend Zeit, um seine Umgebung zu beobachten. Die Kimbern waren groß und schlank, wenn nicht mager. Die vielen Kinder fielen ihm auf, die sich nicht wie andere Kinder benahmen, sondern meist ruhig im Tross mitmarschierten. Die Frauen wirkten auf den ersten Blick eher abstoßend und auf den zweiten immer noch nicht anziehend, und Timaios sah ihnen und ihrem Äußeren die lange Wanderung an. Viele Männer wirkten wenig kriegerisch. Wohl trugen die meisten einen Speer, manche ein Schwert, und Timaios sah mehr als eine Kampfnarbe. Aber er konnte sich des Eindruckes nicht erwehren, dass viele lieber den Bauern herauskehrten als den Kämpfer, der nach Gaisariks Erzählungen offenbar in ihnen steckte.

Als es dämmerte, stand Timaios' Wagen im Kreis mit vielen anderen, denn die Kimbern bildeten für die Nacht Wagenburgen, die aus mehreren Reihen bestanden. Seine Nachbarn beachteten ihn nicht, und er strafte sie seinerseits mit Nichtbeachtung.

Trotz der vielen tausend Menschen um ihn herum fühlte er sich einsam. Während des Abspannens hatte er ein kurzes Gespräch mit Vibilio geführt, höflich, vertröstend, und dann noch ein zweites, weniger freundlich, mit Radiger, aber das war alles. Gebraucht wurde er offensichtlich nicht.

Timaios holte zwei Äpfel, einen Kanten noch nicht ganz harten Brotes, ein Stück kalten Braten und seinen Weinschlauch vom Wagen, lehnte den Rücken an ein Wagenrad und beobachtete die Menschen, die sich an den großen Feuern niederließen. Wiederholt unterbrach er seine Studien, um den Schlauch zu heben, den er bei Noreia dem Heeresversorger Habitus abgekauft hatte. Er enthielt roten etrurischen Landwein, der herb schmeckte und einen säuerlichen Geschmack im Mund hinterließ. Auch in dieser Hinsicht kam sich Timaios von dem parfümierten Römer betrogen vor. Er nahm noch einen großen Schluck und überlegte: In Gallien konnte man für Wein Sklaven kaufen – hier auch? Verkauften die Kimbern ihresgleichen? Oder Kriegsgefangene? Die musste es doch eigentlich geben. Wahrscheinlich waren das die Männer, die vor die Karren gespannt waren.

Ein leises Lachen schreckte ihn aus dem versonnenen Nachdenken, während ihm aus mindestens zwei Richtungen ruhige Lieder ans Ohr drangen. Zehn Schritte rechts von ihm standen zwei Barbarinnen mit Wasserkrügen und flüsterten – offenbar über ihn, denn sie schauten einigermaßen unverfroren zu ihm herüber. Leicht angetrunken, sich nach Gesellschaft sehnend inmitten der riesigen Menschenmenge, räusperte sich Timaios, richtete sich auf und redete die beiden in seinem bestem Kimbrisch an.

»Ich bin Timaios aus Massalia.« Er erhob sich. »Ich bin mit die Gesandtschaft kommen, heute, die in Noreia mit den Römern hat reden.« Es klang lahm und holprig in den eigenen Ohren, aber es war ein Anfang.

Die beiden Frauen sahen sich an und traten näher. Sie mochten das Alter von Timaios haben oder ein wenig jünger sein; es war schwer zu sagen. Timaios fragte sich in diesem Augenblick, ob die Frauen der Kimbern in dieser Umgebung äußerlich vielleicht schneller alterten als die von Massalia, ab welchem Alter sie wohl gebaren und ob sie wirklich so fruchtbar waren, wie man es den meisten Barbaren nachsagte. Diese beiden sahen allerdings nicht so aus, als hätten sie bereits viele kleine Barbarenbälger auf die Welt gebracht. Plump und breithüftig waren beide nicht. Nur ein paar Monde in Massalia, nahm Timaios an, und man sähe ihre Wangenknochen längst nicht mehr so deutlich hervortreten. Ihre Gewänder – kurze Ärmel, knöchellanges Kleid, in der Mitte gegürtet und mit einer Fibel an der Schulter gerafft – erinnerten Timaios an die groben Leinensäcke, in welchen die Schankwirte Massalias ihre Abfälle verpackten.

Großzügig bot Timaios den Frauen von seinem Wein an. Beide waren trotz ihrer Kleidung hübsch – auch in der Dämmerung. Und das trug dazu bei, dass ihm das Ansprechen leicht fiel.

Die Kleinere setzte ihren Krug ab und nahm ihm den Schlauch aus der Hand, den er ihr hinhielt. »Ich heiße Thurid. Mein Vater ist Ucromerus.« Dann, als sei damit alles gesagt, blickte sie ihn lächelnd an – und allein das nahm ihn schon für sie ein. Wie lange hatte ihn keine Frau mehr angelächelt? *Ja, die Mädchen von Kapaneus, gut! Aber bei denen kann man nie sicher sein, ob sie dich oder dein Geld anblecken.* Sie nahm einen dermaßen ausgiebigen Schluck, dass Timaios sein offenherziges Angebot fast schon bereute. Das gab ihm andererseits Zeit, die junge Frau zu betrachten, die die Augen geschlossen hielt. Das Haar hatte sie mit einem Knochenkamm hochgesteckt, und es war von einem dunklen Blond. Am ehesten erinnerte ihn die Farbe an das Fell der vielen streunenden Hunde zwischen Massalias Abfallbergen. An den freien Oberarmen, nicht dick, aber kräftig, trug die Kimbrin jeweils eine Spirale aus Bronze, die Timaios, ihren Wert grob abschätzend, recht roh gearbeitet fand. Eine gallische Silberarbeit hätte der jungen Frau besser gestanden.

Thurid war eine knappe Handbreit kleiner als ihre Gefährtin. Deren Augen waren ständig in Bewegung, suchten schnell die seinen und verloren sich wieder in der Dunkelheit hinter ihm, und die Hände vermochte sie kaum ruhig zu halten. »Mmh, gut. Versuch einmal, Svava«, sagte Thurid und hielt der Freundin den Schlauch hin.

Von Wein hat sie jedenfalls keine Ahnung. Eine Barbarin – das sollte ich nicht vergessen.

Die andere Kimbrin war zurückhaltender und nippte nur kurz, nachdem sie sich kurz als Svanhild vorgestellt hatte. Svava war also wohl nur ein Kosename. Sie trug ihre blonden Haare lang, glatt, aber strähnig, natürlich offen, und sie fielen ihr teilweise ins Gesicht. Timaios fand das reizvoll, vor allem wenn er an die üblicherweise üppig geschminkten und frisierten Massaliotinnen dachte. Svanhilds Augen waren groß, wahrscheinlich blau und sehr neugierig, eine Mischung, die Timaios etwas verwirrte, und sie waren auf einer Höhe mit seinen, ebenfalls ein Umstand, der ihm ungewöhnlich vorkam. Er nahm ihr den Schlauch ab, trank und reichte ihn wieder Thurid, die ihn ohne Zögern entgegennahm.

»Timaios von woher?«, wollte Thurid dann ohne Umstände wissen und musterte ihn unverhohlen. Ihm kam in den Sinn, dass diese junge Frau wahrscheinlich nicht das

Geringste über ihn und seinesgleichen wusste, nichts von seiner Welt und nichts über die Welt im Allgemeinen. Es würde keine Rolle spielen, was er ihr erzählte.

»Aus Massalia. Mas-sa-lia. Eine hellenische Stadt bei Meer im Inneren. *Die* Stadt bei Meer im Inneren.«

»Was ist so Besonderes an deiner Stadt?«, fragte Svanhild.

Timaios grinste. »Ist Massalia am bekanntesten eigentlich für, ah ...« Er suchte verzweifelt nach einem Wort, das dem der ›Knabenliebe‹ entspräche oder zumindest nahe käme, merkte aber schnell, dass die Päderastie nicht nur sein Sprachvermögen überstieg. »Ihr müssen mir helfen. Wie nennt sich es, wenn alte Männer mit jungen Männer auf die ... auf die *Kline* ... die Bank springen? Erziehung heißt bei uns. Unter anderem.«

Die beiden Frauen schauten recht verständnislos. Erst nach einer Weile dämmerte es Thurid. »Oh! Das.«

Sie prustete los und sagte ein schnelles Wort zu Svanhild, die daraufhin ebenfalls lachte, ein wunderbar ehrliches, lautes Lachen, das ihre bis dahin fast steinernen Züge weich machte und eine plötzliche, heftige Zuneigung bei Timaios auslöste. Nebenan stob das Feuer auf – vielleicht hatte jemand ein Scheit hineingeworfen. Sie schaute lachend dorthin. Ja, ihre Augen waren blau.

»Dafür ist Massala bekannt?« Blauauge sah in wieder an. »Und du, Timaios, bist du auch dafür bekannt?«

»Bei den Göttern, nicht. Nein! Ich in Lage bin und wollen, ah, Beweis, dass Jugend Massalias noch andere Dinge lernt. Und sie bereit ist zu lernen. Nein, ich haben ... nie so dem Uranismus huldigen, ich dienen die Aphrodite lieber.«

Thurid konnte sich überhaupt nicht mehr beruhigen. Sie deutete glucksend auf den halbleeren Schlauch. »Willens vielleicht, Schwarzalb, aber bist du wirklich noch in der Lage, um ...? Dem was? Urani ... was?«

»Uranismus. Äh, Mann und Mann, ja ...«

Thurid lachte. »Und das andere?«, wollte Svanhild wissen. »Affrodiede?«

»Aphrodite, ja. Ist Göttin von Liebe.«

»Freya«, sagte Blauauge und strich sich das Haar aus dem Gesicht, und ihre Freundin nickte.

Timaios schluckte trocken und sah Thurid an. »Was ist das du genannt? Schwarzalb?« Er ließ sich nieder und lud die beiden jungen Frauen ein, es ihm gleichzutun. Ohne sich zu zieren, kamen sie der Aufforderung nach. Timaios fühlte sich so riesig, wie die Barbarenmänner es teilweise waren.

Thurid antwortete ihm. »Schwarzalben sind Zwerge, die unter der Erde leben und schöne Dinge herstellen. Den silbernen Kessel haben sie zum Beispiel hergestellt.« Timaios sah, dass Svanhild lächelte. Weiße Zähne hatte sie. Er wusste nicht, was an den Worten von Thurid lustig war, aber wenn ihre Freundin lächelte, sah sie hinreißend aus. Er wollte sie noch mehr lächeln sehen. »Hast du ihn gesehen?«

»Den Kessel heute Nachmittag? In alte Frau das Blut von Pferd fangen hat?« Timaios war völlig ahnungslos, was die Mythen der Kimbern anging. Dass aber der Kessel aus Silber war, wertete sowohl ihn als auch die Geschichten, die sich um ihn rankten, in den Augen von Timaios gewaltig auf.

»Ja. Die Alte ist Albruna, eine Priesterin. Der Kessel wurde in Swartalfaheim gefertigt, der Welt der Schwarzalben, wo Walberan König ist. Sie haben ihn gemacht und ins Meer geworfen, damit Wodan ihn uns geben kann. Nicht wahr, Svava, er ist eine Gabe der Götter und Schwarzalben?«

»Ja, so ist es.« Svanhild strich sich wieder eine Strähne aus der Stirn. Timaios betrachtete verstohlen das Gesicht mit den beschatteten, unregelmäßigen Zügen, den feinen Augenbrauen und der kleinen Nase. Es mochte hübschere Frauen geben, hier vielleicht, in Massalia ganz sicher – aber was er sah, berührte ihn.

»Und die Kessel finden man von aus Ozean?«

»Er ist während eines Sturmes an den Strand gespült worden.« Thurid blickte Timaios aus großen, offenen Augen an. Wie Kinderaugen, fand er. »Um uns auf der Wanderung zu leiten. Der Segen von Göttern und Schwarzalben ruht darauf. Mit seiner Hilfe bestimmt Albruna den Weg des Zuges.«

Timaios lächelte. »Sie bestimmt den Weg mit? Ich habe gesehen nur, dass sie die Pferd getöten hat …«

»Das Blut von geopferten Tieren wird in dem Kessel aufgefangen, und Albruna erkennt daraus den Weg ...« Thurid unterbrach sich, öffnete den Mund leicht und lächelte. *Auch verdammt süß. Doch Pius, sie haben Dinge, die lohnend sind.* »Und anderes, wenn sie will.«
»Ah, Beispiel?«
»Änderung des Wetters. Schade, dass sie nicht in allem so gut ist wie darin. Bedrohungen, Feinde. Solcherlei.«
»Aha.« Timaios wühlte in seinem Vorratsbeutel. »Du haben mich Schwarzalb genannt, weil ich schwarze haben Haare oder weil ich zu kimbrischen Männern klein bin? Mögen ihr von Brot bisschen was?«

Thurid schwieg verlegen, schaute aber verstohlen auf das Brotstück, während ihn Svanhild nun anlächelte. »Wohl eher, weil du wirklich nicht sehr groß bist. Ja, gern.«

»Nicht großer, ah, nein, kleiner als ihr bin. Ihr müssen erst einen gewöhnlichen Hellenen oder Romling sehen. Auf sehr viel mehr nicht fünf Fuß und ein, zwei Finger meist es nicht sind.« Timaios stöhnte innerlich über seine verdrehten Sätze. Die Längen deutete er mit seinen Gliedmaßen an, Svanhild übersetzte sie ihm eifrig. Er reichte den beiden jeweils einen Kanten von dem Brot. »Ist nicht mehr voll weich«, entschuldigte er sich.

»Wenn alles an ihnen so klein ist, dann ist es kein Wunder, dass sie sich nicht zu Frauen trauen, sondern – was? – Uranismus machen«, versetzte Svanhild trocken. »Danke.« Sie biss ab und schluckte. »Viel besser als unseres. Weizen, ja? So sauber.«

Thurid war noch ein wenig mutiger geworden, vielleicht wegen des Weines, von dem sie noch ein paarmal getrunken hatte, und kicherte. »Du hast uns immer noch nicht gesagt, ob du ähnliche Bedürfnisse hast.« Dann machte sie sich ebenfalls über das Brot her und biss große Stücke ab. Timaios sah, beobachtete, zählte zusammen und schloss daraus erneut auf die schwierige Versorgungslage bei den Kimbern. Gaisariks Worte fanden hier ihre Bestätigung.

Dann versicherte Timaios den beiden Frauen nachhaltig und so gut er es vermochte, dass er von den nicht näher bezeichneten Bedürfnissen völlig frei sei und der griechischen Stellung – ›Art und Weise‹, übersetzte er – nichts abgewinnen könne, zumindest dann nicht, wenn einzig ein männlicher Gefährte, gleich welcher Herkunft, zur Verfügung stehe. Danach fürchtete er, sich mindestens um seinen Kopf geredet zu haben.

»Von welcher Art?« Svanhild und Thurid waren sichtlich enttäuscht, als Timaios sich verlegen weigerte, ihnen die Vorzüge dieser Stellung zu erläutern. Immerhin ließ er noch aus sich herauspressen, dass das Ganze auch die gallische Stellung genannt wurde. »Ah, ist verkehrte Welt.« Andererseits lehnten die beiden Kimbrinnen sein nicht ganz ernst gemeintes und sprachlich sehr unklares Angebot einer erklärenden Vorführung bestimmt, aber belustigt ab.

Noch eine ganze Weile ging das so weiter, unter schlüpfrigen Andeutungen und viel sagenden Blicken, und die drei, vom Wein zunehmend berauscht, prusteten etwa dann lauthals los, wenn Timaios den gespielten Versuch unternahm, das weiche Fell in seinem Wagen mit einem »verbinden Völker« zu preisen, welches »ein Bär gallischer freiwillig für Vertun von Zeit von Kimbern und Massalioten wie Griechen« gegeben habe, »um nackend leben fort.« Sein überaus holpriges Kimbrisch mochte das alles noch lustiger machen. Timaios hatte aber irgendwann den Eindruck, dass seine sprachlichen Fähigkeiten besser geworden waren, schaffte es hingegen nicht mehr, das mit dem im gleichen Maß gestiegenen Weinverzehr in eine geradlinige Verbindung zu bringen. Einmal befand er befriedigt, dass doch viel Überflüssiges und Füllendes an Worten wegfiel, wenn man eine Sprache gebrauchte, ohne sie wirklich denken und beherrschen zu können. Er ertappte sich allerdings dabei, dass er über sich mehr erzählte, als er wollte. Zunehmend unverfrorener starrte er beide Frauen abwechselnd an, seine Augen gingen von allein auf Wanderschaft – durch anziehende Abgründe und auf verheißungsvolle Höhen. Bald wusste er nicht mehr, welche Blicke er erwidern sollte. *Janusköpfig müsste man sein. Ha! Timaios mit den zwei Köpfen, um gleich zwei Mädchen nachstarren zu können.* Offen schienen beide und unbefangen. Anders als die besser gestellten Frauen Massalias, die man außerhalb von Markt und Haus eher selten antraf.

Timaios fragte sich, was die beiden unter ihren Kleidern trugen und wie reinlich sie wohl seien. *Unter den Kleidern der Venustöchter findet man erst einmal Schwaden von Parfüm. Und bei diesen hier?*

Ein junger Bursche mit einer Lederkappe auf dem Haupt lief auf den Wagen zu. Svanhild rief ihn an. »Bragir! Wohin willst du denn?«

»Dich holen, Svava. Radiger ist zum Essen da und hat schon ein paar Mal nach dir gefragt. War gar nicht schwer, euch zu finden, weil ihr Lärm macht wie Donar, wenn er über den Himmel rollt.« Timaios hörte an der brüchigen Tonlage des Jungen, dass dieser im Stimmwechsel war.

Svanhild hob zornig den vom Wein geröteten Kopf. Hübsch sah sie aus. »O Frigg! Manchmal bereue ich fast, dass Radiger mich damals gerettet hat. Soll er mir doch in Niflheim begegnen!«

Dem konnte Timaios in Gedanken nur zustimmen, wo immer dieser Ort liegen mochte. Andererseits wäre er selbst gern noch einmal Svanhild begegnet, von ihm aus auch in diesem Nebelreich ... Niflheim?

»Ist gut, Schwesterherz, ich sage es ihm.« Der Bursche wandte sich ab und grinste.

»Oh, wenn du das tust, Bragge! Pap risse mir den Kopf ab. Und glaub mir, ich bräche dir noch einmal den Kiefer.« Timaios war reichlich erstaunt über so viel Gewalt in den Worten der jungen Frau. »Sag, ich komme gleich.« Bragir warf noch einen neugierigen Blick auf Timaios und verschwand. Svanhild erhob sich. »Es tut mir Leid, Timaios, ich muss gehen. Thurid, kommst du?«

Das andere Kimbrin schien zu zögern, aber Svanhild ließ keinen Zweifel daran, dass sie Timaios nicht mit ihr allein ließe. »Komm schon, du musst mir bei Radiger beistehen.« Ob aus Eifersucht oder Besorgnis oder warum auch immer, wusste Timaios nicht zu sagen. Er hoffte ein wenig, dass es die Eifersucht war, die ihr diese Worte eingab. Dennoch bedauerlich. »Bis dann, Schwarzalb.«

Thurid erhob sich widerwillig, »Ja, auf bald.« Noch ehe Timaios schwerfällig auf den Füßen war und sein Bedauern in dieser verdammten Sprache ausdrücken konnte, waren die beiden im Dunkeln verschwunden. Also holte er sich zwei Decken aus dem Wagen, ließ sich wieder nieder, nahm einen weiteren Schluck aus dem fast leeren Schlauch und versuchte sich Radiger – War das wohl der Rotblonde vom Nachmittag? – vorzustellen, wie ihn eine Chimäre anging. *Diese Mädchen sind gut*, dachte er. Anders waren sie als die meisten Helleninnen, vielleicht offener, vielleicht freier. *Schade eigentlich, dass ich nicht lange bleiben werde. Aber vielleicht ergibt sich ja noch einmal eine Gelegenheit. Sie sind in Richtung der ersten Wagen des Zugs verschwunden. Morgen werde ich einige dieser Wagen überholen.*

Wein machte viele Gedanken leicht. Timaios ließ jeden misslichen Versuch in den tiefen Brunnen der Vergangenheit fallen und vergaß, dass sich auf seinen Reisen doch eher selten Gelegenheiten ergaben, einer Frau beizuliegen. *Priapos, guter Gott der Fruchtbarkeit. Irgendwie werde ich dir schon noch zu deinem Recht verhelfen ...* Irgendwann nickte er über den Gedanken an des geilen Gottes Rechte und den Spott des Kembriones ein.

Viehgebrüll und Menschengeschrei weckten Timaios am folgenden Morgen viel zu früh.

Der Kopf brummte ihm, die Augen waren verklebt, der Geschmack im Mund erinnerte ihn daran, dass der Weinschlauch fast leer war und er in der Nacht unter den Wagen gekotzt hatte. Irgendjemand hatte da gehässig gelacht. Ihn reuten sein wüstes Gehabe und die großen Worte, mit denen er die beiden jungen Frauen hatte beeindrucken wollen. Der Gedanke an sein Reden löste in ihm ein kurzes Gefühl von Scham aus, und er nahm sich vor, im Trinken mehr Maß zu halten. Auf ein Frühstück verzichtete er bereitwillig, aber nach einigen Schlucken aus dem Wasserschlauch wurde ihm bewusst, dass er kurz vor dem Aufwachen von einer der Kimbrinnen geträumt hatte – und das keinesfalls in unangenehmer Weise, auch wenn außerdem ein Bär und ein Speer, an dessen Spitze blonde Haare flatterten, darin vorgekommen waren. Ihm fiel aber beim besten Willen nicht ein, wie die Frau in seinen Träumen ausgesehen hatte, ob sie Svanhilds weiche oder Thurids ausgeprägte Züge getragen hatte. Oder war es vielleicht eine Chimäre gewesen, ein Mischwesen?

Schon kurz nach Sonnenaufgang spannten die Kimbern ihre Ochsen vor die Wagen, kaum dass diesen noch Zeit zum Weiden und Trinken blieb. Die Herden wurden zusammengetrieben, und der gewaltige Zug setzte sich nach und nach in Bewegung. Der überall wallende Nebel versprach einen schönen Tag. Timaios verwirklichte seinen Plan vom Vorabend, überholte etliche Wagen, zog viele missbilligende Blicke auf sich und reihte sich schließlich wieder ein. Unwillig wurde seinem Gespann Platz gemacht.

Der Vormittag verging langsam. Gegen Mittag wurde Halt gemacht, aber wieder kümmerte sich niemand um den Fremden. Immer wieder zogen Fußgänger und Reiter vorüber, grüßten manchmal mit einem Kopfnicken oder einem Lächeln, gingen aber stets ihrer Wege. Timaios war aus Erfahrung und Gewohnheit hinreichend mit Nahrungsmitteln versorgt. Als er die kargen Mahlzeiten der Kimbern sah, dicken Brei und dünne Teigfladen, beschloss er, ein Auge auf seine Vorräte zu haben.

Die Rast währte eine geraume Weile, und Timaios, der nun wieder feste Nahrung zu sich nehmen konnte, ohne schon beim Gedanken daran Unwohlsein zu verspüren, hielt nach Svanhild und Thurid Ausschau, konnte aber weder die eine noch die andere entdecken. Nach dem Essen fühlte er sich besser, wenn auch nicht gut.

Gaisarik kam irgendwann vorbei und erklärte, er habe nach dem Massalioten sehen wollen. Er entschuldigte sich für seine fortwährende Abwesenheit, doch Hludico habe ihn mit wichtigen Aufgaben betraut. Morgen solle Timaios sich weiter vorn einreihen. Er, Gaisarik, werde sich am Nachmittag zu ihm gesellen und dann um ihn kümmern. Außerdem erzählte er, dass der Rat der Kimbern auf ein eiliges Weiterziehen dränge, um das römische Einflussgebiet so schnell wie möglich zu verlassen, ganz gemäß der Absprache. Allerdings hätten die tauriskischen Führer unter Hinweis auf einen anstrengenden Pass, der am Nachmittag zu überwinden sei, eine längere Pause empfohlen.

»Und heute Abend möchte dich Hludico sprechen. Ich denke, er hat einige Fragen an dich, die die Handelsmöglichkeiten betreffen. Bis dahin, Timaios aus Massalia.« Er wollte sich schon abwenden, dann hielt er inne und lächelte. »Ach ja. Ich hoffe, du hast dich gestern Abend gut unterhalten. Ich wollte selbst noch kommen, aber Hludico hat mich erst spät entlassen. Also, wir sehen uns.«

Timaios blickte dem Kimber nach und fand sich in weitaus besserer Laune als noch kurz zuvor. Wirklich, er mochte Gaisarik, der im Übrigen wohl gute Ohren oder gute Verbindungen zu haben schien – oder beides. Der Gedanke beschämte ihn nur kurz.

Am frühen Nachmittag zogen sich über den Hängen dunkle Wolken zusammen, Regen kündigte sich an.

Ein Reiter tauchte irgendwann in diesen langen Stunden neben dem Wagen des Massalioten auf. Es war nicht Gaisarik, aber Timaios war sich sicher, den anderen schon einmal gesehen zu haben, doch erinnerte er sich nicht, bei welcher Gelegenheit. Dunkelblonde Haare lagen dem etwa Gleichaltrigen auf den breiten Schultern, ein weißes Stirnband verhinderte, dass sie ihm in die Augen fielen. Ein dichter, gepflegter Schnurrbart bedeckte die Oberlippe und einen Teil des Kinns. Um den Hals trug er einen schweren gedrehten Goldring, der nur massiv sein konnte, und auch in den Ohren steckten Ringe. Mit seiner massigen Gestalt wirkte er auf dem schmächtigen Pferd um einiges größer, als er vermutlich war. Auf dem Rücken des Tieres lag nicht nur eine Decke, sondern auch ein flacher Ledersattel mit zwei halbrunden Sattelknäufen rechts und links vorn. Hinter ihm waren eine zusammengerollte Decke und ein Schaffell auf den Pferderücken gebunden. Der Reiter trug karierte Kniehosen und Bundschuhe, die Waden waren frei, aber dafür waren seine Unterarme durch Ledermanschetten geschützt. Unter seinem dunkelblauen Umhang leuchtete ein rotfarbenes Leinenhemd, gehalten von einem reichverzierten Ledergürtel mit silberner Schnalle. Ein zweiter Gurt aus Leder lief von der rechten Schulter zur linken Hüfte.

Irgendwie schien dieser Mann in Timaios' Augen ... keltischer zu sein als die meisten anderen Kimbern. Auf den ersten Blick wirkte sein Gesicht ausdruckslos, doch bei längerer Betrachtung gewann der Massaliote den Eindruck, dass unter der Oberfläche starke Gefühlsregungen tobten.

Der denkt viel, der ist gefährlich. Timaios vermutete außerdem und nicht ohne Neid, dass auch dieser Reiter leicht imstande gewesen wäre, eine große Männerhorde anzuführen. Beunruhigt wich er den stechenden Blicken des Mannes aus, die lange auf ihm ruhten. Erneut breitete sich Beklommenheit in ihm aus, und das nicht nur wegen des vergangenen Abends. Sie bewegten sich für eine Weile nebeneinander vorwärts, bis der andere sein Pferd dichter an Timaios' Wagen heranlenkte.

»Du Timaios, Hellene von Massalia.« Die Stimme klang nicht unangenehm, hatte aber den starken Akzent eines Ungeübten. Das Gesicht war jetzt offen, fast leutselig. Die Wandlungsfähigkeit in der Mimik des Fremden überraschte Timaios weniger als der Umstand, dass der Mann die Koine sprach, die Gemeinsprache aller Hellenen des Inneren Meeres.

Timaios nickte knapp, denn es war eine Feststellung gewesen, keine Frage. *Deinesgleichen gibt es hier sicher nicht viele, Mann*, dachte er.

»Ich Bourogos bin von Boiern. Keltisch verstehen du?« Timaios bejahte, und der andere fiel in die allgemeine Keltensprache, die Timaios aufgrund seiner Geschäfte in Gallien und Albion leidlich beherrschte. »Das ist besser. Es ist schon lange her, dass bei unserem Stamm ein Mann aus dem Süden lebte, der mich in der Koine unterwiesen hat. In unserer Sprache heiße ich Boiorix.«

»Du sprichst sie hervorragend, Boiorix«, übertrieb Timaios ein wenig und nahm an, dass der Lehrer dieses Mannes als Gefangener bei den Boiern gelebt hatte. »Mit ein wenig Übung ...« Er machte eine unbestimmte Handbewegung.

Der Kelte wollte von der Schmeichelei nichts wissen. »Lass das! Ich weiß, dass ich schlecht spreche.«

»Immer denkt man das. Aber der Mut, eine fremde Sprache zu gebrauchen, ist mehr wert als ängstliches Beharren auf der eigenen, auch wenn es schwerer fällt. Aber du wirst sicher Gelegenheit zum Lernen haben, wenn euch Ludicko« – Timaios hatte noch Mühe mit dem Namen des blonden Herzogs – »erst in eine neue Heimat geführt hat.«

»Hludico?« Boiorix reckte sich auf dem Rücken des Pferdes in die Höhe. Das Tier schnaubte und tänzelte. »Hludico ist nicht der Führer, sondern der Rat ist es, und Boier lassen sich von niemandem führen als von einem Boier.« Als er sah, wie Timaios bei diesem Ausbruch unbewusst den Kopf zwischen die Schultern zog, nahm er sich zurück.

»Es gibt schlechtere Herzöge. Aber er wird langsam alt. Als die Kimbern ihre Wanderung begonnen haben, da soll er ein anderer gewesen sein, voller Feuer. Heute redet er nur noch von Frieden und Landnahme. Ein guter Herzog und Führer für eine Gefolgschaft, das mag er ja sein. Aber unsere drei Stämme zu führen, dazu gehört mehr. Gut, er hatte Glück, traf einige gute und richtige Entscheidungen. Aber noch so eine Sache, wie es sein Bruder Vibilio sich gestern mit den Römern erlaubt hat ...«

Weil das Ochsengespann stumpfsinnig dem vorausfahrenden Wagen hinterhertrottete, konnte sich Timaios ganz der Unterhaltung widmen und nützliche Nachrichten sammeln. Er lehnte sich an das Holzbrett, das mit einem dicken Fell bespannt war. »Wie verhält es sich mit dem Rat? Kann Ludicko den Rat überstimmen?«

Der Boier schnaubte vernehmlich. »Hludico ist nur einer von vielen Herzögen. Und der Rat hört nur darum auf ihn, weil niemand das nötige Heil hat, um mehr als ein Herzog zu sein. Aber nur die jungen Heißsporne, die lieber mit einem Feind statt einem Pflug kämpfen, die lassen sich durch seinen früheren Ruhm noch beeindrucken. Die schließen sich lieber ihm als einem anderen Gefolgsherrn an. Aber irgendwann werden andere an seine Stelle treten.« (Timaios hegte in diesem Augenblick keinen Zweifel daran, wer zu diesen anderen gehören würde.) »Und dann werden sich einige Dinge ändern – für uns, für viele Kelten, besonders aber für die kleinen Männer aus dem Süden.«

Längst schon war Timaios neugierig darauf, mehr über die Verhältnisse bei den Kimbern zu erfahren. Ihm schien, als herrsche eine Uneinigkeit unter ihnen, die sich bereits in dem Gespräch zwischen Gaisarik und Radiger angedeutet hatte. Er dachte aber auch an die Aufforderung des römischen Tribuns und wog bereits seinen Preis für die Nachrichten ab. Hermes schien ihm in der Tat gewogen, indem er ihm die Möglichkeit gab, alles auf Keltisch zu erfahren. Boiorix war weitaus geduldiger, als er auf den ersten Blick wirkte.

»Wer könnte denn an seine Stelle treten?« Timaios wartete gespannt. Die Antwort mochte den Römern einiges wert sein ...

»Magalos, mein Gefolgsherr, jederzeit. Magal*us*, würden die Römer sagen, nehme ich an. Cimberio von den Kimbern und vielleicht Lugios von den Wandiliern. Bei den Haruden sind Theuderich und Aistulf der Graue die wichtigsten Männer, bei den Kimbern hat die Stimme von Ucromerus viel Gewicht. Die anderen ... zählen kaum. Segestes« – diesen Namen spuckte Boiorix geradezu aus – »ist zu schwach. Will auch gar nicht. Der kennt seine Schwäche gut. Und Clondico hatte kein Heil und verlor viele Leute gegen die Skordisker. Wer hier oder weiter im Süden zuerst gutes Land für seine Gefolgsleute findet, der wird auch die der anderen auf seine Seite ziehen. Im Grunde ist es wie ein Spiel.« Der Boier lachte, ein unfreundliches, kurzes Lachen. »Und der Sieger wird Heerkönig sein.«

Magalos! Endlich fiel Timaios ein, wo er diesen Mann bereits gesehen hatte. Es war der Reiter gewesen, der dem boischen Fürsten nach der gestrigen Abfuhr durch Hludico gefolgt war. Die anderen Namen waren zu schnell aufgezählt worden, als dass er sie sich hatte merken können. Magalos, Kimbero und Ludicus ...? Nein. »Aber im Süden zählt allein, was Rom will«, sagte er. »Sogar hier schon, ihr seht es doch. Und Rom spielt nicht. In Rom wird nur auf Kampfspiele gewettet.«

»Rom, Rom.« Boiorix wechselte die Zügelhand und winkte erneut schnaubend ab. »Lass dein Römerpack. Wenn *wir* etwas brauchen, dann nehmen wir es uns: Land, damit wir pflügen können, Erde, auf der wir unsere Hütten bauen, Wasser zum Tränken unserer Herden und Luft, die wir atmen können. Wer sollte uns daran hindern? *Dein Rom* etwa?«

»Es ist nicht mein Rom, aber ... Ja, Rom! Erde, Luft, Wasser ... Und was noch? Land? Nur das? Nicht mehr? Ich raube dir ungern deine Träume, Bourogos von den Boiern. Aber wenn ihr glaubt, das alles so einfach bekommen zu können, dann seid ihr nichts als Träumer. Die Erde in der Ökumene ist römisch, die Luft ist römisch, und das Wasser ist römisch. In Rom redet man vom Inneren Meer schon als dem Römischen Meer, und die kleinen Männer werden euch gewaltig in euer Gehänge treten, wenn ihr da hineinpinkeln wollt ...«

»Bah! Das will ich erleben! Bah!« Boiorix riss am Zügel, und sein braunes Pferd versuchte zur Seite auszubrechen.

Timaios trieb mit einem leichten Schlag der Peitsche seine Ochsen an, denn vor ihm war ein kleiner Raum entstanden. »Ich hoffe, das tust du nicht. Keine Macht der Welt kann den Legionen widerstehen. Rom ist in der Lage, jederzeit Zehntausende von Waffenfähigen auszuheben, um neue Legionen zu bilden. Bleibt hier oder bleibt zumindest diesseits der Alpen und jenseits Roms, jenseits seiner Macht. Rom zertrümmert die Ökumene nach Belieben, und es wird euch zertrümmern, wenn es ihm beliebt.«

»Dann sollen sie es versuchen.« Boiorix blähte die Nasenflügel. Ganz kurz wurden seine Züge von etwas Dunklem überschattet. Als es vergangen war, wusste Timaios nicht, ob er nicht einer Sinnestäuschung unterlegen war. »Aber du bist doch auch kein Freund dieser verdammten Schwarzhaarigen, oder?«

Timaios begriff durchaus, dass Boiorix auch ihn selbst zu den Verdammten zählte. »Ein Freund ...« Er wog seine Gefühle ab. Behauptete er nicht immerzu, dass er die Römer nicht mochte? Es war schwierig, seine Gefühle für Rom in eindeutige Worte zu fassen. Rom war eine Wirklichkeit, mit der er leben musste, ob er es wollte oder nicht. Aber es hatte auch gute Seiten, süße Seiten, beeindruckende Seiten. Und was hatte Rom nicht alles geleistet? »Nein, ich mag die Römer nicht. Aber trotzdem muss ich sie bewundern, dafür, dass sie erfolgreich waren, wo andere gescheitert sind. Man glaubt gar nicht, mit welcher Überzeugung sie allen anderen ihre Lebensweise aufzwingen...«

»Uns nicht ...«

»Athen oder Pella, Sparta oder Theben, Seleukia oder ... oder Alexandria ... Karthago oder Veji wollten immer als eine Macht unter vielen herrschen.« Boiorix sah nicht so aus, als könne er viel mit diesen Namen anfangen, aber Timaios, froh darüber, reden zu können, froh, nicht Kimbrisch sprechen zu müssen, erzählte einfach drauflos. »Ein Gleichgewicht aller, die Macht haben. Nicht so Rom, das keinen neben sich duldet, das auch gar nicht versucht, daraus einen Hehl zu machen. Nur mit Zwang und Gewalt herrscht Rom. Aber es herrscht! Es versucht fortwährend, Zwietracht unter den Völkern eines Landes zu säen, um einen Vorwand für den Einmarsch zu haben – oder für einen längeren Aufenthalt, wenn sie schon einmal da sind ... Nimm Iberien, das die Römer Hispanien nennen: Da ist es ihnen wieder gelungen. Die iberischen Stämme haben gar keine Zeit, um an eine Erhebung gegen Rom zu denken, weil sie so in ihre von Rom geschürten Auseinandersetzungen verstrickt sind. Und in Hellas und Kleinasien haben die Römer die Kriege der Epigonen[*] zum Anlass genommen, um für Ordnung zu sorgen, wie sie es nennen.« Timaios war nun seinerseits leidenschaftlich geworden, redete schneller, stockte mitunter, wenn ihm das gesuchte keltische Wort nicht sofort auf die Zunge kam. »Libyen ist ein gutes Beispiel. Africa für die Römer. Numidien, ein Land in Africa, ist von Rom in zwei Teile gespalten worden. Zwei Teile, zwei Herrscher, ja? Aber keiner herrscht wirklich, weil sie sich gegenseitig bekämpfen – in dieser Hinsicht ist Rom

---

[*] Epigonen wurden die Nachfolger der Diadochen genannt, die ihrerseits die Erben des Alexander-Reiches in Griechenland, Asien und Ägypten waren.

unvergleichlich! Aber ich glaube, ich mag die Römer vor allem deshalb nicht, weil sie in den Ländern, die sie erobern, ihre eigene Lebensweise einführen wollen. Und die duldet keine anderen Götter. Sie schicken ihre Veteranen als Kolonisten in die Provinzen, die alles römisch machen sollen, was anders ist. Alles, was anders ist, ist barbarisch. Und dabei haben sie erst durch uns Hellenen Kultur kennen gelernt und was das ist, eine Polis, eine Stadt. Die Römer sind ein Volk ohne Geist und ... und ...« Timaios fand kein keltisches Wort für Muse. »... und Sinn für schöne Dinge. Und jetzt kommt ihr daher. Ihr seid auch anders, sehr viel anders, eure Lebensart ist anders. Die Römer haben Angst vor allem, was anders ist, deshalb lassen sie einfach nichts anderes zu. Viele Hellenen und Massalioten denken genauso, ja, aber es gibt da Unterschiede. Ich mag Rom nicht leiden, nein ... Ich muss aber zugeben, ich habe auch Angst vor Rom.«

Boiorix zeigte sich unbeeindruckt und hob verächtlich die breiten Schultern. »Wir nicht, wir haben keine Angst vor Rom. Hludico und seine Anhänger vielleicht ... Die alten Männer im Rat, zu alt, um noch weiterkämpfen zu wollen nach all den Jahren. Am liebsten wollen sie, dass jemand auf sie zukommt, sie bei der Hand nimmt und ihnen sagt: Dort könnt ihr siedeln, nehmt dieses Land, sät hier das Korn aus, das wir euch geben. So wie Hörige, Unfreie, Knechte.« Wieder ein Schnauben des Boiers. »Keinen Hunger mehr auf Ruhm – aber bei den Göttern, sie werden nicht ewig die Stämme führen. Und dann möge Teutates allen Andersdenkenden Gnade gewähren. Außerdem nehmen die Kimbern und Haruden an Zahl nicht mehr zu, wohl aber wir Kelten. Und wir wissen, wie wir mit den Römern umzugehen haben.« Boiorix hob lässig die Hand. »Wir sehen uns, Massaliote.«

Der Boier ließ sein Pferd in Trab fallen, und Timaios, dessen Gedanken bald wieder zu Svanhild und Thurid wanderten, blieb allein zurück. Er wollte sich nicht den immer noch dröhnenden Kopf über diesen Kerl zerbrechen, an dem er keinen Gefallen fand und der ihn seinerseits spürbar mit Geringschätzung behandelte.

Der Zug der Heimatlosen befand sich noch immer in einer hügeligen Landschaft, deren Hänge und Höhen teilweise mit Mischwald bewachsen waren. Der dazwischen liegende Grund, von einem Vorauskommando grob gereinigt, war mit Wurzelwerk, Erdlöchern und Büschen übersät und forderte von den Lenkern große Umsicht. Es kam zu häufigen Stockungen, wenn ein Rad in einem Loch stecken blieb, ein Ochse sich in einer Wurzel verfing oder eine Achse brach. Dann wurden die Wagen auf die Seite gezogen, oder die nachfolgenden umfuhren kurzerhand das liegen gebliebene Gespann.

Die Aufmerksamkeit der Menschen galt ganz dem Weg, und auch Timaios, der nun ziemlich weit vorn im Treck seinen Platz gefunden hatte, war schließlich vom Bock gestiegen und führte sein unterm Joch schnaufendes Ochsengespann am Strick. Den Blick hatte er auf den Boden geheftet. Einen Achsbruch wollte er um jeden Preis verhindern, und er war heilfroh, dass seine Holzräder mit Eisen beschlagen waren. Die durchweg unbeschlagenen Kimbernräder sahen sehr viel weniger bruchsicher aus.

Als dann plötzlich der Schall eines Hornes erklang, glaubte Timaios im ersten Moment, kimbrische Luren seien die Quelle dieser Töne. Der helle Klang verlor sich über der engen Landschaft, nahm in der Höhe an Lautstärke noch einmal zu und verging. *Da erstirbt die von Narziss geschmähte Nymphenstimme Echos*, dachte Timaios. Dann setzten weitere Hörner ein. *Römische Tuben!*, fuhr es ihm plötzlich durch den Kopf. »Römische Tuben«, sagte er dann vor sich hin, aber niemand hörte ihn. Viele Tuben. Seine Augen suchten eilig die Hänge ab, um die Hornisten zu finden. Was sollte das bedeuten?

Auch die Kimbern hoben die Köpfe und schauten sich überrascht um. Furcht glomm in manchen Augen auf, als dumpfes Trommeln sich dazugesellte. *Dum dumm. Dum dumm. Dum, dumm.* Dann sah Timaios es und wollte es doch nicht glauben: Römische Soldaten strömten aus den Wäldern und stiegen die Hänge hinunter in die Niederung, und die Hölle brach unvermittelt über das Alpental herein.

Die Abhänge dröhnten unter dem Stampfen der Legionäre. Leichtbewaffnete mit jeweils mehreren Wurfspießen und Steinschleudern fluteten vorneweg. Schwerer bewaffnete und besser gerüstete Wurfspießträger folgten ihnen und kamen in guter Ordnung aus den Seitentälern marschiert. Ganze Scharen von halb nackten und bemalten Tauriskern rannten ohne Ordnung, aber umso lauter brüllend, auf die Wagen zu. Schwerter und Äxte schwangen sie, und Steine schleuderten sie.

Timaios spürte, wie ihm die Beine zitterten. Es war plötzlich ein unbeschreibliches Lärmen und Schreien um ihn. Überall gingen Pfeile und Wurfspieße zu Boden. Vorn in der Senke, so weit Timaios sehen konnte, erschienen Berittene, römische und bundesgenössische Reiterei, die auf den Kopf des Zuges zuhielt.

Verrat! Das war Timaios' einziger Gedanke. *Hannibal hatte Recht, und die Taurisker haben uns in einen Hinterhalt gelockt.* Als er sah, wie ein geschleuderter Stein den Schädel einer rotwangigen Frau zerschlug, wurde ihm plötzlich übel. Dass die Kimbern auch ihn als einen Verräter ansehen und niederstechen konnten, daran dachte er gar nicht. In diesem Augenblick fürchtete er sich allein vor den Angreifern.

Die Kimbern, Haruden und Boier dachten aber an alles andere als den fremden Händler in ihrer Mitte, mit dem ohnehin keiner etwas anzufangen vermochte und den die wenigsten mit den Römern in Verbindung brachten. Im Augenblick war nur der erste Teil des Zuges unmittelbar bedroht. Der Treck war in dieser Niederung viel zu weit auseinandergezogen, um von den Römern und ihren Bundesgenossen auf ganzer Länge angegriffen werden zu können.

Timaios duckte sich hinter seinen Wagen, als die Legionäre bis auf zwanzig Schritte herangeflutet kamen und die schweren Pilen schleuderten. Aus Erzählungen wusste er, dass einer dieser Wurfspieße nahezu alles durchdringen konnte, was nicht aus Metall oder Stein bestand. Im Schild eines Kimbern neben seinem Wagen blieb federnd ein Spieß stecken. Der Mann taumelte und ließ die beschwerte Wehr fallen, um von einem zweiten Spieß durchbohrt zu werden. Fassungslos beobachtete Timaios, wie die Spitze aus dem Rücken heraustrat. Dann waren die ersten Römer und Taurisker an den Wagen, hieben und hackten mit Kurzschwertern nach allem, was sich bewegte. Timaios sah, wie einige Wagen weiter vor ihm eine kleine Herde Schweine auseinandergesprengt wurde. Mehrere der Tiere wurden wie im Vorübergehen von Schwertern aufgeschlitzt, und mindestens zwei blieben mit Speeren in der Flanke liegen. Schweine und Ochsen brüllten, Hunde bellten wie toll, und Frauen mit Säuglingen im Arm heulten und schrien. Aber es waren die Frauen, die sich auch vereinzelt wehrten und nach ihren Männern riefen.

Einige gespeerte Ochsen strauchelten, rappelten sich wieder hoch, stürmten los, rissen Wagen mit sich, krachten auf andere Karren, überrannten Herden von Kleinvieh und trampelten schreiende Menschen nieder. Legionäre warfen sich in Gruppen gegen einen Wagen und stürzten ihn im zweiten Anlauf auf die Seite. Frauen und Kinder rannten durcheinander und schrien immer verzweifelter nach ihren Männern und den Vätern.

Einzelne stellten sich tapfer den römischen Soldaten entgegen und wurden niedergehauen; keiner organisierte die Verteidigung gegen einen Feind, der nun selbst ohne jede Schlachtordnung kämpfte.

Im ersten Drittel des Zuges herrschte die ungelenkte Hand des Chaos.

Hludico, Stimme der Kimbern und einer ihrer Köpfe, der sie hätte einen und zur Ordnung rufen können, war nicht da. Timaios hörte viele nach ihm rufen, aber der Herzog kam nicht.

In der Mitte und vor allem im hinteren Teil des Zuges hatte noch keiner begriffen, was die sich fortpflanzende Stockung zu bedeuten hatte. Die Schreie gellten weiter, Gerüchte waren schneller, aber zweifelhaft. Boten jagten nach vorn, kamen nicht zurück. Erst als weinende Frauen und wimmernde Kinder herbeiliefen, rührten sich die Krieger. Alte riefen nach ihren Sippenangehörigen, Gefolgschaftsführer boten in aller Eile ihre Mannen auf, Nachricht ging an die Nachhut. Die ersten Hörner der Kimbern erschollen dumpf und langgezogen, und das Töten nahm seinen Anfang.

4. Kapitel

Nahe Noreia im Noricum im Mond Quintilis

Fortuna und Victoria schütteten ihre Füllhörner über den Konsul aus, die Göttinnen des Glückes und des Sieges lachten laut mit Gnäus Papirius Carbo. Überall waren die Truppen des Mars auf dem Vormarsch. Der unbekannte Feind leistete nur schwachen Widerstand.

Carbo hoffte inbrünstig, dass seine Soldaten fünf- oder sechstausend Barbaren den Tod brächten. Allein für diese Mindestzahl an gefallenen Feinden würde ihm Rom einen großen Triumph gewähren. Und vielleicht riefen ihn seine Truppen dann gar zum Imperator aus ...

Nachdem Carbos Kollege im Amt, Metellus Caprarius, vor einigen Monden den Krieg gegen die Skordisker siegreich beendet hatte, bliebe dies vielleicht die einzige Gelegenheit, um Ruhm an seine persönliche Fahne als Konsul dieses Jahres zu heften. Gnäus Papirius Carbo Imperator, in die purpurne Toga gehüllt, die Krone Jupiters auf dem lorbeerbekränzten Haupt, so würde er in Rom einziehen, vor ihm in Ketten die Führer der Barbaren, hinter ihm seine singenden Legionen, den Feldherrn preisend oder schmähend: Es wäre ihnen gegönnt. Der Pöbel würde seinen Namen skandieren und ihn feiern. Und bei allen Ahnen und im Gedenken an den toten, älteren Bruder Gaius, den er noch immer schmerzlich vermisste, selbst der Beiname *Cimbricus* schien im Bereich des Möglichen ...

Und danach, nach dem Ende seines Amtsjahres, würde er das Prokonsulat in einer der Provinzen antreten. *Vielleicht Prokonsul von Hellas* ... Oder besser Hispanien? Oder Africa? Nein, nicht Africa. Das Land war reich, aber stets von Unruhen heimgesucht. Aufruhr und Kleinkriege waren bedenkliche Abenteuer, die sich lange hinziehen mochten. Victoria duldete so etwas nicht. Und zog es sich nicht schon seit Jahren hin? Führten sich die beiden Prätendenten auf den numidischen Thron nicht schon seit Jahren so auf wie diese sich ewig streitenden griechischen Götter? Sizilien – da böte sich fette Beute! Aber bereits im letzten Jahr war sein zweiter Bruder Marcus dort Statthalter gewesen und reich zurückgekehrt – und dem Senat lag gewiss nichts ferner, als in einer der wichtigsten Provinzen eine Dynastie der Papirier begründen zu wollen. Nun, vielleicht bekäme er Asien, wo er bereits drei Jahre zuvor, nach seiner Prätur, Statthalter gewesen war. Ja, in diesem Land lagen noch einige Reichtümer verborgen. Am Ende aber würde der Senat entscheiden, welche Provinz ihm zustand.

Nun, man würde sehen – der Senat verkörperte längst nicht mehr jene Macht wie einst. Und mit dem Ruf des Triumphators wäre manches möglich und seinem Geschlecht für Generationen Großes bestimmt.

Dann schweiften seine Gedanken zurück zur Schlacht, wie sie es stets taten. Abwägend blickte er den Hang hinab und überflog den für ihn sichtbaren Teil des Barbarenzuges, aber an keiner Stelle entdeckte er Anzeichen eines ernsthaften Widerstandes. Kaum ein Bild hatte Zeit, sich einzubrennen – er sah die Berittenen die ersten Wagen umschwärmen, die Taurisker plündern und schänden und die Barbaren fliehen. Das Gemetzel war in vollem Gange, die Schreie waren bis hier herauf zu hören. Es mochte fruchtlos bleiben, noch Befehle erteilen zu wollen, vor allem die Taurisker waren kaum mehr zu lenken, aber ... Er brauchte Gefangene, viele Gefangene, die seinen Triumphzug in ein einziges Schauspiel verwandeln würden. Ein kurzer, blickloser Wink zu Terentius Pius, der sofort an seine Seite eilte.

»Boten an den Präfekten der Reiterei: Den Zug in der Hälfte spalten! Boten an die Taurisker ...« Carbo zögerte kurz, doch der Zug war einfach zu lang. Aber nicht die undisziplinierten Taurisker. »Nein! Die Zweite soll mit Teilen eine Front gegen den restlichen Zug beziehen, dieser ist möglichst in die Wälder zu zerstreuen. Boten an die Reserve: Die Triarier rücken umgehend vor. Ich will Gefangene, aber keine Alten. Junge Männer und Frauen sind gut. Ausführung, Tribun!«

Pius schlug sich mit der Faust an die Brust. Der Kettenpanzer gab einen dumpfen Ton von sich. »Konsul! Erlaube mir, die Triarier selbst in die Schlacht zu führen.«

Carbo senkte den Kopf, er hatte nichts dagegen. Pius gab die Befehle seines Konsuls an die Melder weiter, die hinter dem Stab verharrten. Zwei sprangen auf ihre Pferde und sprengten den Hang des Feldherrenhügels hinunter. Dann eilte der Tribun selbst zu seinem Pferd und machte sich auf den Weg zu den ungeduldig wartenden Elitetruppen.

Neben Carbo stand der Quästor und nickte zustimmend zu den Befehlen seines Vorgesetzten. Carbo erlaubte sich nicht zu lächeln, aber er war hochzufrieden. Die Niederung würde zur Todesfalle für die Kimbern werden. »Ehre sei Mars«, murmelte er.

Das Kommando über die Einheiten der Triarier lag bei den einzelnen Centurionen. Pius versuchte gar nicht erst, diese eines anderen zu belehren. Aber er folgte den Soldaten zu Pferd, als sie mit ihren Stoßlanzen gegen die Kimbern marschierten, gierig nach Beute und Sklaven, Frauen vor allem. Den Wagenzug erreichten sie schnell, die Abwehr wurde zusehends schwächer.

Bei den Wagen herrschte das vollkommene Chaos. Alle Schlachtreihen hatten sich aufgelöst. Pius tötete einen greisen Barbaren, indem er ihn niederritt. Einem Jungen, der die nackten Hände abwehrend erhoben hatte, bohrte er sein Schwert durch den Hals. Als die hellen Augen brachen, zog er die Waffe zurück. Blut spritzte auf seinen Panzer. Der Tribun blickte unentwegt umher und nahm plötzlich bei einer Wagengruppe den besonders heftigen Widerstand eines Häufleins Kimbern wahr. Mit dem Schwert wies er dorthin und forderte einen Centurio auf, auf der Stelle vorzurücken. Getrieben von der Aussicht auf Beute, folgten die Soldaten.

Pius sprang vom Pferd und hatte kaum Zeit, seinen Schild zu heben, als ein großer Mann mit einer langen Streitaxt von irgendwoher auf ihn eindrang. Als die furchtbare Waffe in Pius' Schild stecken blieb und das Holz unter dem Leder splitterte, warf der Römer brüllend die nutzlose Wehr beiseite, spürte eine Anwandlung von Panik in sich aufsteigen und stieß das Schwert blind nach vorn. Er spürte Widerstand, sah die entsetzten Augen des anderen und trieb sein Kurzschwert noch tiefer in dessen Leib. Der Schildarm schmerzte, aber er verdrängte die Pein, zog die Waffe zurück und holte tief Luft. Den fallenden Kimber behielt er im Auge, bis er reglos dalag.

Der Weg schien frei, Pius rannte einige Schritte vorwärts und befand sich an einem der Wagen. Gier hatte ihn ergriffen, die Götter allein wussten, wie sehr er Beute benötigte. Eine keifende Alte fiel ihm in den Arm, ein hässliches Weib in einem weißen Gewand. Er stieß sie heftig beiseite, sah sie stürzen und schlug die schwere Lederplane des Wagens zurück. Licht flutete hinein, und Terentius Pius sah stapelweise Holzkisten. Behände kletterte er auf den Wagen, nachdem er sich versichert hatte, dass die Legionäre ihm den Rücken freihielten. Die Kisten waren unverschlossen. Als er einen der Deckel hob, schrie ein Himmelsgott laut und donnernd auf, viel lauter noch als der überraschte Pius.

Der aufkommende Wind trieb erste Regentropfen vor sich her. Die Sonne war längst hinter tiefen, dunklen Wolken verschwunden.

Timaios hatte zwischen den Waren sein Schwert herausgekramt und war in den Schutz seines Wagens zurückgewichen, unschlüssig, was er tun und gegen wen er sich wenden sollte. Zum ersten Mal erlebte er eine Schlacht aus solcher Nähe, und seine Furcht angesichts des Grauens überstieg alles, was er bisher erlebt hatte. Zu seiner unsagbaren Erleichterung beachtete ihn niemand. Und noch standen seine Ochsen unverletzt. Er selbst wurde einmal, zweimal heftig angestoßen, von einer Frau in namenloser Panik, von einem stürzenden Legionär. Aber mit einer Waffe kam er wunderbarerweise nicht in Berührung. Die Kimbern übersahen den nicht Uniformierten; den Römern wirkte er vielleicht nicht barbarisch genug. Einer rief ihn sogar an, erkannte vielleicht den Unterhändler des Vortages in ihm.

Sonst blieb Timaios unbehelligt, sah aber so manches, das er lieber nie gesehen hätte: Er beobachtete, wie ein Römer ein blond bezopftes kleines Mädchen durchbohrte, wurde Zeuge, wie ein kimbrischer Speer einen jungen Legionär mit dem Kopf an einen Wagen nagelte, sah, wie zwei blutbespritzte Taurisker eine Kimbrin zu Boden warfen, sie hinter einen Wagen schleiften, ihr das Gewand vom Körper rissen, die Schreiende schändeten und ihr dann die strohblonden Haare grob abschnitten. Er sah und hörte und fühlte nichts als Grauen und nahm doch nur einen kleinen Teil des Geschehens wahr.

Nach einiger Zeit mischten sich unheilvolle neue Geräusche in das unbeschreibliche Getöse des Kampfes. Zuerst rollte nur der Donner über den Himmel, immer lauter, immer näher. Dann mischten sich andere, dunkle Töne darunter: Kimbrische Schlachthörner durchdrangen die Luft und stachen die hellen römischen Tuben aus. Dann noch einmal neue und vollkommen fremde Geräusche über das Schreien und Lärmen hinweg, ein dumpfes An- und Abschwellen, das sich ständig wiederholte wie eine brausende Flutwelle, die näher kam.

Die ersten Legionäre hoben die Köpfe und schauten den Treck entlang. Sie suchten die Quelle der Töne, die sich unentwegt steigerten. Keltische Taurisker blickten sich gehetzt um, erinnerten sich vielleicht uralter Geschichten, die man sich vor langer Zeit in den herkynischen Wäldern erzählt hatte und die von unheilvollen Kämpfen zwischen keltischen Stämmen und den fremden Völkern aus dem Norden kündeten.

Das Verhängnis ging von der Mitte des Zuges aus und breitete sich unter den Römern und ihren Bundesgenossen aus. Timaios sah es kommen.

In schnellem Lauf näherten sich rasch formierte Schlachtkeile der Barbaren. Wie eine Pfeilspitze geordnet, hastig nach Familien, Sippen, Gefolgschaften und Gauen aufgestellt, eilten die Krieger herbei, nachdem sie die Mäntel zu Boden geworfen hatten, die Oberkörper nackt und kraftvoll. Mit der Wucht eines aufgehängten Rammbockes schwangen sie mitsamt ihren Speeren und Keulen und mit schneeweißen Buckelschilden heran.

Wie Titanen ragten die brüllenden Barbaren in Timaios' Augen auf und stampften über die Erde wie eine Herde wutentbrannter Stiere. Gelähmt starrte er auf die heranwogende Schlachtreihe, voller Entsetzen und Verblüffung angesichts des massigen Menschenwalles. Viele hielten die runden Schilde in Höhe des Kinns, brüllten immer wieder ein und denselben Namen in diese hölzernen Klangschalen, die die Silben aufnahmen, verstärkten und zurückwarfen. »Dooon – aar, Dooo – naar, Dooo – naar«, tönte es. In Timaios' Ohren brauste es nur. Irgendwo schlug ein Blitz ein, und Augenblicke später rollte Donner schon laut polternd über den Himmel.

Als des Uranos Furcht einflößende Kinder nahe waren und ihn in den Boden zu stampfen drohten, warf Timaios das Schwert unter seinen Wagen und kroch hinterher. Dass ihm warme Pisse an den zitternden Knien hinablief, merkte er nicht.

Das Brausen kroch über die Wiesen, hüpfte die Hänge hinauf, verfing sich in den dichten Baumreihen, machte kehrt und brach über die Römer herein. Die Legionäre versuchten sich zu sammeln, zu ordnen, zu organisieren. Ein muskelbepackter Centurio, Narben auf Armen und Beinen, Veteran aus hundert Schlachten, schrie seine Soldaten an, hieb mit der flachen Schwertseite auf seine Leute ein, und schließlich gelang es ihm, neben dem Wagenzug den Haruden eine Schlachtreihe entgegenzustellen, vielleicht fünfzig Mann breit und den zehnten Teil tief.

Der Zusammenstoß war furchtbar.

Die römische Phalanx hielt nur einen Augenblick lang, dann wurde sie eingedrückt, überrannt, hinweggefegt, von Keulen niedergehauen, als hätte sie niemals bestanden. Mit archaischer Gewalt brach das Verhängnis in Form der harudischen Schlachtkeile über die siegessicheren Legionen herein. In das Gebrüll der Männer mischten sich nun die anfeuernden Rufe der Frauen, und Timaios, dessen Wagen fast im Zentrum des Kampfes stand, sah, wenn er zaghaft den Kopf hervorstreckte, manche zum Schwert greifen und zur Erinye werden, zur Rachegöttin.

Kimbern, Wandilier und Eudusen aus dem hinteren Teil des Trecks füllten die Schlachtreihen, und schließlich donnerten auch die Berittenen der Nachhut in einer großen Wolke aus Staub und Lärm heran. Geschart um zwei ihrer Fürsten, versuchten die Taurisker sich dem Ansturm entgegenzustellen. Aber schon im ersten Anlauf durchbrachen die kimbrischen Haufen den waffenstarrenden Riegel und warfen sich auf die unberittenen Römer.

Als die Triarier um den Tribunen Pius Anstalten machten, sich auf ein Hornsignal hin noch einmal zu sammeln, erschienen hinter ihnen die Reiter der Vorhut, geführt von dem brüllenden Hludico. Vibilio war neben ihm. Er reckte Mjölnir vor und fuhr, wie Timaios nachher erzählen hörte, unter die Römer, »wie Donar unter die Riesen.« Die Berittenen brachen das Rückgrat der Legionen, aber erst als die Boier kamen, die im hinteren Teil des Zuges wanderten, schwand auch der letzte Funke ihres Mutes. Der zuvor so ungestüme Angriff der Legionäre verwandelte sich in eine blutige Flucht, als die ersten Römer ihre Waffen fortwarfen und das Weite suchten. Die Taurisker erkannten die zahlenmäßige Überlegenheit und die Wut der Kimbern und ihrer Bundesgenossen und suchten den Schutz der Bäume und Höhen zu erreichen.

Regen ging in dichten Strömen nieder, Blitze zuckten in Abständen am mittlerweile fast nachtschwarzen Firmament, und unmittelbar darauf folgte ohrenbetäubendes Donnergetöse. Jetzt nahm Timaios, längst schon durchnässt, überhaupt erst das Wetter wahr. Harpyien, vogelgestaltige Sturmdämonen, fegten über die Heere hinweg, und grollend ertönte erneut die laute Stimme der Gottheit: Der Donnergott der Kimbern war stärker als der römische Jupiter. Der letzte Widerstand der Römer ging in den Fluten unter, die nun in wolkenbruchartigen Strömen auf die Erde geschickt wurden. Die letzten Karrees, die die alten Veteranen gebildet hatten, lösten sich auf in Blut und Regen.

Am Ende kehrten auch die mutigsten Legionäre dem Schlachtfeld den Rücken und verschwanden zwischen den Hügeln und in den Wäldern, hart bedrängt von den Überfallenen. Die Verräter flüchteten, die Verratenen folgten ihnen auf dem Fuß und setzten sogar den Hügel hinauf, auf dem Carbo und sein Stab noch immer ungläubig ausharrten. Die zwölf persönlichen Liktoren des Konsuls zogen unsicher ihre Beile aus den Rutenbündeln, der Quästor wandte sich bereits zur Flucht. Der Konsul selbst sah es, schüttelte das triefende Haupt, stand da und zögerte lange. Ein Speer zerfetzte einem seiner Liktoren die rechte Gesichtshälfte. Da warfen die anderen ihre Waffen fort und stürzten davon. Carbo folgte ihnen.

Ein neuer Blitz zuckte, und ein mächtiger Donnerschlag ertönte, der alles bis dahin Gehörte übertraf. Die Wut der Gottheit ließ Timaios zusammenfahren und hallte sekundenlang in seinen Ohren nach. Ein tausendstimmiger Schrei ertönte: Die fremden Stämme grüßten ihren Gott, die Augen zum Himmel erhoben. Timaios sah und verstand nicht, warum viele der Kimbern und Haruden die Waffen senkten, nach oben blickten und die Römer wie die Hasen laufen ließen.

Der Sieg der Dunkelheit über den Tag lag bereits eine geraume Weile zurück. Für die Stämme begann aber erst mit diesem Augenblick, was Gaisarik gegenüber Timaios als eine Schicksalsstunde bezeichnete: Der weitere Weg des Großen Trecks würde nun bestimmt werden. Viele Kimbern, Haruden und andere hatten sich auf einem aufgeweichten Feld versammelt, in dessen Mitte eilig ein Steinhaufen mit ebener Oberfläche errichtet worden war.

Der größere Teil der Männer war mit der Pflege der Opfer beschäftigt, besserte Schäden aus und errichtete Scheiterhaufen. Frauen und Mädchen kümmerten sich um die schreienden Verwundeten. Priesterinnen und Priester trugen Salben auf und raunten geheimnisvolle Beschwörungen in duldende Ohren. Auf blutverschmierten Lagern bettelten stöhnende Männer, Frauen und Kinder um Linderung ihrer Leiden. Von ferne hatte Timaios Svanhild bei der Pflege eines Kriegers beobachtet, sich jedoch nicht getraut, vor sie zu treten. Er schämte sich heiß für die Römer, doch spürte er immerhin Erleichterung darüber, die junge Frau unverletzt zu sehen. Die Dankbarkeit, dieses Schlachten überstanden zu haben, überwog in ihm aber jedes andere Gefühl, wenngleich ihm gleichzeitig elend zumute war. Und die Knie waren immer noch weich.

Überall ragten schon Scheiterhaufen auf. Am nächsten oder übernächsten Tag würden die Rauchwolken einen Weg weisen, dem die Seelen der Toten folgen konnten, um die Hallen Wodans zu erreichen. Der Blutzoll für den Sieg der Verbündeten war hoch, auch unter den Frauen und Kindern; Gaisarik nannte oder kannte aber keine Zahlen. Timaios dachte auch an Thurid. Inständig hoffte er, dass sie ebenso unversehrt geblieben war wie ihre Freundin.

Die vielen Leichen der Römer und Taurisker waren geplündert, ihre Verwundeten ohne viel Federlesens erschlagen worden. Noch immer streiften vereinzelte Frauen und Männer durch die Niederung und über die Hänge und sammelten ein, was ihnen brauchbar erschien.

Der Gewitterregen des Nachmittags war längst in ein leichtes Nieseln übergegangen. Trotzdem brannten zahlreiche Fackeln, die die Kimbern in das Harz von Kiefern getaucht hatten, die in diesem Land überall wuchsen. Timaios stand neben Gaisarik, der ihn eingeladen hatte, an der Zeremonie teilzunehmen und sich in seiner Nähe aufzuhalten. Und um einen Schutz gegenüber allzu zornigen Kimbern zu haben, wie er sagte. Gaisarik war unverletzt geblieben, aber seine Kleidung war regelrecht mit Blut getränkt.

Noch immer war Timaios wie benommen von dem schrecklichen Geschehen, dem er beigewohnt hatte. Fast wie jener Tag nach einer durchzechten Nacht: Der Kopf brummte ihm, der Magen brannte, und er fühlte sich der Wirklichkeit so entrückt, als wäre er noch immer nicht ganz nüchtern. Gaisarik, ähnlich rastlos wie er selbst, voller Zorn, aber beherrscht, hielt sich seinerseits in der Nähe der Herzöge auf. Wie viele andere Krieger trug er nun eines jener römischen Kurzschwerter, wie man sie ursprünglich einmal in Iberien gefertigt hatte.

Hludico, der Ratsführer, schickte sich soeben an, vor die Versammlung zu treten. Er winkte in Richtung einiger Lärchen, die in kleiner Gruppe am Rand des Feldes schlank emporwuchsen. Aus dem Schatten führten zwei Männer einen Gefesselten in den Schein der Fackeln.

Timaios erkannte in dem verdreckten und blutbeschmierten Mann einen der Taurisker, die den Zug in den Hinterhalt geführt hatten. Sein Magen zog sich zusammen – Gutes war für den Verräter nicht zu erwarten. Der Kelte wand sich und zerrte an dem Gürtel, mit dem seine Hände gefesselt waren – offensichtlich sein eigener, denn er zog mehrfach die Hose hoch, die ihm immer wieder über die Hüften rutschte. Ein zorniges Raunen brandete über das Feld. Timaios wusste inzwischen, dass Hludico auf Zureden der tauriskischen Führer mit anderen Edelingen der Vorhut nachgeritten und beim Angriff vom Treck abgeschnitten worden war. Auch Gaisarik war bei ihm gewesen. Zwei andere Edelinge waren mit den ersten Hornsignalen von den tauriskischen Verrätern niedergestochen worden. Dieser Mann würde büßen müssen, seine beiden Gefährten waren tot oder entkommen.

Aus einer dichten Gruppe von Kriegern löste sich ein zweiter Mann und trat neben Hludico. Er war kaum kleiner als der hoch gewachsene Herzog, doch um einiges breiter gebaut. Die nassen Haare hingen ihm wild ins Gesicht, auch seine Kleidung und seine freie Brust waren von dunklen Flecken übersät. Sichtlich widerwillig gab Hludico seine Zustimmung, als der andere das Wort forderte.

»Cimberio«, raunte Gaisarik Timaios zu, der sich erinnerte, diesen Namen schon einmal aus dem Mund von Boiorix gehört zu haben. »Ebenfalls ein Herzog.« Eine frische Narbe glänzte auf Cimberios rechter Wange. Beim Sprechen zischte er, und seine Worte klangen undeutlich und verzerrt. Timaios hatte Mühe, sie zu verstehen.

Cimberio sprach offensichtlich vom Verrat der Römer und Taurisker und dem guten Willen der Stämme aus dem Norden. Wütende Beifallsschreie und zornerfüllte Zurufe gaben ihm immer wieder Recht, was das Verstehen für Timaios noch schwieriger machte. Ihm schien aber, als schlüge der Herzog vor, nach Süden zu ziehen und die Stadt der Taurisker niederzubrennen. Der Reichtum Noreias mochte einen Teil zu diesem Gedanken beitragen, aber Timaios bezweifelte, dass die Stadt mit ihren starken Befestigungsanlagen ohne eine längere Belagerung einzunehmen wäre.

Der Rat der Stämme sei uneins über den weiteren Weg, glaubte er dann zu verstehen. Er, Cimberio, wisse aber, dass die Götter nur einen Weg guthießen: den nach Süden, über die Berge, durch das Reich, in dem die Götter selbst thronten, und hinunter in das Land der kleinen Männer, der Römer. Dann kam ein Teil der Ansprache, von dem Timaios nicht mehr mitbekam als die Worte ›niederlassen‹ und ›rächen‹.

Die letzten Sätze verstand er wieder: Sie könnten aber auch nach Westen ziehen, rief der Kimber, weiter gegen die Kelten kämpfen und sich irgendwo im Herkynischen Wald oder in den Gebieten jenseits davon verlieren. Hier stünden sie nun, um den Willen der Götter zu erkunden, und er bete, dass die Götter mehr Weisheit zeigten, als der Rat dies tue.

Gaisarik holte tief Luft. »Nur das nicht. Es könnte böse enden, wenn sich die Götter auf die Seite Cimberios und seiner Leute schlügen.«

Hludico ließ den Zuhörern nicht lange Zeit, Cimberios Worte zu überdenken.

»Stammesgenossen, Brüder und Schwestern.« Die Stimme des bärtigen Herzogs trug weit und war deutlich.

Ein junger Mann mit einer Fackel trat neben Hludico. Schatten tanzten auf seiner Gestalt, während der Herzog weitersprach.

»Ja, Cimberio, ich gebe dir Recht: Wir mögen keine Verräter. Aber man muss unterscheiden zwischen einer verblendeten Führung und dem Volk, welches dieser Führung ausgeliefert ist. Die Taurisker sind unsere Freunde nicht, aber heute haben sie nicht für sich, sondern für Rom gekämpft. Das römische Volk ist ein starkes Volk, auch wenn wir es niedergezwungen haben. Wir werden uns gut merken, wie es uns heute behandelt hat, aber über den weiteren Weg werden die Götter entscheiden, nicht der Zorn, der aus einem Verrat geboren wurde.«

Das war bereits alles, und Timaios entschied bei sich, dass das angesichts der angespannten Stimmung weiser war, als lange Reden zu halten. Viele Umstehende zischten bei diesen Worten.

Voll banger Neugierde erwartete Timaios eine Entscheidung. Als er um sich blickte, sah er mehr als einen bösen Blick, der über ihn hinwegging. *Bei Zeus, ich könnte genauso gut an der Stelle des Tauriskers sein.* Timaios wünschte sich weit, weit weg. Doch wenn er sich jetzt absetzte, dann wären ihm einige Heißsporne, die Blut geleckt oder Blut zu rächen hatten, sicher bald auf den Fersen, um ihm den Kopf vom Rumpf zu trennen. Jeder, der fremd aussah, war gegenwärtig in Gefahr, und er war einem Kimber so unähnlich wie sonst keiner auf diesem Platz. Selbst der Taurisker hatte mehr Ähnlichkeit mit den Fremden. Nein, besser war es, abzuwarten und auf Gaisarik zu vertrauen, der im Einvernehmen mit Hludico handelte.

Eine barfüßige Greisin betrat nun die Bühne, und Timaios sah ein zweites Mal Albruna, die erste Priesterin des Stammes. Ein schlohweißes Gewand bedeckte ihre leicht gebeugte Gestalt. Zwei junge Männer trugen der Matrone einige Gerätschaften nach, Messer, Stößel, Tiegel, Tücher, einen Hammer, einen spitzen steinernen Meißel, zwei schlanke Situlen, Gefäße aus poliertem Marmor, und den großen Rundkessel vom Vortag. Nun, da Timaios von Thurid wusste, dass er aus Silber gefertigt war, schenkte er ihm trotz seiner flauen Gefühle mehr Aufmerksamkeit. Albruna nickte einem der Jünglinge zu, und der hob ihn – nicht ohne Mühe – hoch, bis sein Kopf dahinter verschwunden war. Ein befriedigtes und zustimmendes Raunen war ringsum zu hören.

In dem schwachen Licht war es für Timaios kaum zu erkennen, aber der Kessel schien rundum verziert zu sein. Nur der untere Teil wirkte glatt poliert.

Weitere Fackeln wurden herbeigetragen, und die Reihen schienen dichter zu werden. Timaios bemerkte nebenbei, dass einzelne Männer oder kleine Gruppen sich durch besonders farbenreiche Kleidung, buntere Schilde und reicheren Schmuck von der Masse unterschieden. Die meisten der Barbaren ähnelten in seinen Augen einander aber wie Polydeukes seinem Zwilling Kastor.

Stille senkte sich über das Feld. Hludico beendete ein kurzes Gespräch mit einem Nebenmann; die Kimbern und die anderen setzten ihre Rundschilde und Framen ab. Timaios kam es so vor, als seien selbst die Geräusche aus dem nahen Lager und von der Walstatt herüber leiser geworden. Der Taurisker hörte auf, an seinen Fesseln zu zerren; mit erloschenem Blick starrte der dem Tod Geweihte die Gerätschaften an.

Timaios verfolgte mit einem Kribbeln im Magen, wie die greise Priesterin mit spitzen Fingern eines der Messer auswählte. Dessen handlange Klinge war gebogen.

Die Priesterin war sich ihrer Macht in diesem Moment nicht bewusst, aber die Größe dieses Augenblickes spürte sie. Wie an vielen blutigen Tagen zuvor ging Albruna auch an diesem Abend ganz in ihrem Tun auf. Sie genoss es nicht, aber wenn es begann, dann verließen sie alle Zweifel – Zweifel, dass die Götter heute nicht mit ihr wären. Sie tat Rechtes, und die Götter waren stark.

Der am Nachmittag so machtvolle Wind hatte sich nun gänzlich gelegt, das Nieseln dauerte fort. Der Götter Gegenwart war Albruna schon spürbar geworden, ihre Ungeduld beinahe greifbar und noch immer eine Gnade, die zu begreifen sie niemals imstande wäre. *Warum ich, Allvater, warum ich?* Eine Antwort kam nicht, kam nie. Nur ein starkes Gefühl: Die Göttergeschlechter der Asen und Vanen forderten das ihnen zu Weihende. Albruna hatte ebenfalls das Gefühl, als schaue ihr Wodan selbst über die Schulter, und die Erregung, die sie ergriffen hatte, konnte ein jeder sehen. Etwas davon sprang über auf alle Teilnehmer der Versammlung, erfasste das Opfer und die Henker, die Richterin und die Zuschauer.

Die alte Frau warf noch einen Blick in die Runde, der bei Hludico und Cimberio kurz verweilte, und gab ihren Gefolgsleuten dann mit leiser Stimme Anweisungen. Dem Opfer wurde ein Strick um den Hals gelegt. Eine Beschwörung rufend, gab die weißhaarige Priesterin einem der beiden jungen Männer einen Wink. Der Bezeichnete trat hinter den Gefesselten, der in eine kniende Stellung gezwungen worden war, und auf einen weiteren Wink hin zog er den Strick mit aller Kraft an.

Timaios wollte sich schon abwenden, sah auch die Bilder des Nachmittags, die er nicht loswurde, und beobachtete dann doch wie gebannt dieses neue, grässliche Schauspiel.

Zu Beginn verzerrte sich das Gesicht des Verräters nur, dann verfärbte es sich. Selbst in der Dämmerung war dies zu erkennen. Die ungefesselten Beine des Opfers zuckten, seine Augen wurden scheinbar größer. Und dunkler, meinte Timaios, blutrot. Noch einmal bäumte sich der Körper aus der knienden Stellung auf, bevor die Spannung daraus wich und er leblos zusammensackte. Auf ein drittes Zeichen der Alten hin ließ der Henker los; der Körper fiel mit dem Gesicht auf den weichen Boden. Timaios hörte deutlich das platschende Geräusch, das er dabei machte.

Der Leib wurde mit dem Rücken auf den Behelfsaltar gebettet und dort festgehalten, und Albruna näherte sich mit dem gebogenen Messer dem Steinhaufen. Mit sicherer Hand führte sie einen schnellen Schnitt an der Kehle des Besinnungslosen, der noch zweimal zuckte. Der Kopf hing über, sie hielt ihn am dichten Haarzopf fest. Blut floss in den Kessel darunter und bewies, dass Albruna dem Henker im rechten Moment Einhalt geboten hatte.

Als der Blutstrom in ein Tröpfeln übergegangen war, ließ Albruna den Zopf fahren, und der Kopf schlug hart gegen einen Stein. Sie griff noch einmal zum Messer und stach es dem Mann tief in den Bauch, zog es nach oben, dann nach unten. Mit beiden Händen erweiterte sie den Schnitt, griff in den leblosen Körper und zog die Darmschlingen und andere Innereien hervor. Selbst nun blutbespritzt in ihrem weißen Gewand, starrte sie auf die Eingeweide des Opfers, begutachtete die Leber auf ihre Größe und Farbe und verlangte nach einer Fackel.

Timaios grauste es, er schloss die Augen. *Barbaren, rohe Barbaren.*

Albruna verdrängte, was gewesen war, las, was sein würde, sein könnte, sein müsste, nunmehr Seherin ihres Stammes, Allvaters Auge. Zuletzt, wieder unter den Augen des Massalioten, wandte sie sich dem silbernen Kessel zu, fasste ihn an der fingerdicken Umrandung, drehte ihn, schüttelte ihn sanft, rührte mit dem Finger darin und betrachtete für viele Augenblicke, die Timaios wie eine Ewigkeit dünkten, das Blut. Er fragte sich, ob das Regenwasser das Ergebnis verfälschen konnte.

Am Ende, als es nichts mehr zu erfahren gab, ließ Albruna den Kessel entleeren, die geschächtete Leiche vom Opferstein heben und irgendwo auf das Feld werfen. Die Hunde würden sich des Körpers annehmen. Windböen, wieder auffrischend, rasten über das Feld und bogen Haselnuss- und Erlensträucher. In den Lärchen rauschte es.

Albruna trat einige Schritte vor, wie um für alle sichtbar zu werden. Aber ohnehin hätte sie keiner aus den Augen gelassen. Die Alte erhob die Stimme, um zu verkünden, was ihr die Götter mitgeteilt hatten. Doch ein Krächzen war alles, was ihr über die Lippen kam. Sie schüttelte den weißen Kopf.

Viele der Umstehenden waren tief ergriffen von der aufopferungsvollen Hingabe, mit der die Priesterin ihre Pflicht getan hatte, gebeugt von der Last der Verantwortung, die ihr die Götter aufbürdeten.

Timaios sah Gaisarik grimmig lächeln. Ahnungsvoll verzog auch er das Gesicht. Hludico wurde von der Alten herbeigewunken. Sie griff nach seinem Arm und teilte ihm mit eindringlichen Gesten mit, was sie in den Eingeweiden des Toten und in seinem Blut gelesen hatte. Timaios' Blick streifte zufällig Cimberios Gesicht, und er glaubte, einen Ausdruck von Zorn darin zu lesen. Doch die Entfernung war groß und das Licht schwach.

Der andere große Kimbernherzog richtete sich neben der kleinen Seherin auf. »Die Götter haben gesprochen. Wir werden noch drei Tage hier lagern, um die Verwundeten zu pflegen und die Toten zu ehren, und Wodan wird Gelegenheit haben, die Tapferen zu sich zu rufen. Dann werden wir dem Weg folgen, den wir gestern eingeschlagen haben.«

Hludico wandte sich um und trat ein paar Schritte zurück, ohne auf Cimberios zornigen Ruf und das enttäuschte Murmeln ringsum zu achten. Erst als der Kelte Magalos neben Cimberio trat und ihm die Hand auf die Schulter legte, beruhigte sich der Kimber. Timaios entdeckte den selbstzufrieden lächelnden Boiorix im Schatten des Keltenfürsten. Langsam löste sich die Versammlung auf, langsam genug, um Timaios zu zeigen, dass die Entscheidung nur von einer Minderheit gutgeheißen wurde. Sollte keine Rache an den Römern genommen werden? Die Ehre des Stammes war beschmutzt, aber Hludico wollte einfach weiterziehen? Cimberio verschwand in der Dunkelheit, gefolgt von einer großen Gruppe junger Krieger.

»Den Wünschen der Mächtigen können sich auch die Götter nicht verschließen.« Gaisariks Miene indes drückte Zufriedenheit aus, nicht Schicksalsergebenheit.

Timaios nickte. »Ja, ich weiß. Auch bei uns können nur das sie selten.«

Gaisarik gesellte sich zu Hludico und beglückwünschte ihn. Timaios folgte ihm schnell und kam, unangenehm berührt, neben Albruna zu stehen, die in ihrem fleckigen Gewand hinter dem Kessel stand, die Augen geschlossen hatte und schwer atmete. Das gab Timaios Gelegenheit, den Kessel näher in Augenschein zu nehmen. Er war reich verziert, aber glanzlos und offensichtlich alt, und Timaios hätte nicht ohne weiteres sagen können, ob er tatsächlich aus Silber oder einem anderen Edelmetall gefertigt war. Viereckige bebilderte Platten von Handlänge zogen sich um seine Außenseite, noch breitere umkränzten die innere Rundung. Der untere Teil, der auf dem Boden stand, war glatt und rund. Dieser Teil des Kessels war eine, höchstens zwei Handbreit hoch, dann begannen erst die Platten. Die ganze Form des Kessels versetzte Timaios in eine fühlbare Begeisterung – er war ein prächtiges Stück Schmiedekunst aus zwar unbekannten, doch überaus geschickten Händen. *Schwarzalben? Wer wusste es?*

Eine rote Pfütze bedeckte noch den Boden des Kessels. Ein ehernes Gebilde schaute aus dem Blut heraus, doch deutbar war es für Timaios nicht. Die Außenplatten zeigten hervorstehende Büsten von Gottheiten oder Helden mit beängstigenden, löchrig scheinenden Augen. Kleinere Figuren und vielfältige Verzierungen umgaben sie. Auf den Innenseiten prangten Darstellungen von Kulthandlungen, natürliche sowie entstellte Abbilder von Menschen und Tieren, die aus dem Silber herausgearbeitet worden waren. Im schwachen Licht erkannte Timaios nur die größeren Tiere: Vierfüßler mit Vogelköpfen, dann wohl Greife, vielleicht Einhörner, wahrscheinlich Hirsche ... Die Welt der Schwarzalben wurde von seltsamen Wesen bevölkert. Und Elefanten! Ja, diese beiden Tiere, das mussten Elefanten sein. Timaios hatte oft von den mächtigen Wesen mit den zwei Schwänzen gehört und in einem Badehaus Massalias einmal eine Abbildung aus den Tagen des Zweiten Punischen Krieges gesehen, als der große Hannibal mit Elefanten durch Südgallien zog, um die Alpen zu überqueren.

Dann stutzte Timaios, der vorgetreten war, um auch die anderen Seiten des Kessels zu betrachten, und ihn schauderte. Eine Opferung war abgebildet: Ein Trupp bizarr aussehender Krieger beobachtete, wie ein Mann von einer Riesengestalt kopfüber in einen Kessel gesteckt wurde. Timaios verglich das Gesehene mit dem eben Erlebten und fand Übereinstimmungen. Die Kimbern waren die Kinder ihrer Götter.

Den Durchmesser des Kessels schätzte Timaios auf zwei oder mehr Fuß und die Höhe auf eine gute Elle. Die abgerundete Unterseite war fleckig und dunkel; den Abschluss bildete nach oben ein daumendicker umlaufender Rand aus Metall, der auch die Platten zusammenhielt ...

Timaios blickte auf. Albruna, blutbespritzt im Gesicht und auf der Brust, hatte die Augen geöffnet und starrte ihn an. Er zuckte zusammen. Sie lächelte, zwar zahnlos, aber doch ermutigend. Dennoch schaute Timaios schnell weg. Noch immer fühlte er sich unwohl, nicht nur wegen der Schlacht.

Helvetien im Mond October
Schweizer Voralpen

Timaios schrie die Ochsen an und zog mit aller Kraft am Geschirr. Die Arme schmerzten ihn. Laut und verzweifelt brüllten die Tiere zurück. Da glitt der Massaliote im Schlamm aus und stürzte der Länge nach in den kalten Morast. Am liebsten wäre er liegen geblieben, doch mühsam rappelte er sich wieder hoch, fluchte und versuchte erneut, den Wagen, der nun bis über die Hinterachse eingesunken war, mithilfe der Tiere aus dem Sumpf zu ziehen. Es war hoffnungslos, und er konnte ohnehin kaum noch die eigenen Arme heben. Schließlich bedeutete Radiger ihm und den anderen, die sich an den Vorderrädern abmühten, sie sollten loslassen.

Der rotblonde Kimber zog sein Schwert aus der Scheide und durchtrennte das Ledergeschirr, mit dem die brüllenden Ochsen an den Wagen gebunden waren. Mühsam und unter Schlägen retteten sich die Tiere auf den halbwegs festen, sich neigenden Boden und fassten schließlich Tritt auf dem hölzernen Damm. Dort blieben sie erschöpft stehen, ließen die Zunge aus dem Hals hängen und behinderten den nachfolgenden Tross. Weitere Schläge und laute Rufe trieben das Gespann wieder vorwärts. Unten versank der Wagen unter leisem Schmatzen im Schlamm, bis nur noch die Aufbauten herausragten. Einige Säcke und Gerätschaften waren gerettet worden und wurden den Hang hinaufgereicht.

»Hatte keinen Zweck mehr«, sagte Radiger. »Zumindest sind die Ochsen nicht verreckt.« Er fuhr mit dem Schwert über seine verdreckte Lederhose und steckte es zurück in die Scheide.

Timaios, einen fremden Leinensack mit Kleidungsstücken auf den Armen, blickte zu dem Knüppeldamm hinauf. Tagelang hatten sich Tausende von Männern abgemüht, um einen gangbaren Weg durch die sumpfige Niederung zu schaffen. Die Kimbern hatten Bäume gefällt, Bohlen gezimmert, Holz herangeschleppt, Unebenheiten weggeschaufelt, Untiefen überbrückt und über den ganzen Weg Erde gehäuft und festgetreten. Timaios hatte mit ihnen geschwitzt, hatte geblutet und gelitten. Erst geplagt von Stechmücken, Moskitos und Blutegeln, später von Regen, Schlamm und stürzenden Bäumen. Danach, als die Zeit schon verschwamm und die Erinnerungen ihm eine süße Vergangenheit vorgaukelten, wurden die müden Muskeln, aufgeschürften Gliedmaßen und verrenkten Gelenke zur größten Last.

Schließlich war der Menschenwurm durch den Sumpf gekrochen, hatte sich bald nach rechts, bald nach links erbrochen, hatte Wagen und Menschen, Rinder und Schafe wie Abfall, wie Exkremente ausgespien und im Morast zurückgelassen. Der endlose Zug hatte sich gewunden, gequält, gehäutet, geblutet, immer wieder seine Wunden versorgt, Glieder abgeschieden und erneut angefügt. Immer weiter ging es, wie hoch der Blutzoll auch sein mochte. Und wohin sollten die Wanderer auch zurückkehren? Als der Regen kam, war unter der unaufhörlichen Last ein ums andere Mal ein Stück des Dammes gebrochen, unterspült und aufgeweicht von diesen endlosen Wasserfäden, die Freyr – und nur er kannte den Grund dafür – auf die Erde schickte. Die Wege wurden so schlecht, wie es die Moral der Menschen aufgrund des schlechten Wetters, der schlechten Wege, der schlechten Nahrung längst war. Die Spuren der Kimbern, Haruden und ihrer Weggenossen durch diese Unterwelt würden auf viele Jahre von Kadavern, Karren und Moorleichen gekennzeichnet sein.

Kleinere Teile des großen Zuges hatten sich in der eintönigen Sumpflandschaft immer wieder verirrt, wenn vorausfahrende Wagen unter einem dichten Regenvorhang und der Damm unter einer dicken Schlammschicht verschwunden waren. Wie wandelnde Sumpfleichen sahen manche aus, die sich durchschlugen, vereinzelt und in Gruppen, bis zu den Haaren verdreckt. Menschen waren zu müde, um zu gehen, Ochsen zu erschöpft, um zu fressen. Viele standen nicht wieder auf, wenn sie erst einmal lagen, Menschen und Ochsen. Etliche Wagen würden erst nach Tagen den Weg wieder finden. Auf manchen würden die Angehörigen am Ende des Morastes vergeblich warten. Vielleicht halfen Gebete, aber vielleicht gingen bis ans Ende aller Zeiten Kimbern in diesem Moor um und fanden keine Ruhe.

Wo Timaios war, rollten nun die letzten Wagen – die letzten, von denen man sicher wusste – über den künstlichen Weg, und die letzten Wanderer schleppten sich über den verschlammten Pfad und trieben die letzten müden Herdentiere über den Damm. Nach all den Tagen ähnelte er nur noch entfernt einer von Menschenhand geschaffenen Trasse. Immer wieder mussten die Männer zugreifen, die neben den Wagen hergingen, um hier einem Gefährt durch ein Schlammloch zu helfen und sich dort mit aller Gewalt gegen ein anderes zu stemmen, das den schmalen Damm hinabzurutschen drohte.

Irgendwann erreichten die meisten Wagen den halbwegs festen Boden jenseits des Sumpfes, nur um festzustellen, dass auch dieser von tagelangen Regenfällen völlig aufgeweicht war. Und nur die wenigsten konnten sich noch darüber freuen, dass der Sumpf hinter ihnen lag.

Radiger, Timaios und die anderen Männer kletterten mit schweren Beinen nach oben. Keiner von ihnen, der nicht auf der glitschigen Erde noch mehrfach ausgerutscht wäre und, ohnehin durchfroren, dreckig und nass bis auf die Haut, den Schlamm noch einmal schmeckte.

Als Letzter kroch ein verstörter Jüngling auf allen vieren den Hang hinauf und konnte es noch immer nicht fassen, dass er den Wagen seiner Familie in den Morast gesetzt hatte. Nur eine Handbreit hatte er den Wagen zu weit nach links gezogen, ein Rad war zwischen zwei zerbrochene Äste gerutscht, fand keinen Halt mehr, war weitergerutscht, vom Damm hinunter. Langsam war der Wagen gefolgt, der Schlamm gab nach, ganz langsam, war den Abhang hinuntergeglitten ... Ein winziger Moment der Unachtsamkeit – oder nur Schicksal. Die brüllenden, sich wehrenden Ochsen, die zischende Peitsche, das panische Rufen, alles umsonst, kein Halten mehr, ganz langsam ...

Dem Jüngling war anzusehen, dass er dem Weg des Wagens am liebsten gefolgt wäre. Vielleicht mussten er oder seine kleineren Geschwister, die mit der Mutter und einigen Bündeln oben standen und bittere Tränen weinten, nun ohnehin diesem Weg folgen. Radiger klopfte dem hilflosen Jungen auf die Schulter und sagte etwas. Für den aber, der mit unergründlichen Augen vor dem jüngsten seiner Geschwister stand – einem Säugling von nicht einmal einem Jahr, eingewickelt in ein dreckstarrendes Fell, achtlos auf dem nassen Boden liegend –, konnte nichts ein Trost sein. Timaios reichte der Mutter den Sack, wich ihrem Blick aus und wandte sich ab. Er hätte heulen können.

Müde und schlammbedeckt schleppten sich Timaios und die anderen Männer über den Damm. Sehr bald schon erreichten sie das Ende des Sumpfes, wenn sich dieses Gelände auch kaum von der zurückliegenden Moorlandschaft unterschied. Timaios blickte zum regengrauen Himmel zwischen den lichten gelben Kronen der Birken hinauf.

Völlig erschöpft ließ er sich auf ein nasses Stück Erde sinken und lehnte den Rücken an einen Baum. Die Beine angewinkelt, saß Timaios da und versuchte nachzudenken, aber seine Erschöpfung ließ keinen klaren Gedanken zu. Nach zwei und einem halben gedachten Satz begann bereits eine neue Geschichte. Unter seiner Kleidung krabbelte und kribbelte es, und er verbrachte eine geraume Weile damit, sich von Käfern, Würmern und Blutegeln sowie vom gröbsten Schmutz zu befreien. Nachdem er die Stoffbinden um die Beine abgewickelt und in den Regen gehalten hatte, entfernte er angewidert und vorsichtig zwei Zecken aus dem rechten Unterschenkel, die ihre Köpfe in sein Fleisch gebohrt hatten. »Drecksviecher!«

Die Bäume hielten nur einen kleinen Teil des Regens davon ab, geradewegs auf den Boden zu prasseln. Das seit Tagen schlechte Wetter hatte den Boden überall knöcheltief aufgeweicht. Die Schlammlöcher verwandelten sich in einen gleichmäßigen Morast. Dort, wo der Tross sich vorwärts bewegte, war er noch tiefer.

Radiger ging vor Timaios in die Knie. Mit einer Hand stützte er sich ab. »Du wirst dir den Tod holen, wenn du länger da sitzen bleibst, törichter Massaliote.«

Timaios, nicht wenig überrascht davon, dass ausgerechnet Radiger, der bisher wenig Wohlwollen gezeigt hatte, sich Sorgen um sein Wohlergehen machte, verzog spöttisch den Mund. »Kimber von schwachem Sinn, machst du Witze?« Es tat gut, ein wenig herumzualbern. »Ein verdammtes bisschen Nässe mehr oder weniger nach dem da ... *Was mir soll das ausmachen? Ich* werde mir den Tod ganz bestimmt nicht holen. Aber *er* wird mich holen, wenn ich länger noch mit euch ziehe. Welch ein widerliches Land. Wenn ich in Massalia wäre, dann würde ich mich vielleicht über den Regen freuen. Aber hier es regnet ohne Unterlass. Ich wüsste nicht, weshalb ich Anlass haben sollte, mich daran zu freuen, immer. Welch ein widerliches Land!« Unbekümmert, den Chiton hochgezogen, zog er eine weitere dicke Zecke aus der Haut, die sich erschreckend nahe an seinem Schurz ein feuchtwarmes Plätzchen gesucht hatte – vielleicht schon vor Tagen, denn die umliegende Haut war rot und schmerzte. »Schau dir das an! Wenn dieses nasse Elend nicht bald ein Ende nimmt, werde ich verrecken. Wie ein lahmer Gaul. Wir ersaufen im Morast.«

»Freyr pisst«, sagte Radiger und lachte humorlos. »Aber wenn wir wirklich wüssten, dass es mit dir zu Ende geht, könnte Albruna dich vorher opfern und Freyr bitten, dass er seinen göttlichen Schwanz endlich wieder wegsteckt. Es würde auch dein Leiden verkürzen.« Er erhob sich. »Komm, das Schlimmste haben wir überstanden. Heute erreichen wir wieder den Fluss. Die Kundschafter meinen, seine Ufer seien auf einer Länge von vielen Tagesmärschen gangbar.«

»Kundschafter? Meinst du diese von den Römern gekauften Versager, die haben behauptet, dass der Sumpf ohne größere Schwierigkeiten zu fahren durch wäre, dass es Wege gibt und Richtungen?« Mit der Hand wies er in Richtung des Moores. »Was glaubst du, wie viele da drin umgekommen sind? Fünfzig? Hundert? Oder tausend? Wie viele sind noch unterwegs, die hindurch kommen werden niemals? Nur Wege in eure Unterwelt.« Timaios stand ebenfalls auf. Er war kleiner als Radiger und sicher sehr viel weniger kräftig. Schon mehrfach hatte er den Kimbern beim Ringen mit anderen beobachtet und neidvoll seine häufigen Siege verfolgt.

»Ich kann es nicht ändern, und du kannst es nicht ändern. Die Nornen haben entschieden.« Radiger reckte die Arme, streckte und drehte sich. Es knackte ein paarmal so laut, dass Timaios es deutlich hörte. Der Kimber stieß einen Seufzer aus und lächelte schwach. Missgünstig nahm Timaios wahr, dass Radiger viel weniger erschöpft schien als er selbst, körperlich und geistig. Eben im Sumpf hatte Radiger auch dann noch kraftvoll an den Ochsen gezogen, als Timaios schon längst hatte nachlassen müssen, weil seine Arme sich anfühlten, als brächen sie vom Rumpf.

»Und die Familie, die eben ihren Wagen verloren hat? Was geschieht jetzt mit diesen Menschen? Werden sie von ihrer Sippe geholfen werden?«

»So gut es möglich ist.« Radiger schwieg und legte eine bedeutungsvolle Pause ein. »Aber es wird wohl nicht ohne Opfer abgehen.«

»Was heißt das?« Timaios bereute bereits, überhaupt gefragt zu haben.

»Zu viele Mäuler, das heißt es.« Radiger presste die Lippen aufeinander.

»Und was bedeutet das genau?«

»Die Kinder«, sagte Radiger. »Nun ja – vielleicht werden die Kleinsten ausgesetzt.«

Das war unfassbar für Timaios. Er schloss die Augen und sah wieder den Jungen vor dem Bündel mit seinem Geschwisterchen stehen. »Du machst Witze.«

Radiger antwortete nicht. Sein Schweigen bewies, dass seine Worte alles andere, nur kein Scherz gewesen waren.

»Ihr könnt doch keine Kinder aussetzen, Mensch, das ist ... O Zeus!«

»Was? Barbarisch? Ja, das ist es – wir sind eben Barbaren, wir sind genau das, wofür ihr uns haltet. Und warum sind wir Barbaren? Weil ihr uns keine Gelegenheit gebt, an eurem Reichtum teilzuhaben, weil ihr unseren Bernstein nehmt und uns dafür billigen Tand gebt. Weil ihr uns verwehrt, bei euch siedeln zu dürfen. Weil ihr uns bekämpft und es dabei nicht einmal ehrlich zugeht, denn schließlich sind wir nur – Barbaren. Barbaren, die sich ein Vergnügen daraus machen, ihre Kinder zurückzulassen. Es gibt überall einen Weiberrock, den man hochschieben kann, um neue Kinder in die Welt zu setzen, schmutzige kleine Barbarenbälger, die ihr in die Sklaverei führen könnt, wenn wir sie verkaufen, um ein wenig Wein oder Schmuck dafür zu bekommen. So ist es doch, nicht wahr? So haben die Kelten es erzählt. Mehr als einmal ... Lass mich bloß in Ruhe.«

Schnaubend wandte sich der wütende Mann ab und folgte den ersten Reitern der Nachhut, die eben ihre Pferde über den kümmerlichen Rest des Dammes führten.

Timaios ließ sich wieder auf dem Boden nieder und wartete auf eine Eingebung, eine Stimme, die ihm den Weg weisen würde. Ziellos ließ er seine Gedanken schweifen, fühlte sich in dem einen Moment leer und verfluchte alles und jeden, um im nächsten Moment in ein unbegründetes Hochgefühl zu geraten und die eigenen Sorgen als unbedeutend wegzuschieben. Schließlich war er am Leben und gesund, hatte bereits einiges an Waren eingehandelt und konnte jederzeit den Kimbern den Rücken kehren, um nach Massalia zu flüchten, in das sichere Refugium, das Kembriones ihm immer wieder öffnen würde. Massalia, ein Badehaus, eine Schenke, eine Liege ... In wenigen Jahren, Monden, Tagen würde das derzeitige Geschehen zu einer unangenehmen Erinnerung schrumpfen, das eigentlich, bei einem Krug Wein betrachtet, gar nicht so schlimm gewesen und einer guten Erzählung wert war. Und die Sache mit den Kindern würde er irgendwann vergessen, auch die schrecklichen Bilder aus der Schlacht von Noreia. Und vielleicht ginge alles noch einmal gut, das Land, in das die Kimbern nun kamen, war fruchtbar und reich. Vielleicht war es unnötig, vielleicht ...

Nein. Nein, das war es nicht. Nüchtern betrachtet war es auch im reichen Gallien, in Italien, selbst in Griechenland nicht unüblich, die überzähligen Mäuler, die weiblichen vor allem, dem Schutz der Götter zu befehlen. Ein Mädchen großzuziehen, das hieß ja nichts anderes, als durch eine Mitgift das Erbe der Söhne zu schmälern ... Aber bei den gütigen Göttern Massalias, was konnte er denn dafür? *In den Hades mit Radiger oder in sein verdammtes Niflheim!*

Schwerfällig erhob sich Timaios, widerstrebend, und folgte den tiefen Spuren. Bis über die Knöchel versank er bei jedem Schritt im eisigen Schlamm und zitterte vor Kälte.

Der Birkenwald lichtete sich nach einer kurzen Strecke und öffnete sich zu einer weiten Ebene mit lockerem Baumbestand. Der Boden war mit Büschen und Gras bewachsen. Im Westen schmiegte sich die Ebene an den breiten Strom, der seine Wasser nach Norden trug. Ost- und südwärts umrahmten die hohen Bäume des herkynischen Mischwaldes die sanften Hügel der weiten Fläche. Viele Axtschläge waren von dort zu hören.

Timaios schnaufte. Der herkynische Urwald, so alt wie die Welt und voller Geheimnisse. Gerüchte besagten, dass er hundert und mehr Tagesmärsche weit nach Osten reichte, in die Unendlichkeit der skythischen Steppen, dass Lindwürmer darinnen hausten und Unholde. Manche seiner Bäume waren so hoch und alt, dass unter ihren gewölbten Wurzeln ganze Wagenzüge hindurchfahren konnten, Riesenbäume, Baumriesen ...

Eine kaum erkennbare Sonne verschwand jenseits der Wälder hinter einem kahlen Gebirgszug und verlieh dem Kamm einen schwach glänzenden Heiligenschein. Der Regen hatte endlich aufgehört, hatte mit seinen Wassern die Luft reingewaschen. Ein angenehm frischer Duft lag über dem Land, vom Fäulnisgeruch des Moores war nichts geblieben. Wäre er nur wenige Tage später gekommen ...

Über den Boden krochen Nebelschwaden aus der schilfbewachsenen Flussniederung auf das Lager zu; manche der hin- und hereilenden Menschen schienen darin zu ertrinken. Unter dem Saum der Bäume lauerte die Dunkelheit auf das Verschwinden des Tages und vermengte sich schon mit dem Nebel.

Emsiges Leben herrschte in der Ebene. So weit er blicken konnte, sah Timaios schmutzstarrende Menschen, verschlammte Tiere und verschmierte Wagen, die in dichten Trauben und scheinbar völliger Unordnung die Ebene bevölkerten. Dass aber trotz aller Strapazen ein Mindestmaß an Ordnung herrschte, dafür sorgte vor allem der unermüdliche Hludico mit den Männern seines Gefolges, dafür sorgten aber auch alle anderen Edelinge. Wie eine Schlange sich zusammenringelt, um Nachtruhe zu halten, so ringelte sich auch der kimbrische Wurm zusammen und bildete etliche mehrreihige Wagenburgen, deren Köpfe in die Mitte eingebettet waren. Dass selbst nach den fürchterlichen Tagen im Moor diese Ordnung eingehalten wurde, zeugte vom Durchhaltewillen der Kimbern und ihrer Verbündeten und von der Stärke ihrer Herzöge.

Menschentrauben bildeten sich am nahen Stromufer, wo sich die Kimbern und die Angehörigen der anderen Stämme bis weit in die Dunkelheit hinein vom Schmutz befreiten. Viele badeten trotz der Kälte. Andere schleppten in Kesseln und Krügen Wasser zu den Wagen und erhitzten es oder wuschen gleich am Fluss Kleidung und Gerät. Weiter oben sah Timaios bereits Fischer und Muschelsucher.

Das Reinlichkeitsbedürfnis der Barbaren hatte den zivilisierten Hellenen von Beginn an überrascht. Timaios' erster Weg führte auch ihn nun an das Wasser, weit unten. Doch so weit er auch ging, er war nie allein. Eine kleine Weile beobachtete er den träge fließenden Lauf des Wassers und versuchte dessen plätscherndem Gesang zu lauschen, aber der Lärm der Menschen um ihn herum verhinderte, dass auch seine Gedanken dahinflossen. Dann stieg er tiefer als bis zu den Knien in den Fluss, hockte sich hin und schlug durch die Kleidung sein Wasser ab. Im Wasser war es angenehmer als draußen, und er tauchte für einen Moment völlig unter. Als er schließlich wieder ans Ufer stieg, erntete er neugierige Blicke einer hageren Frau mit einem Kopftuch. Als er vorüberging, tuschelte sie mit einer zweiten Frau. An solche Begebenheiten hatte Timaios sich längst gewöhnt.

In der fast unüberschaubaren Masse der Wagen musste der frierende, eilig ausschreitende Timaios erst eine geraume Weile suchen und fragen, bevor er den Lagerplatz von Segestes und seiner Familie fand. Svanhild war da, begrüßte ihn lächelnd und reichte ihm eine Decke. Sie nötigte ihn, seinen triefend nassen Umhang und den trotz des Bades immer noch verschmutzten Chiton auszuziehen. »Ich wasche alles noch einmal gründlich. Wir bleiben einige Tage hier, und Albruna sagt voraus, dass morgen die Sonne scheint. Nur zu und keine Angst – ich schaue nicht hin.« Sie lachte und zwinkerte. »Ist es das alles wert, bei uns zu sein, Timaios?«

Tatsächlich fühlte er sich durch Svanhilds bloße Anwesenheit und Freundlichkeit schon viel besser, und zumindest für einen Augenblick heiterte ihn ihr Lachen auf.

Damals, vor bald zwei Monden, war es für Timaios eine höchst angenehme Überraschung gewesen, als er feststellte, dass Gaisarik und Svanhild Geschwister waren. Segestes, der Vater der beiden, war der angesehene Mittelpunkt einer kleinen Sippe von Nordländern. Timaios hatte ihn recht bald schätzen gelernt, vor allem weil er nichts gegen seine Anwesenheit hatte.

Segestes' Sippe hatte den Massalioten nach der Schlacht von Noreia aufgenommen. Er tat dies nicht völlig ohne Vorbehalte, doch auf Zureden von Gaisarik, der auf die Gastfreundschaft verwies, die er dem Massalioten unter den Mauern Noreias angeboten hatte. Und Gaisariks Beweggründe schienen auch seinem Vater einleuchtend: dass der nahezu einzige den Kimbern wohlgesonnene Südländer weit und breit eine Hilfe und Quelle von Nachrichten sein konnte, im Falle einer Ablehnung aber fortginge, wenn er an den Stamm keinen Anschluss fände. Segestes erlag seiner eigenen Überzeugung, die auf offenem Austausch mit Kelten und Römern beruhte, und gab trotz des Verrats und des

Zorns gezwungenermaßen nach. Mehr oder weniger bereitwillig teilten nun die Kimbern das wenige, was sie hatten, mit dem Fremden. Segestes' Sippe vermittelte ihm ein Gefühl von Güte, Svanhild, Gaisarik und Bragir vor allen anderen, und Timaios fasste eine seltsame Zuneigung zu diesen Menschen.

In den Tagen nach seiner Adoption, wie Gaisarik es im Scherz nannte, hatte Timaios Svanhild näher kennen gelernt. Als er sie dann kannte, lernte er sie schnell auch schätzen, und inzwischen war da noch ein Gefühl erwacht, das er sich nur ungern eingestand. Am Ende war sie der Grund, weshalb er nicht wusste, ob er noch bleiben wollte oder gehen sollte.

Timaios' schlammverschmierter Wagen stand in einer schier endlosen Reihe neben den beiden von Segestes in der Wagenburg der Westgaue Kimberlands. Bragir, der jüngere Sohn des Sippenoberhauptes, hatte ihn stolz und ohne Schaden durch den letzten Teil des Sumpfes gefahren, Segestes zur Freude und Timaios zur unendlichen Erleichterung.

Er holte sich trockene, saubere Kleidung vom Wagen und fühlte sich schon fast wie neu geboren. Eine Weile sah Timaios seinen Weggefährten zu, die jetzt ein reges Treiben an den Tag legten. Verstohlen beobachtete er Svanhild. Ihre offenen, noch feucht glänzenden blonden Haare zogen seinen Blick auch nach zwei Monden noch magisch an. Svanhilds Blicke wanderten manchmal dorthin, wo Timaios saß und scheinbar oder tatsächlich seine Halbschuhe säuberte, und erzählten ihm kleine Geschichten. Vielleicht waren es nur Mythen, aber er unterhielt sich prächtig...

Die Frauen, Mädchen und Mägde waren mit den Vorbereitungen für das Abendmahl beschäftigt, die Hauptmahlzeit des Tages: Svanhild und die anderen Frauen der Sippe – zwei Schwägerinnen von Segestes, ein vierzehnjähriges und ein zehnjähriges Mädchen und eine Magd – zerrieben die Hand voll Getreidekörner, die jedem zustand, mit Hilfe eines Reibsteines zu Mehl. Aus diesem Mehl würden sie später Brei oder Fladen zubereiten. Timaios hoffte auf Fladen, aber den sandigen Abrieb von Steinen fand er oft in beiden.

Heimlich spie er dann immer die Steinchen aus und gedachte der großen Mühlen Massalias, des sauberen, gesäuerten Brotes, das die Bäckereien dort herstellten. Er fürchtete um seine guten Zähne, wenn er noch lange bei den Kimbern bliebe.

Svanhild mischte das grob gesiebte Getreidemehl nun mit dem Mehl von Eicheln und gab dann Wasser hinzu. Zusammen mit ihrer Muhme Thora rührte sie einen faden, aber nahrhaften Körnerbrei zusammen. Manchmal ging Timaios Svanhild bei diesen Dingen zur Hand, zog sich aber immer den Spott der häufig faul herumliegenden Männer zu. Es schreckte ihn wenig, sofern er nur Svanhild erfreuen konnte, und schließlich war er daran gewöhnt, für sich selbst zu sorgen. Es kam nicht selten vor, dass die Frauen gemeinsam sangen, wenn sie arbeiteten. An diesem Abend verrichteten sie ihr Tun allerdings schweigend.

Der kimbrische Speiseplan war notgedrungen abwechslungsreich, aber alles andere als reichhaltig. Und die Mengen genügten selten, jeden Einzelnen richtig satt zu machen. Das Land, das die Kimbern durchzogen, ähnelte einem Totenland; Wild war kaum zu finden, die Anwohner hatten ihre Felder abgeerntet oder verbrannt. Wie ein Heuschreckenschwarm zogen die Kimbern und ihre Verbündeten durch die Lande. Zurück blieben kahl gefressene Weiden und Wiesen, niedergetrampelte Büsche, geplünderte keltische Höfe und Weiler: Schneisen der Verwüstung, fast ohne Kampfhandlungen. In manchen Sippen griffen die Frauen inzwischen schon auf den kostbarsten Schatz zurück, den sie besaßen: auf die für eine Aussaat bestimmten Getreidekörner.

Abend für Abend sah man Tausende von Frauen, Mägden, Kindern in einem wahren Wettlauf um den Lagerplatz ausschwärmen, Gräser und wild wachsendes Getreide ausreißen, Kräuter schneiden, Bucheckern und Eicheln aufklauben, Beeren pflücken, Nüsse, Pilze und Brennholz sammeln, Schnecken und Würmer lesen, Wurzeln ausgraben und Wasser holen. Brennnesseln und Melde, vermischt mit den rübenartigen Wurzeln der Wegwarte, waren eine schmackhafte Mahlzeit. Das hatte Svanhild schon mehr als einmal behauptet und fröhlich aufgetischt. Timaios' Meinung dazu war geteilt – seinen Hunger hatte die karge Mahlzeit nie gestillt.

An diesem Abend schmeckten ihm der Körnerbrei und ein Stück schwach gesalzener Murmeltierbraten und sättigten ihn hinreichend. Zudem hatte Svanhild tatsächlich Preiselbeeren im Moor gefunden. Der Segen, vorn zu fahren, unter den ersten Wagen zu sein, hatte es ihr ermöglicht, die sauren roten Beeren zu pflücken. Dass sie unter den beschwerlichen Umständen dazu überhaupt noch in der Lage war, konnte Timaios nur bewundern.

Aber einen leisen Hunger war Timaios nie mehr richtig losgeworden, seit er mit den Kimbern zog. In den ersten Tagen nach der Schlacht hatte es noch reichlich zu essen gegeben: Fleisch von Schweinen, die bei Noreia getötet worden oder verendet waren. Aber der Sippe von Segestes fehlten die Mittel, um das Fleisch in der Wärme des Frühsommers haltbar zu machen, und es verdarb bald. Danach verlor der Speiseplan seine Reichhaltigkeit. Timaios dachte oft an das leichte Leben in Massalia mit seinen reichen Märkten zurück. Während der täglichen Fahrt gab es bestenfalls eine Schüssel mit kaltem Gersten- oder Eichelbrei als Reste vom Morgenmahl oder ein Stück getrocknetes, zähes Fleisch von verendeten Tieren oder erlegtem Wild, dem durch Zugabe von Kräutern, manchmal von Unkräutern, ein erträglicher Geschmack verliehen wurde. Dass er noch immer einen Rest guten weißen Weizenmehles und einen Beutel Salz im Wagen hatte, war ein Segen, mit dem er sich selbst und seine neue Sippe gelegentlich beglückte. Svanhild und die Mägde buken dann, wenn die Zeit es erlaubte, kleine Brotfladen, die der beste Reiseproviant waren, den Timaios sich denken konnte.

In den verschiedenen Lagern standen die Wagen dicht beisammen und bildeten runde Festungen. Kimbrische Kundschafter waren bisher kaum einer Menschenseele begegnet, berichteten aber häufig von verlassenen keltischen Gehöften. Gelegentlich war in der Ferne, auf irgendeinem das umliegende Gebiet beherrschenden Hügel, eine Festung oder Stadt der Kelten auszumachen, ein ummauertes Oppidum, in das sich die Bauern geflüchtet hatten. Das fruchtbare, aber waldreiche Land schien dicht bewohnt zu sein, doch die keltischen Stämme wichen einem offenen Kampf mit den Bezwingern der Legionen aus. Die Kimbern, denen es an Geduld und Belagerungsgerät mangelte, verzichteten ihrerseits darauf, die wehrhaften Festungen anzugreifen oder zu belagern. Sie plünderten die verlassenen Dörfer und Höfe und zündeten sie danach meist an. Was in den Oppida selbst vor sich ging, in denen sich Hunderte und Tausende von Menschen drängten, darüber mochte Timaios nicht nachsinnen, umso weniger, als die Kimbern manchmal für Tage oder halbe Monde haltmachten, um die junge Ernte aus dem Boden zu reißen.

Weniger die Angst vor großen Angriffen als die Vorsicht vor einzelnen Überfällen von Kelten geboten es, die Vor- und Nachhut des Trecks zu verstärken: Fünfzehn Hundertschaften Kimbern ritten immer einige tausend Schritt vor dem Kopf, noch einmal so viele Haruden im gleichen Abstand hinter dem Schwanz. Hin und wieder kam es vor, dass ein Herzog etliche Hundertschaften um sich sammelte, um einen Rachezug gegen einen Trupp von Kelten zu führen, die einen Teil des Zuges oder einen einzeln fahrenden Wagen überfallen hatten. Selten sprang etwas dabei heraus, aber solche Kampfhandlungen lenkten die überschäumende Kraft der jungen Männer in sinnvolle Bahnen.

Ausgespannte Ochsen lagen überall herum, zumeist ebenso erschöpft wie die Menschen. Der Boden war bereits jetzt so vollständig von Gras, Quecken, Weißklee, Buschwerk und Laub abgeweidet wie nur möglich. Der Rest des Nutzviehs drängte sich auf freien Flächen zusammen, begrenzt von den Fahrzeugen. Die Schweine würde man morgen zur Mast in den Wald treiben.

An großen Feuern hatten sich die Menschen niedergelassen und unterhielten sich, die Frauen flickten, die Männer putzten ihre Waffen. Die Stimmung war gedrückt. Der Marsch durch das Moor, das zu umgehen viele, viele Tage und einen Kampf mit einem starken Keltenstamm gekostet hätte, hatte große Opfer gefordert, viel Kraft und Mut gekostet. Und Timaios ahnte, dass sich die endlosen Monde der Wanderung allmählich in mehr als nur körperlicher Erschöpfung äußerten.

Nach dem Nachtmahl, als die anderen sich träge um ein Feuer scharten, zu müde, um viel zu reden, zu verzweifelt, um zu lachen, stand Timaios auf, griff nach seinem zweiten Umhang und verließ die Wagenburg. Er wollte außerhalb des Lagers seine Lage und seinen weiteren Weg überdenken. Im Grunde war er selbst müde, durch die Anstrengungen und offenen Fragen zugleich aber erregt wie selten, und er wusste, er fände noch lange keinen Schlaf.

Der Nebel hatte den Kampf gegen die Dunkelheit verloren und war nicht über die Flussniederung hinausgelangt. Jenseits des Flusses waren am Nachmittag größere Verbände von Berittenen gesehen worden, Kelten, die durch ihre Anwesenheit die Kimbern vermutlich von einer Überquerung des Gewässers abhalten wollten.

Draußen, vor dem Lager, weideten kleinere oder größere Viehherden, je nach dem Reichtum einer Sippe, behütet von Wachposten, die in festgelegten Zeitabständen gewechselt wurden. In weniger als hundert Schritten Entfernung entdeckte Timaios gegen den Horizont dunkle Umrisse: eine weitere Wagenburg, vielleicht Angehörige eines anderen Gaues oder Stammes. Es herrschte nicht nur Freundschaft im Zug, es gab auch lauten Zwist und leise Feindschaften, offenen Hader und versteckten Neid.

Zwischen den Wagen und darüber war der Widerschein von Feuern zu erkennen. Die Flammen warfen lebendige Schatten auf die ledernen Planen der Fahrzeuge. Stimmengemurmel drang herüber, und manchmal, wenn eine Stimme sich über die anderen erhob, konnte Timaios einzelne Worte unterscheiden. Er vernahm die zornigen Schreie eines erbitterten Streites zwischen zwei Männern, dessen Sinn sich ihm allerdings nicht erschloss, auch wenn er mittlerweile fast keine Mühe mehr hatte, die Sprache der Nordländer zu verstehen.

Als seine Augen mit der Nacht ihren Frieden gemacht hatten, erkannte Timaios in der Ebene eine Vielzahl weiterer Feuer, meist abgeschirmt durch Fahrzeuge. Etliche Sippen hatten darauf verzichtet, den Schutz der großen Wagenburgen aufzusuchen. Sie zogen die verhältnismäßige Ruhe dem bunten und lauten Treiben innerhalb dieser Menschenansammlungen vor. Gaisarik hatte kürzlich vorausgesagt, dass sich dies erst nach der nächsten Feindberührung ändern werde. Alle Sippen zögen sich dann in die Wagenburgen zurück, die immerhin einen symbolischen Schutz boten, deren Kampfwert aber noch unbestimmt war.

Timaios hockte sich ins feuchte Gras, strich mit der Hand darüber und kühlte sein vom Feuerschein erwärmtes Gesicht. Es glühte. Wie oft hatte er auf seinen Wanderungen schon so gesessen und in die unergründliche Dunkelheit gestarrt, hatte das Gesicht an der Rinde eines Baumes gerieben, um die einsame Wirklichkeit seines eigenen Daseins zu spüren, um sich zu überzeugen, dass er noch immer am Leben war, auch wenn alles so tot schien, so leer, so verlassen, wenn er allein war, wenn die Menschen fehlten, die Freude, Anregung und Sicherheit allein durch ihr bloßes Dasein boten? Mauerlos, der Blick nur von Oasen aus Mondlicht angezogen. Unendliche Nacht. Kein beständiges Brummen wie an massaliotischen Markttagen, windiges Rauschen nur, vielleicht der Atem der Götter. Oder der Geister? Das Heulen der Wölfe. Vielleicht nur die Kimbernwölfe Hati und Sköll, Hass und Sturm, auf ihrer ewigen Jagd nach dem Mond. Selene für ihn, den Hellenen. Konnten kimbrische Wölfe hellenische Götter zur Strecke bringen? Und wenn das Heulen von echten Wölfen stammte?

Das Raufen von Dämonen, Knacken im Unterholz, Augenblicke des Schreckens. Das Reisen, Unterwegssein, eine Ansammlung von Ritualen: früh am Abend anhalten, Feuerholz suchen, sich und das Essen erwärmen, Dinge richten und ausbessern. Später einige Schritte in die Dunkelheit treten, nicht zu weit, nein, den Blick zu den Sternen schweben lassen, durch die Öffnungen zwischen den Waldkronen die Sieben Pflügenden Ochsen suchen, deren zwei immer den Weg zum hellen Leitstern im Norden wiesen. Sich selbst betrachtend, wie man sinnend und suchend in der Dunkelheit steht. Das Augenmerk nach innen gerichtet, sich selbst neugierig ausspähend, nicht die Welt durchmessend ... Ochsenschnauben, abermals Knacken von Holz, Bewegungen von Schatten – Rehe? Wölfe? –, Frösteln, nicht wissen, ob vor Kälte oder aus Angst, Angst, Angst – Angst vor schleichenden Tieren, Angst vor umtriebigen Geistern, Angst vor umschlagendem Wetter, Angst vor drohendem Überfall, Angst vor Mangel an Nahrung, Angst vor einsamer Krankheit, Angst vor unerwartetem Unfall, Angst vor fremden Menschen, Angst vor zu viel Angst. Wer schliche in der Nacht schon durch den Wald, wenn nicht jene, die den Tag fürchten mussten? Ochsen sind schlaue Tiere, nicht wahr, gehen nachts nicht, keinen Schritt, nein; warum sollten es Menschen tun? Ochsen sind schlaue Tiere! Alles ruht ... Alles? Unheimliche Nacht. Ein Sehnen nach der hellen Mittagsstunde, da Helios zaudert und Pan schläft, schläft ... Schlaf! Verlangen nach sicherer Ruhe, nach schätzenswerter, träger und sauberer Stille, in der nichts geheimnisvoll und drohend ist. Zurück zum Feuer, einen Brand zur Hand, in den Wald leuchten und danach die Räder und Radnaben überprüfen und nochmals überprüfen. Denn was tun bei einem Bruch in unbekannter Gegend? Unbekannte Gegend, in der man sich noch einsamer fühlt, wenn sie nicht einmal mit Namen bekannt ist, gerade in dunkler Nacht. Und manchmal Tränen. Ach! Der Segen eines Feuers, eines warmen Schlückchens Honigwein, eines würzigen Stückchens Fleisch ... Fleisch, Haut, Begehren, Frauenkörper, trockener Mund. Fruchtbare Nacht: Die Hand beginnt ihre Wanderung. Wo mag sie enden? Immer wieder der Blick zum vollen Mondgesicht der Selene, oft halb versteckt von Ästen, Zweigen oder verborgen über Wiesen strahlend. Einsamkeit, Beklommenheit. Mit sich selbst reden, singen, summen, pfeifen, Geister vertreiben, erkennen, zufrieden und unzufrieden sein und wieder von vorn in einem Augenblick und ohne Maß. Immer schauen, schauen, obschon nichts zu sehen ist als Schatten. Aus Furcht nicht unmittelbar ans Feuer setzen, sondern einige Schritte abrücken, um nicht selbst gesehen zu werden. Starren in die Flammen, in die Glut. Die Nacht ist nicht der Freund des – guten – Menschen, schon gar nicht, wenn des Hyperion Tochter nur ihr halbes weißes Antlitz oder gar keines zeigt. Aber die Zeit der Götter, Geister und Dämonen ist die Nacht. Sollen sie nur. Die Nacht muss man in einem ummauerten Oppidum verbringen, mit Öllampen zuhauf, im Kreis ... der Familie. Sofern man eine Familie hat. Wenn nicht ... im Kreis von guten Menschen, von Frauen, von Männern, von Kindern, von ... Gesellschaft, die man mit dem Besten bezahlt, das man mitführen kann auf einer Reise: guter Gesinnung, Freundlichkeit und Witz, um den Gastgebern und vor allem sich selbst ein Lachen zu entlocken. Und wenn er mit Hannibal unterwegs war ... Wo mochte Hannibal heute sein? Schon in Rom? Noch im Noricum? Timaios hörte die Stimme seines Gewissens, und was sie sagte, klang nicht freundlich. Einige Tage, hatte er zu Hannibal gesagt, einige Tage. Zwei Monde waren daraus geworden. War nicht Hannibal der Mensch, der einem Familienmitglied am nächsten kam?

Er seufzte.

Warum tat er sich das alles an?

Aber schön war es manchmal, mit dem Kimbern zu reisen, mit Svanhild vor allem ...

»Nun, worüber sinnst du nach?«

Erschreckt fuhr Timaios zusammen, drehte sich aber nicht um, denn er hatte die Stimme Gaisariks erkannt. In der vergangenen Zeit war zwischen den beiden eine vorsichtige Freundschaft entstanden, aus der beide ihren Gewinn zogen. Gaisarik erlaubte sie, einen Einblick in das Denken und Tun der Südländer zu gewinnen. Für ihn, der durch Geburt und Fähigkeit irgendwann einmal ein Führer seines Stammes werden würde, war es von Bedeutung, Nachrichten zu sammeln, die ihm jetzt Ansehen einbringen mochten und später von Nutzen sein konnten.

Timaios erlaubte die Freundschaft den Anschluss an den Stamm und vor allem an Gaisariks Familie. Darüber hinaus konnte es nur von Vorteil sein, wenn er für seine kleinen

Geschäfte einen im Stamm weithin bekannten Fürsprecher hatte. Dass er sich aber schlicht seines Schutzes erfreute, war zweifellos die wichtigste aller Überlegungen.

»Ah, ich weiß nicht! An alles. An gar nichts. Was der Wahrheit wohl kommt am nächsten, denn so ist es wohl: Ich denke alles an und nichts zu Ende. Wann ich einen Gedanken versuche noch zu fassen, dann ich greife schon den nächsten. Es ist so viel geschehen. Und doch ich frage mich, was eigentlich genau geschieht und was davon bleiben wird, von dieser ganz Geschichte.« Timaios spürte deutlich, dass es eine große Geschichte war, an der er teilhatte. Doch er fragte sich nicht erst seit diesem Tag, ob er auch weiter daran teilhaben wollte. *Schon vergessen, wie weit fort ich mich am Nachmittag gewünscht habe?*

Gaisarik bauschte den herabhängenden Teil seines Mantels und ließ sich darauf nieder. Nun erst schaute ihn Timaios an und sah, dass das lange Haar des Freundes zu zwei Zöpfen geflochten war, die ihm auf den Rücken hingen, im Ansatz umwickelt mit hellen Stoffstreifen. »Was bleiben wird, sind am Anfang mächtige Bilder. Dann nur noch Worte. Wenn die Worte vergessen sind, bleiben Erinnerungen. Wenn die dann verblassen, gibt es nur noch Gesänge und Gedichte, um Urd leben zu lassen ...«

»*Wen* leben zu lassen?«

»Urd. Sie ist die Norne des Vergangenen. Vater hat mir erzählt, dass ihr im Süden Zeichen auf Leder, Stein oder Pflanzen macht, um Vergangenes zu erzählen und Götter zu beschwören. Richtig?«

»Ja, wir ...« Timaios wusste, dass er kein Wort finden würde, mit dem er ›schreiben‹ übersetzen konnte. »... haben für alles Zeichen. Für alles, was geschehen ist. Irgendjemand wird auch längst Zeichen gemacht haben, für was bei Noreia ist geschehen.« Er dachte wieder an das Grauenhafte, das er hatte erleben müssen, an das kleine blonde Mädchen. »Zeichen, die nicht die ganz Wahrheit sagen. Zeichen, das kein Mensch deuten kann. Wie konnt ihr bei Noreia nur zulassen, dass sich die Römer in die Wälder flüchten? Ihr hatten sie alle töten können. Vielleicht müssen!« Gaisarik schnitt eine Grimasse. Es war nicht das erste Mal, dass Timaios dieses Thema ansprach. »Rom wird das als Zeichen auslegen von Schwäche. Mit Rom kann man aber nur verhandeln, wenn man ist stark. Wenn man besitzt eine Stärke, die der Senat selbst anerkennt – wenn er hat keine, wirklich keine andere Wahl.«

»Dann lass sie auslegen, was sie wollen.« Betont gelassen winkte der Kimber ab. »Donar hatte gesprochen. Und wenn er mit seinem Wagen über den Himmel rollt, dann haben die Waffen zu ruhen, und das wilde Sturmheer Wodans hält inne. Und Donar hat die römischen Wortbrecher beschämt, indem er uns durch Donner und Blitz Einhalt gebot.«

Verschone mich mit euren vermaledeiten, törichten Göttern! »Bei aller Ehrerbietung vor euren seltsam Göttern: Es herrschte ... Wie sagt ihr – schlechtes Wetter? Unwetter, ein Unwetter, wie es alle Tage in der Nähe der Berge kann vorkommen.«

»Stimmt. Und bei einem solchen Wetter war an eine Fortsetzung des Kampfes gar nicht zu denken.«

»Endlich einmal ein echter Grund: Ihr seid scheu vor Wasser! Ihr liebt den Schmutz, wie Barbaren eben.« Beide lachten. »Ja, die Römer hatten Glück, die haben ihre Fortuna gut beschlafen. Nun gut, es war ein Sieg. Vielleicht nicht vollständig, aber ohne Zweifel Sieg. Beschämt hat er die Römer aber kaum, fragst du mich. Ich habe nie gehört, dass die Römer hätten Scham zeigen, was ihre Sache betrifft. Werde ich auch nie ...«

»Zu Hel mit diesen elenden Römern!«, murmelte Gaisarik. »Ehrlose Neidinge.«

»... das ist sicher. Sie reden gern von *clementia*. Milde heißt das für euch. Aber du hast gesehen, was davon ist zu halten. Milde gegenüber Unterworfenen vielleicht, aber nicht gegenüber zu Unterwer..., denen, die sie unterwerfen wollen. Ihr hättet nach Noreia gehen, nehmen die Stadt und die Taurisker bestrafen sollen. Cimberio hatte so Unrecht nicht.«

»Zum ... wie oft, Timaios? Zehnten Mal? Kannst du Urd nicht ruhen lassen? Die Festung wäre ohne eine Belagerung kaum zu nehmen gewesen. Nein, Timaios! Wir wollen keinen Krieg mit Rom oder seinen Bundesgenossen. Cimberio, die verrückten Boier, die schon. Die meisten anderen nicht. Nach acht Jahren Krieg sehnen sich unsere Stämme nach Frieden und nach einer Heimat, die in Italien sicher nicht zu finden ist. Aber versuch das mal den Jüngeren klarzumachen, Radiger zum Beispiel. Hattest du übrigens einen unterhaltsamen Tag mit ihm? Oder versuch das Magalos und seinem Schatten Boiorix klarzumachen. Alle haben nach Rache geschrien. Ich weiß, Hludicos Ansehen ist seit Noreia gesunken. Das von Cimberio dagegen ... Ochsenkacke. Die Kelten bei uns wären allzu gern dem gefolgt, was du eben gesagt hast, und hätten mit großem Vergnügen Noreia zerstört. Von denen solltest du dich fern halten! Nein, es muss uns gelingen, auf dieser Seite der Berge Land zu nehmen, im Norden oder im Westen.«

»Der Winter kommt. Wie nennt ihr das? Die Thursen kommen?« Wie um seine Worte zu bestätigen, frischte der Wind auf, der vom nahen Fluss heraufstrich. Timaios zog den Mantel enger um die Schultern.

»Ja, die Hrimthursen kommen«, sagte Gaisarik, »die Frostriesen.«

»Also, wohin werdet ihr euch nun wenden?«

»Wir ziehen nach Westen – in Sichtweite der Berge, in den Schatten und Schutz Asgards. Der Einäugige wird uns durch die Seherinnen verkünden, wo wir uns niederlassen sollen, für einen Winter oder für mehrere. Oder für immer.«

Der Einäugige, das war Wodan mit den vielen Namen, der Allvater, der Größte unter den Göttern, wie Timaios inzwischen gelernt hatte: Gott des Mondes und der Sonne, Gott der Gefallenen, Gott der Wege, Gott der Fürsten und ihres Gefolges, Gott der Stürme, Gott der Fruchtbarkeit und Leidenschaft, Gott der Gehängten, der Vater des Heeres – der Zeus im kimbrischen Götterhimmel, der von der Götterwelt Asgard beherrscht wurde. Aber auch Wodan Zwietrachtsäer, Wodan Streitsucher, Wodan Aasfresser, Wodan Geisterführer, Wodan Sturmkrähe, Wodan der Schreckerregende, immer auf der Suche nach tapferen Kriegern für den großen Kampf am Ende aller Zeiten.

»In Massalia sagt man, das Land im Norden der Alpen ist gefährliches Land.« Timaios kaute auf der Unterlippe. »Soweit wir es kennen, ist es sehr dicht besiedelt. Aber ich will nichts besser wissen, Gaisarik. Ich schätze mich glücklich bereits, nach der Schlacht nicht auch geopfert worden zu sein. Dank deiner und Radigers Sprache für mich. Obwohl Radiger heute wahrscheinlich anders darüber dächte.«

»Geschenkt! Mit Kost und Kleidern erquicke den Wandrer, der über die Lande fuhr. Und Gastfreundschaft ist uns heilig.«

»Immerhin ist dein Oheim gefallen. Dass dein Vater seinen Zorn unterdrückt hat ... Manchmal dachte ich ...«

»Er war nie zornig, nur voller Trauer. Aber sein Bruder ist im Kampf gefallen. Eine größere Ehre kann niemand erlangen.«

Timaios nickte bedächtig. »Dennoch habe ich mich seltsam gefühlt. Immerhin war ich von den Römern geschickt.«

»Glaube ich«, schmunzelte der Kimber. »Dass du Bedenken hattest, meine ich. Aber es war offensichtlich, dass du mit dem Verrat nichts zu tun hattest, denn so ganz freiwillig bist du ja nicht mit uns gekommen. Der Taurisker hat diesen Verrat gebüßt. Nur dass der andere von den dreien entkommen konnte, das ist schade.«

Timaios verzog den Mund, als er an den geopferten Taurisker dachte. Aber es war kein Mitleid, das er empfand. »Er wird den Römern erzählen ...«

»Kannst du nicht aufhören, an die Römer zu denken?« Gaisariks Stimme war lauter geworden. »Wir haben mit den Schuften nichts mehr zu schaffen.«

»Die Schufte aber mit euch. Viel. Der Senat hat einen langen Arm und ein langes Gedächtnis ...«

Nicht ohne Spott unterbrach ihn Gaisarik. »Diese kleinen Männer sollen lange Arme haben? Am Ende auch noch einen langen Schwanz? Ich habe nur lange Beine gesehen, mit denen sie davonliefen. Nein«, sagte er abwinkend, »ich glaube, dass die Reichweite ihrer Arme begrenzt ist und dass die Erinnerung durch die Zeit getrübt werden wird. Vergiss die Römer! Aber du, was wirst du jetzt tun? Du bist in den letzten Tagen anders gewesen. Du denkst viel nach, nicht wahr? Kommt dabei etwas heraus aus deinem Kopf?«

»Ich weiß nicht so recht. Eigentlich ist es Zeit, euch zu verlassen, aber ...« Timaios verstummte. Noreia lag wahrlich lange zurück.

»Aber was? Steckt vielleicht ... meine Schwester hinter diesem ›Aber‹?«

Timaios antwortete nicht.

»Kein wütender Widerspruch? Kein Bezichtigen einer Unwahrheit?« Gaisarik lachte, wurde aber gleich wieder ernst. »Habe ich dir eigentlich erzählt, dass Svava für dich gesprochen hat, als es damals darum ging, ob wir dich aufnehmen sollten oder nicht?«

»Sie hat ...?«

»Oh, habe ich nicht erzählt?« Gaisarik musste abermals lachen. »Doch, doch. Sie hat unserem Vater sogar ziemlich zugesetzt. Und sie kann sehr überzeugend sein. Das hast du aber selbst schon gemerkt, vermute ich.« Er schaute Timaios an und legte ihm eine Hand auf den Arm. »Svava mag dich, Timaios. Ich kenne sie gut genug, um das zu sehen. Mich selbst würde es nicht stören, wenn ihr zwei ...« Er zögerte. »... also, wenn ihr zwei zusammenkämt. Ich möchte, dass meine Schwester glücklich wird. Zwar weiß ich nicht, wie man das mit einem schwarzhaarigen Mann werden kann, der keinen halben Eimer Bier verträgt und einem beim Kochen dauernd am Kittel hängt, aber wenn meine einfältige Schwester glaubt ...«

Timaios spürte, dass Gaisarik ihm gern vertraut hätte, sich aber nicht sicher war, was er von Timaios und dessen Zukunft halten sollte. »Ich weiß nicht.« Das war nur leise gemurmelt.

»Du scheinst überhaupt nicht viel zu wissen – das hast du eben schon einmal gesagt. Aber, mein Freund, es gibt andere, die wissen mehr. Die glauben, ältere oder gewichtigere Rechte auf Svava zu haben. Das sind – ah, Leute, die sich daran stören, dass du so häufig mit ihr zusammen bist. Lass dir im Übrigen gesagt sein, dass Svava niemals ihren Stamm verließe, was auch geschehen mag. Und es geht um mehr, als du vielleicht vermutest. Ich kann mir auch nicht vorstellen, dass sie in einer eurer Städte leben könnte.« Timaios sah, wie Gaisariks Gesicht von einem Schatten überzogen wurde. Seine Stimme klang nun leiser. »Aber vielleicht wäre sie dort zumindest in Sicherheit.«

Timaios blickte zum Nachthimmel hinauf. Nur hier und dort glänzte ein Stern, und gerade verschwand der Neumond hinter einer Wolkenbank. »Du hast Recht, da ist etwas zwischen deiner Schwester und mir, und ich glaube, wir ... Nun, wir mögen uns, ah, zumindest. Aber mögen und ... das, was danach kommt, sind verschieden Dinge. Vielleicht, wenn wir mehr Zeit hätten und wenn ich euer Sprache besser beherrschen können würde. Wir haben viel geredet, Svanhild und ich, aber trotzdem – da ist auch immer viel unsicher mit dabei.«

»Ja, du redest zu viel. Mit Frauen kann man nicht reden. Davon abgesehen redest du ziemlich gut, wenn du redest.« Gaisarik fasste sich an den Kopf. »Ihr Götter, und was rede ich da für einen Jötenkram? Der schwatzt zu viel, der nimmer schweigt.«

»Wie wahr«, grinste Timaios. »Aber weißt du, ich muss auch oft nach richtigen Wort suchen, und dann, wenn ich es nicht finde, eines nehmen, das sich einfach ... einfach falsch anhört, das Falsche sagt, zu einfach, zu allgemein ...«

»Mann, ich weiß wirklich nicht warum, aber die Weiber sind trotzdem begeistert von deinen Reden. Sogar Gerswid fragt immerzu nach dir: Was treibt er? Wohin will er? Was hat er vor?« Gerswid war eine junge Frau, die Gaisarik umwarb oder umwerben wollte oder umwerben zu müssen glaubte – Timaios verstand nicht ganz, was die beiden miteinander hatten oder nicht hatten. Ganz nett, aber für den Geschmack von Timaios zu ... barbarisch. Leichtgläubig und von einfachem Wesen. »Und Thurid schwärmt auch von dir. Die hätte dir heute Nachmittag den Schmutz von der Haut geleckt, wenn sie dich gesehen hätte.«

»Du Schwachkopf ...« Timaios fand den Spott des Kimbers nicht sonderlich spaßig. »Aber es ist schon schade, etwas in eurer Sprache zu hören, von dem man glaubt stolz, es ganz verstanden zu haben, weißt du. Und dann irgendwann, später, bei einer anderen Gelegenheit, stellt man fest, dass man nichts, gar nichts begreifen hat. Dass man ›Ja‹ gesagt hat, wo ein ›Ja, aber‹ oder sogar ein ›Nein‹ viel, ah, ange ... besser gewesen war, dass man gelächelt hat, wo eine ernste Miene richtig gewesen sein. Ich bin es manchmal ganz schön ... was? Leid, ja, Gaisarik. Deine Schwester ... Ah, da fehlen mir so oft die Worte! Mann. Ich habe auch gemerkt, dass Radiger ... Du hast Radiger gemeint? Ich weiß, dass er nichts hält von mir. Aber das ist mir herzlich einerlei! Das ist nicht der Grund für mich. Es ist so, wie du zuletzt gesagt hast und was ebenfalls mein Eindruck ist, nämlich, dass ... Also, ich glaube auch, Svanhild wird euch nicht verlassen. Und ich kann es auch nicht von ihr verlangen. Und deshalb ...« Er hob die Hände mit nach oben gedrehten Handflächen, ließ sie wieder sinken und stand auf, nicht ohne Mühe. Seine Beine fühlten sich noch immer schwer an.

»Es wird schon alles gut werden, Freund. Dein Kimbrisch ist gut und wird jeden Tag besser. Man kann manchmal schon ahnen, was du sagen willst.« Gaisarik stand ebenfalls auf, legte die Hand auf Timaios' Schulter und grinste. »Ich wollte, ich könnte so gut Keltisch reden wie du Kimbrisch. Ich lerne es gerade. Hludico hilft mir. Allerdings will ich es nicht für die Weiber – was will man mit denen große Worte wechseln? Die reden einen bloß in Grund und Boden.« Er starrte nachdenklich zu Boden. »Als ob man eine Frau wirklich verstehen könnte ... Los, komm! Dort drüben gehen die Hörner und die Würfelbecher herum, die beste Gelegenheit, dir weitere wichtige Worte unserer schönen Sprache anzueignen. Männerworte! Dass wir den Sumpf hinter uns gelassen haben, ist es schon wert, dass Vater etwas von seinem Honigwein opfert. Lass uns zu den Wagen zurückkehren.«

Timaios folgte Gaisarik, bis ihnen eine Gestalt begegnete, die er erst erkannte, als der Kimber sie anrief. Svanhild. Lächelnd, ohne eine weiteres Wort an seine Schwester zu richten, ging Gaisarik davon.

Svanhild brach als Erste das betretene Schweigen zwischen ihr und dem Massalioten. Ihre dichten Haare waren zu einem Zopf geflochten, der ihr nach vorn auf die Brust fiel. Sie standen so nahe an der Wagenburg der Westgaue, dass der Schein eines großen Feuers ihr Gesicht zum Teil erhellte. Selten, so fand Timaios, hatte sie reizvoller ausgesehen. »Worüber habt ihr gesprochen?«

Vielleicht wollte sie es wirklich wissen, aber vielleicht gab sie auch nur vor, es wissen zu wollen. *Oder*, dachte Timaios und freute sich an dem Gedanken, *sie weiß einfach nicht, was sie sonst sagen soll.*

»Über schöne Frauen und dumme Männer ... Ach, ich weiß nicht ... Lass uns ein wenig umgehen her, mir wird kalt.«

Die junge Frau stimmte zu, und die beiden schritten nebeneinander durch das Dunkel außerhalb der Wagenburgen. So gern Timaios mit Svanhild zusammen war, so viel Angst hatte er auch davor und vor den Fragen, die dann zu drängen schienen. Er selbst konnte sich ein Leben unter den Kimbern nur für begrenzte Zeit vorstellen. Aber Svanhild in Massalia – ein Traum und ein Albtraum zugleich. Vielleicht vermieden sie aus diesem Grund beide dieses tiefe Wasser. Dennoch schlich sich in ihre Gespräche manchmal eine wohl tuende und aufregende Hintergründigkeit ein, und vielleicht ahnten beide, was der andere sich wirklich erträumte.

Timaios wälzte fremde Worte im Kopf hin und her und fand doch kaum Sätze voller Sinn. Dass sich Svanhild für ihn und seine Aufnahme bei den Kimbern ausgesprochen hatte, war einer der Liebesbeweise, nach denen er sich verzehrte.

»Dein Gewand ist wieder sauber«, sagte Svanhild. »Ich habe es ans Feuer gehängt. Morgen kannst du es anziehen.«

»Danke, aber ich besitze noch andere Kleidung.«

Timaios hatte nicht vergessen, was Gaisarik zuvor erzählt hatte. »Dein Bruder hat mir erzählt, einige Burschen sähen es nicht gern, wenn du dich mit mir unterhältst. Auch Radiger.«

»Ach, Radiger!« Svanhild atmete heftig aus. »Der macht mich nur wütend. Mir scheint, er hat sich zu viel von Cimberio abgeschaut, seinem Gefolgsherrn, so wie er sich aufführt. Er ... Radiger glaubt, er habe einen Anspruch auf mich.«

»Warum?«

»Er hat mir einmal das Leben gerettet. Aber das ist lange her – als wir noch Kinder waren. Das Zeichen der Götter, dem wir gefolgt und dessentwegen wir ausgezogen sind. Ymirs zweite Blutwelle nannte Hludico es vor dem Rat.«

Timaios verstand den Sinn dieser Worte nicht, aber Svanhild war nicht zu bewegen, ihm mehr zu verraten. Immerhin ließ sie sich auf sein Drängen hin zu einer Erklärung des seltsamen Namens bewegen. »Ymir? Ein Riese. Als Wodan und seine Brüder ihn bekämpfen, erzeugte sein Blut eine Flutwelle.« Sie zitterte leicht. Timaios bot ihr seinen Umhang an, aber Svanhild lehnte ab, nicht ohne ihn mit erstauntem Blick zu mustern. Mehr wollte sie zu dem Thema nicht sagen. »Nein, ein andermal.«

Timaios pflegte Svanhilds Wünsche nicht zu überhören. »Gut, Schönste aller Kimbrinnen, ein andermal.«

Sie lächelte. Sie mochte seine Schmeicheleien und seine Aussprache. »Das war alles lange vor der Wanderung. Damals kam einiges zusammen. Hludico hatte Glück, alles half ihm.«

»Nämlich?«

»Für ihn waren die Anerkennung und Freundschaft meines Vaters sehr wichtig, der bei uns im Jötengau einen guten Namen hat. Dann der Beistand von Seiten Albrunas, das uralte Schwert Mjölnir, das durch Vibilio in seine Familie kam und das Zeichen des Bundes wurde, ein erfolgreicher Zug gegen die Jüten, das Wohlwollen von Cimberio, der Silberkessel ...«

Svanhilds Berichte hatten den Vorteil, dass sie mit Timaios stets langsam und deutlich redete und dieser keine Schwierigkeiten hatte, alles nahezu wortgetreu oder immerhin dem Sinn nach zu verstehen. »Der Silberkessel ... Was hat Hludico damit zu tun gehabt?«

»Er und unser Vater haben den Kessel ... gefunden, als er an den Strand gespült wurde.« Timaios blieb das Zögern der jungen Frau nicht verborgen. *Schwarzalben, Gabe, Zeichen? Eine ziemlich verworrene Geschichte.* »Damals, kurz vor dem Auszug, galt das wohl als ein gutes, ein starkes Zeichen, denn Albruna entdeckte eine gute Zukunft darin.« Svanhild blickte zum Himmel auf, wo hinter vorüberziehenden Wolkenbänken vereinzelte Sterne blinkten. »Aber im Nachhinein will das nichts heißen, denn Albruna sah bisher noch immer genau das, was Hludico sehen wollte. So kommt es mir jedenfalls vor.«

»Ja. Dunkelheit von Göttern! Mir scheinen das auch bei der Opferung des Kelten der Fall gewesen.«

Sie verfielen in Schweigen. Timaios spürte die verstohlenen Blicke, die ihm Svanhild zuwarf.

»Du redest heute nicht viel«, sagte sie.

»Angeboren Haltung, ah, zurück.«

»Was? Ach so: angeborene Zurückhaltung. Aber du und schüchtern? Timaios, ich habe dich anders in Erinnerung. Wenn ich an unseren ersten Abend denke ...« Sie lächelte.

»Halt, das nicht gerecht ist, ich war betrunken.« Er seufzte. »Es ist schwer, in einer fremde Sprache die richtigen Worte zu finden.« Timaios musste ein Gähnen unterdrücken. »Und nach diesem Tag ...«

Svanhild blieb stehen. Timaios drehte sich zu ihr um. »Nun, vielleicht sollte dann ich besser deine Sprache lernen.« Sie öffnete den Mund, eine Frage im Blick.

»Was?« Timaios war ehrlich überrascht. Und sofort kam ihm seine Absicht in den Sinn, die Kimbern bald zu verlassen. »Ob es das wert ist?«

»Ich finde, für eine Frau kann alles wertvoll sein. Ich kann es nicht so richtig erklären, aber ich glaube, diese Wanderung hat uns immerhin schon so viel gebracht, dass Frauen wichtigere Dinge tun als in Kimberland. Wenn ich deine Sprache spräche, dann könnte ich vielleicht für eine Gesandtschaft übersetzen. Pap sagt, wir werden eines Tages mit den Südländern reden müssen, ob Cimberio will oder nicht.«

Timaios fragte sich kurz, was daran gescheit sein könnte, dass Frauen etwas anderes wären als ... Frauen. Aber zu seinem eigenen Erstaunen fand er Svanhilds Gedanken gar nicht abwegig. Ungewöhnlich, ja, doch nicht abwegig. Carbo kam ihm in den Sinn. Wenn Frauen Verhandlungen führten, mochte das weniger Verrat gebären. »Du könntest doch auch Priesterin werden.«

»Bei der Mutter Erde! Nein, das meine ich ganz gewiss nicht.« Svanhild musste lachen. »Kannst du dir vorstellen, wie ich einem Pferd den Bauch aufschneide? Ich müsste mich sofort übergeben. Ich *liebe* Pferde. Oder wie wäre es mit dir? Wenn ich dir, als einem Fremden, den Bauch aufschneide?« Sie schaute ihn an, seltsam.

Los, sag es schon: Ich müsste mich sofort übergeben; ich liebe ... »Von deiner Hand ich das ertrüge tapfer. Und in meinen ...« Timaios suchte und fand nicht das richtige Wort. »In mir du nur findest, was du finden möchtest.«

»Oh, verlockend.« Svanhild schaute zu Boden. Timaios lachte in sich hinein. War sie rot geworden? Es war zu dunkel, um das zu erkennen. »Nein, ich denke, dass die Frauen und Mädchen in Kimberland immer nur zu Hause waren. Sie trafen sich höchstens zum Nähen oder Flicken. Aber jetzt sind sie mehr. Wisigarda berät Hludico in vielen wichtigen Fragen, vor allem seit er Herzog geworden ist, seit den Boierkriegen ...« Svanhild erwärmte sich für dieses Thema, und Timaios musste sie bitten, langsamer zu sprechen. »Oh, entschuldige! Aber weißt du, ich sähe so gern einmal etwas anderes als nur den Wagenzug.«

»Das kann ich verstehen.« Timaios dachte daran, wie end- und trostlos der Herkynische Wald war und wie beschwerlich der Weg.

»Was tun Frauen bei euch, Timaios?«

»Was sie tun?«

»Ja, in Massalia. Wie ist ihre Stellung im Stamm?«

»Stellung im Stamm?« In seinem ganzen Leben hatte sich Timaios noch keine Gedanken über solche Zusammenhänge gemacht. Er gähnte verhalten. Allmählich ging seine körperliche Erschöpfung in eine schwere Müdigkeit über.

Svanhild gab nicht auf. »Glaub ja nicht, du könntest dich jetzt in deinen Wagen legen. Also, eure Frauen – ich meine, sind sie wichtig?«

»Oh! Natürlich sind sie wichtig bei uns. Sehr sogar.« Das entsprach durchaus seinem Empfinden. »Sie sind die Herrinnen des Hauses, kein Mann würde ihnen da hinein wollen reden.«

»Das ist alles? So wie bei uns, nicht mehr?«

»So ähnlich.« *Obwohl sie vermutlich nicht so viel arbeiten müssen wie ihr. Dafür haben sie Dienerinnen.* Die kimbrischen Männer zeichneten sich nicht eben durch Eifer aus, wenn es darum ging, dieses oder jenes zu tun. Die Wichtigkeit der Frauen ... Dass es in Massalia unzählige, unermesslich wichtige Hetären gab, beschloss Timaios der Kimbrin zu verschweigen. Käufliche Liebe war den Kimbern, soweit er wusste, völlig unbekannt. »Doch sie sind wichtig, sie sind mehr. Manchmal gibt es Händlerinnen unter ihnen oder, ah, Herrin von Orten, wo Gold liegt, ja? Und ohne Helena kein Krieg um Troja. Ohne Penelope keine Odyssee. Obwohl ich noch nie verstehen konnte, was diesen Mann von schwachem Sinn aus Ithaka zurück hat gebracht zu seiner Frau, statt bei Kalypso zu bleiben.«

Svanhild lächelte unsicher; sie hatte nicht alles verstanden. »Auf jeden Fall möchte ich nicht zurück nach Kimberland, auch wenn es hier um einiges härter ist.« Sie legte ihm die Hand auf den Arm. »Timaios, ich möchte deine Sprache lernen. Du musst sie mir beibringen! Bitte. Tust du das?«

Plötzlich wurden sie angerufen, und zu Timaiois' Bedauern zog Svanhild ihre warme Hand zurück. Ein Bewaffneter mit einer grünen Filzmütze stellte sich ihnen entgegen und forderte die beiden auf, einen anderen Weg zu nehmen. In der Dunkelheit hinter dem Mann nahmen die Silhouetten von drei oder vier Wagen Gestalt an. Timaios entdeckte einen weiteren Bewaffneten auf der linken Seite der kleinen Wagenburg und zwei andere rechts davon.

»Was ist denn auf diesen Wagen, damit sie werden so gut bewacht? Wir sind doch mitten im Lager.« Timaios blickte noch ein-, zweimal zurück, während sie langsam weitergingen.

»Vermutlich Albrunas Wagen – du weißt schon, all die heiligen Gerätschaften, die Abbilder der Götter, der Silberkessel und die anderen Opferkessel. Komm, setzen wir uns ans Feuer; mir ist jetzt auch kalt.«

Widerstrebend ließ sich Timaios von Svanhild mitziehen. *Vier Wagen mit Opfergeräten?* Dann fiel ihm aber ein, dass er Albrunas Wagen an einer anderen Stelle des Lagers hatte stehen sehen, irgendwo im Kreis der größten Wagenburg, nahe denen von Hludico. Und der Bewaffnete, dem sie gerade begegnet waren, hatte zu Gefolgschaft Hludicos gehört, nicht zu den Jünglingen, die in Albrunas Diensten standen.

An diesem Abend sann Timaios nicht weiter über Svanhilds letzte Worte nach. Dass Svanhild das sehr wohl tat, merkte er indes sehr bald.

Zwei Ruhetage später und leidlich erholt von einem heftigen Muskelkater, fuhr Timaios mit seinem Gespann am üblichen Platz hinter den beiden Ochsenkarren von Segestes. Von vorn und hinten waren Schreie zu hören, er vernahm das Knarren und Quietschen von Holzrädern, Peitschenschläge, Gelächter, Blöken, Bellen, Grunzen, Gebrüll. Das beständigste Geräusch aber war das laute Schmatzen der Wagenräder, die die gewaltigen Massen aus Schlamm und gelbbraunen Blättern durchpflügten. Der Wald war weit, nein, *licht*, verbesserte er seinen Gedanken auf Kimbrisch, und erlaubte einen Blick zwischen den schlanken Birkenstämmen hindurch. Kahle Äste ermöglichten die Sicht auf einen trüben, wolkenverhangenen Himmel.

Eine bis zu den Augen vermummte Gestalt sprang plötzlich vom vorausfahrenden Wagen herab. Sie blieb stehen, bis Timaios auf ihrer Höhe war, dann schwang sie sich leichtfüßig neben ihn auf den Bock, indem sie den eisernen Tritt benutzte. Timaios rutschte auf dem Holzbrett ein wenig zur Seite, aber nicht ganz so viel, wie es ihm möglich gewesen wäre.

Svanhild zog das rote Tuch vom Gesicht. Ihre Wangen hatten eine ähnlich frische Farbe. »Also, fangen wir an?«

»Womit?«, fragte Timaios verblüfft.

»Mit dem Unterricht in Griechisch.«

Jetzt rückte Timaios doch ein wenig von ihr ab. »Was?«
Svanhild lachte. »Du hast doch nicht etwa vergessen, dass du mir deine Sprache beibringen wolltest!«

»Wie könnte ich vergessen was, was ich vorhatte zu tun nie? Wir haben doch nur darüber gesprochen. Und nichts vereinbart.«

»Oh, heißt das, du willst nicht?« Das hübsche Gesicht überzog sich mit einem Schatten, die Augenbrauen rückten näher zusammen, während die Lippen sich leicht öffneten.

Timaios musste lächeln. Er kannte inzwischen diese Anfälle von Starrsinn, die plötzlich kamen, einen heftigen Höhepunkt erlebten und in kürzester Zeit vergessen waren, weil ihnen ohnehin kaum zu widerstehen war. »Nein, nein, o Gott. Zeus, Wodan, Jupiter, höret mich! Wenn du wirklich möchtest, dann werde ich ein größeres Vergnügen nicht finden, als dich in die geheimen, ah, Geheimnisse meiner Sprache zu einweihen. Welcher Lehrer hätte schon einmal eine hübsche Lernwillige wie dich gehabt?«

»Nun, dann lass uns beginnen.« Svanhild freute sich sichtlich.

»Nicht so schnell! Zuerst müssen wir finden, welche Sprache du lernen willst, kleine ... Wie sagt man das, wenn ich der Lehrer bin und du ... Schülerin? Also, kleine Schülerin, welche Sprache?«

»Die Sprache der Griechen«, erwiderte Svanhild, aber es klang nicht mehr ganz so sicher. »Oder nicht?«

»Was in Hellas wird gesprochen, ist Unfug, hilft nicht weiter dir. Die *Koine* wäre am sinnvollsten.«

»Was ist das, die Keune?«

»Koineee! Hinten schwer machen. So eine Art Sprache für alle Hellenen um das Innere Meer leben, weißt du. Es gibt verschiedene Dialekte eigentlich, musst du wissen, einen in Attika, einen in Thessalien, einen anderen in Arkadien. Guck nicht so, das sind alles Gebiete in Hellas. Auf dem Peloponnes sprechen sie wieder ein bisschen anders und in Phokis und Elis auch. Untereinander sich konnten alle Hellenen aber immer verstehen. Am meisten wichtig ist das Griechisch von Attika gewesen, weil das auch viele

Ionier in Kleinasien gesprochen und Athen schon eine große Bedeutung immer hatte. Aus dem hat sich dann die Koine herausgekommen, die nach und nach die anderen Dialekte verdrängte. Mit der Koine kann man um das gesamte Innere Meer reisen. Überall wird man verstanden. Das ist auch wegen Alexandros dem Großen so, der die Koine von Attika überall eingeführt hat, wo er ist hingekommen, weil er sie schon in seiner Heimat Makedonien gesprechen hat.«

»Die Koine also!«, rief Svanhild mit Nachdruck, obwohl sie die fremd klingenden Namen, die Timaios einstreute, als wären es kimbrische Gaue, jetzt schon verunsicherten.

»Die Koine! Damit bist du gut gerüstet.«

»Und würde ich in ... deiner Heimat verstanden werden?«

»In Massalia unbedingt, in Hellas auch, obwohl die Koine nicht mehr dem von Attika gleich ist.«

»Sprichst du dieses ... Attika-isch?« Sie sprach das letzte Wort mit einer völlig verunglückten Betonung, aber einem hinreißend unsicheren Lächeln aus.

»Attikaisch?« Timaios versuchte, nicht zu lächeln, aber es misslang. »Schönes Wort. Vielleicht ist besser Attisch für eure Sprache? Nein, ich sprechen das nicht. Aber man kann auch so verstanden werden und mit den Athenern reden.«

»Und was sprichst du noch?«

»Keltisch und Latein ganz gut, glaube ich. Eure Sprache eine bisschen.«

»Timaios, dein Kimbrisch ist so vollkommen wie ...«

»Wie was?«, wollte er grinsend wissen.

»Nichts. Ich weiß nicht. Wie das von mir.« Svanhild ärgerte sich über ihre Worte. Warum sie überhaupt hatte wissen wollen, ob man in Massalia die Koine verstand, wusste sie selbst nicht. »Es ist vollkommen.«

»Danke, kleine Svanhild.«

»Sag, wo hast du es überhaupt so gut gelernt?«

»Ich war ...« Timaios zögerte. »Vor zwei Wintern ich war auf einer Flussinsel im Norden von Gallien. Nur Schnee überall, so hoch wie ein Haus. Nest hieß Lutetia. Es gab nichts dort, ich dachte, ich müsste sterben wegen Langeweile, weißt du. Dann habe ich einen Sklaven kennen gelernt, der nur ein paar Brocken vom Keltischen sprechen. Er war noch fast etwas größer und blonder als die Parisier, er hat mehr ausgesehen wie ihr. Er hat mir erzählen, dass er aus dem Norden kommt, aus dem Land, wo der Bernstein gefunden wird. Das hat mich neugierig gemacht, und ich seine Sprache lernen wollte.«

»Wegen des Bernsteins?« Svanhild senkte den Kopf ein wenig, zog das Kinn ein und kniff die Augen zusammen.

»Sicher, warum nicht? Ich bin Händler.« Er dachte mit einem bangen Gefühl an die Ketten, die in Tücher gepackt in einer Holzkiste unten im Wagenboden lagen. Wenn Svanhild bei ihm auf dem Bock saß, musste er oft daran denken, und jedes Mal fühlte er sich dann im Unrecht. Einmal hatte er sogar davon geträumt, dass die Kimbrin, während sie mit ihm auf dem Bärenfell lag, die Ketten darunter gefunden hätte, und während des sich anschließenden Streits war er verstört aufgewacht. »Sprachen sind unsere Grundlage von Geschäft. Ich habe schon als Kind davon geträumt, die Länder zu besuchen, wo der Bernstein man findet. Das Lernen eurer Sprache war schwer verdammt. Aber wir hatten Zeit einen ziemlich langen Winter.«

»So wie wir. Bald werden wir Halt machen. Endlich. Sonst kommt der erste Schnee, und wir haben noch keine Hütten gebaut.«

Timaios wusste, dass dies der Augenblick gewesen wäre, sagte aber nichts über seine Gedanken. Solange die Kimbern ungefähr in Richtung Westen zogen, musste er keinen echten Vorwand finden, um in der Nähe von Svanhild zu sein. Doch wenn die Stämme erst irgendwo überwintern wollten … »Gut, fangen wir an. Zuerst du musst wissen, dass man alle Wörter, die ich dir sagen will, hinten schwermacht. Das heißt, der Klang von Wort liegt auf seiner letzten … Zeichen. Ganz anders als eure Sprache. Also musst du dir etwas Luft sparen, wenn ein Wort lang ist. Die Koine hört sich völlig anders an.« Timaios sagte ihr einige Sätze in der Koine vor. »Es wird weniger gezischt, hörst du? Die Worte tun reiben nicht so aneinander. Und die Trennung der einzelnen Zeichen ist anders, klarer.«

Svanhild nickte, ohne wirklich etwas verstanden zu haben. »Und was hast du eben gesagt, Timaios?«

»Was?« Er knallte mit der Peitsche, obwohl die Ochsen gut liefen. »Nichts! Nur so. Übrigens solltest du mich jetzt nennen Erzieher, und nicht einfach meinen Namen rufen wie den eines Hirten von Schafen. Besser noch: Erzieher von großer Ehre!«

»Oh! Bitte entschuldigt, ehrenwerter Erzieher! Eifer, Freude und Bewunderung für den ehrenwerten Erzieher rissen mich fort.« In scheinbarer Demut neigte sie den Kopf vor ihm. »Ich bin bereit, jede Strafe zu erdulden, die du mir auferlegen wirst, Herr.«

Timaios nickte ernst. »Gut, meine kleine Schülerin mit dem Eifer groß und dem vorlauten Mund. Strafe wird ein anstrengendes Lernen sein. Aber wir fangen an mit einfachen Wörtern.«

Honigsüß lächelte ihn die Kimbrin an. »Ich kann es nicht erwarten, o ehrenwerter Erzieher!« Dann legte sie ihm eine Hand auf den Oberschenkel. »Ich verspreche, dass ich brav aufpassen und den ehrenwerten Erzieher achten werde.«

Biest, dachte Timaios und schluckte. »Wenn du so weitermachst«, murmelte er, »wir müssen den Unterricht abbrechen, weil der ehrenwerte Erzieher glaubt, seine Schülerin will vertun von Zeit wie die Griechen auf gallischem Bärenfell.«

Svanhild lächelte, über Timaios, den gespielten Ernst und den alten Witz. Sie spürte, wie sie ihn verunsicherte. Aber zuerst musste sie diese Sprache lernen. Was später geschah, war heute nicht von Bedeutung. Obwohl sie Mühe hatte, seinen allgemeinen Erläuterungen zu folgen. Doch ihr Entschluss, sich die Koine aneignen zu wollen, entsprach ihren Vorstellungen in zweifacher Hinsicht: Sie lernte eine fremde Sprache, und sie war mit Timaios zusammen.

Als Svanhild endlich sprach, ging vielleicht auch ihr Wunschdenken mit ihr durch. »Ich dachte, diese Übungen gehören in Massalia auch zur Erziehung.«

5. Kapitel

Helvetien im Mond October
Heutige nördliche Schweiz

Von dem Händler Timaios an den massaliotischen Rats- und Kaufherrn Kembriones.
Zeus sei mit dir, und Apollon, Freund und Freund meines Vaters, und Hermes noch vor allen anderen! Barbarische Grüße aus dem Land der keltischen Helvetier im Norden der Alpen, o Kembriones. Diese Rolle werde ich nach Niederschrift einem Fürsten der Sequaner mitgeben, der mir hoch und heilig und bei all seinen Göttern versprach, sie ihrer Bestimmung zukommen zu lassen. Er tat es nicht allein aus Ehrfurcht vor seinen Göttern, denn nichts ist Barbaren heiliger als der helle Klang von Silbermünzen; wenn du die Rolle in Händen hältst, haben sich also die ungezählten keltischen Götter in ihrer wahren Gestalt gezeigt. Nein, Kembriones, ich bin kein Barbar, kein Kimber geworden, obwohl meine Haare an Länge gewonnen haben, noch habe ich ihren Glauben angenommen, obwohl ich in dem meinen manchmal schwankend bin. Doch es dünkt mich reiz- und sinnvoll, eine Weile mit den Römerbezwingern zu ziehen. Reizvoll, weil die Niederlage der Verräter die Verratenen mir angenehm gemacht hat, sinnvoll, weil sie einiges mit sich führen, was des Handelns wert ist. Lasse also meine niedergeschriebenen Gedanken deinen Geist auf fruchtbare Weise erfüllen.

Du wirst, wie wohl inzwischen die gesamte Ökumene, von der – je nach Standpunkt – glorreichen Schlacht bei Noreia gehört haben. Wovon du nicht gehört haben wirst, weil es kaum jemand weiß, ist das Geschehen vor und nach der Schlacht. Lass mich mit dem Ende beginnen, bevor ich dir mitteile, was ich über den Anfang weiß.

Nach der Schlacht beweinten und verbrannten die Stämme ihre Gefallenen, während sie die Leichen der Römer und Taurisker den Aasfressern der Alpen überließen. Einige wenige Gefangene wurden den Gottheiten dargebracht, die im Olympos der Kimbern herrschen – sie nennen ihren Olympos übrigens Asgard; statt Nektar wird Met gereicht; anstelle von Ambrosia essen sie Eberfleisch. Du siehst, die Götter der Kimbern sind genauso barbarisch wie die Kinder selbst. Das Blut der Opfer fingen sie in einem derart prächtigen silbernen Rundkessel auf, dass man meinen könnte, ein anderer Midas habe ihn berührt. Der Kessel sei ein Geschenk von Zwergen und Göttern, hieß es, geborgen aus dem endlosen Ozean. Greise Frauen im linnenen Gewande, hässlich, wie es die Gorgonen nur sein können und berauscht wie die Mänaden, lasen dann die Zukunft aus dem Lebenssaft der in den Hades gefahrenen Römer. Ein Ritual, welches ein Tragödiendichter wie Euripides es sich schaurig-schöner kaum auszusinnen vermochte und zugleich auch wunderbar in seiner einfältigen Unbekümmertheit.

Drei Tage benötigte Carbo, um das Heer wieder aufzustellen, erzählte man sich, drei Tage, um die verminderten und wunden Legionäre in den Bergwäldern zu finden, zu sammeln und nach Noreia zurückzuführen. Die Wölfin leckt sich die Wunden, aber was noch lecken kann, das lebt. Carbo spitzt den Schreibhalm, was er sicher besser kann, als eine Schlacht zu lenken. Die Kimbern wandten sich unterdessen außer Sichtweise der Berge nach Westen und erreichten – dem Lauf des Danuvius, den wir Istros nennen, aufwärts folgend – nach einem anstrengenden Marsch von über zwei Monden das Land der Tiguriner, die zum Volk der keltischen Helvetier zählen. Ich glaube, wir befinden uns nicht fern der Quellen des Danuvius; die Gaue der Helvetier lie-

gen irgendwo zwischen diesen Quellen, dem Rhenus, dem Herkynischen Wald und einem Strom, der weit im Norden in den Rhenus mündet. Seltsamerweise lag den Herzögen der Kimbern nichts ferner, als Krieg zu führen. Im Gegenteil, sie haben Verhandlungen mit den Führern der Tiguriner aufgenommen und zugleich auch mit denen der Tougener, ebenfalls Helvetier, deren Gau sich an jenen der Erstgenannten unmittelbar anschließt. Hier soll ein Winterlager errichtet werden. So stehen die Dinge in jenem Augenblick, da ich diese Zeilen niederschreibe. Die Kimbern stellen bei weitem die größte Gruppe innerhalb des wandernden Barbarenbundes, aber man hört sich auch viele als Haruden bezeichnen. Andere unter ihnen, Boier etwa, bekennen sich offener zu ihrem Keltentum als die Kimbern oder die Haruden, die davon nichts wissen wollen.

Mich selbst behandelt man hier mehr als gut. Als die ersten Zweifel an meiner Teilnahme am römischen Verrat verflogen waren, erwies man mir einen erträglichen Respekt, und willig teilen die Menschen mit mir das Wenige, das sie besitzen. Aber ich hatte in mehreren angesehenen Kimbern gewichtige Fürsprecher, die der Meinung waren, dass es nicht das Schlechteste sein mag, einen Freund unter den Nicht-Freunden ihrer Feinde zu haben. In der Schlacht, die ich unmittelbar miterlebte, wahrte ich übrigens eine wohlwollende Neutralität, auch um der einen Seite keinen übermäßigen Vorteil über die andere zu geben.

Jetzt komme ich zur Vorgeschichte von Noreia, und die ist nicht weniger fesselnd. Fast bin ich geneigt, an die sagenhafte Fahrt der Argonauten zu denken oder – besser noch – an den langen Zug des Xenophon, doch beides scheinen mir kaum noch Heldentaten, wenn man die bemerkenswerte Geschichte der Kimbern kennt. Die Heimat der Kimbern ist eine Halbinsel weit oben im Norden. Die Teutonen, die Pytheas kennen lernte und beschrieb, ein Brudervolk der Kimbern, leben südlich dieser Halbinsel, etwa dort, wo die Albis in den großen Ozean mündet, das Nordmeer, in dem die Seeschlangen sich paaren. Ich bitte dich, dir diesen Stamm zu merken, denn er wird noch von Bedeutung sein.

Entsinnst du dich der Worte des großen Homeros, der vom Volk der Kimmerier schreibt, die im hohen Norden in ständiger Dunkelheit leben? Mag sein, die Kimmerier der Sage sind die Kimbern unserer Tage.

Dies aber führte zum Auszug der Kimbern: Wenn sie davon reden, dann erwähnen sie immer ein Zeichen der Götter, ganz offensichtlich ein barbarischer Unsinn, den sich ihre Seherinnen ausgedacht haben, um das Volk zu schrecken, denn es ist die Rede von einer Blutwelle, einer riesenhaften Schlange und ähnlichem Unfug. Tatsache ist aber, dass, als dieses Zeichen kam, bereits viele entschlossen waren, die Heimat zu verlassen, und schon in den vorhergehenden Sommern waren einige wenige auf der Suche nach neuem Land nach Süden gewandert. Der stetig vordringende Ozean in diesen Ländern muss außerdem eine Rolle gespielt haben, denn Teile des Landes stehen heute unter Wasser, wie ich aus verschiedenen Bemerkungen schließen konnte.

›Und was war die eigentliche Ursache?‹, höre ich dich fragen, und ich antworte: ›Fluch und Segen ihrer langen Winter!‹ Das bedarf einer Erklärung, und die soll sogleich folgen, lieber Kembriones. Ich weiß nicht, was die kleinschwänzigen Römer – verzeih, der Met geht mit mir durch – so alles treiben, wenn es draußen kalt ist. Wahrscheinlich denken sie auch dann nur ans Erobern, Schänden und Schächten. Ich glaube, die Angehörigen aller anderen Völker bleiben im Innern ihrer Behausungen und tun das, was nahe liegend und fruchtbar zugleich ist. Das Ergebnis dessen, was die Kimbern trieben, gelangte jedes Jahr in allzu großer Zahl auf diese seltsame Welt. Hinzu kam noch, dass die Böden Kimberlands schon seit längerem nicht mehr ergiebig waren. Als aber die Stämme größer wurden und die Winter immer länger und härter, da wurde es umso schwerer, alle zu ernähren. Das Werk eines Dämons – es ist, als drehe man sich dauernd im Kreis. Als dann dieses Zeichen kam, war die Entscheidung für viele nicht mehr schwer. Das behaupten sie jedenfalls, und zum Hunger nach Nahrung kam der Hunger auf reiche Beute im Süden, das behaupte ich.

Andererseits: Es mag dich überraschen, doch die Kimbern sind zuerst einmal Bauern, keine Jäger oder Krieger. Die Jagd auf das wenige Wild in ihren Wäldern war für sie immer nur ein Spiel, diente höchstens der Bereicherung ihrer Mahlzeiten. Die Kriegszüge, die sie immer wieder einmal führten, dienten hingegen der Bereicherung ihrer Vornehmen und der Befriedigung ihrer Jungmannschaft. Mitnichten aßen sie das rohe Fleisch, welches den Barbaren angedichtet wird, obwohl es wohl auf der Wanderung später vorgekommen sein soll, wenn das Feuerholz knapp und der Hunger groß war. Aber ganz ehrlich: Der Brei, den sie mir vorsetzen, kann so viel besser nicht sein, als ungebratenes Fleisch es vielleicht ist. Diejenigen der Kimbern, die am Meer lebten, haben es sich zunutze gemacht, fingen Fische und sammelten Algen, Muscheln, Krabben. Es ist bei weitem nicht so kalt dort oben im Norden, wie du vielleicht annimmst. Zwar sind die Winter härter und länger als die gallischen oder italischen, aber die Sommer sind mehr als angenehm, was ich aus eigener Erfahrung zwar nicht bestätigen kann, aber gern glauben will. Dann die Wälder, die zwar dicht sein sollen, doch nicht überall so dicht, dass man sie nicht durchqueren könnte, oftmals sogar mit einem Wagen. Weite Ebenen und große Seen findet man häufig, aber auch riesige Sümpfe und weglose Moore. Die Hauptschar der Kimbern und Haruden nahm ihren Weg übers Wasser, denn Schiffe waren in großer Zahl vorhanden, und die Küstengewässer des Ozeans gehörten zu ihrer Herrschaft. Über das Innere Meer wussten sie damals etwa genauso viel, wie ein sardischer Bauer über das Eunuchengeschwätz im Harem eines persischen Satrapen weiß. Es war keine Heerfahrt, kein Zug beutelüsterner junger Krieger. Das Streben der Kimbern galt einzig und allein fruchtbarem Land für ihre Familien, und dem gilt es noch immer, das der meisten zumindest.

Mut und Kraft sind die Tugenden, die ein Kimber bewundert. Daneben ist die Größe des Mannes ein wichtiges Anzeichen dafür, ob seinen Worten im Rat Wert beigemessen wird oder nicht. Das Wort eines Weisen ist allerdings genauso hoch angesehen, nur Zauderer und Ängstliche, die mögen sie nicht. In ihrer Heimat lebten sie in Gauen, in denen ein oder mehrere Gefolgschaftsführer das meiste zu sagen hatten – vieles davon wird überflüssig gewesen sein. Wir kennen das aus unserer Stadt, nicht wahr, mein Freund? Außerdem folgen sie Herzögen. Aber nicht grundsätzlich, und viele Kimbern waren frei und hatten keinen Herrn. In der Volksversammlung, Thing geheißen, kamen die Edlen und Freien eines Gaues zusammen, um Entscheidungen zu treffen, die das Allgemeinwohl betrafen. Jeder wurde dort gehört; jedem, der keinem Gefolge angehörte, war eine Stimme gegeben.

Die Kimbern sind eigentlich eher zahm und vor allen Dingen völlig ahnungslos. Von Rom hatten bis zu ihrem Auszug nur wenige gehört, wohl durch Händler oder Krämer, die sich allein in die Wildnis wagten, um Geschäfte mit den Barbaren zu machen. Sie kannten nur Gerüchte von steinernen Städten, fließendem Wasser, ewigem Sonnenschein, süßen Weinen. Bis aus Gerüchten Träume und aus Träumen Hoffnungen wurden, vergingen noch Jahre, doch das ist ein späterer Teil der Geschichte.

Es war wohl kurze Zeit nach dem Tod des jüngeren Gracchus, als das begann, was die Kimbern später den Großen Treck *hießen und inzwischen schon den* Weg der Tränen *nennen. In Südgallien war gerade die ›Provinz‹ Narbonensis gegründet worden, als die ersten Kimbern aufbrachen. Es muss ein fürchterlicher Zug gewesen sein, durch dichte Wälder, grundlose Sümpfe, über reißende Ströme. Viele starben durch Unfälle, wenn ein Wagen in ein Sumpfloch geriet oder in eine Schlucht stürzte oder vom Wasser fortgerissen wurde. Noch mehr gingen durch Krankheiten zugrunde, einmal gar der fünfte Teil als Folge einer großen Seuche, und etliche siechten dahin, weil sie der Lebensmut und die Kraft verlassen hatten. Aber auch das geschah später. Am Anfang, als die Reisezeit noch in Tagen und Monden gemessen wurde, konnte das niemand voraussehen. Den Weg wiesen tatsächlich Priesterinnen, die im Blut geopferter Tiere und Menschen den Willen der Götter erkannten. Ich glaube aber, der Wille der Götter musste sich allzu häufig dem der Führer beugen. Schließlich gelangte der Zug nach vielen Monden, kurz vor dem ersten Schneefall des zweiten oder dritten Wanderjahres, in das Land der keltischen Boier, die das Land im Norden und Osten des Herkynischen Waldes beherrschen. Hohe Berge gibt es dort, wenn auch nicht von solcher Höhe wie die der Alpen. Die Führer der Kimbern hatten die Absicht, den Stamm in dieser Gegend anzusiedeln. Das war ihr Wille, bevor sie auf die Boier stießen. Einen kurzen Spätsommer und einen langen Winter zogen sich die Kämpfe hin, aber die Boier erwiesen sich als zu mächtig. Als der Krieg gegen die Boier ergebnislos blieb, traten die Stämme miteinander in Verhandlungen. Die Kimbern wollten sich das Durchzugsrecht durch das Land der Boier erkaufen, um weiter nach Süden zu ziehen. Ich glaube, sie boten Waffenhilfe an, sogar Geiseln wollten sie stellen. Aber die Kelten gingen nicht darauf ein. Zwei Monde verstrichen, und für die Kimbern wurde es immer schwieriger, Nahrung zu finden. Schließlich gaben sie nach, brachen ihr Lager ab und zogen erst nach Osten, dann nach Süden, um das Land der Boier zu umgehen. Die Boier konnten aufatmen, aber nach allem, was ich heute weiß, kam ihr Sieg jenen Siegen gleich, die der große Phyrrhos vor hundertfünfzig Jahren über die kleinen Römer feierte. Ich hörte nämlich, der Stamm sei kurz davor gewesen, von wandilischen Stämmen, die mit den Kimbern verwandt sind, unterworfen oder vertrieben zu werden.*

Nun, der Treck zog weiter. Es kam immer wieder zu Berührungen mit anderen Kelten, manchmal kriegerischer, manchmal friedlicher Art. Als der Treck den Danuvius erreichte – ich wähle bewusst römische Bezeichnungen, o Kembriones, denn wir leben in einer römischen Welt, und es wäre schlimm, dies zu vergessen –, war der Zug wieder größer geworden. Ausgerechnet viele der Boier hatten ihre Heimat verlassen und sich den Wandernden angeschlossen, angelockt durch die unselige Hoffnung auf das hochgelobte Land im Süden. Ein Zeichen dafür, dass auch die Boier mit ähnlichen Schwierigkeiten wie die Stämme im Norden zu kämpfen haben und dass Not zusammenführt. Ich glaube und hoffe, irgendwann einmal wird Rom es bereuen, dass es seine ganze Kraft auf den Süden und Osten der Ökumene verschwendet. Später lagen die Kimbern ständig im Kampf mit keltischen Stämmen, und sie kamen nur langsam voran. Es muss eine schlimme Zeit gewesen sein, die keiner von uns beiden nachvollziehen kann. Alte, Kranke und Verletzte wurden häufig zurückgelassen, damit die Gesunden mehr zum Leben hatten. Neugeborene, die allzu schwächlich schienen, wurden ausgesetzt; Schwache gingen freiwillig in den Tod, um die Kraft des Stammes nicht zu vergeuden; ein Rind galt bald mehr als ein Mann, ein Sack Korn mehr als eine Frau, und Zugochsen waren unersetzlich. Ich sehe dich ungläubig den Kopf schütteln, doch ich glaube, erst wenn man unter diesen Menschen gelebt hat, kann man die Schwere ihres Loses ermessen. Des Damokles Faden über ihren Köpfen ist wahrlich dünn.

Östlich des Danuvius ließen sie sich für eine kurze Zeit nieder, und als der Fluss im nächsten Winter zugefroren war, setzten sie auf das andere Ufer über. Hunderte sollen dabei im Eis eingebrochen und ertrunken sein, andere erfroren, denn dieser Winter war hart. Jenseits des Danuvius siedelten sie für einige Jahre. Das muss östlich der Alpen gewesen sein, irgendwo im Norden Pannoniens. Vier oder fünf Winter blieben sie dort, mussten sich aber ständig gegen Kelten wehren, Skordisker waren es diesmal, die die Wanderer dort nicht dulden wollten. Die Gefahr aus dem Norden zwang die bereits geschwächten Skordisker – vor den Kimbern waren die Römer zu den Skordiskern gekommen – ihrerseits zu Einfällen und Raubzügen in Makedonien, denn die Kimbern brauchten viel zum Leben. Dann wurden die Erträge ihrer Felder wieder geringer, und es kamen neue kimbrische Scharen aus ihrer Heimat. Der Zug wurde wieder größer, und dementsprechend wuchs der Druck auf diese Kelten. Denn die Erzeugnisse des Landes reichten wieder nicht für alle. Eine Hungersnot drohte auszubrechen, die ganze Gegend war in großem Umkreis regelrecht kahl gefressen, und die Skordisker hatten den Kampf um ihre alte

Heimat noch nicht aufgegeben. Also verließen die Stämme ihre neue Heimat und zogen abermals als Wanderkimbern ins Unbekannte. Hundertfünfzig- oder zweihunderttausend Menschen müssen es zu diesem Zeitpunkt wohl gewesen sein, und dabei blieben einige am Danuvius zurück. Kimbern, Haruden, ein Rest Wandilier, Lugier, Silingen, Eudusen heißen sie, und dazu kamen Teile mehrerer anderer Keltenstämme – ein einziges Durcheinander. Der Treck der Kimbern änderte nun seine Richtung, zog nach Westen und gelangte nach einigen Monden schließlich in das Land der keltischen Taurisker. Der Rest der Geschichte ist dir bekannt, denn das nächste Kapitel handelt von der Schlacht bei Noreia.

Erlaube mir zum Schluss nur noch einige Anmerkungen. Hludico, ein Großer im Rat der Kimbern, scheint mir der Mann zu sein, den man gewinnen muss, wenn man mit den Kimbern Handel treiben will. Ein Mann von großer Tatkraft, gewaltigen Kräften und einer erheblichen Klugheit. Hludico ist außerdem ein Mann, der durch die Wanderung geläutert ist. Er sucht den Ausgleich mit den Kelten und Römern, auch noch nach Noreia, will die Landnahme lieber heute als morgen. Doch er muss gegen mächtige Gegner innerhalb der Stämme kämpfen, denn es gibt viele, die dem Krieg und der Rache das Wort reden, von Beute träumen und von Reichtum. Die heimlichen Führer dieser Gruppe sind ein Kimber mit Namen Cimberio und ein Boier mit Namen Magalos, ein Mann von beängstigender Entschlossenheit und einem schier unerschöpflichem Hass auf die kleinen Männer aus dem Süden, wie die Römer genannt werden.

Am Ende eine Neuigkeit, die wichtiger ist, sehr viel wichtiger und Ausmaße haben kann, welche die gesamte Ökumene erschüttern könnten: Die Zahl der Barbaren wird sich in diesem Winter möglicherweise verdoppeln. Zwei Stämme aus dem Norden, die bereits erwähnten Teutonen – Aha!; höre ich dich ausrufen – und ein Brudervolk mit Namen Ambronen, werden wohl bald zu den Kimbern stoßen. Das Äußere Meer, der alles umschließende Ozean, habe sich immer noch nicht beruhigt, suche Jahr für Jahr die Küsten der Teutonen mit größeren und kleineren Sturmfluten heim, erzählt man. Ein oder zwei schlechte Ernten kamen hinzu, und die nächste Hungersnot überfiel das Land. Aus diesem Grund sind die Stämme dem Beispiel der Kimbern gefolgt und in großen Haufen nach Süden gezogen. Erst, so heißt es, zogen kleinere Trupps, Nachgeborene und Abenteurer, mit Schiffen die Albis aufwärts nach Süden, hier eine Sippe, dort ein ganzer Gau. Als schließlich gute Nachrichten kamen, brachen sie in großen Scharen auf, und nur wenige blieben zurück. Nach allem, was ich gehört habe, hatten sie mit ähnlichen Schwierigkeiten zu kämpfen wie die Kimbern. Grundlose Wege, dichte Urwälder, feindliche Stämme und vor allem der Mangel an Nahrungsmitteln. Vielleicht mussten sie sogar noch mehr Widerstand als die Kimbern brechen, weil das Land rechts des Rhenus sehr dicht besiedelt sein soll. Erst als sie, wie die Kimbern auch, neuen Zuzug aus der Heimat erhielten, konnten sie den Riegel der Kelten und anderer Stämme durchbrechen und weiter nach Süden ziehen. Südlich des Herkynischen Waldes sollen sie den reichen Hauptort der keltischen Vindeliker, die Eisenstadt, niedergebrannt und mehr als fünftausend Sklaven in die Gefangenschaft geführt haben. Jetzt stehen sie am Oberlauf des Rhenus, nicht fern von hier, und haben Boten an den Rat der Kimbern gesandt, mit der Bitte um Vereinigung.

Schwere Zeiten stehen uns allen bevor, Kembriones, und ich sehe einen Sturm am nördlichen Horizont aufziehen. Ich werde noch ein wenig bei den Kimbern bleiben, um zu sehen, wie heftig er sich entwickeln und in welche Richtung er wehen wird. Die Tiguriner erlauben den Stämmen das Siedeln – sie haben eigentlich keine Wahl –, und die Kimbern bauen schon Hütten und heben Erdlöcher aus. Ob sie hier länger als einen Winter verweilen werden, kann ich nicht sagen. Das wird auch davon abhängen, ob Iludico sich gegen Magalos und die anderen durchsetzen kann. Ich selbst werde mich von hier wahrscheinlich nach Rom wenden, wo Geschäfte auf mich warten, vielleicht aber nehme ich den Umweg über Massalia in Kauf.

Es ist genug, denn die Hand schmerzt, es wird dunkel, und der Kienspan ist fast heruntergebrannt. Ich wünschte, ich hätte eine Öllampe hier! Aber wenn ich Wünsche erfüllt bekäme, dann wünschte ich mir sogleich noch einiges andere. Bleib gesund, o Kembriones. Ich umarme dich. Dir und deinem Geschäft wünsche ich Reichtum, Mehrung und alles Gute und verbleibe mit allen guten Wünschen als dein Timaios, der sich nach einem trockenen Wein aus Ligurien und einem nassen, aber warmen Bad sehnt.

Ein Reitertrupp suchte sich einen Weg durch die nördlichen Voralpen. Die Gestalten auf den Pferden waren verhüllt. Eiskalter Wind umwehte die Reiter, die ihre runden Schilde eng an den Körper gepresst hatten, doch keine Wehr und kein Kleidungsstück vermochten auf Dauer die Kälte abzuhalten, die den Männern in alle Glieder kroch. Um die Hufe der Pferde waren eiserne Sandalen gebunden: Abwärts gerichtete Zapfen gaben den Tieren auf dem aufgeweichten Boden mehr Halt, verhinderten aber ein rasches Vorwärtskommen des Trupps.

»Jedenfalls ist's nicht schwer, ihrer Spur zu folgen. Die haben gehaust wie die Barbaren.« Die laute Stimme klang dumpf, allein die zwischen Mantel und Helm zusammengekniffenen Augen des Sprechers waren zu sehen.

Eine breite Spur der Verwüstung zog sich durch das Land. In Abständen lagen Kadaver von verendeten und ausgeweideten Tieren entlang der Trasse. Gelegentlich fand sich ein verbranntes Gehöft mit verwüsteten Feldern, aber keiner der annähernd achtzig Reiter machte sich die Mühe, das Gelände jenseits der Spur zu untersuchen.

»Es *sind* Barbaren, Decurio!«, erinnerte Gnäus Terentius Pius den Reiter neben ihm. Der Tribun bereute an diesem Tag zutiefst, dass er sich auf dieses Abenteuer eingelassen hatte. Und doch hatte er im Grunde nun alles das in Aussicht, wonach ihn verlangte. *Warum also ärgern? Es gibt Schlimmeres als diesen Hohlkopf neben mir.* Grimmig lächelte er unter dem Mantelsaum.

Pius führte zwei Turmen* römischer Legionsreiterei an, die dem Weg der Barbaren folgten. Von den Soldaten wusste keiner den wirklichen Grund für diesen Ritt; es wurde aber allgemein davon ausgegangen, es sei ein Spähunternehmen. Ein Dutzend angeworbener Taurisker begleitete den Trupp. Weil sie sich in der Gegend auskannten, hatte Pius gesagt, seien sie von Nutzen, aber es gab andere Gründe, um deren genaue Bestimmung er selbst noch nicht alles wusste. Nur eine vage Ahnung war ihm erwachsen: Waren nicht bei den Kimbern auch viele Kelten zu finden?

Am Ende des Trupps ritten zwei Zivilisten, die sogenannte Stimme und ihre Faust, *vox et manus*, der bedächtige Flavus Habitus und der jähzornige Mamercus Cotta. Die Stimme war Pius schriftlich empfohlen worden, und hin- und hergerissen zwischen verletzter Eitelkeit und vernünftiger Einsicht, hatte der Tribun sich entschlossen, das Nutzbringende mit dem Notwendigen zu verbinden: Terentius Pius, nicht weniger verschuldet durch die Zeit des Wartens als Timaios, war zu Habitus gegangen und hatte ihm das Schreiben mit dem senatorischen Siegel gezeigt. Der Heeresversorger zeigte sich großzügig geneigt, und Pius sprach sich infolgedessen im Kreise seiner Kollegen nachhaltig für ein letztes Spähunternehmen aus, während das Heer bereits nach Italien befohlen war.

Der verbliebene Rest der Offiziere war ahnungslos und erstaunt ob so viel Fürsorge für die Angelegenheiten der Republik.

Terentius Pius, heilfroh darüber, seiner Schulden so bald wieder ledig werden zu können, weihte also seine Gläubiger ein – in sein Wissen, in seine Hoffnungen und in seine Pläne. Er setzte dabei auf die Skrupellosigkeit der beiden und wusste, dass diese Eigenschaft nötig war, bevor alles endete. Ganz sicher waren Habitus und Cotta wie alle Männer ihres Schlages noch zu irgendetwas zu gebrauchen. Habitus mochte eitel sein, war aber ein heller Kopf und für Geld zu

---

* Jeder Legion waren 10 Turmen Reiterei beigegeben, insgesamt 300 Bundesgenossen. Jede dieser Turmen wurde noch einmal in 3 Decurien à 10 Mann unterteilt, die ein Decurio führte.

vielem, wenn nicht zu allem bereit. Der Einfall, einige Taurisker mitzunehmen, stammte letztlich von ihm. Cotta würde seinem entschlossenen Gefährten bedenkenlos folgen. Pius hielt ihn nicht für geistestief, aber willfährig – ganz die Faust des Gespannes und gut brauchbar; seine grobe Flachheit mochte noch manchen Tag retten. Zudem beherrschte Habitus leidlich dieses barbarische Kauderwelsch der Kelten, und das schien bislang das Beste an ihm zu sein. Seiner Eitelkeit zum Trotz wusste Pius: Es war im Grunde gar nicht so dumm, die Suche nach Lösungen auf mehrere Köpfe zu verteilen.

»Wie lange wollen wir der Spur noch folgen, Tribun?« Der Decurio beugte sich zu Pius hinüber. »Wenn wir so weiterreiten, holen wir die Barbaren am Ende noch ein.«

»Was unserem Auftrag entspräche.« Pius fand, es sei an der Zeit, den beiden Führern der Turmen einen Wein einzuschenken, der nicht mehr ganz so verwässert war wie der bisherige.

Die Augen des Mannes spiegelten seine Entgeisterung ebenso wider wie die seines Kameraden, der neben ihm hertrabte. »Was? Die Kimbern einholen? Beim Schwanz des Mars! Da treffe mich lieber der Schlag, bevor ich denen noch 'n zweites Mal über den Weg marschiere.«

»Du solltest den Phallus des Gottes nicht überfordern, Decurio. Wir werden so lange reiten, bis wir wissen, wo die Kimbern sich für den Winter niedergelassen haben.«

»Vergebung, Tribun, aber genügt's nicht zu wissen, dass die Barbaren das Noricum verlassen haben? Das Heer ist doch auch schon abgezogen. Warum das Schicksal herausfordern?«

»Weil das Schicksal nicht über Befehle des Senates erhaben ist. Und der Senat will wissen, wo die Barbaren überwintern.« Pius erweiterte die Wahrheit damit um ein paar Schattierungen. Genau genommen war es nur für eine kleine Gruppe von Senatoren von Wichtigkeit, und ein Befehl war es schon gar nicht gewesen – nur ein von Pius selbst ausgelöster Handel um Geben und Nehmen, der beiden Seiten bringen mochte, was sie begehrten. Aber das war eine unwichtige Einzelheit, die er für sich zu behalten gedachte, und die nicht für die Ohren der Decurionen bestimmt war. Dass Habitus und Cotta Stillschweigen über das wirkliche Ziel bewahren würden, bezweifelte er nicht.

Die Entgegnung des ersten Decurios war nicht frei von jenem Unterton, den Pius im Gespräch mit ihm kannte und hasste. Die Augen des Soldaten blieben regungslos, während er angestrengt nach vorn schaute. »Natürlich, wir haben ja immerhin zwei Turmen dabei, und die Barbaren machen höchstens zweihunderttausend. Was soll da schon misslingen?«

»Ja, wunderbar! Die Männer werden sich freuen, das zu hören.« Der Führer der zweiten Turme legte nicht weniger Spott in seine Stimme. »Wir könnten die Niederlage von Noreia rächen. Wenn wir fünftausend töten, gewährt man uns sicher einen Triumph in Rom, einen richtigen, nicht nur eine Ovation von gewogenen Händen.«

Pius ärgerte sich maßlos über die respektlosen Bemerkungen der Reiterführer. Doch er brauchte die Männer. »Niemand wird davon hören, bis ich es erlaube. Damit darüber Klarheit besteht! Die anderen Decurionen können meinetwegen Bescheid wissen, aber kein Wort zu den Optionen oder den Soldaten!«

Einer der Männer grunzte, der andere schwieg.

Ein leichter Regen fiel und wurde rasch dichter. Langsam verschwand die Reitertruppe hinter einem Vorhang aus Wasser.

Svanhild machte Fortschritte, nicht sonderlich schnell, nicht allzu langsam, aber sehr sicher. Tag für Tag brachte ihr Timaios neue Wörter und einfache Sätze bei, die sie veränderten und umstellten, um die Grammatik begreiflicher zu machen. Die größte Hürde stellte die Vermittlung der Beugung von Wörtern dar. Während beide sie gemeinsam zu überwinden suchten, fühlte Timaios, dass er ein Pädagoge war, dem es an nahezu allem fehlte, was einen guten Lehrer auszeichnete: hinreichend eigenes Wissen über Formen und Regeln – und vor allem Geduld. Was er wusste, war so nicht zu gebrauchen; was er gebraucht hätte, wusste er nicht, nicht zuletzt deshalb, weil sein eigenes Kimbrisch viele Lücken aufwies und das Kimbrische im Allgemeinen ebenfalls Lücken zu haben schien, die es in seiner eigenen Sprache nicht gab.

Timaios war ein schwaches Abbild von Prometheus, dem Lehrmeister der Menschen vor Urzeiten. Er fühlte sich dem Titan verwandt, wenn er Svanhild die einfachsten Regeln erklärte, über welche sie niemals zuvor hatte nachdenken müssen. Nun hörte sie Wörter, für die es keine Entsprechung in ihrer Sprache gab. Wie sollte er ihr eine brodelnde Stadt beschreiben? Einen bunten Tempel? Eine formvollendete Statue? Wie ihr die drei Formen der Liebe erklären?

Es lag einige Jahre in der Vergangenheit, dass Timaios in Massalia etwas über Grammatik und Rhetorik gelernt hatte, und sein für diese Wissenschaften geradezu siebartiges Gedächtnis machte es nicht einfacher, das fast Vergessene weiterzuvermitteln. Kembriones, der nach dem Tod der Eltern seine Erziehung übernahm, hatte größeren Wert darauf gelegt, dass Timaios seinen Schwerpunkt auf die rechnenden Künste Arithmetik, Astronomie, Musik und Geometrie legte, statt auf die redenden Künste, die Dialektik, die Rhetorik und die Grammatik. Für Kembriones war Timaios stets ein Schüler gewesen, der in den Fußstapfen seines Vaters Timonides wandeln würde und für ein massaliotisches Handels- oder Bankhaus Zahlen tanzen ließe. Im Traum wäre ihm vor zehn Jahren nicht der Gedanke gekommen, dass es den kleinen Timaios als unbedeutenden Kaufmann zu den großen Barbaren ziehen würde.

Jetzt bereute Timaios, dass er in der Schule nicht zu den wachsamsten Schülern gehört hatte, weder in der Elementarschule noch auf dem Gymnasion. Wenn er und seine Gefährten in den Säulengängen der massaliotische Lehranstalt im Halbrund vor ihrem Lehrer saßen, hatte er sich nur zu gern von den vielen Geräuschen des nahen Marktes ablenken lassen. Rücken und Gesäß hatten es ihm nicht gedankt, und in Erinnerung an die Prügel, die er bezogen hatte, erlaubte er sich gern den Gedanken, mit Svanhild ganz ähnlich, aber unendlich viel milder zu verfahren, wenn sie unaufmerksam war, und sie ganz sanft zu strafen. Allerdings, *ihr* Unaufmerksamkeit vorzuwerfen, hätte die Göttin lästern geheißen. Svanhild hing geradezu an Timaios' Lippen, um sich nur kein Wort entgehen zu lassen. Auf die Kimbrin passte so gar nicht der alte Witz, der immer wieder gern gerissen wurde, wenn man albernd über die Gallier herzog: »Kommt ein Kelte ins Gymnasion ...« Timaios, eingedenk seiner eigenen Blutlinie *(Und was bin ich dann?)* hatte den Witz eigentlich nie so recht gemocht. Doch es war schwer, ernst zu bleiben, wenn alle lachten, und er hatte sich natürlich nicht dem gedankenlosen Spott der Kameraden aussetzen wollen.

Doch das ganze unzureichende Wissen, das Timaios stockend vorbrachte, bedachte Svanhild mit einem verständnisvollen Nicken. Sich darüber Rechenschaft zu geben, welche Laute und Doppellaute kurz und welche lang gesprochen wurden, welche Anlaute gehaucht wurden, welche Konsonanten durch die Nase und welche durch den Mund zu sprechen waren, obwohl dies ständig tausendfach gebraucht wurde, war für Timaios schwer, und er fürchtete beinahe um den Geist der Kimbrin. Seine Nachfragen ergaben aber meist, dass Svanhild es tatsächlich verstanden hatte. Manchmal sogar noch vor ihm.

Ihre schier unerschöpfliche Aufnahmefähigkeit machte indes nichts einfacher. Timaios bewunderte sie und schämte sich seiner eigenen Stümperhaftigkeit, wollte zugleich ihre Bewunderung gewinnen und bezweifelte doch, dass er ihrer wert war. Beifall angesichts ihrer Leistungen spendete er seinerseits aber auch nicht.

Wenn einmal ein längeres, erholsames Schweigen zwischen Lehrer und Schülerin entstand und Timaios nach anfänglicher Unsicherheit fühlte, dass es fast nie ein verlegenes Schweigen war, sondern nur eine Redepause zwischen einander nahe stehenden Menschen, dann kamen wieder die Zweifel. Die vielen Anspielungen und Gesten, die sich in ihren Unterricht eingeschlichen hatten, die er genoss und herbeisehnte, mehrten die Zweifel. Wie sein Leben bei den

Kimbern aussehen mochte, fragte er sich dann und träumte von Kindern und endlosen Kämpfen. Die raue Wirklichkeit des Daseins im Helvetierland machte diese Augenblicke selten. Svanhild war die Frau, mit der er sich eine Familie vorstellen konnte, und wie viel sie ihm inzwischen bedeutete, vermochte er in keiner Sprache auszudrücken.

Er konnte gar nicht anders, erkannte er in einem Moment der Klarheit, als sich einfach in sie zu verlieben, und das machte ihm Angst und erfüllte ihn zugleich mit Neid auf alle anderen, die sie so viel besser und länger kannten.

Eines Abends saß Timaios mit Svanhild, Thurid, Bragir und Thora, der Schwägerin von Segestes, um das offene Herdfeuer in der kleinen Hütte seiner Gastfreunde. Thora hatte einen kleinen Jungen auf dem Schoß, der mit dem Daumen im Mund schlief und sich nicht an dem gedämpften Gerede der Erwachsenen störte.

Draußen hatte Nott dem Tag ein dunkles Kleid übergestreift, obschon der Abend gerade erst angebrochen war. Der Himmel war verhangen, und Schnee lag in der Luft. Am Morgen waren die Äste der Bäume weiß bedeckt gewesen, was Gaisarik zu dem prophetischen Ausruf »Raureif und kalt wird keine drei Tage alt« veranlasst hatte.

Alle tranken frisches Bier, auch die Frauen. In Massalia wäre das undenkbar gewesen. Timaios war durch seine häufigen Aufenthalte in Gallien bereits daran gewöhnt, Bier nicht mehr ausschließlich als Medizin anzusehen, und versuchte es den anderen gleichzutun. Er musste sich aber eingestehen, dass er gerade so eben mit dem jungen Bragir Schritt halten konnte. Die beiden Mädchen hielten sich zwar zurück, leerten ihre Hörner aber doppelt so schnell wie der Massaliote. Nur Thora trank Milch. Sie schwieg, wie meistens, schaute lächelnd auf ihren Sohn und wiegte das fünf Monde alte Kind. Sein Vater Segimer, Segestes' Bruder, war bei Noreia gefallen, und Timaios beschlich stets, wenn er die beiden sah, ein schlechtes Gewissen. Mit Ausnahme von Radiger und Boiorix hatte ihm aber bisher niemand dieses Gefühl gegeben.

»Pap wird stinksauer sein, wenn wir ihm nichts übrig lassen.« Svanhild füllte unter Kichern ihr Horn.

»So sicher, wie Donar den Hammer schwingt«, bestätigte Thurid, ergriff die Schöpfkelle und tat es ihrer Freundin gleich.

Timaios nahm das spitze Hölzchen aus dem Mund, mit dem er nach Resten eines zum Erbarmen dürren Hühnchens zwischen den Zähnen suchte. »Wo ist er denn?«

Bragir antwortete ihm. »Der Rat berät sich wegen der Teutonen und Ambronen.«

Von einem Ende des Lagers zum anderen sprach man seit Tagen von nichts anderem als dem bevorstehenden Zusammenschluss der Kimbern und ihrer Bundesgenossen mit den Teutonen und Ambronen, die nur noch zwei Tagesmärsche entfernt standen.

Wie fast immer, wenn er den Namen der Teutonen hörte, musste Timaios an seinen Landsmann Pytheas denken. Er steckte den Zahnstocher in einen kleinen Beutel, den er an der Hüfte trug. »Von den Teutonen habe ich schon früher gehört einmal. Aber über die Ambronen weiß ich nichts. Ein groß Stamm?«

Die Augen von Segestes' jüngstem Sohn leuchteten, als er dem Massalioten Antwort gab. »Nein, eben nicht. Aber, ah, gewaltig. Die Ambronen sind die Besten. Sie sind ... Wie gern würde ich später in einer ambronischen Gefolgschaft dienen.«

Timaios lächelte. »Bei wem denn?«

»Bei dem besten Gefolgsherrn«, antwortete Bragir.

»Und wie findest du den?«

Bragir schwieg. »Wer richtig und gut führt, dem folgen die Männer«, erklärte Svanhild. »Wer ein paarmal falsch entscheidet, der wird umgebracht. Ganz einfach, nicht wahr?«

»Äh, sehr klug durchdacht, ja! Jeder lebend Gefolgsherr ist also ein gute Gefolgsherr.«

Alle lachten, auch Bragir. Timaios schaute Svanhild an und bewunderte ihre natürliche Fröhlichkeit. Wo sie war, gab es keine Trauer. Er wünschte sich, sie besser zu kennen, um mehr aus ihrem Wesen lesen zu können. Was dachte sie über ihn und seine Anwesenheit bei ihrem Volk?

Thoras kleiner Sohn Thorgis wurde munter und schrie nach einer kurzen Zeit der Besinnung los. Die junge Mutter erhob sich, um ihn in einer Ecke der Hütte zu stillen. Die Behausung war längst nicht groß genug, um auch das Vieh aufnehmen zu können, wie es in der Heimat der Kimbern angeblich Sitte war. Timaios nahm es dankbar zur Kenntnis. Hölzerne Pfeiler trugen das Dach und dienten als Halterung für Waffen, Schilde, Werkzeuge und anderes Gerät. Die Wände der Hütte bestanden aus Holz und Flechtwerk, beides mit Lehm bestrichen, um die Kälte abzuhalten. Das war aber nur bedingt gelungen: Es zog durch alle Ritzen, von denen es reichlich gab. Das Dach war mit Tannenzweigen gedeckt. Auf den fast ebenerdigen Schlafstätten aus Stroh lagen Schaffelle. Nur Timaios' Lager unterschied sich durch die bunt gemusterten Decken, die er von seinem Wagen mitgebracht hatte. In der Mitte der Hütte lag die offene Feuerstelle, und im flachen Dachfirst darüber befand sich ein kümmerlicher Rauchabzug. Die Hütte war klein und roh gezimmert, kein Vergleich zu den kimbrischen Langhäusern im fernen Norden, wie Svanhild immer wieder erwähnte. Doch für einen, vielleicht zwei Winter reichte sie vermutlich aus.

Weil er mit dem Rücken zur Wand saß, sah Timaios, wie Thora in ihrer Schlafecke, halb abgewandt, das Kleid von der Schulter streifte und dem Jungen die volle weiße Brust gab. Sehnsuchtsvoll wurde sich Timaios bewusst, wie lange es her war, seit er zum letzten Mal bei einem Mädchen gelegen hatte. Massalia, kurz vor seiner Abreise, der Abend nach einem kleinen Gewinn beim Würfeln, ein syrisches Mädchen in einem der besseren Freudenhäuser. Teuer, aber ... Peinlich berührt schaute er weg und begegnete Svanhilds prüfendem Blick. Ihm war, als könne sie seine Gedanken lesen, und er schämte sich.

»Wie groß ist Hludicos Gefolgschaft eigentlich?« Er wollte es gar nicht ernsthaft wissen – es war nur der Versuch, die leise Scham abzuschütteln, die Svanhilds Blick in ihm geweckt hatte.

»Da musst du meinen Bruder fragen. Da er dazugehört, sollte er es wissen. Vielleicht hundert, vielleicht mehr. Jedenfalls ist es eine der größten Gefolgschaften.« Der Feuerschein verlieh Svanhilds lächelndem Gesicht einen warmen Schimmer.

»Einhundertzwölf!« Stolz verkündete Bragir die genaue Zahl. »Ohne den Herzog, aber mit seinem Bruder und mit Gaisarik. In der Schlacht sind vierzehn gefallen, zwei später an ihren Verwundungen gestorben.«

»Warum schließt du nicht seiner Gefolgschaft dich an? Wenn schon dein Bruder ist dabei ...«

Bragir zögerte, und Thurid stieß ihn in die Seite. »Nun nenn endlich den Grund! Der Herzog ist dir zu feige, nicht wahr? Zu wenige Kriege, zu viel Frieden, das missfällt dir. Ich habe drei Brüder, die nur über solchen Bockmist reden und sich unbedingt Cimberios Gefolgschaft anschließen wollen – nicht einmal der meines Vaters. Ihnen spukt nur Cimberio im Kopf herum.«

Ucromerus, Thurids Vater, stand auf Seiten von Cimberio, galt aber, soweit Timaios wusste, als weniger angesehen und war um Ausgleich mit Hludico bemüht. »Ihr seid doch alle gleich.«

»Wie wird man überhaupt Gefolgsherr?«

Als Svanhild ihm antwortete, war der spöttische Unterton in ihrer Stimme nicht zu überhören. »Ich will es einmal so erklären, wie die Männer es gern hätten: Ruhm und Blut machen Gefolgsherren. Ruhm, der auf Kriegszügen erworben wurde, und Blut, das durch einen großen Ahnen in den Adern des Gefolgsherrn fließt.«

»Und seinem Herrn folgt man bis in den Tod?«

Bragirs Augen blitzten. »Seinem Vater zu gehorchen, ist eine Pflicht; seinem Herrn als Weggefährte zu folgen, eine Ehre. Vor der Treue der Sippe gegenüber kommt die Treue gegenüber dem Gefolgsherrn. Wenn der Treueid geleistet ist, kannst du ihn nicht brechen, ohne dass die Götter ihren Segen von dir nehmen ...«

Die fellbehangene Tür des Holzhauses wurde aufgestoßen und unterbrach Bragirs Redeschwall. Gaisarik und Radiger traten ein, gefolgt von Segestes. Radigers Gesicht verzog sich flüchtig, als er Timaios an Svanhilds Seite entdeckte, aber im nächsten Augenblick setzte er ein Lächeln auf.

»So habe ich mir das vorgestellt. Während die Männer sich angestrengt beraten, betrinken sich die Frauen zu Hause und saufen uns alles weg«, beschwerte sich der Hausherr. Er legte seinen Mantel ab, trat zur Feuerstelle und rieb sich die Hände.

»Die Frauen und die Fremden.« Timaios konnte nur müde lächeln über Radigers Bemerkung.

»Eben. Alle, die stimmlos sind!«, verteidigte Svanhild die Runde und kicherte.

»Und darum sitzt auch Bragir hier«, knurrte Gaisarik, erntete einen bösen Blick und stellte seinen Framen in die Ecke. Dann kramte er in einer Holzkiste und holte drei Hörner hervor, die er an seinen Vater und Radiger verteilte. Hierauf zog er eine rohe Holzbank zum Feuer, und die drei Männer ließen sich darauf nieder. Timaios griff nach der hölzernen Schöpfkelle und füllte die bereitgehaltenen Hörner aus dem Eimer. Segestes legte zwei buchene Holzscheite aus einem großen Korb auf das Feuer.

»Werden wir uns mit den Ambronen und Teutonen vereinigen, Pap?« Bragir brannte sichtlich auf Neuigkeiten.

Sein Vater bleckte die Zähne. »Die Teutonen sind dir doch eigentlich herzlich gleichgültig, oder? Keine Angst, mein Junge, wir werden uns mit beiden vereinigen ...«

Bragir stieß einen lauten Jubelruf aus, was seinen Vater zu der Bemerkung »Das war dein letztes Horn, Bragir« und seinen Bruder zu einem spöttischen »Ist auch besser für deine Stimme« veranlasste.

Ohne sich die Kränkung anmerken zu lassen, verwickelte der Junge daraufhin Radiger in ein Gespräch über die Waffenprobe und Cimberios Gefolgschaft. Segestes beobachtete es mit Missfallen, schwieg aber. Radiger gab sich viel Mühe mit Svanhilds Bruder und beantwortete geduldig alle seine Fragen.

»Und? Wann kommen sie?«, wollte Svanhild von ihrem älteren Bruder wissen.

Gaisarik nahm einen langen Zug und wischte sich mit dem Handrücken über den Mund. »In zwei oder drei Tagen. Die Teutonen werden ihre Hütten nördlich von uns bauen, die Ambronen bei den Haruden.«

»Es wird Zeit, ich schätze. Kann jeden Tag schneien.« Die Beobachtung des Wetters lag Timaios sehr am Herzen und beeinflusste seine Pläne nachhaltig. Anfangs hatte er sich vorgenommen, mit den Kimbern zu ziehen, bis sie einen Platz zum Siedeln gefunden hätten, später dann, bis sie zumindest ihre Hütten errichtet hätten. Noch später wollte er auf den ersten Frost warten, der den Boden hart und befahrbar machen würde. Inzwischen spielte er schon mit dem Gedanken, bis zur Wintersonnenwende zu bleiben.

»Ja. Albruna meint, dass es in spätestens sechs oder sieben Tagen Schnee geben wird.«

Thurid berührte Segestes am Arm. »Wie viele sind es?« Thora setzte sich mit ihrem Kind wieder zu den anderen ans Feuer und nahm neben Segestes Platz. Ihr Schwager strich ihr über das Haar. Svanhild streckte die Arme nach dem Kleinen aus, nahm ihn entgegen und vergaß die Welt ringsum. Das Kind kreischte vergnügt, als sie ihn liebkoste und ihm Reime vorsagte. Timaios würde dieses Bild lange nicht vergessen. Sein Blick streifte auch immer wieder die schöne Kette, die Thorgis trug und die aus zwei Sorten von kleinen runden Bernsteinen auf einer Lederschnur bestand. Nicht zum ersten Mal in seinem Leben wünschte er sich eine eigene Familie.

»Zu viele, Thurid, viel zu viele. Die Teutonen sind uns Kimbern an Zahl etwa gleich. Die Ambronen indes sollen nur wenig über vierzehntausend Krieger haben, berichtet Teutobod.«

»Wer?«

»Ein Herzog der Teutonen. Stark, mächtig, wichtig ...«

»Sehr stark, sehr mächtig, sehr wichtig.« Gaisarik hatte seinen Vater unterbrochen. »Entschuldige, Vater, aber den müssen wir im gut im Auge behalten.« Radiger schnaubte. »Ja, ich weiß, dein Cimberio wird ihm auch um den Bart gehen.«

Segestes nickte. »Das wird er gewiss, und nicht nur er. Teutobod ging schon ein Ruf voraus, als wir noch in Kimberland lebten, selbst bei uns. Obwohl er damals kaum zwanzig Jahre zählen mochte.«

»Mein Pferd lahmt«, sagte Gaisarik beiläufig zu Bragir. »Kannst du morgen früh Albruna holen, damit sie das Bein einreibt und bespricht?«

Sein Bruder schüttelte den Kopf. »Ich soll Ucromerus' Bienenkörbe versorgen. Sie winterfest machen.«

»Er bekommt Wachs und Honig dafür«, warf Thurid ein. »Mein Vater wünscht es so, denn kein anderer kennt sich mit den Bienen so gut aus wie Bragir.«

Segestes nickte anerkennend. »Ja, das soll er tun, und ich kümmere mich um Rimfax, Gaisarik. Thurid, sag deinem Vater einen Gruß von mir. Ich weiß zu schätzen, was er für den Frieden innerhalb des Stammes tut.«

»Was hast du denn vor?«, wollte Svanhild von ihrem Bruder wissen.

»Wir treffen uns, um für das Fest zu üben.« Timaios wusste, dass es zur Wintersonnenwende, in gut einem Mond, einige Feierlichkeiten gäbe, mit denen die Stämme das Ende des Jahres begingen. Unter anderem würden die verschiedenen Gefolgschaften der Herzöge und Edelinge Wettkämpfe abhalten, um die Besten im Kampf und Gesang zu ermitteln.

Svanhild nickte verständnisvoll und widmete sich wieder dem Säugling. Sie drückte die Nase an das Gesicht des Kleinen und rieb sie hin und her, bis er krähend kicherte, während die kleinen Hände mit ihren blonden Haaren spielten. Dann hob sie einen kleinen Tannenzapfen vom Boden auf und gab ihn dem Kind, das ihn gleich in den Mund steckte.

»Timaios, hast du keine Lust, an den Wettkämpfen teilzunehmen? Hludico und die anderen hätten sicher nichts dagegen.«

Svanhild schaute erst Gaisarik an, der die Frage gestellt hatte, dann den überraschten Timaios. »Ah, ich weiß nicht!«

Doch im Grunde wusste er es ganz genau: Er hatte nicht die geringste Absicht, sich vor dem ganzen Stamm lächerlich zu machen, und er wollte zu diesem Zeitpunkt eigentlich längst nicht mehr bei den Kimbern sein. Dies jedoch vor allen anderen und vor Svanhild zuzugeben, war ihm gar nicht recht. Gewiss war es keine kleine Ehre, wenn Gaisarik ihm eine Teilnahme anbot. Hludicos Gefolgschaft stand in einem sehr guten Ruf, was Geschick und Stärke ihrer Männer betraf. Timaios war sich sicher, sie nur blamieren zu können.

»Ich fürchte, ich wäre nicht ein Zugewinn gerade. Ich bin wahrscheinlich die Breite eine Hand kleiner als der kleinste Kimber ...«

»Woran liegt das eigentlich?«, fragte Bragir.

»Vielleicht gibt es in Massalia nicht genug zu beißen«, mutmaßte Thurid.

Ihr habt es nötig mit euren Hungerleiderbrocken ...

»Sag Ja, Timaios«, bettelte Svanhild. »Bitte, bitte, bitte.«

»Lass ihn, Svava.« Segestes ahnte vielleicht, was in dem Massalioten vor sich ging. »Er soll selbst entscheiden. Und du weißt, dass er dir nicht widerstehen kann.«

»Na, na!« Timaios' Abwehrversuch war schwach. Bis auf Radiger und Thurid stimmten alle in Segestes' Gelächter ein.

Bragir waren Timaios' Sorgen eher gleichgültig. »Was hat Hludico vor? Wird er die Teutonen auf seine Seite ziehen?«

»Vorsicht, kleiner Bruder. Der Feind hört mit.« Gaisarik deutete grinsend auf Radiger. Der lächelte gequält.

Svanhild lachte. »Hier ist auch noch einer.« Sie stieß Thurid an.

»Macht euch keine Sorgen. Ist mir vollkommen gleich, was mein Herr Vater so treibt.«

Gaisarik schaute Radiger an. »Frieden, Leute! Wie wär's mit einem Spielchen?«

»Jederzeit! Segestes? Timaios?«

Segestes grunzte zustimmend, Timaios nickte zögernd. Aber dem in Aussicht gestellten Reiz eines Spieles konnte er nicht ernsthaft widerstehen. Die Spielleidenschaft der Kimbern übertraf die aller anderen Völker, die er bisher kennen gelernt hatte. Angeblich ging sie sogar so weit, dass mancher Kimber sich schon selbst gesetzt hatte, wenn jeder andere Einsatz verspielt war. Nun war Timaios froh, dass über seine Teilnahme an den Wettkämpfen vorläufig nicht mehr gesprochen wurde. Seine Gastgeber zogen einen Baumstumpf heran, der als Spieltisch dienen sollte.

Gaisarik holte einen Becher aus Leder und Würfel aus Knochen herbei. »Was spielen wir?«

»Fäden spinnen?«, schlug Radiger vor.

Gaisarik nickte.

»Nach welchen Regeln ihr spielt?« fragte Timaios.

»Eine Runde, reihum«, erklärte Radiger. »Jeder beginnt einmal. Nur ein Wurf. Der nächste Spieler muss immer mehr oder genauso viele Augen haben wie der vorherige.«

»Das heißt, wenn er weniger hat, muss er behaupten, er habe trotzdem mehr.« Gaisarik warf vier Würfel in den Lederbecher.

»Oder mindestens genauso viel. Er lügt also«, sagte Svanhild, »und nennt nicht die Augen, die er wirklich im Kopf hat, sondern irgendwelche anderen.« Sie schaute ihn fragend an.

Timaios sagte jedoch nichts, sondern nickte ihr nur zu.

»Wer an der Reihe ist, kann jederzeit sagen, wenn er dem letzten Werfer nicht glaubt. Dann muss der zeigen. Wer beim Lügen erwischt wird, trinkt …

»… ein kleines Horn«, ergänzte Segestes. »Und ebenso jener, der den anderen zu Unrecht beschuldigt hat.«

»Das ist doch keine Strafe«, lachte Timaios.

»Die Gabe muss nicht immer groß sein – viel erwirbt man oft mit wenig«, warf Gaisarik ein, und sowohl am Tonfall seines Freundes als auch an Radigers Gesichtsausdruck erkannte Timaios, dass Gaisarik wieder eine alte Weisheit zum Besten geben hatte.

»Nein, anfangs nicht. Aber wer dreimal trinken musste, der zahlt, und zwar …«

»Ist aber nicht mehr viel übrig, Pap«, warf Bragir ein und äugte in den Eimer.

»Ich konnte auch nicht ahnen, dass meine Kinder alles wegtrinken. Eigentlich wollte ich Hludico einladen. Das wäre eine Schande geworden. Morgen setzen wir neues Bier an.«

Radiger warf ebenfalls einen Blick in den Eimer. »Es reicht gerade noch, um morgen früh Schaum zu pissen und einen dicken Kopf zu haben. Jedenfalls für die, die es nicht gewohnt sind.«

Diesen Ausfall bezog Timaios auf sich, aber er hatte sich mittlerweile an die Eifersucht und die Sticheleien des Kimbers gewöhnt. *Verrückt*, dachte er, *für Bier haben sie immer noch einen Vorrat an Korn übrig, gleichgültig, wie schlecht es ihnen geht.* Doch das mochte keine schlechte Angewohnheit sein. Dieser Gerstenwein, wie er ihn bei sich nannte, war ein fast so gutes Rauschmittel wie Wein, nur leider verdammt herb, je nachdem, was zu seiner Herstellung zur Hand war: Manchmal war es Gerste, und manchmal war es ein anders Getreide, einmal taten sie Beeren dazu und ein andermal die Rinde von Bäumen. Das hatte zur Folge, dass es manchmal schmackhaft war und manchmal den Gedanken an Selbstentleibung förderte. Und es schäumte vielleicht nicht gerade beim Pinkeln, aber es konnte dabei brennen, und man bekam in der Tat häufig Kopfschmerzen davon. Timaios hatte außerdem den seltsamen Eindruck gewonnen, dass man vom Biertrinken eher nach hinten umfiel als zur Seite.

Wenn das Zeug aber genügte, um vorübergehend eine missliche Lage zu vergessen, dann erfüllte es seinen Zweck, denn im Grunde schien ihm das ganze Leben der Kimbern eine Aneinanderreihung von misslichen Lagen. Sein kleines Gedankenspiel gipfelte in einer zweifelhaften Erkenntnis: *Kein Wunder, dass sie so oft betrunken sind.*

»Radiger!« Alle redeten jetzt durcheinander, und Timaios versuchte die Aufmerksamkeit des Kimbers zu gewinnen. »Also zahlt wie viel?« Seine Frage bezog sich auf die abgebrochene Erklärung.

»Den Einsatz, den wir vorher festlegen.«

»Wollen wir nicht ohne Einsatz spielen?«

Segestes wollte von Gaisariks Vorschlag nichts hören. »Ah, mein Sohn hat die Hosen ebenso voll wie der alte Teutomatus!«

»Er gibt ja auch die gleichen Sprüche von sich«, warf Radiger ein.

»Dabei sollte er dankbar sein: Teutomatus sitzt jetzt zu Hause – wenn er noch lebt – und wird vielleicht von der nächsten Flut fortgespült, und mein Sohn kann sich über ansehnliche Keltinnen hermachen.«

»Ansehnliche Keltinnen?« Gaisarik hob die Augenbrauen. »Ich habe noch keine gesehen. Timaios, du bist doch viel herumgekommen, gibt es überhaupt irgendwo hübsche Keltinnen?«

»Kein Vergleich zu den Kimbrinnen.« Timaios schaute kurz Svanhild an, dann Thurid. Die Mädchen kicherten.

»Witzbold!«, rief Thurid.

Gaisarik hob einen Finger. »Witz bedarf man auf weiter Reise – nur daheim hat man Nachsicht.« Radiger stöhnte gespielt.

»Die Schwester von Boiorix soll ja aussehen wie Hel am Morgen«, warf Bragir ein, was ihm von Seiten seiner Schwester eine Kopfnuss einbrachte.

»Dann passt es ja. Boiorix sieht nämlich aus wie ein Mar im Dunklen.« Timaios war immer wieder erstaunt, wie leicht sich der beherrschte Segestes den Jüngeren in Ausdrucksweise und Gebaren anpassen konnte, wenn er zechte. Dann blickte er Svanhild herausfordernd an, aber seine Tochter streckte ihm nur die Zunge heraus.

»Es gibt keine hübschen Keltinnen«, schloss Gaisarik versonnen. Timaios sah das anders, schwieg aber.

»Jetzt reicht es, ihr Widerlinge.« Thurid empörte sich nun ebenfalls und schaute Svanhild hilfesuchend an. »Glaubt ihr denn, *ihr* seid so schön?«

»Schöner jedenfalls als Boiorix' Schwester«, grinste Radiger.

»Und deshalb laufen dir die Kelten nach. Die sollen ja eine Vorliebe für hübsche Männer haben.«

Der Geschmähte überhörte Svanhilds Angriff. Ihres feinen Spottes konnten sich die wenigsten erwehren. »Was setzt du, Timaios?«

»Salz«, antwortete er, ohne nachzudenken. Salz war die einzige Ware, die er noch in ausreichender Menge mit sich führte und die von den Kimbern vorbehaltlos angenommen würde.

»Sehr gut. Wie viel?«

»Sagen wir ...« Er dachte nach, sein Blick fiel auf das Horn in seiner Hand. »... ein Achtel Horn pro Runde, gut?«

»Ein Zwölftel«, verbesserte Gaisarik. Die anderen nickten, Radiger zögernd und mit einer Andeutung von Missfallen.

»Gut. Und ihr?«, wollte Timaios wissen.

Sehr viel später lag Timaios, der den größeren Teil seines Salzbesitzes verloren hatte, stark angetrunken unter seinen Decken auf einem Strohsack, neben sich ein kleines Feuerloch mit Branderde, das ein wenig Wärme abgab. Das Feuer der eigentlichen Herdstelle war heruntergebrannt, die Wärme der heißen Steine entwich allmählich durch die vielen Ritzen in die Nacht hinaus. Neben ihm lag der völlig betrunkene Gaisarik, der als Einziger noch mehr als Timaios verloren hatte – ein Paar römischer Beinschienen, ein Kurzschwert und einen roten Militärmantel –, weil seine Mimik so gut wie nie mit seinen Worten übereingestimmt hatte: Alle Fäden, die er zu spinnen versucht hatte, waren von seinen Mitspielern schnell abgetrennt worden. Der Kimber atmete schwer, aber gleichmäßig und entließ von Zeit zu Zeit einen flachen, zischenden Laut, der nicht aus seinem Mund kam.

Von der anderen Seite der Herdstelle drangen die Geräusche eines Beischlafes herüber. *Der ausgefuchste Sieger Segestes mit dem Würfelgesicht tröstet die junge Witwe seines Bruders*, dachte Timaios. Glückliche Nacht für ihn. Die Mutter von Svanhild, Gaisarik und Bragir musste schon vor langem gestorben sein, aber Segestes war noch kein alter Mann, obwohl er fast zwanzig älter als Thora war. Das Keuchen und unterdrückte Stöhnen auf der anderen Seite der Hütte erregten Timaios, machten seinen Phallus hart und seinen Mund trocken. Er dachte an Svanhild, die neben ihm schlief und sich vorhin herübergebeugt hatte, um ihm einen Kuss auf die Stirn zu drücken. Timaios, brünftig wie ein betrunkener Esel, drehte sich auf den Bauch.

Nur eine Armlänge von ihm entfernt lag Svanhild und hörte ebenfalls auf die Geräusche, die zur ihr herüberdrangen und sie nur darum nicht ähnlich berührten, weil es sich um ihren Vater handelte. Ihre Mutter war bereits so lange tot, dass sie sich nicht mehr daran erinnern konnte, wie ihr Vater sie beschlafen hatte. Ihrem Bruder Gaisarik mochte das nichts Besonderes sein; obwohl er noch keine Frau gewählt hatte, war er wohl ziemlich erfahren in diesen Dingen. Sie hatte das aus den vielen Anzüglichkeiten geschlossen, mit denen sich Gaisarik, Radiger und die anderen immer wieder gegenseitig aufzogen. Angeblich sollte Gerswid, eine junge Frau aus ihrem eigenen Weiler in Kimberland, Gaisarik beim Sammeln seiner Erfahrungen recht hilfreich gewesen sein. Und im Zusammenhang mit Thurid gab es in diesem Kreis auch irgendwelche Gerüchte, allein ihre Freundin schwieg dazu beharrlich.

Svanhild war mit ihren zweiundzwanzig Wintern noch so jungfräulich wie eine der göttlichen Idisen. *Wodan könnte sich zu jedem Zeitpunkt meiner Dienste versichern, um die Gefallenen nach Asgard zu holen,* sann sie manchmal. Das war nicht ungewöhnlich, obwohl allen Überlieferungen zum Trotz viele der Mädchen und jungen Frauen es nicht länger einsahen, dass die eingebildeten, kraftprotzenden jungen Kerle Erfahrungen sammeln durften und sie selbst nicht. Und mit irgendwelchen Frauen mussten diese ihre Erfahrungen ja schließlich teilen. Aber Segestes, so offen und umgänglich er sein konnte, hätte es niemals zugelassen, dass seine Tochter vor der Ehe das Lager mit jemandem teilte, den sie später vielleicht nicht zum Manne nähme. Oder umgekehrt. In diesen Dingen hielt ihr Vater streng am Althergebrachten fest, aber Svanhild war auch kein gewöhnliches Mädchen.

Dennoch war sie nicht ganz ohne Erfahrung: Sie kannte seit einigen Wintern das beglückende Gefühl, eine Zunge an ihren Lippen und in ihrem Mund zu spüren, sie erregte sich häufig an der sinnlichen Erinnerung, unter ihrer Kleidung sanft gestreichelt zu werden und selbst zu streicheln, ihren eigenen oder einen anderen Körper. Da war Albwin gewesen, ein junger Harude aus der Sippe Herzog Aistulfs, mit dem sie die ersten vorsichtigen Erfahrungen ausgetauscht hatte; er war so alt wie sie gewesen und genauso unerfahren, als sie vor vier Wintern viel Zeit im Land der Skordisker miteinander verbrachten. Sie verscheuchte die Erinnerung an Albwin, aber es gelang ihr nicht, während sie ihren Vater und Thora schwer atmen hörte. Albwin, der sie zum ersten Mal sanft berührt, zum ersten Mal geküsst hatte, sie zum ersten Mal spüren ließ, wie das Geschlecht eines Mannes unter ihren Fingern seine Form veränderte, zum ersten Mal eine Hand zwischen ihre warmen Beine schob, zum ersten Mal ihre Brüste liebkoste ... und der während seines Heiligen Frühlings gestorben war, als die ruhmsüchtigen harudischen Jünglinge ein keltisches Dorf überfallen hatten. O *Albwin*, dachte sie mit einem Gefühl von Sehnsucht an den Vielbeweinten. Das verheißene Glück bringende Ende von Vorspiel und Vereinigung war ihr noch unbekannt, das flehentliche Anrufen Freyas um Liebesglück war bisher ein Traum gewesen, bis vor kurzem, bis ...

Manchmal, wenn Svanhild mit Thurid und anderen Freundinnen herumalberte, wenn sie über Männer redeten, Erfahrungen vortäuschten und wenn sich Svanhild fragte, wer dieser Wonnen wirklich teilhaftig geworden war ... *Des Gefährten Gemächt in den ...? Nein, ein unglaublicher Gedanke. Nein! Oder ... vielleicht doch?* Dann hatte sie sich immer gefragt, ob ihr etwas entgehe. Aber andererseits war sie auch immer der Meinung, dass es richtig war zu warten, bis jemand käme, mit dem sie nicht nur das Lager teilen würde, wie die Sitte es verlangte. Doch niemals hatte sie das Verlangen so heftig gespürt wie in diesen Nächten, wenn ihr Vater Thora liebte und Timaios neben ihr lag, ohne sich zu rühren. Und die Erinnerung an Albwin hatte sie ebenfalls erregt. Sie strich sich über die Brust und fühlte durch den Stoff ihres Kleides die Härte. Dabei lauschte sie auf Timaios' Atem und bildete sich ein, dass er nicht gleichmäßig war.

Dann schrie auf einmal Thorgis, Thoras Säugling, und trieb die Beischläfer eilig auseinander. Bis auf das Saugen des Jungen, den die Mutter stillte, und Gaisariks gelegentliche Winde verstummten alle Geräusche, und Svanhild und

Timaios konnten sich endlich auf die Seite rollen und Schlaf finden.

Am Tag darauf hatte Timaios Kopfschmerzen, war übermüdet und fragte sich, ob Bier wohl viel an Geschmack verlöre, wenn man es wie Wein mit Wasser verdünnte. Er war auf dem Weg zum heiligen Hain. Segestes, der ebenfalls einen unausgeschlafenen Eindruck machte, hatte ihn gebeten, Albruna zu holen, damit diese sich Gaisariks lahmendes Pferd anschaue.

Auf seinem Weg zu der Priesterin kam er an frischen Brandrodungen vorüber; die Luft schmeckte nach Rauch. Überall waren Anzeichen von Geschäftigkeit zu beobachten: Bäume wurden gefällt, Hütten errichtet, Mahlzeiten zubereitet. Es wurde gesägt, gehämmert und gehobelt, gesammelt, geschält und gekocht. Und überall erntete der schwarzhaarige Timaios Blicke der unterschiedlichsten Art.

Ein Stück abseits herrschte Ruhe. Inmitten eines Eschenhaines und nahe einem schmalen Bachlauf ragte auf einer kleinen Lichtung ein einzelner dieser Bäume hoch empor. Einen halben Mond zuvor hatte die Stammespriesterin bei diesem Anblick genickt und gesagt: »Yggdrasil. Hier wird uns das Schicksal gnädig sein.«

So schnell wie Donar über den Himmel raste, war dieses Wort von Stamm zu Stamm weitergegeben worden. Fast alle waren davon überzeugt, dass im Schatten der Weltesche, an deren einer Wurzel die drei Nornen saßen und Lose warfen, gut siedeln sei.

Albruna, Mittlerin zwischen Menschen und Göttern, bewohnte eine kleine Holzhütte, die am inneren Rand des heiligen Haines lag. Zwei ausgewählte Jünglinge lebten mit ihr; eines Tages würden sie priesterliche Weihen erfahren. Die anderen Priester und Seherinnen lebten unter den gewöhnlichen Menschen.

Ein Wagen stand neben der Hütte, als Timaios anlangte; zwei Schimmel waren in der Nähe angeleint. In Nachbarschaft der großen Esche duckte sich ein flacher Holzverschlag tief am Boden, schien in das Erdreich eingegraben zu sein. Zwei Bewaffnete standen davor. Timaios nahm an, dass hier der Silberkessel verwahrt wurde.

Der Massaliote schlug mit der Faust an einen Türpfosten der Behausung und schob das Fell zur Seite. »Hallo?«

Die Priesterin saß in einem erstaunlich bequemen Lehnstuhl und starrte in ein kleines Feuer, dessen Rauch durch eine Öffnung im Dach abzog. Neben dem Feuer stand der Silberkessel auf dem Boden. Das unruhige Licht erweckte alle die Figuren und Abbildungen darauf zum Leben. Die Alte blickte Timaios fragend an, und stockend erklärte er ihr, was ihn herführte.

Albruna nickte. Ächzend erhob sie sich, bückte sich nach dem Kessel und stellte ihn auf einen niedrigen Holztisch, seinen offensichtlich richtigen Standort. Schwer schien er trotz seiner Größe nicht zu sein, aber wenig handlich. Dann deckte sie ein Tuch darüber, hüllte sich in einen dunklen Mantel und bedeutete Timaios, er möge vorangehen. Die Bewaffneten vor dem Holzverschlag schauten neugierig herüber. Timaios und Albruna verließen den Hain und begegneten zwei weiteren Gewappneten, die ihre Runden um das Wäldchen zogen. Die alte Frau hielt sich aufrecht und bewegte sich erstaunlich rasch vorwärts. Ihre Züge wirkten gelassen, fast heiter, und zeigten nichts vom Überdruss des Lebens wie bei manchen alten Menschen. Ihre ganze Haltung schien vielmehr auszudrücken: Ich werde noch gebraucht.

Segestes erwartete die beiden im Unterstand neben dem Langhaus. Gaisariks Pferd Rimfax stand, hielt aber einen Lauf angewinkelt. Die Fessel war umwickelt. Für ein Kimbernpferd war Rimfax ausgesprochen groß, obwohl Timaios in Rom und anderswo wesentlich größere Pferde gesehen hatte.

Belustigt dachte Timaios daran, dass Gaisarik an diesem Morgen Mühe hätte, für das Fest zu üben. Als Svanhilds Bruder die Hütte verlassen hatte, konnte er kaum stehen, geschweige denn geradeaus gehen.

Segestes begrüßte die Priesterin und erkundigte sich nach ihrem Wohlbefinden, und schon kurz darauf kam Svanhild aus der Behausung. Sie begrüßte ebenfalls die Priesterin, aber nicht respektvoll wie ihr Vater, sondern warm und herzlich. Albruna lächelte ihr zu – ganz offensichtlich mochte sie die Kleine, wie sie Svanhild zu nennen pflegte. Dann setzte sie sich neben dem Tier auf ein Heubündel, das Segestes ihr hingeschoben hatte. Albruna schaute sich den groben Verband an und runzelte die Stirn. »Er hätte gleich jemanden fragen sollen, der sich mit Tieren auskennt.« Timaios schürzte die Lippen und lachte verstohlen zu Svanhild hinüber, die seinen Blick zwinkernd erwiderte.

Mit eindringlicher Stimme begann die Alte das verletzte Bein zu besprechen. Timaios verstand nur den Beginn ihrer Worte. »Donar und Wodan ...« Albrunas Stimme wurde leiser, sie murmelte nur noch, aber nach kurzem hub sie wieder an. »So Knochenrenke wie Gliedrenke. Bein zu Bein, Glied zu Gliedern, dass sie geleimt sind!« Die Priesterin versuchte aufzustehen, und Svanhild griff ihr rasch unter die Arme. »Das mag genügen, Segestes. Danke, meine Kleine. – Dein Junge soll dem Pferd drei Tage lang ein Gemenge auftragen, das ich dem Kimbernfreund« – sie wies auf Timaios – »geben werde.«

Segestes bedankte sich. Schon wandte Albruna sich um und ging, ohne sich zu vergewissern, ob der verdutzte Timaios ihr folgte. Svanhild schob ihn lachend hinter ihr her. »Vorwärts, Kimbernfreund, lauf der Frau nach!«

»Der alten Frau, meine Kleine.« Timaios machte sich absichtlich schwer.

»Puh, du stinkst nach Bier, Kimbernfreund!« Sie ließ von ihm ab und wedelte mit der Hand vor der Nase. Dann hängte sie sich trotzdem bei Timaios ein und zog ihn fort. »Komm schon.«

Gemeinsam folgten sie Albruna und trafen erst wieder in der Hütte auf sie. Die Priesterin wickelte eben eine schmierige Masse in einen nicht weniger schmierigen Lappen. »Eschenasche, Bienenwachs und anderes«, murmelte sie und drückte es Timaios in die Hand. Er nahm es entgegen und bedauerte mit einem Seitenblick, dass der Silberkessel zugedeckt war. »Schau ihn dir an, Kimbernfreund!«, ermutigte ihn Albruna.

Timaios hob das Tuch und hatte trotz des schwachen Lichtes endlich einmal Gelegenheit, das Gefäß in Ruhe zu betrachten. Er zählte die rechteckigen Silberplatten, aus denen das Gefäß zusammengesetzt war. Das Äußere bildeten acht Platten; innen lagen fünf nebeneinander, die etwas breiter waren. Somit wurde der obere Teil des Opferkessels von einem doppelten Kranz aus Silberblech gebildet. Jeweils zwei benachbarte Platten wurden von einem flachen Band zusammengehalten, das senkrecht nach oben verlief. Zusätzlich waren die Platten mit Nieten am unteren halbkugeligen Teil befestigt, der die Form einer flachen Schale hatte, keine Verzierungen aufwies und aus einem Guss zu sein schien. Timaios war nicht sicher, ob dieser Teil überhaupt aus Silber oder vielleicht nur aus Bronze bestand, denn er war ebenso stark verfärbt wie das ganze Gefäß.

Die zahlreichen Abbildungen der Tiere auf den inneren Platten schlugen Timaios in ihren Bann. Er ging in die Hocke und stieß fast mit der Nase gegen den Kessel, als er ihn im Dämmerlicht der Hütte musterte. Wie viele tausend Schläge waren wohl nötig gewesen, um die feinen Reliefs in das Edelmetall zu treiben? Blut und Metall konnte Timaios förmlich riechen.

Das Innere des Kessels schimmerte stellenweise rötlich und war wie mit einer Kruste überzogen. Der äußere untere Teil wies eine eher grünliche Verfärbung auf, doch im Ganzen war das Edelmetall dunkel und fleckig. Auf dem Schalengrund lag eine weitere runde Platte, die einen in das Metall getriebenen Stier oder Ur mit seltsam verrenkten Gliedern zeigte, der von kleineren Figuren umgeben war.

Auf den Darstellungen der größeren Innenplatten tobten die unterschiedlichsten Gestalten durcheinander. Viele hatten Merkmale von Tieren. Missgestalten ritten auf Delphinen und zerquetschten Schlangen. Dann gab es Schlangen mit Widderköpfen, jagende und verunstaltete Hunde, vielleicht Katzen, abscheuliche Tiere mit Schweineschnauzen und überlangen Beinen, widerliche, nicht einzuordnende krallenbewehrte Vierfüßler, Elefanten mit kleinen Ohren und langen Rüsseln, völlig falsch proportionierte Menschen ... Timaios streckte eine Hand aus.

»Fass ihn nicht an!«, zischte Albruna.

Erschrocken fuhr Timaios zurück. »Was?«

»Wodan hat ihn uns gegeben, und seine Hand hat ihn geheiligt. Nur Eingeweihte dürfen ihn berühren. Eingeweihte ... und Todgeweihte.« Sie krauste die Stirn. »Fass ihn nur an, wenn du keine weiteren Pläne im Leben mehr hast.« Leiser, nur in die Richtung von Svanhild sagte sie: »Und das wäre doch schade um die kleine Tochter von Segestes.« Svanhild wurde, was ihr selten geschah, feuerrot im Gesicht.

»Und ob ich Pläne habe!« Mit diesen Worten warf Timaios das Tuch wieder über den Kessel. Zusammen mit Svanhild verließ er grüßend die Hütte.

In den Hain war Bewegung gekommen. Nahe dem Holzverschlag, in der Mitte des Platzes, standen Männer und redeten auf die Wachposten ein. Hinter Herzog Cimberios standen die Boier Magalos und Boiorix mit ihren langen Schwertern und hohen Schilden. Die Wächter hielten den Framen gesenkt, eine Eisenspitze war auf Cimberios Brust gerichtet. Dessen Gesicht war vor Zorn gerötet, und seine Stimme wurde immer lauter. Hludico und Vibilio näherten sich von irgendwoher und in höchster Eile der kleinen Gruppe.

»Für wen hältst du dich, Cimberio, dass du es wagst, die Boier hierher zu bringen?«, schrie Hludico, als er noch zwanzig Schritte von seinem Widersacher entfernt war.

»Die Götter haben ihr Zeichen nicht gesetzt, um die Gabe einigen wenigen vorzubehalten. Magalos hat ein Recht, alles zu wissen.« Die Stimme des anderen Kimbers war nicht weniger laut.

»Du hast einmal anders gedacht.« Unverhohlener Zorn schwang in Hludicos Stimme. »Und nur Segestes und mir ist zu verdanken, dass ...« Jetzt stand er vor dem anderen Herzog, und die Auseinandersetzung wurde für Timaios und Svanhild unverständlich, obwohl die heftigen Gesten den Inhalt des Wortwechsels teilweise verrieten.

Svanhild zog den Massalioten mit fort. »Komm, hier haben wir nichts verloren. Wenn die Mächtigen sich streiten, sollten die Kleinen die Köpfe einziehen.« Timaios nickte und warf noch einen Blick zurück. Zu gern hätte er gewusst, worum es da ging. Er fing Boiorix' stechenden Blick auf, der ihnen auch dann noch folgte, als sie schon fast unter den Bäumen des Haines verschwunden waren.

Vor dem Hain stand ein Haufen keltischer und kimbrischer Krieger. Timaios erkannte einige Bewaffnete aus Hludicos Gefolgschaft, die sich vor den anderen aufgebaut hatten, darunter auch die Wächter des Haines. Gemeinsam schienen sie den anderen Kimbern und den Kelten den Zutritt zum heiligen Bezirk zu verwehren. Scharfe Bemerkungen und Schmähungen flogen hin und her.

Unter den Männern sah Timaios auch Radiger und nahm darum an, dass es sich zumindest teilweise um Cimberios Anhänger handelte. Die Gefolgsleute Hludicos zählten nur ein rundes Dutzend, aber Gaisarik war nicht zu sehen. Cimberios Leute hielten zu den Kelten und waren damit deutlich in der Überzahl.

»Kindsköpfe.« Svanhild blieb stehen.

»Meinst du, da gibt es Kampf?«

»Kaum. Vielleicht eine kleine Rauferei, das ist so üblich.«

Als hätten sie die Worte der Kimbrin gehört, gerieten sich soeben zwei junge Krieger in die Haare. Angefeuert von ihren Kameraden, fielen sie übereinander her, gingen zu Boden und wälzten sich auf der Erde. Ein paar Vernünftige zogen die Streithähne auseinander, unter anderem Radiger.

Svanhild ging weiter, und Timaios blieb nichts anderes übrig, als ihr zu folgen, tat dies aber nicht ungern. Als dann einer dem Mädchen hinterherpfiff, löste sich die Spannung der Gruppe. Alle Köpfe wandten sich um und entdeckten die hübsche Kimbrin und den dunkelhaarigen Hellenen. Vorlaute Rufe ertönten, und weitere Pfiffe waren zu hören. Radiger versuchte seine Kameraden zu beschwichtigen, vergeblich. Einige besonders Voreilige liefen hinter Svanhild her. Hludicos Mannen kannten die junge Frau natürlich und wollten sie beschützen; sie folgten den anderen. Timaios spürte, wie sein Magen sich angstvoll zusammenzog bei dem Gedanken, er müsse Svanhild vor diesen kraftstrotzenden Riesen schützen wie Perseus seine Andromeda vor dem Ungeheuer. Schon entbrannten die ersten Streitigkeiten unter den jungen Männern. Svanhild hatte sich umgewandt, und Timaios sah die Furcht in ihrem Gesicht, als sich ihr die Ersten näherten, Gefolgsleute von Cimberio.

»Nicht so schnell, Kleine, lass dich doch einmal in Ruhe anschauen!«

»Gar nicht schlecht, Leute.«

»Was willst 'n mit dem kleinen Schwarzhaarigen? Ist das so 'n hohlköpfiger römischer Tränensack?«

»Nein, das ist 'n Südgallier oder ein anderer dieser Schwanzlutscher. Hau in den Sack, Kleiner, oder wir fressen dich.«

Nichts hätte Timaios lieber getan, aber sein Stolz hielt ihn zurück. Er blieb stehen und machte ernsthafte Anstalten, sich auf den letzten Sprecher zu werfen, der den Mund weit aufriss und die Finger krümmte.

Radiger trat hinzu. »Lasst sie in Ruhe, Männer, das ist Gaisariks Schwester.«

»Etwa das Weib, auf das du ein Auge geworfen hast?«

»Kein Wunder, Mann. Kann ich verstehen.«

»Komm, Radiger, dein Tag! Beweis ihr deine herrliche Männlichkeit...«

»Ja, und dann verprügeln wir den Kleinen für dich, der sich so überaus stark fühlt. Und du besorgst es ihr. Dann haben wir alle unser Vergnügen.«

»Verprügeln?«, fragte einer der Männer mit einem Blick, bei dem Timaios schier das Blut gefror. »Denkt an den Verrat! Ich bringe den Hurensohn um!« Der Kimber drängte sich nach vorn und zog ein Messer aus dem Gürtel.

Timaios' Mund fühlte sich an, als hätte ihn die heiße Sonne Massalias ausgebrannt. Als einige von Hludicos Leuten hinzukamen und sich vor Svanhild und ihn stellten, fasste er wieder Mut – bis er entdeckte, dass ihnen ein Dutzend Boier auf dem Fuß folgte. Erneut standen sich die jungen Männer drohend gegenüber, nur dass Timaios und Svanhild sich jetzt zwischen den Fronten befanden. Wieder flogen Beleidigungen hin und her, und Timaios bemerkte beunruhigt, dass der Ton rauer wurde. Und immer häufiger wurden Rufe laut, die Rache für Noreia forderten. Einige Hände ruhten auf den Schwertgriffen, und die besonneneren Stimmen waren in der Minderzahl.

Bei Zeus' Ausscheidungen! Timaios schwieg. *Nur nichts Falsches sagen. Und, ihr Götter, bewahrt mich vor der Schmach, vor Svanhilds Augen zu versagen!* Er schob sich zwischen Hludicos Leute.

Da ertönte eine laute Stimme, und alle Köpfe fuhren herum. »Weg da, sofort!« Boiorix näherte sich mit schnellem Schritt der Gruppe. Er sprang ohne ein Zeichen von Furcht oder Zögern unter die Männer und drosch auf den keltischen Wortführer ein. Der geschlagene Boier taumelte und versuchte erst gar nicht, sich zu wehren. Brüllend und mit der flachen Hand wahllos Schläge austeilend, trieb Boiorix Kelten und Kimbern auseinander. Keiner widersetzte sich ihm; selbst die Kimbern spürten den Zorn und die Kraft des Boiers. Timaios empfand selbst Furcht vor diesem Mann und war ihm doch zugleich unendlich dankbar. Behutsam nahm er Svanhild am Arm und führte sie fort. Zitternd klammerte sie sich an ihn.

Auch dafür war er Boiorix dankbar, der das Füllhorn der Tyche[*] vielleicht ein wenig angehoben hatte, damit das Glück darinnen auf das Haupt des Timaios rieselte.

---

[*] Griech.: Göttin des Glückes und des Zufalles; entspricht der röm. Fortuna.

6. Kapitel

Helvetien im Mond November

Die Frostriesen hielten das Helvetier-Land fest in ihrem weißen Griff. Als Svanhild Timaios rief, bildete sich bei jedem Atemzug ein feiner Nebel vor ihrem Gesicht. »Wo bleibst du, Kimbernfreund? Es ist längst Essenszeit. Hast du keinen Hunger?« Dann stand sie vor ihm, hob die Arme und nestelte mit beiden Händen die langen Haare unter dem roten Tuch hervor, das ihr um die Schultern lag. In Timaios regte sich etwas bei dieser Bewegung. »Oder nagst du schon an der Rinde dieser Linde? Das würde Bragir ärgern. Er wollte sich nach dem Winter die Rinde holen, um Bast für seine Bienenkörbe daraus zu fertigen.«

Der erste Schneesturm des Winters war vorüber, und Svanhild genoss nach dem halben Tag in der muffigen Hütte sichtlich die klare Luft und den frischen Wind. Und sie genoss den kleinen Scherz, den sie gemacht hatte, und lachte.

Timaios sah an dem Stamm hinauf. Ihm war nicht bewusst gewesen, dass er vor einer Linde stand. Viele Bäume hatten die Ankunft der Kimbern nicht überlebt. Ob dieser stehen bliebe? Er sah aus, als sei er viele hundert Jahre alt; sein entlaubtes Geäst setzte tief an und spross weit in alle Richtungen.

Und Hunger? Ob er keinen Hunger verspürte? War es vielleicht der Kimbrin Absicht, ihn zum Narren zu halten? In diesem Land, an diesem Ort war es schier unmöglich, nicht immerzu Hunger zu haben, hier, wo die Mahlzeiten so dürftig waren wie die der Spartaner. Selbst deren berüchtigte schwarze Suppe hätte Timaios mit Heißhunger verschlungen, hätte man sie ihm nur vorgesetzt.

Timaios zögerte. Nach Lachen war ihm nicht zumute. Er schaute Svanhild an, und in diesem Moment fiel einiges von ihm ab. In ihm erwuchs plötzlich das Wissen über seinen weiteren Weg so deutlich, als hätten soeben die Moiren, die die Kimbern Nornen nannten, ihm endlich einen Lebensfaden zugeteilt: Er wusste nun, was er sowohl zu seinem eigenen als auch zu Svanhilds Bestem tun musste. Viel zu lange hatte er diesen Augenblick hinausgeschoben und vielleicht Hoffnungen erweckt, die er nicht erfüllen konnte. Das Dasein dieser Menschen unterschied sich schließlich grundsätzlich von seinem Leben und dem seines Volkes sowie allem ihm Bekannten. Auf Jahre hinaus durch die Welt zu ziehen, ohne jemals wirklich zur Ruhe zu kommen, im Sommer auf dem Ochsenkarren zu leben ... Gewiss, er tat zu manchen Zeiten nichts anderes, und darum war ihm das Hiersein leicht gefallen. Aber hier gab es keine Gasthäuser, in welche er einkehren konnte wie im Süden Galliens oder in Italien, wenn er hungrig war oder ein Nachtlager suchte. Und das zwielichtige Volk in jenen Häusern und die Läuse in jenen Betten – all das belästigte ihn immer nur für eine Nacht.

Hier aber, im langen und strengen Winter, lebte man zu acht oder zehn in zugigen, kalten, feuchten Hütten, zusammengepfercht mit dem stinkenden Vieh. Sicher, es gab auch Wärme ... und die Sicherheit einer eigenen Familie – das verhieß Glück. Doch Svanhilds Vorstellung von Glück war nicht die seine. Und von einer Horde neugieriger Kinder umringt zu sein, die ihn wie ein seltsames schwarzhaariges Wesen anstarrten ... Ständig verfolgt zu werden von den vorwurfsvollen Blicken der Frauen, dem Getuschel über seine fremde Herkunft und den Verrat in den Alpen ... Den lauernden Fragen der älteren Männer ausgeliefert zu sein ... Die missgünstigen, eifersüchtigen, hasserfüllten Bemerkungen der Jüngeren zu ertragen, die ihn um mehr als eine Handbreit überragten ... Es mochte angehen, mit solchen

Menschen, deren Beweggründe er nicht verstand und deren Götter er fürchtete, hin und wieder Handel zu treiben. Mit ihnen zu leben, das war eine völlig andere Sache. Selbst dann noch, wenn man sich an ihre langen Haare gewöhnt hatte.

Das Leben in Massalia hielt unendlich viele selbstverständliche Annehmlichkeiten bereit, die Timaios immer dann vermisste, wenn er nicht dort war – und in diesen vergangenen Monden entbehrte er sie ganz besonders: die Sicherheit einer hohen und dicken Stadtmauer, die Bequemlichkeit von fließendem Wasser, mindestens aber einem Brunnenhaus um die Ecke, die Sauberkeit fester Aborte, das große Wissen ausgebildeter Ärzte, das Angebot eines überreichen Marktes, das Verständnis von Menschen seiner Sprache, das Unterhaltende eines schönen Theaterstückes, die Nähe von geschickten Handwerkern, die Freuden eines warmen Badehauses. Hier zu bleiben – das hieß eben nicht nur, bei Svanhild zu sein, das hieß auch, alle Schwierigkeiten und Unannehmlichkeiten auf sich zu nehmen, die ein Leben unter Fremden, ein Leben in der Fremde bereithielt. Das schlechte Essen – und selbst davon nicht einmal genug – war vielleicht noch das Erträglichste. Die Gastfreundschaft der Kimbern war überwältigend, gewiss. Doch was half ihm das, wenn es nicht viel zu teilen gab? Auch wenn sich niemals jemand über seine Anwesenheit beklagt hatte – er war da, also hatte er Teil an allem. Sein knurrender Magen erinnerte ihn mit Heftigkeit daran, dass die letzte Mahlzeit aus schwer verdaulichem Körnerbrei schon mehr als einen halben Tag zurücklag. Wie sehr er das gute Weißbrot Massalias vermisste, wusste Zeus allein!

Svanhild, ich habe Hunger. Doch diesen Hunger kannst selbst du nicht stillen. Noch hatten seine Ochsen genug Fleisch auf den Rippen. Aber nach dem Winter, wenn die Tiere ihn überhaupt überlebten, mochte das anders aussehen. *Und solche Lust auf Wein, Mädchen, das glaubst du nicht.* Einmal hatte es Wein gegeben, Ergebnis irgendeines zweifelhaften Tauschhandels mit den Helvetiern, aber Wein, dessen Güte so viel zu wünschen übrig ließ wie dessen

Menge. Nur Met und Bier – beides gewöhnungsbedürftig für Magen und Gaumen. *Diese* Vorliebe gehörte offenbar nicht zu seinem keltischen Erbe.

Und kalt war es, so kalt und so dunkel in diesem Land!

Er gehörte nicht hierher. Wenn er eine Heimat hatte, dann war es Massalia, nicht dieses Barbarennest am Fuß der Alpen. Und Svanhild war seinen aufkeimenden Gefühlen zum Trotz nur eine Barbarin. Manchmal kam sie ihm so einfach vor, so ahnungslos und bäurisch. Eine Barbarin, die unter Barbaren lebte, unter Menschen, die immer noch oft in Felle gewandet umhergingen, die Keulen trugen, vor Dreck starrten und von Läusen heimgesucht wurden. Selbst wenn Svanhild weniger barbarisch wirkte als ihresgleichen, auch wenn sie immer ansehnlich war und stets reinlich, selbst wenn sie nie nach Ausscheidungen roch wie etliche andere, nur nach Schweiß und Arbeit, sogar dann blieb sie eine Barbarin, weil sie unter Barbaren lebte.

Selbst wenn Svanhild seine Frau würde, bliebe sie stets der Mittelpunkt der Familie, der Sippe, ja, des Stammes. Für viele Menschen war diese Frau Asgard, um die sich alle anderen Welten drehten, die sie aufsuchen konnten, wenn es ihnen schlecht ging, wenn sie Sorgen hatten und reden wollten. Timaios wusste, dass er es sich einfach machte, dass er ungerecht urteilte, missgünstig und eigensüchtig. Aber er wusste auch, dass er für eine solche Bindung nicht stark genug war und allzu sehr ein Kind seiner Welt war, um sich an ein Dasein bei den Barbaren zu gewöhnen. Vielleicht irgendwann … Doch die Einsicht in seine Schwäche mochte er mit niemandem teilen. Der Preis für das gute Leben wäre hoch. Er müsste diese Frau mit den wunderschönen blonden Haaren aufgeben, diese lebhafte und fröhliche Frau, die da vor ihm stand und die Hände in den Fäustlingen aus Schafswolle ballte.

Svanhild fing seine Blicke auf und suchte sie zu deuten. Eine Entscheidung, deren Ausgang ihr nicht bekannt war, stand spürbar bevor. Sie erwartete diesen Augenblick schon lange – ein Ende, einen Anfang. Nein, sie wollte es nicht wissen.

»Ich glaube, dass ... Es wird Zeit für mich ... zu gehen.« Timaios wischte verlegen mit der Hand etwas Schnee von seinem leinenen Überwurf. Er suchte nach vielfach zurechtgelegten Worten, an deren Richtigkeit er selbst nicht glaubte. »Seit drei Monden ziehe ich mit euch, aber ich muss zurück nach Massalia, zu meinen ... Handlungen. Mein Wagen ist voll mit Waren. Jetzt ihr hier siedelt, und die Menschen ihre Sachen herausholen haben, habe ich wirklich guten Handel gemacht ... Nein, ich habe den Grund dazu gelegt, um sie zu machen, wenn ich nach Massalia zurück sei. Und in Rom erwarten mich mein Gehilfe und ein Handels ... freund. Eigentlich ich wollte gleich nach Rom, aber jetzt muss ich die Alpen umgehen und kann den Weg über Massalia dann machen – die Alpen im Westen umgehen und in Massalia sein, bevor der ganz große Schnee kommt. Das ist noch möglich, hoffe ich.«

Bis zur Wintersonnenwende blieb noch mehr als ein Mond. Es war bereits kalt, aber noch immer erträglich, und der Schnee lag noch nicht allzu hoch in dem jungen Winter. Noch fochten die Frostriesen längst nicht mit ihrer ganzen Kraft. Der Schneesturm dieses Morgens kündete aber vom Beginn der Herrschaft der Winterdämonen: Es war tatsächlich der allerspäteste Zeitpunkt für ihn, wenn ... *Ja, wenn ich nicht bleiben will.*

Svanhild schwieg, schaute ihn nur mit großen Augen an, in denen Timaios seine eigenen Wünsche zu lesen glaubte. Sein Magen zog sich zusammen. Er wartete auf eine Entgegnung. Als sie ausblieb und der Massaliote sich unter dem unbestimmbaren Blick Svanhilds wand, löste er kurzerhand die Verbindung zwischen ihnen und schaute zur Seite. Sein Versuch, eine Erklärung zu finden, die sowohl Svanhild als auch ihn selbst zu befriedigen vermochte, hätte Aphrodite nicht gelten lassen: Die Göttin wusste, dass es für die Frau keine gerechte Lösung gab. Und wie meistens in Svanhilds Nähe fielen Timaios die Worte in ihrer Sprache nicht ein, mit denen er seine Gefühle hätte ausdrücken können.

Nachher mochten die Worte kommen. Doch nachher war fern, war fremd, war das Reich der Moiren.

»Ach, Svanhild! Ich bin kein Kimber. Ich gehöre einfach nicht hier. Keine Zeit zum Alleinsein, keine Ruhe zum Nachdenken ... Euer Leben ist anders von dem in Massalia oder dem, ich was geführt habe, wenn allein ich unterwegs bin.«

Svanhild schwieg noch immer und schaute zu Boden. Ihr ging durch den Kopf, dass der Schnee wie feinste Wolle war, rein und unbefleckt. *Spinnen müsste man ihn können und ein schneeweißes Kleid nähen, das Kleid einer Jungfrau, das immer rein bleibt.*

Sie wollte Timaios nicht weiter zuhören, wollte seine Worte aussperren. Sie fühlte, wie ihr die Tränen in die Augen stiegen, über die zuckende Wange liefen, in der Kälte ein wenig brannten und dann fielen. »Wenn du meinst, dass du gehen musst, dann geh. Niemand hält dich auf. Niemand will dich aufhalten.« Timaios spürte deutlich einen Stich, und die Wunde, die die Göttin ihm zugefügt hatte, schmerzte heftig. Svanhild atmete hörbar ein und aus. »Wahrscheinlich hast du Recht, und es ist besser so.«

»Nichts ich weiß davon, was stimmt. Nichts.« Er seufzte und spürte ein Nachlassen des Schmerzes. War nun ein anderer Gott zufrieden? Fochten die Olympier miteinander? »Aber ich fühle, dass ich gehen sollte, bevor es für uns noch schwerer wird.« Timaios musste sich zwingen, langsam zu sprechen. Er wusste nicht, ob er Svanhild dankbar sein sollte, dass sie es ihm so einfach machte oder ob er traurig sein sollte. Auf der frischen Wunde bildete sich bereits ein Netz, das den ärgsten Blutfluss stillte.

Svanhild hob die feuchten Augen zum Himmel. Sie zwinkerte. »Bevor es noch schwerer wird? Was könnte noch schwerer werden, Timaios? Denkst du, dass es jetzt nicht schwer ist? Für dich vielleicht nicht« – sie flüsterte –, »aber für mich.«

Timaios, voller Scham, wollte etwas sagen, irgendetwas, denn der Vorwurf brannte heiß. Aber Svanhild kam ihm zuvor und legte ihm eine Hand auf den Mund.

»Nein, sag nichts. Ich weiß, dass es für dich auch schwer ist – ich hoffe es zumindest. Und vielleicht gehst du gerade deswegen. Folge dem Rat deiner Götter und ... Ich bin froh, dass du nicht einfach so verschwindest.« Svanhild holte tief Luft und lächelte tapfer. »Wann willst du aufbrechen?«

Sind das wirklich die Götter, die mir den Weg weisen?
»Ah! Bald. Ich muss. Morgen, dachte ich.«

»Oh!« Timaios spürte, dass er die Kimbrin nur noch mehr verletzt hatte: Ein solcher Abschied war kaum besser, als wenn er sang- und klanglos verschwunden wäre.

»Es sind die Umstände, die nicht gut sind. Wenn wir uns einmal irgendwann unter anderen Vorzeichen würden wiedersehen ... Vielleicht komme ich zurück, um wieder zu handeln ...«

»Ja, vielleicht. Aber vielleicht sollten wir die Götter und ihre Zeichen doch besser aus diesem Spiel lassen«, sagte sie plötzlich mit spröder Stimme. »Es ist schließlich eine Sache zwischen dir und mir. Oder willst du dich etwa auf den Flug der Vögel berufen? Hast du einen Bussard beobachtet? Oder hast du Albruna gefragt, was du tun sollst? Und wenn wir uns so verhalten sollen, wie es *deine* Götter erwarten, dann müsstest du mich noch schwängern, bevor du gehst, ist es nicht so? Dann würde ich das Kind aussetzen, und es hätte gute Möglichkeiten, ein Held zu werden.«

»Um dann mit Namen Herakles Ställe von Schweine auszumisten und Vögel auszujagen? Lassen wir das. Ist besser. Aber glaub mir, Svanhild, wenn ich einen Apfel hätte, müsste ich nicht überlegen lange, er sei dir.«

Svanhild blickte verständnislos drein. »Was redest du da? Was soll ich mit einem Apfel, Timaios?«

Er grinste schwach. »Ach, lass es fallen! Svanhild ... Es tut mir Leid, aber bitte versuch, mich zu verstehen.«

»Verstehen? Wie könnte ich dich verstehen, da ich deine Gedanken nicht kenne, weil du sie mir nicht mitteilst. Wir haben oft geredet, aber uns nur selten über dich und mich unterhalten. Ich nehme deine Entscheidung hin, denn ich deute deine Worte so, dass es für dich schwer sein muss, unter Barbaren zu leben. Sicherlich wirst du in deiner Heimat bald ein Mädchen finden, das schön, klug und vor allem gebildet ist.«

Timaios wollte zu einer Erwiderung ansetzen, doch Svanhild kam ihm mit einer schnellen Geste zuvor. Ein Lächeln umspielte ihren Mund. »Nein, sag nichts dazu. Ich war vorschnell. Ich weiß, dass du uns nicht als Barbaren betrachtest.«

Wenn wir am schlechtesten denken, dann reden wir am schönsten, dachte Timaios und schämte sich abermals.

»Ich habe mir viel Mühe gegeben, um keine Barbarin zu sein. Aber sobald du fort bist, werde ich als erstes Thorgis ... Ach, was rede ich für einen Unsinn.« Ihr Lächeln wurde schmerzvoll. »Geh unbesorgt. Ich trage dir nichts nach, aber ich werde an dich denken ... und sei es nur, weil es schön ist, an dich zu denken. Das war dann auch wohl das Ende meines Sprachunterrichts, oder? Schade. Ich habe so viel gelernt von dir.«

Die Hände ringend suchte Timaios nach einer Entgegnung, aber er ahnte, dass im Grunde jedes Wort zu viel war. Svanhild hob leicht die Arme und sah ihn an. Sehr gern nahm er ihre Einladung an und umarmte sie. Er berührte mit seinen Lippen erst ihre rechte Wange und dann die linke. Dann zögerte er kurz, um schließlich Svanhilds Mund zu suchen. Ihre Lippen waren kalt und trocken. Nicht sofort, aber bald nahm die Kimbrin den Kopf zurück, schaute ihm kurz in die Augen, schlug die ihren dann nieder, lehnte sich gegen Timaios und barg den Kopf noch einen Augenblick lang am Hals des Hellenen. Er fühlte sie schwer atmen und kam sich so hilflos vor. Dann hob Svanhild den Kopf.

»Ich wünsche dir trotz allem, dass du findest, was du zu suchen glaubst.« Svanhilds Gesicht näherte sich noch einmal dem seinen. Timaios spürte einen warmen Hauch am Ohr. »Ich hätte dich gebraucht!« Dann löste sie sich aus seinen Armen, drehte sich um und ging mit schnellen Schritten auf die Hütten zu.

Nach einer Weile folgte Timaios den Spuren der Kimbrin auf dem weißen Boden. Schnee haftete ihm an den Füßen, aber das war nicht der Grund, warum ihm die Beine schwer wurden. Hatte sie *diese* Worte gesagt? *Ich hätte dich gebraucht!* Nun standen die leisen Worte in der Weite des frostigen Landes, standen dort groß und tönten laut und machten ihn beklommen. Leere erfüllte ihn plötzlich, und Erleichterung durchflutete ihn im nächsten Augenblick. Noch immer schienen die Götter seinen Körper für ihren Streit zu nutzen.

Er blieb stehen und wandte sich nach der Linde um. Die ausgebreiteten Äste des blattlosen Baumes mit ihren zahlreichen Verzweigungen erinnerten Timaios an einen vielhändigen Dämon.

Timaios' Gedanken wanderten in die Vergangenheit. Sein allererstes Zusammentreffen mit Svanhild kam ihm in den Sinn, damals, am Abend vor der großen Schlacht in den Bergen. Dann dachte er an die zweite Begegnung, einseitig nur und dennoch erinnerungswürdig, an einem der ersten Tage nach Noreia, einem warmen Spätsommertag, und Timaios sah jedes einzelne Bild dieser Begegnung noch einmal vor sich.

Der lange Wurm lagerte damals in der Nähe eines Stromes, der den Istros speiste, den Danuvius der Römer, und leckte mit seiner rauen Zunge über die frischen Wunden. Timaios, noch immer angstvoll auf eine Gelegenheit wartend, die Kimbern so bald wie möglich zu verlassen, war zum Flussufer hinuntergegangen, um einen alten Bronzetopf mit Wasser zu füllen. Weil das Wasser in der Nähe des Lagers aber stark verschmutzt war, war er ein weites Stück flussauf gewandert, froh, die tausend Augen los zu sein, die ihn ständig zu beobachten schienen. Schließlich war er unter einem Weidenbaum ans Ufer getreten, hatte die Äste des Gesträuchs mit den Armen beiseite streifen wollen – und war erstarrt.

Kaum sieben oder acht Schritte vor ihm stand eine junge Frau, unbekleidet wie eine badende Nymphe, den weißen Rücken dem Ufer zugewandt, die langen Beine bis über die Knie vom seichten Wasser umspielt. Timaios, aufgeregt wie ein kleiner Junge, hatte sich langsam zurückgezogen und hingehockt. Ein heftiges Gefühl drängte ihn vorwärts. In seinem Mund sammelte sich Speichel, und er musste immer wieder schlucken.

O Eros, wie lange hatte er keine Frau ohne Kleidung mehr gesehen! Weder Statuen noch Mosaike oder Bilder gab es bei den Kimbern, nichts außer stämmigen Frauen in sackartigen Gewändern.

Die langen blonden Haare der Wassernymphe glänzten rötlich in der niedergehenden Sonne. Als sie sich zur Seite wandte, stromaufwärts, bot sie dem lüsternen Pan, der sie heimlich beobachtete und ihr gern ein Lied auf seiner Hirtenflöte gepfiffen hätte, eine andere Ansicht. Schön waren ihre Brüste, ungewohnt weiß, aber voll. Timaios hatte Svanhild in der Badenden erkannt, die junge Kimbrin, an die er in den letzten Tagen manchmal hatte denken müssen. Auch Thurid war lächelnd durch seine Gedanken gewandert, aber weniger oft als Svanhild.

Ihre Hände strichen über die Oberschenkel und über das hellblonde Vlies zwischen den Beinen, fuhren dann höher, rieben über den flachen Bauch, den sie mit allen Kimbern teilte, und verweilten schließlich bei den Brüsten, die sie kosend umkreisten. Timaios war der Spur der sanften Finger mit gierigen Augen gefolgt. Sein Gemächt pulsierte heftig. Durch den wollenen Überwurf umfasste er es mit der Hand und stieß ein wohliges Seufzen aus. Dann erst merkte er, dass Svanhild das Spiel ihrer Hände zwar durchaus zu genießen schien, es aber nicht – jedenfalls nicht ausschließlich – um der Lust willen tat, sondern sich sorgfältig mit einem dunklen Gegenstand einrieb, der feine Spuren hinterließ. Timaios wusste plötzlich, was Svanhild da in den Händen hielt: Es war *Saipo*, wie die Kimbern es nannten, ein gepresstes Gemenge aus Asche und Wollfett, mit dem sie sich reinigten.

Bei dieser Erinnerung hielt Timaios inne. Bevor er morgen die Kimbern verließe, wollte er noch etwas von dieser Saipo erstehen, denn sie war des Handelns durchaus wert. Gepresste Saipo war von unvergleichlicher Gründlichkeit und reinigte weitaus besser als die in Massalia oder Rom benutzten Erdarten oder Bohnenmehle. Wenn man ihr nun noch

Parfüm zusetzte, damit sie den ranzigen Fettgeruch verlöre ...

Damals, an jenem Tag am Fluss, war Timaios nicht im Reich der Vernunft geblieben. Svanhild war ganz versunken in ihre Beschäftigung mit sich selbst, und der Massaliote in seinem Versteck konnte sich nicht losreißen von dem verführerischen Anblick. Die Kimbrin legte die Arme um den Oberkörper und versuchte jetzt, ihre Flanken und den Rücken mit Saipo einzureiben. Für einen Schwindel erregenden Moment dachte Timaios daran, aus den Büschen zu treten und seine Hilfe anzubieten. Vor seinem geistigen Auge sah er Bilder, die jeden echten Pan mit Neid von den Bocksfüßen bis zu den Hörnern erfüllt und jede Nymphe schamrot über das Spiel seiner Flöte gemacht hätten. Furcht und Beherrschung aber überwältigten jede Lust.

Die Bilder der Erinnerung hatten nichts von ihrer prickelnden Schärfe verloren: Die junge Frau stützte die Arme auf die Hüften, einen Moment nur, dann kreisten die Hände auf dem Gesäß und fuhren zwischen die Beine. Timaios schluckte erneut. Nun ging die Beobachtete zwei Schritte in Richtung der Flussmitte und beugte sich zum Wasser hinunter. Reglos hockte Timaios da, den Mund leicht geöffnet, die Kehle ausgetrocknet, den Magen voller Schmetterlinge. Dann verschwand der verführerische Körper bis zum Hals im kalten Wasser, und Timaios fühlte nur noch Enttäuschung und Leere.

Plötzlich waren in der Nähe, irgendwo unterhalb und nahe der Uferböschung, Stimmen zu hören und Timaios fühlte sich gewaltsam aus seinen Träumen gerissen. Damals hatte er auf einmal zu verstehen geglaubt, wie sich Odysseus gefühlt hatte, als seine Mannschaft ihn den Lockungen der Sirenen nicht preisgeben durfte und mit Seilen an den Schiffsmast band.

Obwohl Timaios erst an diesem Tage und am gleichen Fluss die Kimbern leicht bekleidet beim gemeinsamen Bad beobachtet hatte, wie sie das Blut und den Schmutz der Schlacht von Noreia abwuschen, zog er es vor, sich an diesem Ort nicht ertappen zu lassen. Also hatte er sich leise davongestohlen.

Erst im Lager war ihm aufgegangen, dass er versäumt hatte, den Topf mit Wasser zu füllen.

Wie oft hatte er diese Bilder vor sich gesehen – so auch jetzt, als er auf die Ansiedlung zuschritt. Der nächste Tag war damals jener gewesen, an welchem Gaisarik Timaios aufgefordert hatte, sich beim Weiterziehen seiner Sippe anzuschließen, und der Hellene daraufhin sein Ochsengespann zu Segestes' beiden Wagen lenkte – durchaus erfreut über das großherzige Anerbieten. Solange er noch bei den Kimbern bliebe, stünde er somit unter Gaisariks Schutz. Nach der Schlacht von Noreia hatte er immer wieder hasserfüllte Blicke bemerkt, und es war seine feste Absicht, dies nicht länger als nötig zu ertragen.

Als er dann bei Gaisariks Sippe vorgefahren war, wäre er beinahe vom Bock gefallen, denn da stand Svanhild und lächelte ihn an, als wüsste sie ganz genau, was er gesehen hatte. Svanhild war ihm schon wegen ihres hübschen Gesichtes und der prachtvollen blonden Haare nicht mehr aus dem Kopf gegangen. Doch nicht im Traum hatte Timaios unter den unförmigen, sackartigen Gewändern, die sie an jenem Abend getragen hatte, einen derart verführerischen Körper erwartet. An Thurid hatte Timaios nach diesem Tag nicht mehr gedacht, und seine baldige Abreise verzögerte sich zusehends.

Seit jenem Tag am Fluss hatte sich Svanhilds äußere Erscheinung verändert. Timaios musste insgeheim zugeben, dass er sich in ihrer Gegenwart anders fühlte und immer häufiger ihren Blick suchte. Und natürlich hatte er genauer hingesehen und unter der Hülle aus grobem Stoff die süße Wahrheit gesucht, die er nun kannte. Darum war ihm auch schon bald aufgefallen, dass Segestes' Tochter irgendwann ein neues fußlanges Kleid aus blaugefärbter Wolle trug, zweifach gegürtet um Brust und Hüfte und mit weißen Zierkanten versehen: eine reizvolle Betonung all dessen, was sie vielleicht noch für ein Geheimnis hielt, ihn aber zu sehnsuchtsvollen Erinnerungen trieb. Zuletzt waren ihm auch die Blicke nicht entgangen, die sie ihm zuwarf, erst heimlich, dann immer offener. Und nach vielem Gestammel und verlegenem Gemurmel zu Beginn ihrer Unterhaltungen hatte Timaios schließlich zu seiner hellen Freude erkannt, dass sich unter den blonden Locken ein reger Verstand verbarg. Über die alltäglichen Frauenpflichten schritt Svanhild meist unwillig und eilig hinweg, und von der Welt der Hellenen und jener der Römer konnte sie nie genug erzählt bekommen.

Aus ihrem Unterricht war schnell ein Spiel geworden, das über die Koine hinausführte, Svanhild aber jene Welt erschloss, in der diese Sprache heimisch war. Wenn die beiden auf Timaios' Wagen saßen oder neben dem Ochsengespann hergingen, ein verschwindend kleines Glied im großen Leib des gigantischen Wurmes, der sich Tag um Tag durch das endlose Land wälzte, dann reisten sie manchmal vom Beginn der Zeit, wie sie Timaios bekannt war, bis in die gemeinsame Gegenwart. Timaios schwärmte von Massalia und Gallien und berichtete über Rom und Italien. Er erzählte ihr von Babylon, der Wiege der Menschen, von Griechenland, dem Land, das die Stätte ihres Lernens geworden war, und von der hellenischen Welt, in der sie endlich mündig wurden und in der Prometheus ihnen die Erleuchtung brachte. Achilleus und Patroklos nannte er ihr, Phillipos und Olympias und, begeistert und oft, die Namen vom großen Alexandros und von Roxane. Die Sage von Perseus und Andromeda gefiel Svanhild besonders, und sie verlangte immer wieder nach ähnlichen Geschichten. Timaios tat ihr gern den Gefallen – er liebte Perseus, dessen Heldentaten in seinen jugendlichen Tagträumen viel Platz eingenommen hatten. Und weitere Namen fielen, viele weitere Namen: Zeus und Europa, Odysseus und Penelope, Deukalion und Pyrrha, aber auch die von Phyrros und Hannibal oder vom blinden Homeros und vom sehenden Sokrates.

Svanhild, gefangen von den fremden Mythen und nie gehörten Abenteuern, ganz gespannte Aufmerksamkeit und aufnehmendes Gefäß, vermittelte Timaios daraufhin ihre eigene Welt, berichtete von Wodan und seinem Weib Frigg, von dem Lindwurm Nidhogg, der den Fuß der Weltesche benagte, und dem Adler, der des Baumes Krone hütete, von den drei Nornen in seinem Schatten, in dem sie den Menschen unbekannte Lose zuteilten, von Niflheim, dem Totenreich, und von Gladsheim, der Freudenwelt, vom Eisriesen Ymir, der das Geschlecht der Hrimthursen begründete, und dem Feuerriesen Surt, der beim Untergang der Götter die Welt in Brand setzte. Sie erzählte vom Haupte Mimirs, das jeden Morgen aus der Quelle der Weisheit unter Yggdrasil trank, und von Wodan, der ein Auge opferte, um einmal aus dieser Quelle trinken zu dürfen. Sie sprach von Kimbern und Teutonen, von Menschen und Göttern, von den Riesen, die auch Thursen gehießen wurden, und den Schwarzalben, die Schätze horteten und wertvolle Gegenstände fertigten. Und jede Rasse bewohnte ein eigenes Reich, verbunden durch Kriege, unzählige Sagen und das Geäst Yggdrasils. Sie berichtete vom Mond, den der Wolf Hati allnächtlich hetzte, um ihn zu verschlingen, von der Riesin Nott, welche die Nacht war, und von Dagr, dem lichten Tag. Gern und oft erwähnte sie den strahlenden Wodanssohn Baldur, der sogar diesen Tag noch an Hoffnung übertraf, mit dessen Tod das jetzige Zeitalter endete und der letzte Krieg zwischen Göttern und Riesen begann, woraufhin die Welt ins Chaos stürzte. Und schließlich erzählte sie von dem neuen Frühling, der dann folgen sollte und in den sie selbst große Hoffnung setzte.

Es war schwierig für Svanhild, sich die vielen Worte der Koine zu merken, die ihr Timaios immer wieder vorsprechen musste. Doch wie er es erwartet hatte – zu zwei Teilen zufrieden, zu einem Teil voller Neid –, zeigte sie große Willensstärke und machte beständige Fortschritte. Timaios genoss das Beisammensein, auch wenn gelegentlich eine gewisse Befangenheit zwischen ihnen aufkam. Und dennoch nagte fortwährend etwas an ihm, das er sich nicht erklären konnte. Ihm war so, als würden zwei Geister ihn beherrschen, von denen der eine ihn fortzog, der andere ihn aber zum Bleiben überreden wollte.

Das war der Teil der Vergangenheit, um den Timaios nun trauerte. Hätte Svanhild ihm eben ein wenig mehr als eine Umarmung gestattet, wäre allerdings auch die Gegenwart unerträglich geworden und nicht allein die Erinnerung an Vergangenes.

Zwei Stadien weiter waren zwischen kahlen Bäumen die Hütten der Kimbern zu sehen. Nach Stämmen, Gauen, Gefolgschaften, Sippen und Familien geordnet, erstreckte sich das Winterlager der vereinigten Stämme über eine Fläche, in deren Grenzen eine Stadt wie Massalia viele Male Platz gefunden hätte. Zahlreiche Sippen zogen es vor, ihre Hütten nicht in unmittelbarer Nähe der anderen zu errichten. Das Lager war aus diesem Grund weitläufig und offen. Schmale Rauchsäulen stiegen vielerorts in den grauen Himmel auf.

Als Timaios sich den Hütten näherte, erschollen laute Rufe aus dem Wald. Zwischen den Stämmen des Mischwaldes erschien ein Mann und eilte auf Segestes' Langhaus zu. An den dunkelblau gefärbten Stoffstreifen, die um seine Waden gewickelt waren, erkannte Timaios Svanhilds Bruder Gaisarik. Er rief nach seinem Vater.

Froh über die Ablenkung, fiel Timaios in einen leichten Trab und schob die rohe Holztür nur kurz nach Gaisarik noch einmal auf. Der Kimber stand heftig atmend vor seinem Vater und seiner Schwester und versuchte zu Wort zu kommen.

»... Albruna«, keuchte er zusammenhanglos. »Der heilige Hain ...«

Segestes runzelte die Stirn. »Was ist mit Albruna?«

»Bewusstlos. Sie wurde niedergeschlagen – vielleicht stirbt sie.« Gaisarik rang um Fassung. »Nach dem Schneetreiben wollten Vibilio und ich nach ihr sehen und fanden sie im Hain. Das Lager ist teilweise ausgeräumt, der Wagen, der heilige Wagen, ist zerstört, die Geräte sind alle fort, geraubt ... die beiden Jungen tot. Eiskalt fühlt Albruna sich an, und der Schnee ...«

Segestes erfasste die Lage sofort und handelte, ohne seinem Sohn weiter zuzuhören. »Holt Felle, sofort! Svava,

Kleines, mach Wasser heiß und wärme Tücher darin. Kommt mit!«

Eilig verließen sie die Hütte, Segestes vorneweg, Timaios und Gaisarik ihm dicht auf den Fersen. Von hier bis zur Kultstätte der Kimbern waren nur wenige hundert Schritt zurückzulegen.

Zuerst fiel Timaios die zusammengesunkene Behausung Albrunas im Hain auf. Die Hütte schien mutwillig zerstört worden zu sein.

Unweit des großen Baumes inmitten der Lichtung lag Albruna im Schnee, neben ihr ein dickes Seil. Albruna, der Stolz und die Furcht des Stammes. Vor der Tür der kleinen Behausung sah Timaios die reglosen Körper zweier Kimbern auf dem gefrorenen Boden liegen. Der Schnee war platt getreten und an vielen Stellen rot gefärbt.

Von allen Seiten näherten sich Menschen. Hludico erreichte als einer der Ersten und zusammen mit Segestes den Ort des Schreckens. Er kniete nieder und untersuchte die alte Frau. »Sie lebt. Segest, tragt sie in die nächste Hütte, rasch!«

Viele hilfreiche Hände bemühten sich, dem Befehl Hludicos so rasch wie möglich nachzukommen. Inständig hoffte Timaios, die alte Frau möge genesen. Er fand sie zwar ein wenig unheimlich, aber sie war ihm gewiss nicht böse gesonnen gewesen. Svanhild schätzte sie sehr, und Timaios traute dem Urteil der jungen Kimbrin rückhaltlos.

Der Herzog schaute den Helfern mit ihrer Last sorgenvoll hinterher, dann wandte er sich ruckartig ab und trat zu den Jünglingen. Den beiden war offensichtlich nicht mehr zu helfen. Mehr als eine Wunde bedeckte die schmächtigen Körper. Etwas weiter, in der Nähe des Holzverschlages, lag ein dritter Toter, ein Krieger der Kimbern. Näher tretend erkannte Timaios an der grünen Filzmütze jenen Mann aus Hludicos Schwurgemeinschaft wieder, der ihn und Svanhild einmal von der kleinen Wagenburg außerhalb des Lagers fortgewiesen hatte, damals, nach der Durchquerung des Sumpfes.

»Wodan wird sich seiner annehmen.« Der Herzog hatte auch diese Leiche kurz untersucht. »Hier hat noch ein Toter gelegen, den seine Genossen wohl mitgenommen haben. Jökul hat gekämpft und vielleicht auch getötet. Hel wird ihn nicht in die Klauen bekommen.« Hludicos Stimme überschlug sich vor unterdrücktem Zorn. »Wer immer es gewesen ist, er hat den Schneesturm genutzt. Kaum möglich, eine Spur zu finden. Cimbricus!« Er winkte einen Mann heran. »Finde heraus, was aus den anderen Wachposten geworden ist, die aufgestellt waren!« Der Befohlene ging eilig davon.

Um den niedrigen Verschlag aus Holz stand eine Gruppe wild gestikulierender Männer. Hludico trat zu ihnen, und Timaios stand zu weit entfernt, um den Wortlaut des Gespräches zu verstehen. Doch er hatte den Eindruck, dass der Herzog mit heftigen Vorwürfen begrüßt wurde. Ucromerus, Thurids grauhaariger Vater und einer der Führer der Gegenpartei, ein Mann, dessen große Sippe nach Svanhilds Worten verzweigter war als das Geäst der Weltesche, trat als einer der Wortführer auf. Und selbst für Timaios war offensichtlich, dass er Hludico hart zusetzte.

Der Massaliote, neugierig geworden, wollte zu der Gruppe treten, aber Gaisarik zog ihn mit sich fort zu einem hölzernen Wagen mit bronzenen Beschlägen, der ebenfalls mit grober Gewalt zerschlagen worden war. Der eherne Stier, den der Wagen getragen hatte, lag im Schnee und war zum Teil mit einer dunklen Schmiere überzogen.

»Ich hoffe, dem ist der Steiß abgefroren«, knurrte Gaisarik.

»Die haben mächtig wüten«, sagte Timaios. »Wer kann gewesen sein das?«

»Kelten!« Radiger, der hinzugetreten war und den Stier musterte, dachte nicht lange über die Antwort nach. »Eine Horde aus Gallien vielleicht. Oder Tougener aus der Gegend. Ein Vertrag gilt denen nichts. Denk nur an die Taurisker.«

»Ihr redet immer von den Tougenern und Tigurinern, als ob ihr wärt sehr anders und dabei ...«

Radiger spuckte aus und drückte damit seine Verachtung für die Helvetier aus. Oder für Timaios. »Wir haben nichts mit jenen zu tun, die Druiden anbeten und kleine Jungen schänden. Wann wirst du endlich lernen, dass wir Kimbern sind?« Er durchbohrte Timaios mit einem wütenden Blick. Der schlug die Augen nieder. »Und Teutonen, Ambronen, Haruden, Wandilier. Die Boier, die mit uns ziehen, sind nur geduldet, aber nicht erwünscht. Wir haben schon ohne sie genug Schwierigkeiten. Das ist nur ein Haufen von Großmäulern.«

»Dein Gefolgsherr kriecht Magalos aber ziemlich weit in das große Maul. Oder sonst wohin.« Deutlicher Spott lag in Gaisariks Stimme.

Jetzt wurde Radiger richtig wild. »Aber Hludico macht alles richtig, was? Sieh dich doch um! Dann erkennst du, wohin uns seine Führung gebracht hat. Nicht einmal die Kelten pissen sich vor uns noch in die Hosen.«

Gaisarik wurde nun ebenfalls lauter. »Wenn es nach Magalos und Cimberio ginge, dann zöge das Heer doch sofort nach Süden, würde über die Berge setzen und fiele über die Römer her. Und wenn der Kelte Heerkönig wird, dann ist unser letzter Kampf bald gekommen. Jeden Tag wird Magalos' Einfluss stärker – nur wegen solcher Männer, wie dein Herr Cimberio einer ist.«

»Ja, und bald wird die Zeit kommen, da Hludico endlich zurückstecken oder zum Schwert greifen muss!«

Gegen wen müsste er dann kämpfen?, fragte sich Timaios stumm. *Gegen Magalos oder Cimberio? Oder etwa gegen beide?*

Der von Radiger Erwähnte war unbemerkt und mit verschlossener Miene zu den dreien getreten. »Weder das eine noch das andere, hoffe ich. Aber wir werden sehen, wie es weitergeht, Radiger.« Radiger war kurz zusammengezuckt, zeigte aber keine weitere Regung. Dann wandte Hludico sich an Gaisarik. »Erst einmal müssen wir die Diebe fassen. Alles, was aus Silber oder Gold gefertigt war, haben sie mitgenommen und dazu ...« Der Herzog zögerte mit einem Blick auf Timaios, dann fuhr er fort. »... auch den Silberkessel und noch einiges mehr.« Er schaute wieder Radiger an. »Glaub mir, ich bin nicht froh darüber, dass Cimberio gerade jetzt im Osten weilt, obwohl ich ...«

»Herr!« Ein stämmiger Harude unterbrach den Herzog. »Schau: Dies Schwert lag dort drüben im Schnee.« Er hielt eine zwei Fuß lange Waffe vor sich, die in einer zweischneidigen, breiten Klinge mündete.

Timaios räusperte sich und griff nach der Waffe. »Ein Kurzschwert aus Iberien. Von Art, wie es die Römer benutzen, gar nicht zu zweifeln.«

»Römer?« Hludico wirkte auf einmal sehr angespannt. »Du meinst, Römer haben dieses Unheil angerichtet?«

»Das ich nicht habe behauptet.« Timaios schüttelte den Kopf. »Ich nur meinte, das Schwert vermutlich einmal in römischem Brauch gewesen ist. Ich habe aber auch schon Kelten solche Schwerter haben sehen.« Er reichte dem Kimber die Waffe, der sie entgegennahm und eine Weile in den Händen drehte. »Schau!«, erklärte er dann weiter. »Ihr habt bei Noreia solche Waffen als Beute machen. Gemacht. Gaisarik hat auch so eine.«

»Er hat Recht!«, rief Segestes, der gerade zurückgekehrt war. »Ich besitze auch ein solches Kurzschwert. Vielleicht ist dies auch nur ein Beutestück. Was sollten die Römer schließlich hier suchen? Aber Hludico, hör die gute Nachricht! Albruna ist wieder zu sich gekommen. Sie hat etwas von Kelten erwähnt. Lass sie uns befragen, dann wissen wir, wen wir zu jagen haben.«

Einige Männer, der Herzog, Segestes, Gaisarik, wollten schon gehen, als Cimbricus zurückkam, an seiner Seite ein junger Mann von etwa zwanzig Jahren, der einen dicken Pelz um die Schultern trug.

»Ketil«, hörte Timaios Radiger murmeln. »Natürlich auch einer von Hludicos Leuten ...«

Ketil ließ sich von seinem Gefolgsherrn nicht lange bitten. Obwohl er Angst zu haben schien, vielleicht Vorwürfe oder Bestrafung fürchtete, wartete er nicht erst auf eine Aufforderung zum Reden. Die Worte sprudelten nur so aus ihm heraus. »Es geschah im Schneesturm, Herzog. Ich habe nichts gesehen, aber mir war, als hätte ich einen Schrei gehört. Aber dann kam nichts mehr, und ich dachte, es sei nur ein Tier gewesen. Der Sturm tobte so laut, und ich konnte keine vier Schritt weit sehen. Nach dem Sturm habe ich eine Runde um den Hain gemacht. Als ich die Kameraden nicht fand, dachte ich erst, sie hätten sich in eine der Hütten geflüchtet, um das Unwetter abzuwarten. Als sie nach einer Weile immer noch nicht kamen, betrat ich den Hain, um nachzusehen, ob sie vielleicht dort waren. Dann entdeckte ich alles, und dann kam schon dein Bruder.«

Cimbricus ergänzte den Bericht. »Zwei der Wächter sind tot. Sie liegen mit durchschnittener Kehle hinter den Büschen dort hinten. Den dritten suchen wir noch, aber er ist vermutlich auch tot. Ich denke, Ketil ist nur davongekommen, weil die Meuchler ihn im Schneesturm nicht entdeckt haben.«

»Es ist gut, Ketil«, nickte Hludico. »Wir reden später noch einmal miteinander. Vibilio! Lass uns nach Albruna sehen. Gaisarik, hier laufen zu viele Leute herum. Nimm dir ein paar Männer und sperr alles ab. Nur unsere Leute, hast du mich verstanden? Kein anderer innerhalb des Haines und kein Wort nach draußen. Lass dir auch von Ucromerus nichts erzählen!«

Gaisarik ging davon, um dem Befehl nachzukommen, Hludico entfernte sich mit Vibilio und einigen anderen. Als Timaios sich anschickte, ihnen zu folgen, legte Segestes ihm die Hand auf die Schulter. Timaios verstand auch ohne Worte, aber der Alte hielt es für sinnvoll, eine Erklärung abzugeben.

»Hludico hätte nichts dagegen, mein Junge, aber andere verständen es nicht, besonders wenn tatsächlich Südländer etwas damit zu tun haben sollten.« Er seufzte, und mehr zu sich selbst als zu Timaios sagte er: »Ich fürchte, an dieser Sache hat er zu beißen.«

»Was du glaubst, sie werden entscheiden, wenn die Helvetier es waren? Wird der Rat Krieg beschließen gegen Kelten, weil Silberkessel gestohlen wurde?«

Segestes musterte den Hellenen nachdenklich. »Ah! Nein, ich glaube nicht, dass wir das tun werden, nicht allein wegen ... Der Kessel hat einen gewaltigen Wert, er ist eine Gabe Wodans, und die Schande ... Bedenke auch, dass Hludicos Gefolgschaft Blut zu rächen hat.« Er machte eine kurze Pause, und als er fortfuhr, konnte Timaios eine Spur von Unruhe in Segestes' Stimme nicht überhören. »Hludico ist ein bedächtiger Mann und wird nichts überstürzen. Zum Leidwesen so mancher anderer, ich weiß. Aber diesmal müssen wir etwas unternehmen. Vielleicht war der Überfall eine Mutprobe übermütiger junger Kelten, ein Heiliger Frühling etwa. Das wäre für uns alle die einfachste Lösung. Ja, das hoffe ich. Und doch kann ich mir nicht vorstellen, dass die Kelten dieser Gegend so unvernünftig sind, durch einen derartigen Frevel den Frieden zu brechen. Es müssen Fremde gewesen sein. Aus dem Westen vielleicht.« Er blickte sich um. »Du solltest jetzt den Hain verlassen, Timaios. Gaisarik muss seine Arbeit verrichten.«

Segestes wandte sich ab und folgte der Gruppe um Hludico, während Timaios Svanhilds Vater einen nachdenklichen Blick nachschickte. Irgendetwas war seltsam an dem schrecklichen Vorfall, und er hatte das Gefühl, dass der Verlust des Silberkessels nicht die größte Sorge der Kimbern war. Er wusste, dass Hludicos Haltung den Kelten gegenüber – er galt als nachgiebig und allzu friedfertig – im Stammesrat nicht unumstritten war. Vielen erschien er als zu weich, zu unterwürfig. Die Kimbern hielten sich für die Stärkeren. Also müsse man auch zeigen, dass dies nicht nur dem Anschein nach so sei. Sagten viele. Timaios konnte sich vorstellen, dass der Überfall von Cimberio genutzt würde, um den großen Herzog zu entmachten. Aber was hatte Hludico gesagt? Cimberio sei im Osten? Vor wenigen Tagen hatte er ihn doch genau hier im Hain noch gesehen. Wo genau im Osten befand er sich? Und was wollte er dort?

Dann kam Gaisarik und wies Timaios aus dem Hain, um Verständnis bittend und auf den Befehl seines Herzogs verweisend. Timaios ging nicht, ohne sich sorgfältig umzuschauen, aber ihm fiel nichts weiter auf.

Helvetien im Mond November, in der Nähe des Kimbernlagers

Timaios hatte Abwechslung beinahe herbeigesehnt, sie in solcher Form aber nicht erhofft. Den ganzen Tag, seit dem Abschied am späten Morgen, war ihm der wirre, düstere Traum der vergangenen Nacht durch den Kopf gegangen. Den unfassbaren Bildern zufolge, an die er sich inzwischen nur noch undeutlich erinnerte, hatten kimbrische Gottheiten, lebende Tote, bronzene Stiere, keltische Kimbern, kimbrische Kelten, wahnsinnige Priesterinnen, verrückte Druiden und eine kaum bekleidete Svanhild ein Satyrspiel geboten, das ihn kaum zu erheitern vermochte. Der Traum war nahezu verblasst, das Gefühl von Beklemmung war geblieben.

Sein Kummer um Svanhild, die es vorgezogen hatte, Timaios nicht mehr allein zu sprechen, hatte seine trübe Stimmung noch verstärkt. Alles war verwaschen, und alles war verwoben. Hatte er sich am Ende auch die Worte der Kimbrin nur eingebildet?

Beinahe jede Abwechslung wäre Timaios also willkommen gewesen, doch nun schüttelte er sich. Er sprang vom Bock des Gespanns und schritt langsam in die weiße Senke hinunter.

Der Abend war nahe, die Dämmerung kroch bereits aus den dunklen Winkeln, und Schatten spielten mit den keltischen und römischen Leichen, die auf dem Grund der schneebedeckten Niederung lagen, einige von diesen, mehr als ein Dutzend von jenen.

Römische Soldaten nördlich der Alpen? *Niemand hat von römischen Truppenbewegungen berichtet, und die hätten in diesem Land doch auffallen müssen, da Rom als Feind der Helvetier gilt.*

Waren die Römer an diesem Ort möglicherweise auf die keltischen Kesseldiebe getroffen? Zufällig? Absichtlich? Was wäre, wenn die Kelten im Auftrag der Römer gehandelt hätten? Und dann hatten die Herren ihre Diener erschlagen, um nicht teilen zu müssen, um keine Zeugen zurückzulassen ...

Timaios schüttelte verwirrt den Kopf. Waren tatsächlich Römer die Diebe, dann war Gaisarik, der am Morgen mit seinen Hundertschaften zu den Gauen der Tougener, Tiguriner und Rauriker geritten war, auf der falschen Spur, während er, Timaios, zufällig richtig lag, der mit seinem Ochsengespann einen südlichen Weg eingeschlagen hatte, auf der deutlichen Spur, die die Kimbern bei ihrer Ankunft in diesem Land hinterlassen hatten. Und Radiger, der mit zwei Hundertschaften nach Osten geritten war, würde ebenfalls nichts finden, Radiger, der sichtlich zufrieden schien, als Timaios ihn gestern Abend wissen ließ, dass er die Kimbern verlassen werde.

Das Ochsengespann stand sichtbar oben auf der Höhe, während Timaios durch den Schnee stapfte. Heruntergebrannte Reste von Lagerfeuern waren zu erkennen. Und ja, es waren Kelten, die hier lagen, keine Kimbern. Die Toten trugen teilweise kunstvolle Schnurrbärte, bunte Kleidung unter den Mänteln und hatten dunkelblondes oder braunes Haar. Viele römische Wurfspieße, zugespitzt an beiden Enden, ragten aus den Körpern. Helvetier? Timaios vermochte einen Kelten nicht vom anderen zu unterscheiden, eine müßige Frage. Ein Schwarm Krähen erhob sich in die Luft, zwei Füchse liefen davon, blieben stehen, schauten, liefen weiter. Blut troff von ihren Lefzen. Über dem winterlichen Schlachtfeld lag nur ein schwacher Geruch von Verwesung. Als Timaios sich nach einem römischen Feldzeichen bückte, musste er an einen Aasgeier denken.

Dann stutzte er.

Warum hätten die Römer eines ihrer geheiligten Feldzeichen und die Wurfspieße hier zurücklassen sollen, da sie den Kampf doch augenscheinlich gewonnen hatten? Und eines der beiden Enden der Wurfspieße wäre noch immer zu gebrauchen gewesen. Hatten also die Römer den Kampf überhaupt gewonnen? Hier lagen ja auch die Leichen ihrer Kameraden, nicht verscharrt und nicht verbrannt.

Das rechteckige Tuch des Feldzeichens war an einem Querholz befestigt und wurde von einer langen, spitz zulaufenden Stange gehalten. Mit den unterschiedlichen Farben des Tuches wusste Timaios nichts anzufangen, aber vielleicht konnten sie jemand anderem Aufschluss über die Zugehörigkeit der Einheit geben. Er nahm das Fähnlein mit sich. Am Ende war es immerhin ein Beweis dafür, dass die Römer in Helvetien standen. Für den Rat Massalias wäre dies gewiss ein nützlicher Hinweis.

Er bückte sich noch einmal und zog einem Kelten den Dolch aus dem Gürtel, eine unterarmlange Eisenwaffe ohne Parierstange und mit einem Lederband um den Griff.

Für Timaios schienen alle Spuren aus der Nacht oder vom Vortag zu stammen. Er wusste, dass die Kimberngruppen am Morgen nur kurze Zeit vor ihm aufgebrochen waren, um die Diebe und Mörder zu suchen. Der Hain war gestern am späten Nachmittag überfallen worden; die Täter konnten, wenn sie beritten waren – was er annahm –, am späten Abend an diese Stelle gelangt sein, wo sich mutmaßlich ein römisches Lager befand. Nach dem Kampf waren die Römer abgezogen, sicherlich mit dem Kessel als Beute, doch offenbar in großer Eile. Zwischen den Leichen fand sich viel Lagergerät.

Wer oder was war für die Römer der Anlass ihres überstürzten Aufbruchs gewesen?

Und wenn es sich so zugetragen hatte, wie Timaios annahm, dann lagen Gaisarik und Radiger mit ihren Vermutungen falsch. Am Morgen hatten beide noch so zuversichtlich geklungen.

»Ich hätte dich gern ein Stück begleitet, aber jetzt...« Auf Radigers Gesicht hatte sich tatsächlich Enttäuschung gezeigt. Timaios war weit davon entfernt, sich geschmeichelt zu fühlen. Radiger wollte sichergehen, dass der Rivale fort war.

»Warum bleibst du nicht und wartest auf unsere Rückkehr?«, fragte Gaisarik. »Wir können dich ein ganzes Stück begleiten. Die Gegend ist nicht sicher in diesen Tagen.« Dem älteren Bruder von Svanhild nahm Timaios das offensichtliche Bedauern über seinen Aufbruch eher ab.

»Nein.« Timaios schüttelte den Kopf. »Das Wetter kann jeden Tag schlagen um und den großen Schnee bringen.

Wenn ich jetzt noch warte zu lange, dann verliere ich einen ganzen Winter.«

Radiger winkte ab, sein Lachen klang gequält. »Lass ihn, Gaisarik. So wie er würfelt und trinkt, ist es besser. Für ihn jedenfalls.«

»Ja, bei den Göttern! Für ein paar von die Sachen, die ich bei euch eingehandelt, habt ihr einen guten, ah, Wert bekommen.« Timaios ging auf den leichten Ton des Kimbers ein. Im Grunde wussten beide, dass alles nur gespielt war.

»Welchen Weg willst du nehmen?«, wollte Gaisarik wissen.

Timaios bleckte die Zähne. »Die Alpenpässe sind sicher lange unpassierbar, ich nehme an, und ich verspüre nichts Regung in mir, die dafür ist, mich mit welchen Bergvölkern anzulegen. Nein, ich … Ah, Zeus hilf mir! Jetzt gewöhne ich mir auch dieses Wald- und Sumpfkimbrisch an. Nein! Ich werde die Berge umgehen und den Rhodanos versuchen zu erreichen. Erst noch kurz nach Süden, auf eurem alten Weg, dann nach Westen.«

»Boiorix ist mit einigen seiner Leute auch nach Süden geritten. Du hättest dich ihm anschließen sollen – ihr beide schätzt euch doch, hast du einmal erwähnt.« Timaios verzog das Gesicht, und Gaisarik schmunzelte. »Wir müssen auch los. Aber vorher …« Gaisarik griff unter seinen Fellumhang und zog ein bronzenes Trinkhorn aus dem Gürtel. »Hier, damit du dich an uns erinnerst«, grinste er, »und nicht nur an meine Schwester.«

»Und damit du üben kannst. Hier!« Gaisarik zog ein zweites Horn aus dem ersten hervor, und Timaios erkannte, dass die Bronzeummantelung nur eine genau passende Hülle war. »Dies hat mein Vater selbst vor vielen Jahren vom Kopf eines Auerochsen abgeschnitten. So behauptete er jedenfalls. Ich hoffe, es stimmt. Und er bittet dich im Namen der Sippe, es um der Freundschaft willen anzunehmen, die zwischen uns besteht.« Er lachte. »So hat er sich ausgedrückt. Recht hochtrabend, wie mir scheint. Nun, dann nimm es eben. Weiß nicht, warum er es dir nicht selbst gegeben hat, als du dich verabschiedet hast. Wie die Alten so sind.«

»Vielleicht fürchtete er, dass Timaios es dann als Einladung zur Rückkehr ansähe...« Das war wieder Radiger. Gaisarik öffnete den Mund, als wolle er etwas sagen, blieb aber stumm und holte nur tief Luft.

Die Worte des Rotblonden konnte Timaios gut beiseite schieben. Mit Freuden nahm er hingegen das Geschenk an. Die Ummantelung hatte sogar einen Fuß, damit man das Trinkgefäß abstellen konnte, während das schneeweiß gebleichte Horn selbst in seiner natürlichen Spitze auslief. In Massalia hätte es sicher einen gewissen Wert, doch es zu veräußern, das war natürlich undenkbar. Vielleicht einmal in schlechten Zeiten ...

Timaios dankte mit Inbrunst und überlegte rasch, welche Gegengabe er anzubieten hätte. Von seinem Wagen holte er schließlich schweren Herzens seinen eigenen Dolch mit dem handgerecht geformten Griff. Die handlange, mit feinen Wellenlinien überzogene Klinge schimmerte schwach in der Morgensonne. Dann entnahm er einer beschlagenen Holzkiste, die den wertvolleren Teil seiner geringen Habseligkeiten barg, eine handgroße Tonfigur und eine schwarze Flasche aus Siegelerde. Es war der letzte Rest aus seinem Warenbestand, und ihn zu verschenken fiel ihm leicht.

Den Dolch gab er Gaisarik. »Bitte gib den Dolch deinem Vater und sag ihm meinen großen Dank für das Horn. Der Stahl ist in eine Weise bearbeitet, wie es hier ist nicht bekannt. Siehst du die feinen Linien? Durch Gabe von bestimmten Metallen ist der Dolch mehr härter als alles, was ihr für eure Waffen nehmt. Er kommt aus Osten, aus einer Stadt im Land Syrien die *Damaskos* heißt, und nach der Stadt nennt man die Art der Arbeit. Aber ich kann das in eurer Sprache nicht sagen.«

Gaisariks Augen leuchteten. »Eine wunderbare Waffe, bei den Göttern! Vater wird sich darüber freuen.«

»Hier, das ist für dich.« Gaisarik nahm die kleine Statue auf dem quadratischen Sockel voller Ehrfurcht in die Hand und strich mit den Fingern zögernd über die üppigen Brüste und den schlanken Leib. »Ich glaube, es ist eine Göttin Mutter von Volk der *Etrusker*.«

»Wunderschön«, murmelte der Kimber. »Gabe und Gegengabe begründen Freundschaft – wenn sonst nichts dazwischensteht.« Gerührt umarmte er Timaios.

Radigers Gesicht zuckte, und Timaios hatte es nicht eilig, ihm die grazile, mit Zeichen, Figuren und einem etrurischen Siegel verzierte Flasche zu überreichen. »Da, für dich. Sie sich lässt schließen und mehr Male verwenden.« Warum er dem Mann überhaupt ein Geschenk machte, hätte er nicht erklären können.

Radiger bedankte sich zwar höflich, gab Timaios aber das Gefühl, dass Gaisarik die größere Gabe empfangen hatte. Oder es widerstrebte ihm einfach, etwas von Timaios annehmen zu müssen.

Der Massaliote wollte diesen unangenehmen Augenblick rasch überspielen. »In welche Richtung werdet ihr reiten?«

»Gaisarik wird mit zwei Hundertschaften die Tougener und Tiguriner aufsuchen. Ich reite mit meinen Männern weiter nach Osten. Der Rat hat andere Einheiten in andere Richtungen geschickt. Vielleicht waren es ja die Tiguriner oder die Tougener, vielleicht waren es andere Kelten.«

Gaisarik löste seinen Blick von der Tonfigur. »Im Westen, Osten und Norden leben nur Kelten. Wenn es keine Kelten gewesen sind, dann müssten sie versuchen, die Berge im Süden zu überqueren. Das ist ein wahnwitziges Unterfangen zu dieser Zeit. Nein, ich denke, wir werden die Bande bei den Tougenern oder Tigurinern finden. Und wenn ihre Herzöge vernünftig sind, dann liefern sie uns die Verräter aus. Und zahlen ein angemessenes Blutgeld.«

Nach einer kurzen Umarmung hatten sich die Männer getrennt. Timaios war zu seinem Wagen gegangen, die Kimbern ihrer Aufgabe entgegen geritten.

Timaios hielt vergeblich nach Svanhild Ausschau. Segestes und seine Kinder Svanhild und Bragir hatten sich kurz zuvor gemeinsam von ihm verabschiedet. Auch Thurid war zugegen gewesen. Bragir hatte seinen Vater gedrängt, den Massalioten begleiten zu dürfen, aber Segestes wollte dies in Anbetracht des Geschehenen nicht erlauben. Er legte auch Timaios nahe, noch zu bleiben und den Lauf der Dinge abzuwarten. Dieser lehnte ab und bedauerte im Stillen, ganz auf Begleitung verzichten zu müssen, zumal er den Jungen mochte. Bevor aber die Unschuld der Kelten nicht erwiesen war, würde Segestes seinen jüngsten Sohn nicht allein oder mit ungenügender Begleitung durchs Land ziehen lassen.

Svanhilds letzte Worte waren nicht ohne Wärme, aber dennoch zurückhaltend gewesen. Thurid entschädigte ihn dafür mit einer festen Umarmung.

Timaios hatte geseufzt und seinen Wagen bestiegen. Wenn ein anderer Abschied ihrem Willen entsprochen hätte, wenn Svanhild ihn noch einmal hätte allein sehen wollen, wäre sie wohl zu ihm gekommen.

Das Schnauben von Pferden schreckte Timaios aus seinen Träumereien auf. Rasch steckte er das abgetrennte Querholz mit dem Fähnlein unter seinen Mantel, griff nach einem römischen Wurfspeer und suchte nach der Quelle der Geräusche. Gegen den nun dunklen Horizont schoben sich die Schatten von Reitern über den Rand der Senke. Drei, vier, fünf – acht verhielten dort oben. Die Hufe der Pferde scharrten unruhig im Schnee.

Kelten! In Pelze gekleidet und schwer bewaffnet.

Zwei der Krieger trieben ihre Tiere langsam den Hang herunter.

Als die Reiter auf Timaios zuhielten, erkannte Timaios in den beiden Schattengestalten die Boier Magalos und Boiorix. Ein Grund zur Entspannung war das nicht, und der Magen zog sich ihm zusammen. Immer wieder um sich blickend, näherten sich die beiden Kelten in ihren Kettenhemden dem Händler. Magalos hielt sich eher gebeugt auf dem Pferd, Boiorix saß kerzengerade und wirkte neugierig und beinahe belustigt. Lange Schwerter und große Schilde bildeten ihre Bewaffnung. Ihre Pferde waren gesattelt, ein Umstand, den Timaios bei den Kimbern und Haruden noch nie beobachtet hatte.

Es war Boiorix, der Timaios in der allgemeinen Keltensprache anredete. »Die Absichten der Götter sind undurchschaubar – der hellenische Krämer Timaios aus Massalia schwer bewaffnet inmitten eines Schlachtfeldes. Ich wusste bereits, dass ihr Krämer aus dem Süden nicht mehr Skrupel habt als eure Soldaten. Aber Leichen zu fleddern, dachte ich immer, darüber wärt selbst ihr erhaben.«

Timaios fühlte sich in keiner Weise überlegen genug, dem Boier seine Frechheit vergelten zu können. »Ich bin erst eben gekommen und wollte untersuchen, was hier geschehen ist.« Er befleißigte sich eines maßvollen Tones. Die Langhäuser der Kimbern lagen bereits weit hinter ihm, und die ungleich näheren Boier dünkten ihm unfreundliche Zeitgenossen.

»Und zu welchem Ergebnis bist *du* gekommen, Herr aller Erkenntnisse?« Der selbstsichere Spott in der Stimme des Kelten beleidigte den Massalioten.

»Ich muss gestehen, ich bin einigermaßen ratlos.«

»Wie stets.« Boiorix grinste hämisch und blickte Timaios gerade in die Augen. Dieser senkte den Blick und musste sich eingestehen, dass ihm die Angst sicher anzusehen war. »Ich hatte nicht erwartet, dich noch einmal zu treffen. Wenn ich ehrlich bin, dann habe ich es beinahe bedauert, als ich heute hörte, du hättest uns schon verlassen. Dann habe ich über die Römer und deinesgleichen nachgedacht und was sie für die Welt bedeuten, und schau: Ich war froh darum, dass du fort warst.«

Die beiden Kelten stiegen von ihren Pferden.

Zu dem großen Magalos musste Timaios trotzdem aufblicken, während Boiorix nicht viel größer, aber erheblich kräftiger war als er selbst. Er vermied es, Boiorix anzusehen. »Auch ich *war* nicht unfroh darüber, fort zu sein, ohne dich noch einmal gesehen zu haben.« *Aber wo das Aas liegt, sind die Geier nicht weit.*

Boiorix war die Betonung nicht entgangen, und er trat einen Schritt auf den Massalioten zu, doch der Herzog der Boier legte ihm beschwichtigend die Hand auf den Arm.

»Beherrsche dich, Boio! Hier ist genug Blut geflossen. Hludicos Leute würden es uns übel vergelten, vergriffen wir uns an einem ihrer … wem eigentlich? Einem Gastfreund? Oder doch einem Späher?«

Boiorix blieb stehen und starrte Timaios drohend an. Und so leise, dass Magalos, der halb hinter ihm stand, es nicht hören konnte, zischte er: »Verdammter Menschenhändler.«

Die weiteren Worte des Herzogs verhinderten, dass der Massaliote sich Gedanken über die Drohung und den hasserfüllten Blick machen konnte. *Menschenhändler? Woher...* Magalos maß den kleineren Timaios von oben bis unten mit einem mitleidigen Blick. »Bedenkt man, dass du nicht länger unter dem Schutz der Kimbern stehst, sind die lauten Töne, die du spuckst, wahrlich staunenswert – und beleidigend in mancherlei Ohren.«

Timaios spürte wechselweise Kälte und Hitze. »Wenn ich deinen Zorn durch meine unbedachten Worte erregt habe, dann möchte ich mich dafür entschuldigen.«

»Ich habe euch Südländer noch nie leiden können, und deine Entschuldigung brauche ich nicht...« Timaios sah die Furchen über der Nasenwurzel des Boiers. Boirix stand daneben und schnaubte zustimmend. »Aber gut – um der *Freundschaft* zwischen Kimbern und Boiern willen lassen wir dich heute deiner Wege ziehen. Glaub mir aber, dass es nicht die Furcht vor Hludico ist, die uns daran hindert, an den Überfall in den Bergen zu denken. Seine Macht reicht nur so weit, wie sein Blick schweift, und bis zum Willen der Boier ist es um einiges weiter.« Dann wandte sich der Keltenfürst dem Schlachtfeld zu. »Was ist deiner Meinung nach also hier geschehen?«

Timaios versuchte den leisen Spott zu überhören, der auch in dieser Stimme mitschwang, war aber erleichtert und rasch mit seiner Erklärung zur Hand. »Hier liegen Römer und Kelten. Ich glaube, die Kelten haben den Hain auf Geheiß Roms überfallen, vielleicht sind es Tiguriner oder Tougener – ich weiß es nicht. Hier haben sie den Kessel an die Römer übergeben und sind zum Dank dafür niedergemetzelt worden. Die unerreichte Großherzigkeit Roms.«

»Römer so weit im Norden? Das hätte ich nicht erwartet.« Boiorix klang nachdenklich, als er sich zu Magalos umwandte. Er rieb sein Ohr mit dem goldenen Ring zwischen den Fingern. »Ich meine, was der hellenische Halbling da erzählt, mag Unsinn sein. Aber die Römer sind Wirklichkeit. Wir müssen den Rat benachrichtigen, ehe es zu Kämpfen mit den Helvetiern kommt.« Und nach einer Pause: »Der Arm des Senates ist lang geworden.«

Wie wahr. Habe ich das nicht einmal zu Gaisarik gesagt? Und sein Gedächtnis ist kaum kürzer. Noreia ist noch lange nicht vergessen. Aber trotzdem – dies ist nicht römisch … Halb vermochte Timaios dem Boier beizupflichten. »Der Senat mag ja einen langen Arm haben. Aber ich glaube die Römer zu kennen. Mir scheint, dass da jemand auch ziemlich lange Finger hatte, die mit im Spiel sind. Es ist nicht der Stil des Senates, auf solche Weise Vergeltung für eine verlorene Schlacht zu üben. Ein Volk in Ketten legen, eine Stadt niederzubrennen und zu schleifen, einen Stamm auszurotten – jederzeit. Aber durch gedungene Räuber einen gemeinen Raubüberfall durchführen zu lassen und die Räuber dann niederzumetzeln? Ich weiß nicht recht. Hier gibt es vielleicht noch eine andere Geschichte. Und was wollen sie mit einem Kessel? Er ist wertvoll, gut, aber das …«

Boiorix wirkte verunsichert. Magalos' Blick hingegen war bei Timaios' Worten finster geworden.

»Der Kessel der Kimbern schert uns wenig. Aber es ist eine Schmach, die den gesamten Bund der Stämme trifft.« Der Herzog schnaubte zur Ausführung seines Stammesgenossen, der mit einem Seitenblick auf den Älteren fortfuhr: »Viele von uns sind bekanntlich der Meinung, das sei allein eine Angelegenheit der Kimbern und ihrer Götter. Ich denke nicht so. Darum habe ich unsere Hilfe angeboten.« Timaios hatte den Eindruck, als seien Boiorix' Worte gar nicht für ihn bestimmt.

»Das ist gut. Denn wenn es gegen Rom geht, dann sollten alle Stämme nördlich der Alpen zusammenstehen. Ihr habt keine Vorstellung von der tatsächlichen Macht Roms. Der Ruhm seiner Legionen stinkt vielleicht zum Himmel, aber er strahlt auch heller als der Glanz der Sonne.«

Boiorix schnaubte. »Vielleicht dann, wenn die Sonne schon tief steht. Vielleicht ist die Zeit gekommen, dass Rom zusammen mit seiner Sonne untergeht. Ich habe in den Bergen keine glänzenden Legionen gesehen. Wir werden noch so viel Staub aufwirbeln, dass sie die Sonne nie wieder sehen.«

»Rom ist noch nicht satt«, murmelte Timaios mit gekrauster Stirn, »und ein silberner Kessel wird seinen Hunger nicht stillen.«

Magalos, der sehr schweigsam gewesen war, lachte kurz auf. »Ha! Genug Worte zerkaut, Hellene!« Er zischte beinahe. »Scher dich fort! Kehr zurück in deinen Süden zu den römischen Hunden. Auf der Stelle, sonst vergesse ich, was ich vorher gesagt habe.« Mit diesem Ausbruch, der für Timaios ziemlich überraschend kam und ihm aufs Neue Furcht einjagte, wandte der Boierherzog sich ab.

Boiorix folgte ihm nicht gleich. »Auch von mir einen guten Rat, Timaios.« Er kniff die Augen zusammen. »Halte dich von den Kimbern fern. Aber vielleicht sehen wir uns eines Tages wieder. Im Süden, in deinem Land.« Timaios fühlte und sah wieder jenes Dunkle in Boiorix' Zügen, das meist unter der Oberfläche verborgen schien. Dann drehte der Gefolgsmann sich um und folgte seinem Herzog, und die beiden machten sich daran, die Walstatt zu untersuchen.

Timaios schenkte den Kelten nur einen kurzen Blick, ehe er der Aufforderung von Magalos nachkam. In seinem Magen waren die Früchte der Angst wieder größer geworden. Fuhr er jetzt weiter, dann fand er vielleicht in ausreichender Entfernung von diesem Totenfeld einen angenehmeren Lagerplatz. Und auch in ausreichender Entfernung von den Boiern. Ihn fröstelte plötzlich, und er bewegte sich schneller. Als er schon wieder auf dem Bock seines Wagens saß und einen letzten Blick in die Niederung warf, sah er Boiorix, der eine Leiche auf den Rücken drehte. Dann hörte er einen erstaunten Ausruf. Der Boier richtete sich aus seiner knienden Haltung auf und blickte zu Magalos auf, der unbewegt in der Nähe stand und den langen Blick seines Stammesgenossen erwiderte – irgendwie traurig oder trotzig, meinte Timaios bei sich, jedenfalls ziemlich unbewegt. Der Händler schnalzte mit der Zunge, und der Wagen nahm Fahrt auf, nach Süden, in der breiten Spur des Kimberntrecks. Einzelne dicke Schneeflocken fielen zu Boden.

7. Kapitel

Helvetien im Mond November

Terentius Pius scheuchte noch einige der Männer auf die andere Seite des Wäldchens, und die Soldaten folgten seiner Weisung. Sie taten dies ohne jede Form von Respekt, doch sie gingen bereitwillig und mit Furcht im Blick, wenn auch nicht seinetwegen. Der Tribun blickte den sechs Männern hinterher. Einer hinkte und hatte einen blutigen Stofffetzen um den Oberschenkel gewickelt. Falls nicht ein Wunder geschah, wäre es mit ihnen allen bald vorbei. Ob er die Soldaten hierhin oder dorthin schickte, war gleichgültig.

Flavus Habitus und Mamercus Cotta blickten ihrerseits den Tribun an. Von Cotta waren über dem hochgezogenen Mantelkragen nur die Augen zu sehen, doch vermutlich war sein Gesichtsausdruck unter dem Vollbart wie gewöhnlich unergründlich. Habitus hingegen trug eine überlegene Miene zur Schau, die er gern dann aufsetzte, wenn ihm ein guter Gedanke – seine eigene Auslegung – gekommen war. Pius kannte und hasste diese Miene, aber zum ersten Mal erlebte er mit Befriedigung, dass der andere nicht parfümiert und frisiert und seine teure Kleidung schmutzverkrustet war.

»Sieht schlecht aus, was?« meinte Habitus. Cotta, in seinen dicken Mantel gehüllt, schwieg wie meist.

Die Antwort kam langsam und leise. »Bei den Göttern, schlechter als schlecht!« Und kalt war es. Der Tribun fror erbärmlich. Was für ein Land!

»Pius, wir sollten uns aus dem Staub machen«, schlug Habitus vor.
»Wer ist wir?«
»Du, ich und Mamercus hier.«
»Und meine Soldaten?«, fragte Pius und versuchte einen letzten Rest von der Würde zu zeigen, von der er immer nur geträumt hatte. Er betrachtete den Soldaten zu seinen Füßen, der auf seinem Mantel im Schnee lag. Sein Kopf lag auf einem Leinensack. Es war jener Decurio, der ihn immer die tiefste Verachtung hatte spüren lassen. Cestius hieß er. Seine Zähne waren gelb. Pius konnte ihm in den Mund sehen, den er eben wieder zu einem stummen Schrei öffnete. Er stöhnte aber nur. Die Augen waren weit aufgerissen, dann fielen sie zu, öffneten sich wieder und starrten den Tribun an.
Immer hatten die Soldaten Pius spüren lassen, dass er nicht zu ihnen gehörte, und in den letzten beiden Tagen hatte nur ihre Angst vor den Barbaren sie daran gehindert, seine Befehle zu missachten, ihre Angst und ihre Hilflosigkeit. Sie waren es gewohnt, geführt zu werden, und nach Führung verlangten. Vor allem unter den derzeitigen Gegebenheiten.
»Oho, Pius!« Dem Tribun wurde schmerzlich bewusst, dass er nicht einmal bei diesen Zivilisten Achtung oder Respekt genoss: Mit seinem Beinamen sprachen sie ihn an, als wäre er nicht mehr als ein einfacher Legionär. »Seit wann empfindest du so etwas wie Ehre? Wenn du Ehre im Leib hättest, dann wärst du nicht hier. Schamgefühl ist dir doch so unbekannt wie Reichtum.«
Pius hasste den spöttischen Unterton in der Stimme des Händlers, er hasste auch den Händler selbst, sein gesetztes Gebaren, seine wohl überlegten Gesten, überhaupt seine Überlegenheit, und am meisten hasste er die eigene Gier, die ihn hierher gebracht hatte. Aber er wusste, dass Habitus völlig Recht hatte. Alles war zu Ende, das Unternehmen war gescheitert, und im besten Fall konnten sie noch das eigene nackte Leben retten. Wo der verdammte Kessel war, das wussten die Götter allein, und dafür hätte er am liebsten den

Soldaten prügeln lassen, der ihn in Panik verloren hatte. Aber auch der hatte seine gerechte Strafe längst bekommen und war tot. Wie die meisten seiner Kameraden war er von den Barbaren getötet worden, den Barbaren, die nun da draußen lauerten, auf die Dunkelheit warteten, um den Rest des Kommandos niederzumetzeln. Gnäus Terentius Pius verfluchte den Silberkessel, alle römischen Senatoren und Kaufleute, alle Reichtümer dieser Welt, die man für manche Dinge so dringend nötig hatte, und er verfluchte die Barbaren. Vor allem aber verfluchte er den Konsul, der die Schlacht gegen die Barbaren gewagt und verloren hatte.

In seiner Wut vergaß der Terentier, dass er dem Konsul zu dem Verrat noch eifrig zugeredet hatte. Aber in Rom war das schöne Amt eines Magistraten, eines Beamten, das Pius mit aller Macht anstrebte, teuer – viel zu teuer in Zeiten des Friedens, in denen ein Krieg, der nicht stattfand, allen jenen leere Kassen verhieß, die ihn nicht geführt hatten. Und seine Familie war ohne Geld und Einfluss. Außer reichlich Schlägen und guten Worten hatte er von seinem strengen Vater nie etwas erhalten. Blieb allein die Protektion durch einen Mächtigeren. Nicht dass es bei Noreia schwer gewesen wäre, den willigen Carbo noch ein wenig mehr anzustacheln und in seinen Absichten zu bestärken, während diese dreckige Keltenabordnung dastand und wartete. Carbo, der ehrgeizige Plebejer, der alles tat, um die hochpatrizischen Optimaten auszustechen, die es einen jeden spüren ließen, wenn er nicht so hochfein und seine Familie weniger alt war als die ihre. Carbo war genauso versessen auf Ruhm wie er selbst – und auf Geld, um in Rom ein Denkmal zu errichten.

Pius' Augen wanderten von dem Soldaten zum verbliebenen Rest der Beute, die im Schnee neben dem todwunden Decurio lag, und fühlte einen Stich. Er war *so* nahe am Ziel gewesen. Das Gold des Nordens ... Gleich säckeweise lag hier vor ihm die Gewähr für eine glückliche Zukunft im zertrampelten Schnee. Und dabei waren die meisten Säcke bei dem überstürzten Aufbruch zurückgeblieben. Aber auch das hatte nun keine Bedeutung mehr, da ihnen allen ihr Lebensfaden schon längst zugeteilt war.

Bald würde er abgeschnitten werden.

Der Tribun betrachtete die behelfsmäßige Holzwehr aus Ästen und Buschwerk. Mehr als Wald bot sich seinen Augen in der abnehmenden Helligkeit des Tages nicht dar. Helligkeit? In diesem trübsinnigen Land waren sogar die kalten, kurzen Tage von einer hässlichen Dunkelheit erfüllt, die an die Unterwelt gemahnte. Und Wald, Wald und wieder Wald. Er verabscheute den Wald und die riesigen Bäume. Was er nicht sah, waren die Barbaren, die sich dort draußen in diesem endlosen Wald versteckt hielten. Aber das Stöhnen der verletzten Legionäre hinderte jeden daran, die Erinnerung an sie zu verdrängen.

Von sechsundsechzig Soldaten waren nur noch achtundzwanzig am Leben. Fünf der Decurionen waren gefallen, und Cestius lag hier, reglos und kurzatmig. Sein Gewimmer durchbrach in Abständen die trügerische Stille, aber mit der großen Wunde in der Flanke konnte ihm niemand mehr helfen. Die Optionen, von denen noch vier lebten, nahmen jetzt grimmig Pius' Weisungen entgegen. Und dann lag da noch der dunkelblonde Keltenlümmel aus dem Kimbernlager, gefesselt, geknebelt, ohnmächtig. Und die beiden schmierigen Händler lebten noch, natürlich. Die waren zäher als der armselige Rest, die hatten noch Ziele, die über das bloße Leben und Überleben hinausgingen.

Anfangs war alles so gut verlaufen: Die Taurisker, die sich unter den Kimbern und ihren unzähligen Verbündeten unbehelligt bewegen konnten, hatten, nachdem sie sich eine Weile in dem riesigen Lager umgesehen und umgehört hatten, den Keltenlümmel entführt und damit ein Druckmittel gegen seinen Vater in die Hand bekommen. Der Einfall stammte natürlich von Habitus, der auch selbst mit dem Kelten gesprochen hatte. *Da hat er noch einen Gestank wie eine Bordellhure ausgeströmt*, erinnerte sich Pius gehässig. *Jetzt kann ich auch bei ihm die Angst riechen, selbst wenn er es nicht zeigt, selbst wenn er trotzdem versucht, überlegen zu bleiben wie gestern, als wir die Tausriker und die Boier umgebracht haben.* Weder die einen noch die anderen wurden weiterhin gebraucht, aber zu viel wussten alle. Und zumindest die Taurisker hatten ein Anrecht auf einen Teil der Beute. Zwölf Beuteanteile mehr oder weniger: Den meisten Soldaten, in der Nähe von einer Million Barbaren ohnehin angespannt wie eine Bogensehne vor dem Schuss, hatte die kleinere Rechnung besser gefallen. Zwei der Decurionen waren nicht einverstanden gewesen, und natürlich hatte Cestius zu diesen beiden gehört. Aber Habitus konnte sehr überzeugend sein und wusste die Mannschaften hinter sich. Als die Kelten mit der Beute in das Lager kamen, da genügte ein Wort von ihm, um die Tatsachen zu vollenden, denen Cestius dann schweigend gegenüberstand.

Und dann waren die Barbaren gekommen, vierzig oder fünfzig Mann aus dem Lager der Kimbern. Oder ausgespien aus irgendeinem anderen Höllenschlund. Auf die Welt losgelassen, um sie zu plagen.

Die wilde Flucht würde Pius niemals vergessen, die Schreie, wenn ein Mann nach dem anderen eingeholt und vom Pferd gehauen wurde, die wild brüllenden Barbaren, diesen Riesen besonders, einen Herkules, der eine Axt statt einer Keule trug. Er wütete wie Mars, ein Gott des Krieges, der sechs oder sieben Männer tötete, als wären es nur Fliegen, und Cestius die Flanke aufriss und ihm die Rippen brach. Der baumbestandene kleine Hügel mit dem natürlichen Graben davor war die letzte Zuflucht, den die verminderte Truppe noch erreichen konnte. Zum ersten Mal hatten sie da gekämpft, sich dem Feind entgegengestellt und einige der Barbaren niedergemacht. Daraufhin waren die Feinde zurückgewichen, ein wenig nur und gewiss bloß vorübergehend.

Die Römer aber konnten nicht mehr weiter, denn die Barbaren hatten ihnen nun auch den Weg verlegt.

All das war schlimm gewesen. Dass aber der gottverdammte Kessel gleich zu Beginn der Flucht verloren gegangen war, das machte alles noch schlimmer. Und all die Säcke mit dem wertvollen Bernstein, die sie zurücklassen mussten! Doch selbst die Beute, die sie noch besaßen, wäre niemals heimlich wegzuschaffen gewesen. Auf der Flucht wäre der Kessel eine gerade noch erträgliche Behinderung gewesen, und mit seiner Hilfe hätte man später etwas davon zurückgewinnen können, was heute verloren gegangen war.

Aber die Götter wussten, wo sich der Kessel befand.

Pius' Gedanken wanderten weiter in die Vergangenheit. Carbo war schon seit langem wieder in Rom, während er seine Tribunen angewiesen hatte, bei Noreia mit dem Heer zu warten, den Weg der Kimbern zu verfolgen, sich ihres endgültigen Abmarsches zu versichern und letztlich einfach weitere Befehle abzuwarten. Da kam – zwei Monde nach der verlorenen Schlacht – per Senatsbeschluss endlich die Weisung zum Rückmarsch nach Italien. Das Schreiben war nicht vom amtierenden Konsul Carbo unterzeichnet, sondern es trug das Siegel seines Amtskollegen.

Für Pius kam in diesen Tagen noch ein anderes Schreiben, eine Antwort auf sein eigenes, mit dem er gewissen Leuten in Rom gleich nach der Schlacht einen Vorschlag unterbreitet hatte. Dies Schreiben kam nicht von amtlicher Seite, es war ausführlicher und nicht in Form eines Befehles abgefasst, sondern als Zustimmung zu verstehen. Pius hatte still gejubelt, dass seine eigenen Vorschläge als aussichtsreich gepriesen wurden, und war zu Habitus gegangen, zu dem Mann, der in dem Schreiben als Mittler genannt wurde.

Mit weiterer Post erhielt der Tribun dann ein zweites Schreiben. Von Gnäus Papirius Carbo. Der Konsul bat ihn, sich unauffällig im Lager umzuhören, welche Männer aus dem Stab in Frage kämen, um für einen bestimmten römischen Senator gegen ihn, Carbo, zu intrigieren. Wie hatte Pius innerlich gelacht, als er das las und die Rolle ins Feuer warf!

Einige Tage später verließen zwei Gruppen Noreia und seine erleichterten Einwohner: Die noch immer umfangreichen Reste des römischen Heeres zogen in südwestlicher und zwei berittene Turmen Soldaten unter Führung des Militärtribuns Gnäus Terentius Pius in westlicher Richtung davon; beide Züge in der Hoffnung, nicht in den Wintereinbruch zu geraten.

Pius hatte sich beim turnusmäßigen Befehlshaber – in Abwesenheit des Konsuls wechselten sich die Tribunen in der Führung der Legionen ab; auch Pius war zu seinem höchstem Vergnügen schon an der Reihe gewesen – förmlich darum gerissen, ein letztes Mal die Spur der Kimbern zu suchen, um sich des Friedens in der Provinz Noricum zu versichern. Er hatte *Provinz* gesagt, und sein vorgesetzter Amtskollege hatte gedankenlos genickt. Dann hatte der Tribun noch einmal genickt, Pius zwei Turmen Reiterei unterstellt und war im Grunde froh gewesen, dass überhaupt jemand so weit dachte, denn er wollte nur zurück an den Tiber. Schließlich weilte *er*, wie die meisten anderen Tribunen, einzig aus dem Grund an diesem finsteren Ort, weil der Militärdienst für eine senatorische Karriere vorgeschrieben war und nicht weil er auch nur annähernd das Gefühl hatte, ein Mann zu sein, dem das Dreckfressen angeboren war. Immerhin war *er* ein Cornelier, kein dahergelaufener Pleb wie dieser Pius, der so eifrig wie gewöhnlich war, Carbos Liebchen. *Nobelbock.* Oh, er kannte die Sprüche der Soldaten und lächelte heimlich darüber. Und so lächelte er auch diesmal und nickte Pius ein weiteres Mal zu.

Ein Soldat näherte sich Terentius Pius, der mit dem Rücken an einem Baum lehnte, und schreckte ihn aus seinen verzweifelten Gedanken auf. »Da tut sich etwas.«

»Da tut sich etwas, Tribun«, verbesserte Pius den Soldaten, der die Zurechtweisung ungerührt hinnahm und sich schon wieder abwandte. Pius warf noch einen Blick auf den Decurio, der ihn nun wie ein Bettler in Roms Straßen ansah, dann folgte er dem Mann durch den wieder einsetzenden Schneefall zur anderen Seite des Wäldchens. Ein Optio wies mit dem Schwert in der Hand auf flackernde Lichter jenseits ihrer Stellung. Die Kimbern oder wer auch immer, die bisher vergeblich gegen den kleinen Hügel angerannt waren, hatten ein Feuer angefacht und waren eben dabei, Fackeln zu entzünden und zu verteilen. Pius sah die Gestalt des Riesen mit der Axt neben dem Feuer stehen und Anweisungen geben.

»Verdammt!«, knurrte er. »Die werden überall Fackeln aufstellen, damit ihnen auch nichts und niemand entgeht.«

»Und jetzt?«, wollte Habitus wissen, der mit seinem Kumpan den Soldaten gefolgt war.

Gnäus Terentius Pius blickte den Heereslieferanten ratlos an. »Meine Soldaten ...«

Habitus grinste verächtlich. »Wunderbar.« Seine Stimme war leise. »Du hast bewiesen, dass du wirklich so etwas wie Verantwortungsgefühl zu besitzen glaubst. Ich bin der Meinung, das reicht jetzt, und wir sollten endlich zum Wesentlichen kommen.«

Pius gab auf. Er wollte nicht sterben, und für einen Mann wie Cestius empfand er kein Mitleid. »Also gut, Flavus Habitus. Hast du einen Plan?«

Schon am nächsten Tag setzte noch dichterer Schneefall ein und nötigte Timaios, in einem weitläufigen Mischwald aus Buchen, Eichen und grünen Nadelhölzern anzuhalten, um die Richtung nicht zu verlieren. Er hatte die Spur der Kimbern schon bald verlassen und war der Andeutung eines Pfades gefolgt, der nach Westen verlief. Segestes hatte ihm von diesem Weg erzählt, der nach einigen Tagen zu mehreren Ansiedlungen der keltischen Rauriker führen sollte.

Selbst der Sonne gelang es nicht mehr, die Schneeschauer zu durchdringen, und der Massaliote dünkte sich mit seinem Gespann tumber Ochsen nicht unbedingt über Helios und seinen Sonnenwagen erhaben. Also hielt er an, hoffte auf eine baldige Wetterbesserung und träumte von den Straßen der Römer.

Betend, dass er nicht an dieser Stelle überwintern musste, schlief er unter all seinen Decken ein und wachte am nächsten Morgen mit einem Blick zum Himmel auf.

Zeus gebührte Dank, denn es hatte aufgehört zu schneien.

Schmuddelige Wolkenbänke verschluckten noch immer die Sonnenstrahlen. Zwei Handbreit neuer Schnee bedeckten den alten, und Timaios fand es, milde ausgedrückt, schweinisch kalt. Wie die Kimbern es manchmal taten, wickelte er sich Stoffstreifen um die Beine und kam sich zwar nicht wenig barbarisch vor, aber immerhin erwärmt. Auch in Gallien hatte er an kalten Tagen schon Hosen getragen, und ohnehin nannten die Römer den größten Teil des Landes ›hosentragendes‹ Gallien. Niemals hätte Timaios sich so allerdings auf die Straßen Massalias getraut.

Als Tags darauf und vielleicht hundert Stadien weiter Tauwetter einsetzte, fühlte er sich anfangs erleichtert. Sehr bald nach dem Ende der ersten Frostperiode dieses Winters setzte aber eisiger Regen ein, und die Wege, die eigentlich keine Wege waren, weichten völlig auf und wurden grundlos. Selbst mit seinen eisenbeschlagenen Wagenrädern gab es kein Durchkommen mehr. Irgendwann blieben die Ochsen stehen und waren nicht mehr zu bewegen, auch nur einen Schritt weiterzugehen. Sie ließen die Köpfe hängen, und nach vielen nutzlosen Versuchen mit Peitsche, Geschrei und eigenen Kraftanstrengungen tat Timaios es ihnen gleich. Er spannte aus, kletterte auf den Wagen und verkroch sich unter den klammen Decken. Auf den nächsten Frost zu warten war alles, was er tun konnte. Radigers Worte kamen ihm in den Sinn: ›Freyr pisst.‹ Und er betete halbherzig dafür, dass der kimbrische Fruchtbarkeitsgott das kalte Wasser aus seinem Phallos bald abgeschlagen haben mochte.

Das Leben hielt für Timaios seine Höhepunkte bereit, wenn der Frühsommer kam und ihm und seinem Gespann alle Länder so offen standen wie einst Alexandros die ganze Welt, wenn Hannibal an lauen Abenden leise die Kithara schlug und Timaios sich auf einem Stück Papyrus Notizen zu Waren und Gegenden machte.

Wenn er sich hingegen auch nur um einen Mond verspätete, ehe er ein Winterquartier fand, wenn es früh dunkelte und spät aufhellte, wenn die Nächte kalt waren, obwohl er sich in zwei oder drei Decken wickelte, und die Tage kaum weniger, wenn er neben dem Gespann herlief, um sich aufzuwärmen, wenn der Wagen im Wind schaukelte und die steif gefrorenen Planen nicht mehr schlugen, wenn er nicht wusste, wo er sich befand, und wenn er hungrig war und die Nässe kein Feuer zuließ, dann war das Leben verdammt. Verdammt war es und ohne Hoffnung, und diese Welt, in der er ohne eine Familie leben musste, die ihm zur Seite stand und in deren Schoß er Kraft finden konnte, die schlechteste von allen, die für ihn denkbar waren. Die Nächte bedeckt, ohne Sterne, die Tage grau, ohne Sonne, die Piste so hart, dass spielend leicht ein Rad brechen konnte – einfach unvorstellbar, liegen zu bleiben und den Wagen nicht mehr bewegen zu können. Das war der Grund, weshalb er nur mit Waren handelte, die er selbst noch tragen und nahebei vergraben konnte.

Timaios war längst in Sorge. Es war spät im Jahr, viel zu spät, um eine so weite Reise, wie die nach Massalia noch anzutreten, allein, ohne Begleitung, ohne Hannibal. Dumm war er gewesen, und er verstand immer weniger, was ihn getrieben hatte, so lange bei den Kimbern zu bleiben.

In den folgenden regenreichen Tagen fand Timaios viel Zeit zum Nachdenken, doch es dünkte ihn weder fruchtbar, noch lenkte es ihn von seinen Sorgen ab. Die nackten Winterbäume gaben ihm aber viel Raum, und sein Blick wanderte in die nahe Vergangenheit. In dieser friedlichen Zeit begann der Massaliote, Vergleiche zwischen den Kelten und den Kimbern anzustellen, und viele Ungereimtheiten fielen ihm auf: *Auf der einen Seite sehnen sie sich nach Land, nach einer Heimat. Auf der anderen Seite finden aber viele, sogar Vernünftige wie Gaisarik und Hludico, ein Vergnügen am Nomadenleben.* Und etliche zogen noch das Wandern und Kämpfen dem Bestellen von Feldern vor. Im Vergleich mit den Kelten Galliens schienen ihm die Kimbern weitaus weniger sesshaft. Aber in ihrem allgemeinen Wesen wirkten diese ruhiger und nicht so schrill wie jene, nicht so bunt, nicht so überschwänglich, nicht so prunkend und verschwenderisch mit ihren Gefühlen. Waren die Kimbern darum ehrlicher? Sich selbst und anderen gegenüber? Nein. Möglicherweise aber ehrerbietiger. Ehrenvoller. Ehre ging ihnen über alles: Die Schande des Einzelnen war immer die Schande der Familie und der ganzen Sippe.

Timaios kam es so vor, als wohnten viele Seelen in ihnen – aber ihre Schultern waren ja auch beileibe breit genug, um in der Brust dazwischen mehr als eine Seele aufzunehmen. Sie waren Krieger, die Land suchten, um Bauern zu sein, und sie suchten den Krieg, wenn sie Bauern waren. Weiter kam er selten mit seinen Überlegungen. Einmal schoss ihm die Erkenntnis durch den Kopf, noch nie gehört zu haben, wie ein Kimber sich als Kelte bezeichnete. Und dann die Wut Radigers im Hain, der zwischen Kimbern und Kelten so klar getrennt haben wollte. Die Stämme Galliens, die Sequaner, die Arvener, die Allobrogen, alle waren sich ihres Keltentums bewusst, selbst die Boier, die vor kurzem erst ihr Fest Samhain gefeiert hatten, das späte Ende des Sommers.

Die Kimbern hatten nicht gefeiert. Einige hatten mit den Boiern getrunken, aber offenbar nur aus Freude am Feiern, nicht aus Achtung vor einem festen Tag. Nein, die Kimbern wollten nichts davon wissen, zu den Kelten zu zählen, sagten immer Kimber und niemals Kelte, hießen ihre Götter Wodan, Donar, Nerthus, Freyr, Freya, Baldur, Ziu …

Diese Namen hatte Timaios nie zuvor gehört, doch das bewies gar nichts: Die keltischen Gallier kannten tausend Götter und kannten sogar einen Schweinegott und eine Pferdegöttin. Das Verhältnis der Kimbern zu ihren Göttern war eng, aber nicht herzlich. Mit den lebensfrohen hellenischen Göttern waren die kimbrischen nicht zu vergleichen, sie waren nüchtern, grob, kämpferisch und erinnerten ihn eher, wenn überhaupt, an die tumben Götter der Römer.

Vom Nichtstun nur wenig hungrig geworden, bereitete sich Timaios seine Mahlzeiten zu, die meist aus Gerstenbrei und Gemüse bestanden, und er tat das mehr aus Zeitvertreib denn aus anderen Gründen. Einmal schnitt er eine Rübenbrocke und mehrere Möhren mit dem Keltendolch in mundgerechte Stückchen, warf sie in einen Wasserkessel und würzte mit wenig Salz und Koriander. Die Gerste zerstieß er in einer Steinschüssel mit einem kleinen Mörser, fügte einen Teil Wasser hinzu, ließ das Gemenge kurz aufkochen und schmeckte mit einer Prise Salz ab – ein geringer Rest dessen, was ihm nach dem letzten Spiel noch verblieben war. Während dieser Beschäftigung wanderten seine Gedanken und hielten erst inne, als sie bei Svanhild angelangt waren.

Sein noch zu Beginn des vergangenen Sommers grenzenloses Vertrauen in die hellenische Überlegenheit gegenüber irgendwelchen Barbaren hatte durch diese junge Frau und einige andere Kimbern einen heftigen Schlag bekommen. Die Ordnung seines Weltbildes war vollkommen verkehrt worden. Vielleicht lebten die Kimbern in einer barbarischen Welt, aber sie bildeten keine innere Einheit von Barbarei. Sie wussten recht genau, was sie in dieser Welt begehrten, und lebten dafür. Vielleicht waren sie willensstark, weil sie arm waren, vielleicht weil sie keine Wahl hatten. Und dem Willen Svanhilds konnte niemand so leicht entgegentreten.

Alles schien so einfach, so ehrlich und leicht, wenn Svanhild es tat, und sie war noch so, wie Timaios sich die Menschen in Hellas und Rom nicht mehr vorstellen konnte: wohltuend kindlich, ohne kindisch zu sein. Und plötzlich dünkte ihn die ganze von Hellenen bewohnte Welt scheinheilig und die der Römer ohnehin. Nur die Barbaren waren noch so etwas wie echte Menschen, die einzigen vielleicht und die letzten, weil sie in vielem den Tieren so ähnlich schienen, geradeheraus und voller Kraft. Bei ihnen gab es diese zersetzende Trägheit nicht, die in Massalia heimisch war und die sich angeblich längst auch in Rom ausgebreitet hatte.

Doch war das nicht ... Jötenkram, was er da dachte? Tatsächlich waren die Kimbern nicht weniger streitsüchtig und nicht weniger kleinmütig als andere. *Bei Hermes, dieses viele Nachdenken führt doch zu nichts.* Er lächelte, als er dachte: *Urd soll ruhen mit ihrer ganzen Vergangenheit.*

Aber Timaios kam nicht los davon. Und gab er diesen Barbaren erst Namen, dann erschienen sie längst nicht mehr so barbarisch, dann waren sie Kimbern, Teutonen, Ambronen, Haruden, die Svanhild, Gaisarik, Thurid, Segestes hießen und denen Familie alles bedeutete. *Versoffen sind sie, sogar die Mädchen wie Thurid.* Aber sie waren offen, treu und unbeirrbar in ihrem Glauben an ein baldiges Ende ihrer Wanderung. Und obgleich sie auf den Spuren des Todes wandelten, lebten sie: vergnügt und freudig bei jeder Gelegenheit, bei der Geburt von Kindern, bei ihrer Namensgabe, wenn das Kind Ehre einlegte, wenn jemand Heil gewann oder einfach wenn die Sonne schien. Selbst Gaisarik und

Radiger liebten es, in geselliger Runde bei einem Bier zu sitzen, zu reden, zu lachen und herumzualbern wie übermütige Kinder ...

Svanhilds Stellung innerhalb von Sippe und Stamm war Timaios ein Rätsel: Sie konnte alles so ausdrücken, dass es wichtig und bedeutsam klang, wenn sie aber über sich selbst redete, erfuhr er fast nichts. Sprach sie, ruhten alle Augen auf ihr, und sie war der Mittelpunkt jeder Versammlung. Die Kinder vergötterten sie, die Männer begehrten sie, die Frauen beneideten sie, das war offensichtlich. Selbst Nebensächlichkeiten behandelte sie mit einem Eifer und einer Überzeugung, dass ein Krieg unwichtig, ein krankes Schaf aber wichtig wurde. Als Tochter des Ratsherrn Segestes war Svanhild gewiss von klein auf mit Führungsaufgaben vertraut. Aber das allein konnte den tiefen Respekt nicht erklären, mit dem alle sie behandelten. Segestes war wichtig, aber doch nur ein Mitglied des Rates unter vielen und ein Berater von Hludico unter mehreren, wenn auch vielleicht der wichtigste.

Timaios aß sinnend alles auf, spülte sein Geschirr und den Mund anschließend in einer Wasserlache aus und gab den Ochsen einen halben Ballen Heu zum Fressen. Später wühlte er in seinen Waren herum. Wenn er nichts anderes tun konnte, dann doch immerhin eine Aufstellung aller eingehandelten Stücke. Vom Bernstein, ob nun bearbeitet oder in rohem Zustand, hatte er zu seinem Bedauern nur wenige Stücke eintauschen können. Bedauerlich, dass die Kimbern so wenig von diesem begehrten Material mit sich zu führen schienen. Pytheas hatte in diesem Zusammenhang in seiner alten Schrift die Teutonen erwähnt, aber mit diesen hatte Timaios wenig zu tun gehabt.

Einige Frauen hatten Ketten aus Bernstein getragen und Ohrgehänge, manche Männer Amulette. Viel war das aber alles in allem nicht, und hergegeben hatten sie die Stücke nur ungern. Und hätten Gaisarik und Svanhild ihn nicht unterstützt, wäre er vielleicht nur mit Saipo, mit kunstvollen Fibeln, bemalten Tonwaren und Fellen nach Massalia zurückgekehrt.

Nachdem die Stämme das Land der Helvetier erreicht und sich niedergelassen hatten, waren die Geschäfte hingegen besser gelaufen. Doch erst als die Geschwister für ihn sprachen und selbst den Tausch eröffneten, waren einige wirklich schöne Stücke Bernstein in seinen Besitz gelangt. Sein ganzer Stolz war ein dunkler dicker Brocken, der auf der Schnellwaage ein Gewicht von mehr als einem halben römischen Pfund ergab. Hludico hatte ihm dies Stück verkauft.

Er griff nach einem Maßband und kam auf einen Umfang von dreizehneinhalb Fingerbreiten bei einer Länge von zehn. Ohne die Sprünge, eine gewisse Trübung im Innern und einen kleinen Schatten, eine Fliege wohl, wäre der glänzende Brocken vollkommen gewesen, ein kleines Vermögen wert – keine Frage, dass er mit dem halben Pfund Salz mehr als gut aufgewogen war. Überhaupt war es nicht schwer, mit den Kimbern zu handeln, die zumeist die Finger gebrauchten, um zu zählen. Und waren sie erst mit den Fingern durch, dann waren viele auch mit ihren Forderungen schon am Ende.

Einige schöne, aber seltsame Knochenschnitzereien von fremden Göttern gefielen ihm ebenfalls. Wenn er das eine oder andere Stück noch ein wenig polieren ließe, könnte er es gut an einen Sammler verkaufen. Timaios war zufrieden, umso mehr, als er sich einer Bemerkung von Kembriones erinnerte, dass der Handel mit Bernstein, dem Schweiß der Sonne, im Augenblick schwere Zeiten durchlebe. So oder ähnlich hatte er sich geäußert.

In Massalia wollte er dem alten Hermes ein wenig Weihrauch als Dankopfer verbrennen. Aber wenige Kügelchen sollten genügen, Weihrauch war teuer und der Gott weit.

Gern hätte Timaios noch blonde Haare eingehandelt. Das einfache Landvolk in Italien glaubte, dass solchem Haar Kräfte innewohnten, die vor dem bösen Blick schützten. Wegen Svanhild hatte er sich jedoch nicht getraut, irgendeinen blonden Kimber nach seinen Haaren zu fragen.

Timaios blies die Backen auf. Svanhild – dass seine Gedanken immer wieder bei ihr endeten!

Svanhild dachte an Timaios, während Thurid ihr über die Haare strich. Während ihres Zusammenseins mit Timaios hatte sie sich oft die Frage gestellt, wie sie sich ihm gegenüber wohl am besten verhalten sollte. Nun, nach dem schmerzlichen Fortgehen des Massalioten – sie sagte den Namen seiner Stadt manchmal laut vor sich hin, um den Klang der griechischen Sprache nicht zu vergessen –, waren solche Fragen nur noch ein Gedankenspiel.

»Du solltest dein Haar färben, Svava.« Svanhild schreckte aus ihren Erinnerungen auf. »Was?«

»Du solltest dein Haar einmal färben. Rotes Haar würde dich sicher sehr schmücken.«

»O Gott, nein! Ich mag meine blonden Haare.« *Und Timaios mag meine blonden Haare*, dachte sie. *Mochte*, verbesserte sie sich dann und spürte eine Enge im Hals. *Er würde schreien, wenn er wüsste, dass ich rote Haare hätte. Oder gar kurze.*

»Wusste Timaios eigentlich wirklich Bescheid über dich?« Es schien beinahe, als hätte Thurid die Gedanken ihrer Freundin gelesen.

»Wie meinst du das?« Svanhild schaute von dem fadenscheinigen Überwurf ihres Bruders Bragir auf, den sie mit einer bronzenen Nadel und wollenen Fäden wieder zusammenflickte.

»Nun, dich. Deine Person: Svanhild, Tochter von Segestes. Halt still und leg endlich den Mantel weg!«

Svanhild folgte der Aufforderung und hielt den Kopf ruhig, während Thurid mit einer Schere an ihrem Haar herumschnitt. »Ich weiß nicht. Ich habe manchmal Andeutungen gemacht, aber ich glaube nicht, dass er sie verstanden hat. Wahrscheinlich hat er einfach nur genickt und fand es nicht weiter wichtig. Die Männer aus dem Süden sind auch nicht anders als die unseren!«

»Vielleicht hat er es auch nicht begriffen. Ich glaube, er ist gar nicht so schlau. Wie viel?« Svanhild lächelte, denn sie hatte Thurids Eifersucht mehr als einmal gespürt. Irgendwie tat ihr das gut. Sie nahm den Bronzespiegel in die Hand und hob ihn. Timaios ... Nein, er war anders als die Männer, die sie kannte, freundlicher, weniger verstockt, nicht so maulfaul. Er hatte ihr geschmeichelt und sie auf eine bestimmte Art angesehen ... Doch, er war anders.

»Höchstens so viel.« Sie zeigte mit Daumen und Zeigefinger ein Maß von einer halben Handbreite an.

»Mmh.« Thurid nahm einen vorsichtigen Schnitt vor, und blonde Strähnen fielen zu Boden. »Warum hast du es ihm nicht gesagt?«

»Was gesagt?«

»Guten Morgen, Svava. Hörst du mir eigentlich zu? Du denkst doch an ihn, oder?« Svanhild lächelte verlegen, sagte aber nichts. »Also, warum hast du es ihm nicht gesagt? Ich kenne dich, du hast es genossen, umworben zu werden.«

»Was hätte ich ihm denn erklären sollen?«

Thurid zog an der Haarsträhne, die sie zwischen den Fingern hielt. »Nun, dass es gar nicht möglich gewesen wäre.«

»Was sollte nicht möglich sein? Hör auf, mich zu quälen! Er war doch lange genug bei uns, um zu begreifen, was vorging.«

»Da wäre ich nicht so sicher«, sagte Thurid im Brustton der Überzeugung. »Oder hast du mit ihm geredet?«

»Das geht dich gar nichts an. Und überhaupt: Was soll das heißen – es wäre nicht möglich? Als ob das deine Angelegenheit wäre.«

Thurid schwieg verärgert, aber sie redete viel zu gern, um lange schweigen zu können. Mit einem Knochenkamm glättete sie Svanhilds verfilztes Haar, vielleicht ein wenig zu grob, doch ihr Opfer schwieg ebenfalls beharrlich. Dann griff Thurid wieder zur Schere. »Wir hätten deine Haare schon vor zwei Tagen schneiden sollen. Timaios hätte sie sicher gern eingetauscht. Er hat mir erzählt, in seinem Land seien blonde Frauenhaare sehr begehrt.«

»Ich weiß«, sagte Svanhild gelassen. *Meine Haare würde er nicht verkaufen. Niemals! Oder?* Dieses ›Oder‹ machte sie ein wenig bang, denn sie war sicher, längst nicht alle Seiten des Massalioten kennen gelernt zu haben. Um aber Thurid zu beweisen, dass Timaios ihr alles und ein noch bisschen mehr berichtet hatte, meinte sie leichthin: »Er hat mir erzählt, in Rom bänden sich die Frauen blonde Perücken vor ... vor ihre Scham. Kannst du dir das vorstellen?«

Thurid legte die Schere beiseite. »Wirklich? Warum? *Das* mögen die Männer? Sie sind verrückt!«

»Wer? Die Frauen?«

»Nein, die Männer natürlich. Keine Frau käme doch auf einen solchen Gedanken, wenn ein Mann das nicht verlangen würde. Und färben oder bleichen sie ihre Haare dann auch?«

»Welche?«, fragte Svanhild lächelnd.

»Die auf dem Kopf natürlich«, antwortete Thurid und schüttelte ungläubig das eigene Haupt.

»Ich glaube schon, aber ich weiß nicht, was sie benutzen. Vielleicht Ziegenfett und Buchenasche, keine Ahnung.«

Holz knarrte, und eine tiefe Stimme war zu hören. Boiorix betrat das Langhaus, schaute sich um und trat, nachdem sich seine Augen an das schwache Licht des Herdfeuers gewöhnt hatten, zu den beiden Frauen herüber. Er blickte Thurid wortlos an und machte damit deutlich, dass er ihre Gegenwart als störend empfand. Diese erwiderte seinen Blick ungerührt. »Ich möchte mit Svanhild sprechen«, sagte der Boier schließlich.

»Oh, dann störe ich wohl! Entschuldigt bitte«, flötete Thurid. »Ich schneide später weiter, Svava.« Sie legte die Schere beiseite, murmelte ein halblautes »Der also auch noch« vor sich hin und entschwand.

Boiorix schien um Worte verlegen zu sein, ein Gedanke, der Svanhild erheiterte. Im Allgemeinen barst der Boier geradezu vor Selbstsicherheit, und den Gedanken an Scham oder Betroffenheit schien er nicht einen Lidschlag lang zuzulassen.

»Ich habe deinen Vater getroffen, Svava, und der hat mir erzählt, dass du hier bist.« Boiorix sprach ein flüssiges Kimbrisch mit einem deutlichem Akzent. Seine rechte Hand wanderte zum rechten Ohrring und rieb ihn zwischen Daumen und Zeigefinger.

»Svanhild.« Sie nahm das Kleidungsstück ihres jüngeren Bruders wieder zur Hand.

»Was?«

»Ich heiße Svanhild, nicht Svava.«

»Aber die anderen ...« Boiorix presste die Lippen aufeinander. »Gut, also Svanhild. Aber vielleicht bald.«

Svanhild hob die Augenbrauen, sagte jedoch nichts und fädelte einen neuen Faden ein.

»Also, ich war bei deinem Vater.« Boiorix verstummte, als wäre damit alles gesagt, ein Gefühl, das Svanhild tatsächlich überkam, denn sie ahnte, was folgen würde. Aber sie mochte es nicht und stöhnte innerlich.

»Und?«, wollte sie nach einem Augenblick der Stille wissen.

»Und was?«

Nun schaute sie dem Boier ins Gesicht. Boiorix war nicht sicher, ob er das als angenehm oder unangenehm empfinden sollte. Diese Frau verwirrte ihn, und Verwirrung war ihm fremd. »Du bist bei meinem Vater gewesen. Und?«

»Nun ...« Die Hand wanderte wieder zum Ohrring, dann zum dunkelblonden Schnurrbart. »Kannst du dir das nicht denken?«

»Frauen denken nicht, Boiorix.« So einfach wollte sie es ihm nicht machen. »Nur wenn sie arbeiten, dann sind sie für euch wichtig. Aber ich will gern versuchen zu denken: Sicher ging es um den Überfall auf den Hain.«

»Was? Den ... Ja, auch, aber nicht nur.« Er schwieg erneut.

»Sondern auch?«, bohrte Svanhild, die das Gespräch immer überflüssiger und peinlicher fand. Im Grunde war Boiorix kein dummer Kerl, und sein Äußeres gefiel ihr nicht übel. Aber eben jetzt verhielt er sich wirklich wie ein Schwachkopf. *Er redet so rätselhaft wie diese Pythia. O ihr Asen, und ich denke schon wie Timaios. Das sollte mir wirklich zu denken geben. Timaios, wenn du wüsstest ...*

Boiorix schien selbst zu merken, dass er so nicht weiterkam, und ging die Sache nun geradliniger an. »Wir haben über dich geredet.«

»Aha!« Ihr Gefühl hatte sie nicht getrogen, und Svanhild fühlte sich unangenehm berührt. *Ach, Timaios! Hast du wirklich nichts begriffen? Hättest du mir da nicht heraushelfen können? Ich hätte dich wirklich gebraucht. Du warst mein Baldur, mein Gott des Lichtes.*

»Ich weiß nicht, wer deinen Vater auf diesen seltsamen Gedanken gebracht hat, aber er ist der Meinung, du sollst selbst bestimmen.«

Ein schwerer Rückfall von ihm und ein Fehler. Seine unbestimmte Erklärung gab ihr ein weiteres Mal Gelegenheit, die Einfältige zu spielen. »Was sollte ich selbst bestimmen?«

Boiorix war verwirrt. So dumm konnte das Mädchen doch gar nicht sein! »In welchem Haus« – er betonte das Wort *Haus* in einer nicht zu überhörenden Weise – »du die Herrin sein möchtest. Ich möchte, dass mein Haus eine Herrin bekommt.«

Svanhilds Mundwinkel zuckten. Das war in der Tat ein anderer Boiorix, den sie heute kennen lernte. *Vor einigen Tagen hat seine Stärke mich und meine Ehre aus einer ziemlich misslichen Lage befreit.* Davon spürte sie in diesem Augenblick wenig. Diese Stärke schien jenen Tag nicht überdauert zu haben. *Eigentlich müsste ich ihm dankbar sein, aber wenn ich heute nicht deutlich bin ...* »Du besitzt doch überhaupt kein Haus. Nach allem, was ich weiß, lebst du bei Magalos, nicht wahr?«

»Wenn wir uns irgendwo endgültig niedergelassen haben, dann ...«

»Halt, schenk dir alle weiteren Worte. Ich habe gehört, dass du auch um die Hand von Magalos' Tochter angehalten hast. Meinst du, irgendeine Frau will deine Kebse werden? Ich jedenfalls will es nicht sein.« Nun stand Svanhild da, die Hände in die Hüften gestemmt.

Boiorix besaß die Eigenschaft, keine Vorwürfe ertragen zu können. Der Zweifel an seiner guten Absicht rief den Stolz eines zukünftigen Fürsten der Boier hervor. Sein Gesicht spiegelte nun einen Widerstreit von Gefühlen. Auf seine Stirn traten Falten, verschwanden, erschienen erneut. »Das war, bevor Magalos sich von den Göttern abwandte. Und die Götter von ihm. Jetzt hat sich alles geändert.«

»Warum? Und was hätte das mit seiner Tochter zu tun?«

»Es hat sich geändert, ich kann dir darüber nichts erzählen.« Er winkte mit einer großspurigen Geste ab. »Ich will jedenfalls nichts mehr mit ihm zu tun haben, Svava.«
»Svanhild. Ich nenne dich auch nicht Boio.«
Er lächelte. »Mh! Wenn du willst ...«
Svanhild versuchte, seine Geste nachzuahmen, was sie aber sofort bedauerte, denn sie missglückte ihr völlig. »Ich will nicht.«
Der Boier in seinem verwaschenen roten Hemd atmete tief ein. »Das heißt dann ungefähr so viel wie Nein?«
»Ah! Jetzt sind wir bei der Frage, die du gar nicht gestellt hast. Es heißt nicht nur ungefähr, sondern ganz genau das. Nein, danke.«
Boiorix war nicht einmal unmäßig erstaunt, obwohl er vorher sicher gewesen war. Zu seiner eigenen Überraschung war er aber enttäuscht, wütend und eifersüchtig. »Es ist dieser verdammte Hellene, nicht wahr?«
»Er ist nicht verdammt, und er ist auch kein Hellene, wenn du den Massalioten Timaios meinen solltest. Er ist weg, was sollte er damit zu tun haben? Es ist meine Entscheidung, Boiorix, ganz allein meine Entscheidung.«
»Ja, ich weiß, das sagte dein Vater. Aber trotzdem weiß ich, dass ihr ... Hätte ich ihn nur gestern ...«
Svanhild blickte den Kelten an. Ihr Magen krampfte sich zusammen. »Was?«
Die Züge des Kelten bekamen etwas Dunkles, wie ein Schatten, der sich über sein Gesicht legte. »Wusstest du, dass er mit Sklaven handelt?«
»Was? Woher weißt du das?«
»Ich weiß es.« Nie hätte er zugegeben, dass er schon vor längerem heimlich den Wagen des Massalioten durchstöbert hatte. Unter vielen anderen Gegenständen hatte er dabei eine Anzahl von Fuß- und Handketten gefunden.
»Ich glaube dir nicht«, sagte Svanhild fest und glaubte, nein, hoffte bereits, dass da nur ein gekränkter Boiorix sprach. Aber der Same des Zweifels war bereits gelegt, sie spürte es. Timaios hatte Geheimnisse, das war ihr nicht verborgen geblieben.

»Wie du willst. Ich ... Ach!« Boiorix hatte genug von diesem Spiel, das nicht das seine war. Nach frischer, kalter Luft stand ihm jetzt der Sinn. Er machte noch eine Handbewegung und ließ die Kimbrin einfach stehen.

Svanhild schob die Tür zu, die der Boier hinter sich offen gelassen hatte. Ihre Gedanken waren schon wieder bei Timaios.

Konnte das denn wahr sein?

Nein, es passte nicht zu ihm. Timaios war weich, und Thurid hatte vielleicht auch Recht, denn im Grunde war Timaios tatsächlich manchmal einfältig. Alle versteckten Andeutungen und kleinen Hinweise waren von ihm unbeachtet geblieben, bewusst oder unbewusst. Trotzdem ... mochte sie ihn sehr, ein Gedanke, der immer mehr von ihr Besitz ergriff, seit Timaios das Lager verlassen hatte. Ein weiterer Gedanke, nämlich ihn niemals wieder zu sehen, ängstigte sie hingegen zunehmend. Er war so verschieden von dem unreifen Radiger oder dem überheblichen Boiorix: So ruhig und gelassen schien er zumeist. Selten war Timaios aus sich herausgegangen. Seinen Gesichtsausdruck würde sie nie vergessen, damals am Fluss, während er sie beobachtete. Als er davongeschlichen war, hatte sie ihn entdeckt. Nach dem ersten Schrecken waren eine seltsame Erregung und die Hoffnung in ihr aufgestiegen, dass sie ein reizvoller Anblick gewesen war.

Sie seufzte. Was war nur geschehen mit ihr, seit ihr Bruder sie und Thurid an jenem Abend in den Bergen, vor der Schlacht, mit einem Nachsatz – »Und eigentlich ist er ja nur wegen deines vorlauten Mundwerks bei uns« – gebeten hatte, sich ein wenig um Timaios zu kümmern. Mit den Folgen hatte Gaisarik wohl selbst nicht gerechnet.

Zu Svanhilds Bedauern hatte Timaios in der Zeit seines Aufenthaltes bei den Kimbern das gemeinsame Bad verschmäht. Irgendwann hatte das Ende des Sommers dieser Möglichkeit selbst ein Ende gesetzt. Gern hätte sie gewusst, wie er unter seinem Chiton aussah. Trug er eigentlich noch etwas unter diesem seltsamen Kleidungsstück, das einem Frauenkleid so ähnlich war?

Dann öffnete sich die Tür mit einem Ruf erneut, und ihre geheimen Gedanken wurden unterbrochen. Wisigarda betrat die Hütte.

»Sei gegrüßt, Svava. Wie geht es dir? Störe ich?«

»Nein, nein. Komm herein.« Svanhild schätzte Hludicos Eheweib, die sich in früheren Jahren häufig um Segestes' Kinder gekümmert hatte, die immer freundlich, niemals launisch war, die für alle ein Ohr hatte und dem Kimbernherzog einen Teil der Kraft verlieh, damit er den Stamm führen konnte. Umso erstaunlicher schien das zu sein, als Svanhild wusste, welch schweren Stand Wisigarda ihrer herrischen Schwiegermutter gegenüber gehabt hatte. Dass diese mit ihrem eher schwachen Mann in der Heimat geblieben war, hatte für Wisigarda vermutlich den Auszug leicht gemacht.

»Kann ich mit dir reden?«

»Heute wollen offenbar alle mit mir reden. Sicher, setz dich. Möchtest du einen Becher vergorene Milch?«

Wisigarda ließ sich nieder. Obwohl sie kaum zehn Jahre älter als Svanhild war, wurde ihr rotes Haar bereits grau, aber sie verzichtete darauf, es zu färben. Svanhild wusste, dass Eitelkeit Wisigarda fremd war. Die Zähne fielen ihr schon seit geraumer Zeit aus und bereiteten ihr häufig Schmerzen, auch Ohrenschmerzen, aber sie verlor selten ein Wort darüber, auch nicht darüber, dass sie sich manches Mal krümmte. Oft sah man sie Weidenrinde kauen, und Svanhild hatte sie bei Hludico auch schon mehr als einmal mit einem Zwiebelverband um den Kopf angetroffen, um den Schmerz aus den Ohren zu ziehen. Und wenn alles ganz unerträglich wurde, holte sie sich einen Birkenblättertee oder ein anderes, noch stärkeres Tränklein bei Albruna. Zu jeder Zeit war sie darauf bedacht, die Frau des heimlichen Stammesführers zu sein, der sich und den seinen keine Blöße erlauben durfte.

»Danke, nein.« Kurze Pause. Svanhild wartete gespannt, es schien ernst zu sein. »Hludico weiß nicht, dass ich hier bin, und er hieße es vielleicht auch nicht gut, aber er ... macht sich Gedanken um dich.«

»*Nicht schon wieder!*«, stöhnte Svanhild innerlich. *Das muss die Seuche sein.* Sie schwieg.

»Er ist der Meinung, dass du dich so bald wie möglich entscheiden solltest.«

Im Gegensatz zu vorher verzichtete Svanhild auf jede Verstellung. »Warum sollte ich mich entscheiden?«

Wisigarda schien Svanhild ihrerseits nichts vormachen zu wollen. »Es könnte ihm den Rücken stärken.«

»Ihm? Doch nur, wenn ich jemand aus seinem Lager ... Oder sollte ich gerade darum einen anderen wählen? Wie wäre es mit Cimberio selbst? Und was ist mit mir? Werde ich auch einmal gefragt?« Sie stand auf. »Bitte entschuldige mich, Wisigarda, ich habe noch zu tun.« Wisigarda erhob sich ebenfalls, bat Svanhild mit einem Blick um Verzeihung – jedenfalls deutete Svanhild den Blick so und vergab ihr sofort – und verließ die Hütte.

Nur kurze Zeit später, als Svanhild eben ihre abgeschnittenen blonden Haare vom Boden auflas und in einem Leinensäckchen verstaute, trat ihr Vater ein.

»Es ist schief geschnitten, liebes Kind«, meinte Segestes nach einem Blick auf ihre Haare. »Ist das eine neue Gewohnheit? Ich wusste nicht, dass die Jugend heute so etwas mag. Neulich sah ich zwei junge Burschen, die ihre Haare ganz kurz geschnitten hatten. Fürchterlich sahen sie aus, fast wie Timaios, nur braun und blond.«

»Timaios sieht nicht ...« Sie brach ab, als ihr Vater lachte. Wohl oder übel stimmte sie ein, dann wurde sie rasch wieder ernst. »Hör auf, Pap, du hast gewonnen ... Boiorix war bei mir. Deshalb sind wir nicht fertig geworden mit dem Haarschneiden.«

»Ich weiß, er war zuvor bei mir. Also? Wie hast du dich entschieden?«

»Was glaubst du?«

»Seit ich Hludico kenne und vor allem seit wir wandern, glaube ich gar nichts mehr. Das haben er und Albruna mir ausgetrieben. Aber vergessen wir das mit dem zweifelhaften Glauben erst einmal. Ich weiß, dass du den Burschen nicht nimmst.«

Svanhild lächelte. »Und warum glaubst du das zu wissen?«

»Boiorix ist stark, recht ansehnlich, weiß zu überzeugen, ist klug, erfolgreich – doch der Kerl würde seine Frau ans Herdfeuer stellen und ihr nicht erlauben, sich jemals von dort wegzubewegen. Deshalb. Trotzdem wäre es für jedes Mädchen eine Ehre, seine Frau zu werden, denn eines Tages wird er ein Fürst der Boier sein – ein sauertöpfischer Fürst zwar, aber immerhin. Nur für dich ist es leider keine Ehre. Es tut mir Leid, wenn ich sehe, wie alles seinen Lauf nimmt mit dir, und ich bedaure das. Irgendetwas habe ich in deiner Erziehung falsch gemacht. Wäre deine Mutter noch am Leben ...« Er brach ab, hob die Schultern und senkte den Kopf.

»Warum wohl hat er mir einen Antrag gemacht?«, fragte Svanhild. »Immerhin ist er ein Kelte, und ich bin eine Kimbrin.«

»Er hat mir etwas von einem Streit mit Magalos erzählt und sich von ihm und seinen Leuten losgesagt. Ich denke, er versucht, seine Stellung zu stärken. Die meisten Boier stehen sicher noch zu Magalos, was immer vorgefallen sein mag. Und Boiorix verstand sich immer gut mit Cimberio. Wenn sich die Boier in die Haare bekommen ... Magalos wirkt seit einigen Tagen seltsam bedrückt. Woran mag das liegen?« Segestes verzog gedankenverloren den Mund. »Ein Streit der Boier untereinander ... Als ob wir nicht genug Ärger hätten. Andererseits sind geteilte Sorgen halbe Sorgen, und vielleicht tritt Boiorix sogar auf unsere Seite. Der Gedanke, dich zum Weib zu nehmen ...«

»... war ein dummer Gedanke«, warf Svanhild rasch ein.

»Nun, hoffentlich hat ihn deine Zurückweisung nicht allzu zornig gemacht. Er ist einer von denen, die mit dem Bauch denken. Und ein Drache mit zwei Köpfen ist mir allemal lieber als zwei Drachen mit jeweils einem Kopf.«

Svanhild war unendlich erleichtert, dass ihr Vater ihr keine Vorwürfe macht. Sie spürte auch Dankbarkeit, denn sie wusste selbst, dass die Gruppe um Hludico in diesen Tagen einen schweren Stand hatte und jede Hilfe benötigte. »Du weißt also nicht, warum Magalos und Boiorix sich zerstritten haben?« Im Gegensatz zu Thurid waren das die Fragen, die Svanhild bewegten, weit mehr als irgendwelche Bleich- und Färbemittel.

»Ich ahne es nicht, Kleines. Irgendetwas Persönliches vermutlich.« Segestes griff nach einer Tonschale und bediente sich aus einem Krug mit Milch. »Mh, fast leer! Wenn Bragir kommt, soll er gleich die Kühe melken. Er ist heute Morgen verschwunden, ohne zu sagen, was er vorhat.« Er trank und wischte sich mit dem Ärmel über den Mund. »Ich fürchte fast, die Jungen hecken irgendeinen Unfug aus, der sich gegen die Helvetier richtet.«

»Wegen des Überfalls?«

»Ja. Sie brennen darauf, Rache zu nehmen. Ein dummer Streich könnte alles gefährden. Ich muss mit Hludico reden. Es wäre gut, nach diesem Winter wieder einen Heiligen Frühling zu haben.«

Nach dem Tod seiner Frau im ersten Wanderjahr hatte Segestes es sich angewöhnt, wichtige Angelegenheiten, die seine Familie und die seiner beiden Brüder betrafen, zuerst mit Gaisarik und später, als sie älter wurde, vor allem mit Svanhild zu bereden. Svanhild war stolz darauf und immer bemüht, ihrem Vater eine Hilfe zu sein. Stets war sie aber auch in Sorge, ihn nicht gut genug zu beraten. »Bragir ist noch so jung.«

»Er ist fünfzehn, Svava, fast sechzehn. Ich war damals gerade siebzehn. Der alte Teutomatus ging mit fünfzehn zur Bluttaufe. Wer kann schon sagen, wie lange wir hier bleiben? Es ist wichtig, dass die Jungen ihre Waffenprobe ablegen. Wir brauchen mehr Leute in unseren Gefolgschaften. Cimberio, Magalos und Ucromerus werden immer stärker. Hludico und Clondico verlieren Männer, weil sie als zu nachgiebig eingeschätzt werden. Vernunft und Geduld gelten bei den Jüngeren immer gleich als Weichheit. Und jetzt noch diese Sache.«

»Bragir wird es gern hören, Pap. Er hilft von Tag zu Tag mit weniger Begeisterung hier im Haus«, seufzte Svanhild.

»Wenn er erst Mitglied einer dieser nichtsnutzigen Gefolgschaften ist, wird er keinen Handschlag mehr tun.«

»Wir werden sehen. Sag ihm jedenfalls, er soll sich um die Kühe kümmern.«

»Nein, das erledige ich selbst. Aber Holz müsste er bald wieder spalten. Das dürfte auch sein Ungestüm beschäftigen. Übrigens war auch Wisigarda bei mir. Weshalb wohl? Ich bin es leid, Pap, ich kann das alles nicht mehr hören.«

»Es tut mir Leid für dich, Kleines. Wenn einige Monde vergangen sind, wirst du nicht mehr an Timaios denken. Der Winter ist lang, wer weiß ...«

Svanhild fühlte sich ertappt, mochte das aber nicht zugeben. »Alle glauben, etwas zu sehen, wo gar nichts ist. Als ob sie aus Mimirs Brunnen getrunken hätten.«

Ihr Vater lächelte nur. »Wenn du meinst. Aber ich wollte dich noch etwas wegen Timaios fragen. Glaubst du, er weiß, worum es ging?«

»Im Hain, meinst du?« Svanhild runzelte die Stirn. »Nein, das glaube ich nicht. Aber neugierig war er und hätte gern mehr Bernstein mitgenommen.«

»Ja. Aber ich hatte auch den Eindruck, dass er nichts ahnte. Und davon konnte ich auch Hludico überzeugen. Andernfalls hätte er nicht so einfach gehen können. Es gab einfach schon zu viele Tote: die Gefolgsleute, die Boier, Albrunas Jungen ... Das bedrückt mich am meisten.«

»Boier auch?«

»Leider.« Segestes nickte. »Magalos hat Hludico heute Morgen berichtet, dass eine Gruppe jagender Boier von den Dieben niedergemacht wurde. Es sollen Römer gewesen sein – er hat gestern ein römisches Lager gefunden.«

»Römer?« Svanhilds Augen wurden groß. »Die Götter mögen uns beistehen. Dann hatte Timaios doch Recht.« Diese Erkenntnis entsetzte und befriedigte sie zugleich. »Ich dachte, dieses Land ist keine römische Provinz, sondern freies Keltenland. Macht das nicht alles noch verworrener?«

»Mmh, es ist freies Keltenland, und es wäre wichtig zu wissen, woher die Römer kamen. Vielleicht sind sie uns seit Noreia gefolgt, vielleicht ist es nur eine Streifschar gewesen, und alles hat gar nichts zu bedeuten. Ich hoffe nur, dass Gaisarik mit Bedacht vorgeht, wenn er auf die Tougener und Tiguriner trifft. Aber ihr Häuptling Divico ist seiner Jugend zum Trotz ein vernünftiger Mann. Wenn ich da an unsere Jungen denke ... Was hältst du von Divico, du hast ihn doch kennen gelernt. Mir schien, als liebte er dich.«

»Und wie geht es Albruna?«

Segestes lächelte. »Sie ist auf dem Weg der Genesung. In einigen Tagen kann sie bestimmt wieder mit den Nornen schwatzen und ihr eigenes Schicksal erfragen. Alte Weiber sind manchmal zäher, als sie aussehen.«

»Du weißt, dass ich es nicht mag, wenn du Weiber sagst, Pap.«

»Ich weiß.« Segestes lachte. »Frieden, Svava. So, Hludico will noch eine Besprechung abhalten, vielleicht gibt es schon Nachrichten von Gaisarik oder den anderen Trupps. Und die Sache mit den Römern müssen wir auch noch bereden. Es gehen Gerüchte um, schlimme Gerüchte. Nur Andeutungen, wahrscheinlich von Ucromerus und seinen Leuten in die richtigen Ohren geraunt – hinter den falschen vorgehaltenen Händen. Wenn Cimberio im nächsten Mond aus dem Osten zurückkehrt, dann ... Noch mehr Misstrauen und Streit zwischen den Gruppen können wir ganz und gar nicht gebrauchen.«

»Was willst du damit sagen – schlimme Gerüchte? Etwa Verrat?«

»Ja, Verrat.« Segestes' Gesicht verdüsterte sich. »Wenn Römer den Hain überfallen haben, dann könnten sie womöglich Hilfe aus dem Lager erhalten haben. So weit gebe ich Ucromerus Recht. Wie können sie von dem Hain gewusst haben? Wo hätten sie den Kessel und den Bernstein aufspüren sollen? Unser Lager ist riesengroß. Und alles während eines so dichten Schneesturms, bei dem sich kein Hund vor die Hütte traute? Nein, irgendetwas ist faul an der Sache. Das sollte sich gegen Hludico richten!«

»Gibt es denn Beschuldigungen?«

»Vermutungen. Aber ganz gleich, welcher Art und auf wen bezogen – derjenige, der an Gesicht verliert, ist immer Hludico. Irgendwann ist schon die Bemerkung gefallen, Hludico sei nicht in der Lage, im Land der Kimbern – du hättest das Gesicht eines tigurinischen Edelings sehen sollen – den Besitz der Kimbern zu sichern. Verliert ein Stamm an

Ansehen, dann verliert auch der heimliche Anführer an Ansehen. Ein Verrat am Stamm ist immer auch ein Verrat an ihm, und eine Schwäche des Stammes wird als Schwäche des Anführers ausgelegt.«

»Und das zeugt von schlechter Führung und fehlendem Heil. So spricht man, nicht wahr?«

»Du triffst den Nagel ziemlich genau auf den Kopf.« Segestes freute sich, dass seine Tochter das Ausmaß des Problems so deutlich erkannte. »Gut. Ich komme wohl erst heut Abend zurück, Kleines. Ich hab übrigens draußen in den Verschlag einen Schneehasen aus einer von Bragirs Fallen gehängt. Bereite ihn erst in den nächsten Tagen zu. Gaisarik wird froh sein, endlich wieder einmal Fleisch zu essen. Vielleicht können wir nach seiner Rückkehr Radiger einla ... Nein? War nur so ein Gedanke. Was ist mit Vibilio oder Divico?«

»Verschwinde bloß, du alter Kuppler!« Svanhild ging auf den leichten Ton ihres Vaters ein, obwohl ihr gar nicht nach Scherzen zumute war.

Segestes verließ laut lachend die Hütte, nachdem er sich einen Mantel übergeworfen hatte. Svanhild begleitete ihn zur Tür, trat hinaus und atmete die klare Luft.

Seit dem Morgen schneite es in dichten Flocken, und nun ging es bereits auf den Abend zu. Der Wind war beißend kalt. Dumpfes Pferdegetrappel ertönte, und aus dem Schneegestöber schoben sich die Umrisse von Berittenen, die in flottem Trab vorüberzogen.

Teutonen, dachte Svanhild nach einem flüchtigen Blick auf die bunten Schilde und wollte sich schon wieder in die Hütte begeben, weil sie fror. Ein Reiter erkannte wohl Segestes und zügelte sein Pferd vor ihm. Er winkte mit der Hand; die anderen ritten daraufhin weiter und verschwanden zwischen den umliegenden Hütten und Bäumen. Einige hatten Säcke vor sich auf dem Pferderücken liegen. Ihrer Haltung nach waren manche offenbar verwundet.

Der Teutone, der angehalten hatte, gehörte zu den größten Männern, die Svanhild je gesehen hatte. Seine Füße berührten fast den Schnee. Die dunklen Haare fielen in dichten Locken in den breiten Nacken. Der Mann stieg von seinem niedrigen, aber massigen Pferd und überragte den großen Segestes um mehr als einen ganzen Kopf. Nein, er war *sicher* der größte Mann, den Svanhild je gesehen hatte. Der Mantel des Teutonen bedeckte seine Schultern, nicht aber die Brust. Geronnenes Blut klebte in den dichten Locken, die sich auf der Brust ringelten. Ein Pelz aus Schaffellen lag hinter ihm auf dem Pferderücken, den er aber trotz der Kälte nicht übergeworfen hatte – vielleicht weil auch dieses Kleidungsstück über und über mit Blut bespritzt war. Unter dem Pelz ragte eine langstielige Axt hervor.

»Heil, Segestes!«

»Teutobod, Fürst der Teutonen, sei willkommen.«

Svanhild trat zu den beiden, und Segestes fühlte sich genötigt, seine Tochter vorzustellen, obwohl er sichtlich lieber gleich nach der Ursache der Blutspuren gefragt hätte. »Meine Tochter Svanhild. Svava, das ist der berühmte Teutobod, der größte Fürst unter allen Teutonen und Ambronen.«

»Du tust mir zu viel Ehre an, Segestes, und die Ambronen würden vermutlich nur laut lachen.« Er lachte selbst, sehr laut, sehr ehrlich, und musterte Svanhild mit unverhohlener Neugier. »Hätte ich gewusst, dass bei den Kimbern selbst im Winter solche Blumen blühen, dann hätten wir die Kelten schneller geworfen und uns eher mit euch Kimbern vereinigt.«

Svanhild errötete und senkte den Blick. »Jetzt bist du es, der mir zu viel Ehre erweist.«

Segestes hielt es nicht länger aus und mischte sich ein. Svanhild war erleichtert, denn der bewundernde Blick des Teutonen beunruhigte sie. »Was ist geschehen, Teutobod? Habt ihr gekämpft?«

»Ah, ein wenig! Wir haben eine Hand voll Römer umgehauen.«

»Römer? Wo war das? Und wann? Wie viele?«

»Die Nachricht scheint dir ja von großer Wichtigkeit zu sein.«

Segestes klärte den Teutonen eilig über die Vorfälle der letzten Tage auf, dann berichtete Teutobod. »Ich war mit einigen Männern bei den Tougenern, ein kleiner Besuch bei Divico, der aus dem Süden einige Schläuche Wein bekommen hat. Auf dem Rückweg stolperten wir vor zwei Tagen über ein Römerlager, südlich von hier, auf eurer alten Spur. Die Leichen einiger Kelten lagen da, und die Römer waren eben beim Abrücken. Wir haben uns gleich über sie hergemacht, keine große Sache, es waren höchstens sechzig oder siebzig.« *Während Teutobods Truppe bestenfalls dreißig Männer zählte,* dachte Svanhild. »Die meisten sind abgehauen, aber wir haben sie verfolgt, einen halben Tag lang.« Erneut folgte ein lautes Lachen, und Svanhild war sicher, dass der Teutone einen vergnüglichen Tag mit der Jagd auf Römer verbracht hatte. »Am Abend ist es uns gelungen, sie in einem Wäldchen zu stellen, und in der Nacht haben wir sie getötet. Dürfte keiner entkommen sein. Leider haben wir elf Mann verloren.« Er knirschte mit den Zähnen. »Und zwei weitere werden es vielleicht nicht überleben. Ich muss eure Albruna bitten, sich um sie zu kümmern.«

»Habt ihr in dem Wäldchen etwas gefunden? Oder im Lager der Römer?«, wollte Segestes wissen.

»Was sollten wir gefunden haben? Den Silberkessel, von dem du erzählt hast?«

»Ja … Oder anderes.«

»Doch, wir haben einige Gegenstände gefunden, die demnach wohl aus dem Hain stammen. Messer, Tiegel, Sonnenscheiben. Ich dachte mir schon, dass diese Beute kimbrisches Eigentum ist. Aber ein silberner Kessel war weder in dem Wäldchen noch im Römerlager zu entdecken. Ganz sicher, wir sind später noch einmal zurückgekommen. Allerdings« – er dehnte dieses Wort – »lagen da noch einige Säcke herum. Und die enthielten wahrscheinlich das, was du eigentlich meintest.« Er schaute kurz zu Svanhild hinüber. Offensichtlich war er unsicher, wie viel er in ihrer Gegenwart sagen durfte. »Ich wusste nichts davon. Es ist ziemlich viel.«

»Die wenigsten wissen von dem Bernstein, und das sollte so bleiben. Es ist übrigens mehr, als die wenigen Römer fortschleppen konnten. Komm mit, wir müssen Hludico Bericht erstatten. Wie gesagt, es wäre gut, wenn nicht allzu viele Leute von der Sache erführen. Ich hoffe, deine Begleiter gehören alle deiner Gefolgschaft an.« Er wollte den großen Mann mit sich fortziehen, aber dem war es ein Leichtes, den Griff abzuwehren. Er schaute Svanhild an.

»Dein Vater ist ein gnadenloser Mann, Svanhild. Ich hoffe aber, vor seinen Augen so viel Gnade zu finden, dich wiedersehen zu dürfen.«

»Nun, Teutobod, dann wäre es von nicht geringer Bedeutung, auch vor meinen Augen Gnade zu finden.«

Wieder lachte Teutobod laut auf. »Ich werde mir alle Mühe geben und diese Gnade suchen. Ob ich sie aber finden werde?«

»Mag sein.« Svanhild spürte, wie ihre Stimmung sich zum ersten Mal hob, seit Timaios das Lager verlassen hatte. »Wenn du richtig und aufmerksam suchst.« Sie ertappte sich bei dem Wunsch, der Massaliote könne sie sehen.

»Blumen kann ich dir zurzeit leider nicht bringen, aber vielleicht pflücke ich dir ein paar Römer, wenn ich wiederkomme. Die gehen zurzeit gut auf.«

»Verlockend. Und wie unvergleichlich, einen Mann von Anmut und Verstand zu treffen. Aber mein Vater wartet, berühmter und größter Fürst aller Teutonen und Ambronen.« Svanhild lächelte Teutobod honigsüß an.

Dieser wandte sich lachend ab, fasste den Zügel seines Pferdes und stapfte neben Segestes durch das Schneegestöber davon. Bevor sein mächtiger Umriss verschwand, drehte er sich noch einmal um. Svanhild konnte sein Gesicht nicht mehr erkennen, aber sie sah, wie er den Arm hob. Sie rührte sich nicht, blieb aber stehen, bis die Gruppe verschwunden war.

Von der anderen Seite vernahm sie das Wiehern eines Pferdes. Unter den Bäumen standen Schatten, Kelten wohl. Sie glaubte, Magalos zu erkennen. Svanhild nickte ihm zu und kehrte zurück in die Hütte.

Svanhild verdrängte jeden Gedanken an Boiorix und Wisigarda, an Radiger und Teutobod. Sie trat zur Herdstelle, legte ein Holzscheit nach und griff nach dem bronzenen Handspiegel, den ihr Timaios geschenkt hatte. ›Nimm ihn oft. Es lohnt sich, hineinzuschauen‹, hatte er gesagt. Dann hielt sie inne. Wenn Boiorix' Worte nun doch der Wahrheit entsprachen ... Nein, das war ganz und gar unmöglich – Timaios war sicherlich kein Mann, der mit Sklaven handelte!

Sie hob den Spiegel. Immer wieder betrachtete sie aufmerksam ihr Spiegelbild, immer wieder musste sie dabei an den Massalioten denken – und tat es gern und häufig. Mit den Fingern fuhr sie sich über das Gesicht, betastete die leicht hervorstehenden Wangenknochen, das Kinn und fragte sich, wie die Frauen Massalias wohl aussähen. Timaios hatte erzählt, sie seien eitel, mit Schmuck behangen, frisiert und bemalt wie eine korinthische Statue. Darunter konnte sie sich nichts vorstellen, es war aber wohl nicht gerade als Lob zu verstehen. Aber sicher würde es einem Mann wie Timaios nicht schwer fallen, jede für sich zu gewinnen, die er haben wollte, ein Mädchen, schön und gebildet, das ihn nur allzu gern zu ihrem Gefährten gemacht hätte. *Die keine Barbarin ist und in seiner Sprache alles das sagen kann, was mir nur in den Sinn gekommen ist.* Alles, was sie selbst ihm so gern gesagt hätte, sich aber nie getraut hatte.

Svanhild wusste selbst nicht genau, was sie so stark zu Timaios hinzog. Dass er sie von Gleich zu Gleich behandelte, unterschied ihn von den meisten Männern, die sie kannte. ›Wenn wir uns unter anderen Vorzeichen wiedersähen ...‹, hatte er gesagt.

Noch während sie diesem Gedanken nachhing, öffnete sich ein weiteres Mal die Tür, und zwei Gestalten huschten in das Langhaus. Durch die halb offene Pforte nahm Svanhild den Beginn der Dämmerung wahr. Schatten bewegten sich. Pferde schnaubten.

Svanhild erkannte in einer der Gestalten den Boierfürsten. Unruhe überfiel sie. »Mein Vater ist gerade gegangen ...«

»Ich weiß.« Magalos stand dicht vor ihr, einen seltsamen Ausdruck in den Augen – Svanhild deutete ihn als unfassbare Verzweiflung. *Was immer er vorhat, es muss ihm unendlich schwer fallen.*

»Du musst mit uns kommen, Mädchen!«

Svanhild hörte die Worte, begriff aber nicht, was er meinte. Magalos nickte in ihre Richtung, meinte aber gar nicht sie, sondern einen zweiten Boier, der sich um das Herdfeuer herum langsam von hinten genähert hatte, während sie mit Magalos sprach. Eine feste Hand legte sich ihr auf den Mund, eine andere auf die Hüfte. Sie empfand Angst und Atemnot und Stricke und Binden und den kalten, festen Erdboden der Hütte und schließlich einen Mantel, in den sie eingewickelt wurde und der ihre Schreie vollends erstickte. Dann fühlte sie sich von den beiden Männern hochgehoben.

Mit ihrer zappelnden Last verließen die Kelten das Langhaus und verschwanden im Schneetreiben.

Rom in den Monden December und Januaris

Hannibal folgte den römischen Legionen, als diese Noreia verließen. Nachdem er – ungern – Dutzende von Legionären befragt hatte, schien ihm einigermaßen sicher, dass Timaios noch am Leben und höchstwahrscheinlich auch unversehrt war. Mindestens zwei Soldaten konnten sich an den Händler erinnern, der an der Schlacht nicht beteiligt gewesen und von den Kimbern verschont worden war.

Also war es ihm bis zum Ende der Schlacht gut ergangen. Was danach geschehen war, stand in den Sternen. Aber von dem Taurisker, der die Kimbern verraten hatte und der dann fliehen konnte, erfuhr Hannibal, dass sein Herr sich offenbar vor der Schlacht mit den Barbaren angefreundet hatte, und das ließ ihn hoffen.

Den verratenen, rachelüsternen Kimbern folgen zu wollen, war Unsinn; in Noreia noch länger als diese zwei Monde zu warten, vergeudete Zeit. Timaios würde entweder nach Rom kommen, so wie vereinbart, oder gar nicht mehr. Und hier im Tauriskerland langweilte Hannibal sich unerträglich. Doch es war gar nicht so sehr das Gefühl, nicht zu wissen, was er mit seiner Zeit anfangen sollte, das an ihm nagte. Hannibal lebte fern solcher belangloser Fragen. Vor langem schon war er gestorben, und das Leben, das ihm neu geschenkt worden war, bedeutete ihm wenig. Aber die Nähe der verhassten römischen Soldaten lähmte ihn und zwang ihn, an nichts anderes zu denken als an Rache. Doch dieses Gedankens war er längst überdrüssig geworden und diesen Überdruss empfand er als unendlich ermüdend.

Timaios hatte nicht geahnt, was er von dem Karthager verlangte.

In der Truppe herrschte große Unruhe. Die Gefahr durch die Kimbern schien gebannt – die Götter wussten, wie das zugegangen war. Es gab demnach keinen Grund, das Heer länger in Noreia festzuhalten.

Hannibal stellte mit leisem Bedauern fest, dass Kapaneus und seine Freudenmädchen, die Töchter der Venus, in Noreia zurückblieben, während die Legionen abzogen. Sein geschändeter Körper war kaum noch in der Lage, die Freuden der Liebe zu erleben, und wenn überhaupt, dann war es mit Pein verbunden, die sowohl körperlicher als auch seelischer Art sein konnte. Dennoch war er enttäuscht, denn er kannte die hübschen Dirnen, und es genügte ihm, ihnen hin und wieder nahe zu sein. Vor allem war er enttäuscht, weil eines der Mädchen, Marcia, ihn an die große und einzige Liebe seiner Jugend erinnerte. Und diese drei Jahre seiner Jugend und Mannbarkeit mit Theste, der Sikeliotin, waren sein ganzes Leben gewesen. Vorher war nichts gewesen, gar nichts, und danach war die große Leere gekommen, die allein von Dämonen und Untoten bewohnt war, die ihn des Nachts heimsuchten.

In aller Ausführlichkeit, aber nicht zum ersten Mal, hatte Hannibal die Gelegenheit, ein römisches Heer auf dem Marsch zu beobachten, was selbst für ihn, den hasserfüllten Zyniker, ein beeindruckendes Schauspiel war. Die Militärtribunen führten die geschlagenen, dezimierten Legionen in langen Marschsäulen durch das Noricum und über die Alpen nach Aquileia und weiter nach Süden. Vorn und am Ende marschierten die Bundesgenossen, in der Mitte die römischen Legionen und der Tross. Ganz hinten folgte die Masse der Zivilisten als bunter Zug dem Heerwurm.

Carbo war schon recht bald nach der Schlacht von Noreia verschwunden, um, wie nicht nur Hannibal mutmaßte, in Rom Schadensbegrenzung zu betreiben und die Niederlage schönzureden. Mit dem Konsul waren auch einige seiner Tribunen aufgebrochen. Die Masse war geblieben, unter ihnen der Hannibal vollkommen gleichgültige Terentius Pius, und hatte mit den untergebenen Centurionen das geschlagene und verminderte Heer wieder aufgestellt. Die Verluste waren Hannibal unbekannt und kümmerten ihn nicht. Gerüchte waren aber auch zu ihm gedrungen und berichteten, dass beide römischen Legionen eine Dezimierung aller Manipel* hinnehmen mussten, die Bundesgenossen sogar die Auflösung von einigen Einheiten, deren geringe Reste dann auf die verbliebenen verteilt worden waren.*

Den Tribunen Pius sah Hannibal nicht wieder. Ihm fiel dessen Fehlen aber nur auf, weil Habitus und Cotta ebenfalls verschwunden waren und sein eher beiläufiges Nachfragen erwies, dass sie mit eben diesem Tribun und einem Trupp Soldaten nach Westen geritten waren.

Die beiden Lager der Römer und der Bundesgenossen wurden auf Wunsch der Taurisker nicht zerstört, sondern nach dem Abbau der Palisaden, die das konsularische Heer ohne Konsul mit sich führte, in ihrem ursprünglichen Zustand mit den Gräben und Wällen belassen.

Während des Marsches nach Italien blieb Hannibal meist für sich, ein Zustand, den er nicht nur begrüßte, sondern willentlich herbeiführte.

Endlich in Rom, blieb Hannibal weiterhin allein und trieb sich nur selten in den Schenken herum. Im Gegensatz zu Timaios mied er aber das Spiel, das trotz amtlichen Verbotes überall regen Zuspruch fand. Spurius Caepio, der Sklavenhändler, über den Timaios seine Geschäfte in der Tiberstadt abwickelte, ließ Hannibal mit der ihm gewohnten Überheblichkeit eines Freigelassenen wissen, dass er nicht die Absicht habe, mit einem Sklaven oder einem ehemaligen solchen,

---

* Ein Manipel umfasst etwa 200 Soldaten und wird von zwei Centurionen geführt. 30 Manipel bilden dann eine Legion mit insgesamt 5.000 bis 6.000 Soldaten.

zumal einem punischen, in Unterhandlung zu treten. Immerhin erniedrigte er sich so weit, Hannibal den Namen einer Herberge zu nennen, in der er bis auf weiteres warten solle. Aber Weiteres geschah vorerst nicht, und Hannibal nahm sich die Zeit, die Stadt zu erforschen, in der er nie länger zu verweilen gewillt war. Das tat er am liebsten zu Beginn des frühen Morgens, wenn die Straßen noch leer waren. Aus den Tagen seiner sizilischen Sklaverei war er das frühe Aufstehen gewohnt. Zudem empfand er die Tiberstadt am angenehmsten, wenn er die Straßen mit möglichst wenigen Römern bevölkert sah, wenn es vor der ersten Stunde war und nur die Bäcker geöffnet hatten, um duftende Brotfladen feilzubieten. Den vielen Tagelöhnern, Strolchen und herumstreunenden Nichtstuern wich er so ebenfalls weitgehend aus. An den unzähligen Straßenhändlern, die ihre Waren – sobald Helios auch nur seinen Wagen an die Startlinie über dem Horizont schob – auf den Fahr- und Gehwegen, auf einem Tuch oder einfach auf dem Boden ausbreiteten, kam er allerdings nicht vorüber. Händler und Bettler verschwanden erst mit einbrechender Dunkelheit aus dem Straßenbild und machten dann anderem Gesindel Platz, dem Hannibal ebenfalls mit großer Bereitschaft die nächtliche Stadt überließ.

Hannibals Bild von seiner untergegangenen Heimatstadt Karthago war durch den großen zeitlichen Abstand und die groben Erinnerungen eines Fünfjährigen getrübt. Vierunddreißig Jahre lag das zurück. Doch war er sicher, dass Rom jedem Vergleich mit dem vormals viel älteren, viel größeren, viel mächtigeren und viel reicheren Karthago nicht standhielt. Er fand die Tiberstadt hässlich und schmutzig, die Menschen laut und falsch, die Atmosphäre bedrückend und unheilig, und er sehnte Timaios' Ankunft herbei. Dass er käme, stand für Hannibal fest, denn man konnte sich auf den Sohn von Timonides verlassen. Er war einfach zu berechenbar, um grundlos fernzubleiben, und er hatte mit dem erwähnten Ziel Africa eine leise Sehnsucht in dem Karthager geweckt.

Die Unvereinbarkeit des gespaltenen Wesens nicht nur der römischen Oberschicht widerte Hannibal an: wie sie griechische Kultur aufsogen und römische Kultur ausspien, wie sie sich selbst hellenisierten und andere verrömerten. Abends mied er Straßen und Tavernen, nicht aus Angst, sondern in dem Wissen, dass er ein dankenswerter Gegenstand für Streit wäre. Und die vielen Huren – weibliche wie männliche sowie Wesen bar jeden Geschlechts oder mit beiden zugleich, Freudenmädchen und Mietkerle, die durch die Straßen und Tavernen strichen, um ihre Dienste an den Mann und an die Frau zu bringen – konnten ihm ohnehin kaum Vergnügen bereiten.

Etwa einen Mond nach seiner Ankunft in Rom teilte ihm der Herbergsvater mit, dass Spurius Caepio ihn für den folgenden Abend in eine Taverne des Subura-Viertels bestelle, es gehe um Geschäfte. Hannibal war ratlos. Wollte der dicke Römer ihm etwa das Geld für die kaledonischen Sklaven übergeben? Der römische Kalender stand auf Ende Januaris; mit Jahresbeginn waren die neuen Konsuln feierlich in ihr Amt eingeführt worden, und Hannibal hatte in diesem Zusammenhang etwas von heftigen Vorwürfen gegen Gnäus Papirius Carbo gehört.

Der verwunderte Kathager kam der Aufforderung nach und fand sich in der Taverne ein, die nicht mehr als ein immerhin warmes Loch war. Zu seinem Ärger wurde eine ganze Wand von einem Flachrelief eingenommen, das die Belagerung Karthagos durch die Römer darstellte. Er versuchte das Wandbild zu übersehen, doch seine Augen wanderten immer wieder dorthin. Um sich abzulenken, lauschte er den Unterhaltungen, bei denen es zumeist um Circusspiele, um Klatsch über die Aristokratie oder um Huren ging. Sein Verständnis des Lateinischen war gut, seine eigene Aussprache fürchterlich, denn er hasste es aus gutem Grund, wie die Römer zu reden.

Von Zeit zu Zeit tauchte eine Straßendirne auf und machte die Runde durch den Raum, und von Zeit zu Zeit stand einer der vielen Männer auf und folgte der Frau in einen Nebenraum, nachdem er dem Wirt eine Münze in die Hand gedrückt hatte. An einigen Tischen spielten immer zwei ein Brettspiel, bei dem es darum ging, glatte Glasspielsteine über ein Holzbrett zu schieben und die des Gegners einzusammeln. Das wurde von viel Geschrei und Gelächter begleitet, offensichtlich gab es durchaus Strategien, die das Mogeln beinhalteten. Einmal setzte der Wirt einen Gast mit Hilfe eines dicken Holzknüppels vor die Tür, nachdem sich über dem Spiel eine Schlägerei entwickelt hatte.

An einem Nebentisch begannen mehrere Männer mit einem Wortspiel. Offensichtlich musste man dabei unter Beweis stellen, was man wusste.

»Jede Runde 'n As in die Mitte. Wer 'ne Frage nich beantworten kann, is raus. Der Letzte kriegt den Topf. Alles klar?«, wollte einer von seinen Tischgefährten wissen. »Wir fangen bei A an. Ich frage, Quintus fängt an mit Raten, dann Alfenus und so weiter. Wir sind sechse. Immer erst 'ne Stadt, dann 'n Name, 'n Stamm oder 'n Volk, wer Bekanntes und dann ... Wartet. Ja, dann 'n Fluss, so war's. Der sechste ist immer der Frager, bei jedem Buchstaben 'n anderer. Und bezahlt wird für jeden Buchstaben neu. Rufus! Noch mal Wein, aber diesmal welchen, den man trinken kann!« Das galt dem Wirt. »Also, 'ne Stadt.«

»He, warte mal! Muss ich mir dann jedes Mal einen Namen ausdenken?«

»Trottel! Das wechselt jede Runde. In dieser Runde sagst du 'nen Namen, in der nächsten ist Quintus mit dem Namen dran und du mit dem Stamm.«

»Aha! Gut ...«

»Machen wir eine Runde zum Kennenlernen für die Hohlköpfe unter euch. Also, Quintus? Mit A geht's los.«

»Antium!«

»Ah, einfach! 'n Name, Alfenus.«

»Ein römischer? Einerlei? Kenne gar keine anderen. Was ist mit Alfenus? Aber ich kenne noch einen anderen: Also, Publius Scipio Cornelius ... Aemilianus.«

»'türlich, das war 'n Feldherr. Und was haben wir heute? 'nen Papirier, der sich von Barbaren in den Arsch treten lässt. Der gehört angeklagt! Was meint ihr, welcher Konsul den Befehl für Africa kriegt?«

»Glaubst doch nicht, dass sich da was tut. Die ganze Bande ist doch geschmiert wie die Grotte von 'ner Dirne.«

»Ach, hör auf mit dem Kram von den Kornsäcken! Komm, lass uns weitermachen.«

»Wisst ihr noch, wie wir unter Aemilianus vor Karthago lagen, das war was.« Erst jetzt begriff Hannibal, dass die Spieler Veteranen waren, ein Umstand, der ihn mehr wütend als bedenklich stimmte.

»Ja, vor allem war's 'ne elende Keulerei. Schanzen, schanzen, schanzen.«

»Piss drauf! Denk lieber an die geilen Punierinnen. Spitz wie die Pyramiden, damit sie was zu Fressen bekamen für ihre Bälger. Trieben sich immerzu im Lager rum, weißt du noch, Alfenus?«

»Und du warst nass im Schurz wie Neptun, alte Saftpresse. Aber mit Glatze waren die so hässlich wie die dicke Matrena, die's dir für 'nen lumpigen As besorgt.«

»Verrückt, sich die Haare abschneiden zu lassen, um Bogensehnen daraus zu machen. Hatten die eigentlich nirgends mehr Haare, auch untenrum nich? Das hätte kurze Sehnen gegeben. Quintus, du hast doch während der Plünderung eine ...«

»Mann, lass mich mit den alten Geschichten in Ruhe. Komm, machen wir weiter.«

»Ah! Ich vergaß – du hast dir ja einen weggeholt ... Aua! He, du Steißgesicht! Mach das nicht noch mal, klar? Gut, Alfenus ist dran. Wo waren wir? Ein Stamm oder Volk, Secundus.«

»Allobroger.«

»Wer?«

»Gallier. Irgend so 'n riesenschwänziger Stamm, den wir in der Narbonensis mal unter Sextius Calvinus zusammengehauen haben. Die haben fast alle nackt gekämpft, als wollten sie uns mit ihren Schwänzen aufspießen. Flavius!«, schrie er dann zu einem Nebentisch hinüber. »Kannst du dich noch an die Allobroger erinnern?«

»Waren das nicht die dreckigen Hosenträger aus dem transalpinen Gallien?«

»Ja, genau.« Wieder an seine Kumpane gewandt: »Da, siehste!«

»Na gut. Weiter. Wer Bekanntes: 'n Senator oder wieder 'n Feldherr von mir aus.«

»Aaar ... dieser blöde Hellene, der damals seinen Kopf bei der Einnahme von Syrakus verloren hat, wie hieß der bloß ... warte, ich weiß, Archimedes, glaub ich.«

»Sicher?«

»Ganz sicher.«

»Ein Fluss?«

»Ein Fluss, pfh, keine Ahnung, Flüsse kann man nicht belagern oder plündern oder ficken ... ein Fluss, Aaa ...«

Zu einem späteren Zeitpunkt – Hannibal dachte längst daran zu gehen, da Caepio noch immer nicht gekommen war – begannen die Veteranen damit, Lieder zu grölen, schmutzige und sehr schmutzige, und Hannibal merkte zu seiner Beunruhigung, dass der überwiegende Teil der Besucher dieser billigen Schenke aus ehemaligen Armeeangehörigen bestand. Der Wirt gehörte zu denen, die am lautesten und falschsten sangen, ein immerzu schreiender, muskelbepackter Pleb um die fünfzig, der nicht weniger betrunken war als seine zechenden Kunden.

Die Zeilen eines Liedes, das der Wirt selbst anstimmte und dem er den Takt vorgab, indem er mit der Faust auf den Holztisch hämmerte, brannten sich in Hannibals Schädel ein, wie das Mal auf seiner Stirn:

Heil den Quiriten, siegreiche Helden,
die Feinde sind alle gefällt.
Und um Neptuns Pfütze
beherrschen wir Römer
das Meer.

Tod allen Puniern, armseliges Volk,
die Männer sind alle gefällt.
Und geschändet ihre Frauen,
denn uns Römer beherrschte
der Trieb.

Ein anderes, späteres unter vielen klang ähnlich ekelhaft in Hannibals Ohren. Er presste die Hände an den Kopf, konnte die Worte aber nicht aussperren.

Erobert die Stadt, sie vergeht und zerfällt.
Dem Mann der Tod, von der Heldenlanze gefällt.
Die Stadt Karthago, Punier der Mann – ein Römer der Held, den Römern die Welt.

Geschliffen die Tempel, die Götter ungelitten.
Dem Priester der Schmerz, vom Heldenschwert verschnitten.
Die Götter von Karthago, Punier der Priester – ein Römer der Held, den Römern die Welt.

Verschüttet der Hafen, die Häuser zerstört.
Der Frau die Schande, vom Heldengemächt versehrt.
Der Hafen von Karthago, Punierin die Frau – ein Römer der Held, den Römern die Welt.

Die Menschen verschleppt, verkauft alle Leute.
Dem Kind Sklaverei, der Heldenbörse die Beute.
Die Menschen von Karthago, Punier das Kind – ein Römer der Held, den Römern die Welt,
ein Römer der Held, uns Römern die Welt – ein Römer der Held, uns Römern die Welt.

»Noch einmal, Leute! Sing mit uns, Mann!« Der Schankwirt forderte Hannibal auf, der als Einziger im ganzen Raum verbissen schwieg. Innerlich kochte er. Hannibal erhob sich, verzweifelt bemüht, seinen Zorn zu verbergen, und machte endlich Anstalten, die Taverne zu verlassen, aber der Wirt wollte das nicht gelten lassen und hielt ihn am Arm fest.

»Du bleibst, Mann! Wer hierher kommt, muss singen, oder wir bringen es ihm bei. Richtig, Kameraden?« Die Kameraden stimmten sehr bereitwillig zu und ermutigten den Wirt. »Bei welcher Einheit hast du gedient? Bei den

Bundesgenossen, was? Nein, du bist zu dunkel, du kommst nicht aus Italien. Sizilien?«

»Karthagische Freiheitskämpfer.« Hannibal holte mit diesen Worten weit aus und versetzte dem Mann sehr schnell einen Faustschlag auf die Nase. Der Römer taumelte zurück, Blut lief ihm über die Oberlippe.

Hannibal drehte sich um und versuchte, den Ausgang zu erreichen, aber ein ausgestrecktes Bein brachte ihn zu Fall. Er stürzte gegen einen Tisch, dann zu Boden. Als er sich mühsam aufrappelte, wurde er von mehreren Händen gepackt und in einen Klammergriff genommen. Der Wirt sprang auf ihn zu, versetzte ihm wahllos Schläge und trat ihn in den Unterleib. Hannibal schrie und wäre zusammengebrochen, wenn die anderen Römer ihn nicht festgehalten hätten.

Der Wirt riss den Karthager an den Haaren hoch. »Ich habe schon mehr als einem Arschloch in die Eier getreten, aber weil du ein punisches Arschloch bist, werde ich dir deine Eier und deinen verschnittenen Schwanz wegschneiden.«

Er holte ein Messer und schnitt Hannibals Tunika entzwei. Der wand sich wie eine Schlange in den Armen der Soldaten, doch schon wurde ihm der Schurz aufgeschlitzt und fiel zu Boden. Er wurde ruhig, schloss die Augen, und der Wirt wollte einen Augenblick lang nicht glauben, was er sah.

»Die Arbeit kannst du dir schenken«, hörte Hannibal jemanden murmeln.

»Ein Schwanzloser, ich glaub's nicht, geschliffen wie Karthago«, murmelte der Wirt. »Ich fürchte, wir müssen uns mit dem Sacklosen« – Beifall heischend blickte er sich um – »einen anderen Spaß einfallen lassen.«

Hannibal öffnete die Augen und erkannte die Entschlossenheit in der Miene des Mannes. Er schickte einen stummen Hilfeschrei zu Baal Hammon, sammelte Speichel und spuckte dem Wirt mitten ins Gesicht.

»Du schwanzloses punisches Schwein!«, schrie der Römer. »Du bist tot! Du bist so tot wie deine verlauste Stadt.«

AUSBLICK

Dies war der erste Teil von »Der Silberkessel«, in dem beschrieben ist, wie die Kimbern und Teutonen in die bekannte Welt kommen und wie der Massaliote Timaios ihre Bekanntschaft macht, an ihrer Seite bleibt und des silbernen Kessels gewahr wird. Der zweite Teil führt Timaios auf seiner Suche nach Svanhild und dem verlorenen Silberkessel nach Rom, nach Sizilien und nach Massalia. Er muss mit Sklaven schuften und sieht Huren sterben, ehe er am Ende abermals auf die Kimbern trifft und die Wahrheit über Svanhild, den Kessel aus Silber und das Gold des Nordens erfährt.

Sabrina Capitani
Das Buch der Gifte
Historischer Roman. 400 Seiten. Serie Piper

Die Schriftstellerin Christine de Pizan setzt sich nach dem Tod ihres geliebten Mannes gegen alle Widerstände durch: gegen die Frauenfeindlichkeit der Kirche, gegen betrügerische Anwälte und gewalttätige Verehrer. Doch als sie den jungen Franziskanermönch Thomas kennen lernt, steht die Liebe zu ihrem verstorbenen Ehemann, dem sie Treue bis über den Tod hinaus geschworen hat, auf dem Prüfstand. Gemeinsam mit Thomas gelingt es ihr, einen rätselhaften Todesfall aufzuklären, der auf verschlungenen Wegen die wahre Vergangenheit des Mönchs offenbart ... Lebendig und mit Einfühlungsvermögen erzählt Sabrina Capitani aus dem Leben der Christine de Pizan (1364–1430), einer der bekanntesten und frühesten Schriftstellerinnen Europas.

C. C. Humphreys
Der Fluch der Anne Boleyn
Roman. Aus dem Englischen von Ulrike Wasel und Klaus Timmermann. 576 Seiten. Serie Piper

Neunzehn Jahre ist es her, daß Jean Rombaud sein Versprechen erfüllte und gemäß Anne Boleyns letztem Wunsch ihre sechsfingrige Hand würdig begrub. Doch nun wird das magische Relikt erneut entweiht. Rombaud, der Henker Anne Boleyns, begibt sich auf eine dramatische Jagd, um der Hand und damit Anne die endgültige, verdiente Ruhe zu geben. Die gefährliche Reise führt ihn und auch seine Tochter durch das vom Feind belagerte Siena zum Tower in London, nach Paris und bis in die Wildnis Kanadas.

»Ein unvergleichliches Abenteuer, das man nur dringend zur Lektüre empfehlen kann.«
The Bookseller